ALIDA LEIMBACH

Die Tote von der Maiwoche

SCHICKSALSTAG Maiwoche in Osnabrück: gute Laune, Bier, Musik. Und Jessica Wagner wird ein Teil davon sein! Hin- und hergerissen zwischen Freude und Angst betritt die junge Sängerin mit ihrer Band die Bühne. Am Morgen danach ist sie tot. Erstochen. Die Schlüsselfigur für die Tat scheint Jessicas Konkurrentin Katharina zu sein. Sie machte keinen Hehl daraus, Jessica zu hassen. Doch hat sie auch den Mord begangen? Je tiefer Kommissarin Birthe Schöndorf in den Fall einsteigt, desto größer werden ihre Zweifel. Das Ergebnis von Jessicas Autopsie wirft zahlreiche Fragen auf. Und Bandleader Carsten scheint etwas zu verbergen. Ihm wird eine Affäre mit Jessica nachgesagt. Hat er sie nur benutzt? Im Zuge der Ermittlungen stößt Birthe Schöndorf darauf, dass Jessica einen Stalker hatte. Sowohl er als auch Jessicas beste Freundin, die in einem Bestattungsunternehmen arbeitet, bringen die Kommissarin auf eine heiße Spur. Doch als Birthe Schöndorf dem Täter dicht auf den Fersen ist, begeht sie einen folgenschweren Fehler …

Alida Leimbach, Jahrgang 1964, ist in Lüneburg geboren und in Osnabrück aufgewachsen. Nach ihrer Buchhandelslehre studierte sie Sprachen und war einige Jahre als Übersetzerin in Frankfurt am Main tätig. Dann entschloss sie sich, noch einmal zu studieren: Evangelische Theologie, Germanistik und Englisch auf Lehramt. Heute lebt sie mit ihrer Familie in der Nähe von Frankfurt und schreibt erfolgreiche Krimis und Romane.

Bisherige Veröffentlichungen im Gmeiner-Verlag:
Deichkrone (2017)
Ostfriesenkind (2016)
Börsentöpfchen (2014)
Villenzauber (2013)
Wintergruft (2011)

ALIDA LEIMBACH

Die Tote von der Maiwoche

Kriminalroman

GMEINER SPANNUNG

Personen und Handlung sind frei erfunden. Ähnlichkeiten mit lebenden oder toten Personen sind rein zufällig und nicht beabsichtigt.
Die Band Blue Box gibt es nicht in Wirklichkeit.

Im Ehnried 5, 88605 Meßkirch
Telefon 07575/2095-0
info@gmeiner-verlag.de

2. Auflage 2019

Lektorat: Katja Ernst
Herstellung: Julia Franze
Umschlaggestaltung: U.O.R.G. Lutz Eberle, Stuttgart
unter Verwendung eines Fotos von: © Jan Schuler / fotolia.com
Druck: CPI books GmbH, Leck
Printed in Germany
ISBN 978-3-8392-2402-1

Und plötzlich weißt du, es ist Zeit, etwas Neues zu beginnen und dem Zauber des Anfangs zu vertrauen.

Meister Eckhart

KAPITEL 1

Osnabrück, Freitag, 5. Mai, 19.50 Uhr

Kurz vor ihrem Auftritt saß Jessica Wagner auf einem Barhocker im hinteren Teil der Bühne und schaute zum wiederholten Male auf ihr Handy. In zehn Minuten war es so weit. Dann würde sie aufstehen, nach vorn gehen, ihr Lampenfieber überwinden und eine perfekte Show abliefern. Sie dachte an den Applaus hinterher, an Carsten. Er sollte stolz auf sie sein, sie beglückwünschen und in den Arm nehmen. Nichts anderes zählte in diesem Augenblick, nichts war wichtiger.

Als sie ihr Handy wieder einstecken wollte, zeigte ein Brummton den Eingang einer neuen Nachricht an.

Ich denke an dich, Schatz. Wie geht's dir?

Jessica runzelte die Stirn. Schaffte sie es noch zu antworten? Die Zeit war eigentlich zu knapp. *Weiß nicht*, gab sie zurück. *Die ignorieren mich.*

Immer noch? Auch Carsten?

Nein, der nicht. Der will ja, dass ich singe. Aber die anderen hassen mich. Was kann ich dafür, dass ich für Katha einspringe.

Die kennen dich doch gar nicht.

Doch, als Backing schon. Da war ich ihnen egal. Kaum bin ich vorne und singe Kathas Solo, werde ich gemobbt.

Jemand von der Technik kam, um ihr ein neues Funkmikrofon zu bringen. Das andere hatte vorhin beim Soundcheck versagt.

Du machst das schon, textete ihre Mutter. *Wir denken an dich!*

Danke, Mama, tippte Jessica unter plötzlich aufsteigenden Tränen, die sie schnell wegklimperte, aus Angst, die Wimperntusche könne verschmieren. *Wenn ich das bloß schon hinter mir hätte.*

Schreib gleich, wie's war, hörst du?

Ja.

Toi, toi, toi. Grüße auch von Papa!

Danke, Grüße zurück!

Seufzend ließ sie das Handy in ihre Tasche fallen. In der Zwischenzeit hatte sich der Jürgensort nahe der Alten Posthalterei gefüllt. Am Eröffnungstag der Maiwoche zeigte sich die Stadt Osnabrück von ihrer besten Seite. Die Temperaturen waren sommerlich warm, aber nicht drückend wie im Hochsommer, und vor allem regnete es nicht, wie so oft im Mai. Die Innenstadt hatte sich in ein Open-Air-Festival verwandelt, bei dem Musikgruppen auf mehreren Bühnen für ein buntes, stimmungsvolles und obendrein kostenloses Programm sorgten.

Als Jessica die Menschen sah, die sich dicht an dicht vor der Bühne drängelten, wurde ihr schwindlig. Ihr Herz klopfte nun gewaltig, und sie fragte sich, wie die anderen Bandmitglieder so ruhig bleiben konnten.

Max schlug leise die Sticks gegeneinander, um seine Hände aufzuwärmen. Mit seinem modernen Haarschnitt, dem Vollbart, der markanten Brille und den bunt tätowierten Armen setzte er sich von den älteren Musikern ab. Jessica fand ihn interessant und hätte gern mal ein paar Worte mit ihm gewechselt, aber Max gab sich ihr gegenüber äußerst einsilbig.

Gerade kam Jürgen und nahm seine Position am rechten Bühnenrand ein. Mit Carsten, Clarissa und Katharina hatte er vor Jahrzehnten die Blue Box gegründet. Damals waren sie noch eine Schülerband gewesen – jung, ambitioniert, leicht chaotisch, aber vollkommen unbekannt außerhalb der Schulmauern des Ernst-Moritz-Arndt-Gymnasiums. Mittlerweile hatten sie sich auch außerhalb Osnabrücks einen Namen gemacht und waren von der jährlich stattfindenden Maiwoche nicht mehr wegzudenken. Jessica kannte Jürgen auf der Bühne nur mit schwarzer Satinweste über dem weißen Hemd. Die silbergrauen, streng zurückgekämmten Haare und die auf Hochglanz polierten Schuhe machten ihn zum Gentleman der Band. Konzentriert stimmte er seine E-Gitarre, ließ sich durch nichts ablenken.

Clarissa war auch schon da und schraubte ihre Wasserflasche auf. Die Sängerin mit der kräftigen Stimme, der roten Lockenmähne und den weiblichen Rundungen fiel durch ihren ausgefallenen Kleidungsstil auf. Ihre weiten, knallbunten Klamotten kombinierte sie im Lagenlook. Dazu trug sie derbe Boots mit pinkfarbenen Schnürsenkeln.

Mit zittrigen, eiskalten Händen schaltete Jessica ihr drahtloses Mikrofon ein und vergewisserte sich, dass es funktionierte, indem sie »Test, Test, Test, eins, zwei, drei« hineinhauchte. Der Tontechniker reckte zur Bestätigung einen Daumen in die Höhe. Sie nickte ihm zu und schaltete ihr Mikro aus, um ihre Stimmbänder zu lockern. »Ksch-ksch-ksch, mjam-mjam-mjam, do-mi-fa-so, mima-mo-mu«, murmelte sie, und dabei fiel ihr Blick auf Carstens breiten Rücken.

Er musste am Klavier Platz genommen haben, während sie mit ihrer Mutter gechattet hatte. Den Hut tief in die Stirn gezogen, drehte er sich genau in dem Moment zu ihr um, als sie ihn beobachtete. Ein kräftiger Mann im grauen T-Shirt und zerrissener Jeans. Eine große Ruhe und Wärme ging von ihm aus. Er war fast 25 Jahre älter als sie, aber das hatte nie eine Rolle gespielt. Sie schluckte, als sich ihre Blicke trafen. Carsten hatte sie vor einer halben Stunde noch in den Arm genommen und ihr Mut zugesprochen. »Keine Angst, Hase, wird schon schiefgehen«, hatte er gesagt. »Sei authentisch, hab Spaß und zeig vor allen Dingen Gefühle. Wenn du es schaffst, sie zu berühren, werden sie dich lieben und dir auch kleine Fehler verzeihen. Wenn nicht, werden sie dich noch in dieser Nacht vergessen haben.« Das waren seine letzten Worte, bevor er sich zum Soundcheck begeben und sie völlig aufgewühlt zurückgelassen hatte. Gefühle kamen in ihr hoch, die sie nicht zulassen wollte. Schnell drehte sie sich weg. Sie musste sich auf ihren Auftritt konzentrieren.

Beginnen würden sie mit dem Hallelujah von Leonard Cohen, dann kamen etwas rockigere Stücke, die wahrscheinlich jeder im Publikum kannte und mitsingen würde, und danach wieder gefühlvolle Balladen. Vor allem die Solopartien, die sonst Katharinas Part waren, lagen ihr auf der Seele. In den Kehrversen würde Clarissa sie mit ihrer Altstimme unterstützen.

Fast automatisch sah sie wieder zu Carsten hinüber; sie konnte nichts dagegen tun. Die drei Monate mit ihm waren die schönsten in ihrem Leben gewesen. Fünf Jahre Lebenszeit hätte sie gegeben für ein weiteres Vierteljahr mit ihm, vielleicht auch zehn. Sie wusste, dass sie auf keinen Fall nochmals einen Mann finden würde, an dessen Seite sie sich so wohl, dermaßen geborgen und geliebt fühlen würde. Ob sie jemals darüber hinwegkommen würde, dass er sie nicht mehr wollte? Wahrscheinlich hatte er längst eine Andere, aber da er ein Riesengeheimnis um sein Privatleben machte, würde sie es vermutlich nie erfahren.

Jemand kam auf sie zu und bedeutete ihr, von dem Barhocker aufzustehen, auf dem sie saß. Sie brauchte ihn, um sich daran festzuhalten und gab ihn nur ungern frei. Als sie sich erhob, knickten ihre Beine ein wenig ein. Jetzt nur keinen Schwächeanfall bekommen, beschwor sie sich. Es fühlte sich schon wieder so an: Dröhnen in den Ohren, taube Beine, butterweiche, zittrige Knie, ein Gefühl von Luftknappheit. Am liebsten hätte sie auf der Stelle kehrtgemacht und die Bühne verlassen, aber zum Weglaufen war es ohnehin zu spät. Sie musste da durch.

Zum letzten Mal öffnete sie ihre Handtasche, um auf die Uhr zu sehen. Noch zwei Minuten. Nervös trippelte sie von einem Bein aufs andere. Sie verspürte plötzlich ein dringendes Bedürfnis und sah sich suchend um. Wo war gleich das nächste WC? Irgendwo hatte sie doch Dixi-Klos gesehen. Egal, die Zeit reichte sowieso nicht.

Die Techniker richteten die Scheinwerfer aus. Jessica blinzelte gegen das grelle Licht an. Das Publikum vor ihr war zu einer grauschwarzen, anonymen Masse verschmolzen. Vielleicht war es gut, dass sie keine Gesichter erkennen konnte, das machte es etwas leichter.

Max gab am Schlagzeug den Takt vor. Fast gleichzeitig setzte Jürgen mit seiner Elektrogitarre ein und Carsten schlug in die Tasten des weiß glänzenden Clavinova-Flügels. Er hatte ihn auf Orgelklang eingestellt. Als Carsten ihr zunickte, brach ihr der Schweiß aus. Mit zittrigen Beinen und einem Kloß im Hals trat sie vor zum Bühnenrand, atmete tief durch und dachte gerade rechtzeitig daran, ihr Mikrofon einzuschalten.

*

Mit dem kräftigen Applaus fiel zwei Stunden später endlich die Anspannung von ihr ab. Alles war gutgegangen. Weder war sie mit ihren High Heels über ein Kabel gestolpert noch hatte ihre Stimme versagt. Vor allem war das gefürchtete Blackout ausgeblieben, ihre Angst vor Textschwächen, Aussetzern oder verwechselten Strophen. Das kam manchmal vor, wenn sie besonders aufgeregt war. Aber heute war alles wie geschmiert gelaufen. Der größte Lohn war Carstens zufriedener Gesichtsausdruck.

Alle fünf fassten sich nun an den Händen und verbeugten sich tief. Jessica fühlte Carstens warme, zupackende Hand und gleichzeitig Jürgens schlaffes, feuchtes Händchen. Sie ließen los, um sich sogleich in den Armen zu halten. Eine Reihe gut befreundeter, bestens aufgelegter, zufrieden strahlender Musiker.

»Jessi, Jessi!«, ertönten Rufe aus dem Publikum. Jessica suchte Blickkontakt mit Clarissa, doch die reagierte nicht. Der Auftritt war vorbei und Clarissa nicht mehr in ihrer Rolle. Sie musste sich nicht länger zusammenreißen, nicht wie eben auf der Bühne die beste Freundin spielen. Clarissa sah stur geradeaus und verzog keine Miene.

Carsten schob Jessica nach vorn, damit sie sich für ihr Solo einen Extra-Applaus abholte. Mit einer weit ausholenden Geste deutete er auf sie und strahlte stolz und selbstsicher ins Publikum. Jessica war es peinlich, die Aufmerksamkeit so sehr auf sich zu ziehen, gleichzeitig genoss sie es.

Beim Zurückgehen bemerkte sie Jürgens Blick, und da fühlte sie sich sofort schlecht.

Vereinzelt ertönten immer noch Zugabe-Rufe, aber nun war Schluss.

Die Scheinwerfer gingen aus, die Menschenmenge löste sich auf. Die Bühne gehörte jetzt den Technikern, die Instrumente entstöpselten und das Equipment abbauten. In zwei Tagen würden sie alles am Nikolaiort erneut aufbauen.

Jessica stand verloren im Backstagebereich und wusste nicht, was sie tun sollte. Sie war wieder das schüchterne, unsichere Mädchen, das sie vor dem Auftritt gewesen war.

Carsten kam mit ausgestreckten Armen auf sie zu. »Glückwunsch, Jessi, das war dein bester Auftritt bisher! Du hast dich endlich mal getraut, loszulassen, man hat dir angesehen, dass du Spaß hattest. Du hast Gefühl gezeigt, warst bei dir, total authentisch! Und du hast der Blue Box eine ordentliche Portion Glamour verliehen! Komm her und lass dich drücken.« Er zog sie an sich und küsste ihr Haar. »Ich bin stolz auf dich, Süße. Und du Dummerchen wolltest mir nicht glauben. Du bist doch tatsächlich eine Rampensau, wer hätte das gedacht. Unsere kleine Prinzessin war der Star des Abends. Das Publikum liebt dich, es hat dich ins Herz geschlossen!«

»Ich hätte nicht gedacht, dass es so voll wird«, gab Jessica zu. »Ich habe am ganzen Körper gezittert, als ich das Menschenmeer gesehen hab. Unglaublich, echt!«

»Was hast du erwartet, heute ist Eröffnung, da steppt der Bär!«, erwiderte er, während er sie mechanisch streichelte. »Das wird noch ordentlich rundgehen in den nächsten zehn Tagen. Letztes Jahr kamen fast 900.000 Besucher zur Maiwoche. Ich bin froh, dass ich mein Hotel rechtzeitig gebucht habe. Seit Wochen ist kein Bett mehr in Osnabrück zu bekommen, besonders in der Nähe der Festmeile.«

»Das glaub ich. Sonst du hättest auch pendeln können, nach Rheine ist es ja nicht wirklich weit.«

»Gut, aber es ist schöner, dicht dran zu sein. Ich genieße das sehr«, raunte er in ihr Ohr. »Wenn wir übermorgen am Nikolaiort spielen, hoffe ich, dass Katharina immer noch krank ist. Da bin ich ehrlich, auch wenn es etwas gemein klingt. Ich mag im Moment keine Auseinandersetzungen mit ihr. Hat Zeit bis nach der Maiwoche. Der Zufall wollte es, dass du endlich deine Chance bekommst. Du hast Katha würdig ersetzt, Engel. Ganz großes Kino!« Erneut küsste er ihr Haar.

»Danke, die anderen sind da anscheinend anderer Meinung.«

Er seufzte. »Neider gibt es immer, das ist leider so. Damit musst du klarkommen. Sei stolz auf dich und genieße deinen Erfolg. Du bist einfach besser als Katharina. Bald bist du die Nummer eins der Blue Box und bekommst ihren Platz. Du wirst dann unsere Frontfrau. Mir egal, was die anderen dazu sagen. Ich trage schließlich die Verantwortung.«

»Und Katharina? Du kannst sie nicht einfach rauswerfen! Wie komme ich mir denn vor? Ich kann doch nicht meine Karriere auf ihrem Leid aufbauen. Ich will Katha nicht den Platz wegnehmen. Sie tut mir leid.«

Nachdenklich löste er sich von ihr und betrachtete sie. »Schau mal, wäre sie nicht krank geworden, hätte sie den Applaus bekommen und nicht du. Vergiss nicht, wie lange wir darauf hingearbeitet haben! Jetzt kann keiner mehr sagen, Jessica Wagner wäre nur schmückendes Beiwerk. Das war deine Chance, und du hast sie genutzt!«

»Ich kann mich nicht richtig freuen, solange es Katha schlecht geht und mir die anderen den Erfolg nicht gönnen.«

Er runzelte die Stirn. »Von wem sprichst du?«

»Das weißt du genau.«

»Sag es mir.«

Sie zögerte einen Moment. »Alle. Jürgen und Clarissa. Und natürlich Katharina und Max.«

Er winkte ab. »Du machst dich verrückt. Katharina hat ihre Chance gehabt, aber ihre besten Zeiten sind vorbei. Ihre Stimme trägt nicht mehr, sie sieht nicht mehr ganz so gut aus wie früher. Sie muss damit fertigwerden, dass jetzt für sie der Hammer fällt. Ich schicke sie in Rente. Jeder Mensch ist ersetzbar, das ist leider Fakt. Irgendwann ist Schluss. Das ist das Business, das läuft überall so. Man muss anpassungsfähig bleiben, sonst laufen einem auf Dauer die Fans weg. Und neue kommen nicht hinzu, weil unsere Band langsam überaltert. Manchmal muss man einfach Entscheidungen treffen, auch wenn sie im ersten Moment nicht schmecken.«

»Und irgendwann bin ich dann weg vom Fenster«, sagte Jessica nachdenklich.

»Quatsch, irgendwann ist nicht heute. Heute bist du gut. Sogar saugut, um es auf den Punkt zu bringen. Und jetzt wird gefeiert!« Er nahm ihren Arm, um sie mitzuziehen.

Sie stemmte sich dagegen. »Nein, Carsten, sei mir bitte nicht böse, aber ich komme nicht mit.«

Er konnte seine Unzufriedenheit nicht verbergen. »Was soll das heißen, du kommst nicht mit?«

»Mir ist nicht danach.«

Zwischen seinen Augen bildete sich eine Furche. »Willst du mich strafen, weil ich mit dir Schluss gemacht hab? Ist es das?«

Sie errötete. »Nein, ist schon okay. Das ist es nicht.«

Er sah sie eindringlich an und redete ruhig auf sie ein. »Du musst dich entscheiden, zu wem du gehören willst, Jessica, zu den Gewinnern oder zu den Verlierern. Gewinner glauben an sich, während Verlierer nur auf andere schauen und aus Angst, ihnen nicht das Wasser reichen zu können, den Kopf in den Sand stecken. Willst du das? Aufgeben? Ist es das, was du willst? Zeig ihnen, dass du dazu gehörst und sie ab heute mit dir rechnen müssen!«

Plötzlich verdüsterte sich ihre Miene. »Sie war da, oder? Ich meine, ich hätte sie im Publikum gesehen, rechts vor der Bühne.«

Er steckte die Hände in die Jeanstaschen und stieß die Luft aus. »Ja, du hast recht. Sie war da.«

»Hast du ihren Gesichtsausdruck gesehen?«

Er seufzte. »Jessi, hör mir zu, wisch das alles beiseite. Ich mache mir manchmal Sorgen um dich, weil du so sensibel bist und leicht Stimmungen von anderen aufnimmst. Das ist nicht gut. Lass dich nicht runterziehen, hm? Vor allem nicht von ihr. Sie muss allein damit fertigwerden. Es ist ihre Sache. Sie ist erwachsen und schafft das. Erfolg kann man nicht im Laden kaufen, nach dem Motto: ›Hey, gib mir mal eine Portion Erfolg für drei Euro!‹ Nee, so läuft das nicht. Vor allem nicht in diesem Business.«

»Ich weiß, aber es ist ein verdammt blödes Gefühl.«

»Denk dran, was ich dir gesagt habe. Denk positiv. Denk nur an dich. Jessi first. Sonst geht die Rolltreppe wieder abwärts, und das willst du doch nicht. Ich will dich oben sehen, Jessi, ganz oben, da gehörst du hin!«

Sie sah an ihm vorbei. »Ich glaube, ich kann das nicht, Carsten. Ich habe Angst.«

»Oh doch, das kannst du. Das musst du sogar. Ich verlange es von dir, schließlich hab ich eine Menge Kohle in dich gesteckt. Ich habe viel in dich investiert, vergiss das nicht, nicht nur Geld, sondern auch Zeit und Herzblut. Ich will, dass sich das auszahlt! Du lässt mich nicht im Stich, Jessi. Du ziehst das durch. Und was die Fehler anbelangt, bleib cool. Ein kluger Mann hat mal gesagt, ich glaube, es war Dietrich Bonhoeffer: ›Der größte Fehler, den man machen kann, ist, immer Angst zu haben, einen Fehler zu machen.‹ Und jetzt wird gefeiert! Wir wollen noch ein paar Bier zischen. Und ich will dich dabeihaben.« Wieder versuchte er, sie mitzuziehen.

Sie machte sich steif. »Heute nicht, Carsten. Die letzten Tage waren extrem anstrengend, die Proben und so, ich bin total durch den Wind und will früh schlafen gehen.«

»Schlafen gehen?« Er streifte sie mit einem Blick der Verachtung. »Du kannst genug schlafen, wenn du tot bist. Wir feiern heute Abend vor allem dich, Prinzessin! Deinen Aufstieg zur Frontsängerin! Sei nicht so undankbar! Ein Bierchen, mehr nicht. Danach schläfst du wie ein Baby. Wir treffen uns ja morgen erst um zehn.«

Sie winkte ab. »Ich mach mich vom Acker, ehrlich. Ich bin fertig. Da hat keiner was von. Außerdem will ich jetzt nicht mit den anderen reden, will mich nicht rechtfertigen müssen. Hab keine Lust auf ihre mürrischen Gesichter. Die ziehen mich runter. Wir sehen uns morgen bei der Probe.«

Carsten setzte eine enttäuschte Miene auf und rückte seinen Hut zurecht. »Okay. Wenn du es dir anders überlegst, kommst du einfach nach. Wir sind am Maibrunnen auf dem Marktplatz, vor der Marienkirche, du weißt schon.«

»Ja, ich weiß.« Jessica schulterte ihre Tasche und ging, ohne sich noch einmal umzusehen.

KAPITEL 2

Samstag, 6. Mai

Der Lieneschweg gehörte zu den Top-Adressen Osnabrücks. In den goldenen 20er-Jahren des vorigen Jahrhunderts hatten hier betuchte Osnabrücker Beamten- und Unternehmerfamilien ihre Villen errichtet – fernab vom Lärm, der Hektik und der Geruchsbelästigung der Innenstadt. Große, elegante Stadthäuser, im Laufe der Jahre aufwendig saniert, reihten sich wie Perlen entlang der begrünten Allee und prägten das Bild einer gehobenen Lebensart. Einige Villen waren zu Mehrfamilienhäusern umgebaut worden, weil die Familien kleiner geworden waren und kein Personal mehr mit im Haus untergebracht werden musste. Die Lage war ideal – nicht weit zu den Einkaufsmeilen Lotter Straße und Innenstadt und ebenfalls nicht weit entfernt vom Naherholungsgebiet Westerberg. Auch das weitläufige Waldgebiet Heger Holz mit dem idyllisch gelegenen Rubbenbruchsee war mit einem etwas längeren Spaziergang zu erreichen.

Das Villenviertel lag am Samstagmorgen noch verschlafen da, als Else Leinweber bereits ihren Hausputz erledigt hatte. Energisch zog die Mittsiebzigerin die Wohnungstür hinter sich zu. Sie ärgerte sich darüber, dass die Sängerin aus der Erdgeschosswohnung trotz mehrmaliger Aufforderung das Treppenhaus nicht geputzt hatte. Es war schon öfter vorgekommen, dass sich die Nachbarin über

Regeln und mündliche Absprachen hinweggesetzt hatte. Else Leinweber war es leid, die Arbeit für die junge, verwöhnte Dame mit zu erledigen. Ihr Hals schwoll an, als sie im Vorbeigehen Wollmäuse in den Ecken und feinen grauen Staub auf dem Geländer bemerkte.

Sie ordnete ihre bläuliche Lockenfrisur und läutete im Erdgeschoss neben dem Namensschild mit der Aufschrift »Jessica Wagner«. Die Tür war nicht richtig ins Schloss gezogen worden. Else Leinweber klingelte ein zweites Mal und ging einfach hinein. Ein eigentümlicher Geruch strömte aus der Wohnung. Die Bewohnerin musste da sein, denn das Radio lief.

»Hallo? Frau Wagner?« Mit einem beklemmenden Gefühl blieb Else Leinweber im Flur stehen. Es roch nicht nur ungelüftet, sondern auch süßlich, metallisch. Sie kannte das aus dem Pflegeheim, wenn sie ihren dementen Bruder dort besuchte. Ein unangenehmes Geruchspotpourri aus Urin, Kot, Blut, Reinigungs- und Desinfektionsmittel und billigem Eau de Toilette, das aus Duftspendern aus den Ecken kam, im verzweifelten Versuch, für ein angenehmes Raumklima zu sorgen. Else Leinweber runzelte die Stirn. War die Nachbarin in der Nacht etwa volltrunken nach Hause gekommen? »Frau Wagner?« Langsam tastete sie sich vor, sie kannte sich ja aus. Die Wohnung hatte den gleichen Schnitt wie ihre eigene. Oft genug war sie hier gewesen, um der Nachbarin etwas zu bringen, was der Bote bei ihr abgegeben hatte. Die jungen Leute bestellten ja nur noch im Internet. Sogar Essen ließ sich die kaufsüchtige Person anliefern. Oft bekam sie Kartons einer bekannten Supermarktkette. Die Hälfte des Inhalts landete hinterher in den Mülleimern hinterm Haus. Und Kleidung, jede Menge Kleidung, fast jede

Woche bestellte sie was im Internet! Alles wurde anprobiert und dann wieder zurückgeschickt. Else Leinweber beobachtete oft durchs Küchenfenster, wie ihre Nachbarin mit einem Paket unterm Arm das Haus verließ. Kein Wunder, dass die schönen alten Geschäfte in Osnabrück langsam ausstarben!

Die alte Dame steuerte auf die Küche zu. Links davon war das Schlafzimmer, daneben das Bad und das Gäste-WC, und rechts vom Eingang das Wohnzimmer.

In der Küche lief das Radio, ziemlich laut sogar, amerikanische Popmusik, doch es war niemand zu sehen. Auf dem Tisch standen Essensreste, ein Pappteller mit den Resten einer Currywurst, auf dem die bräunliche Soße bereits unappetitlich verdickt war, und labbrige, vollgesogene Pommes frites. Daneben lag eine eingedrückte Büchse Cola.

Die stechenden Ausdünstungen kamen aus dem Wohnzimmer. Bereits an der Türschwelle blieb Else Leinweber stehen und schlug sich entsetzt die Hand vor den Mund.

Da war sie! Jessica Wagner lag auf dem Bauch in einer Blutlache. Sie musste sich eingenässt und eingekotet haben.

Die alte Dame griff sich an die Brust. Ein plötzlich einsetzendes heftiges Schwindelgefühl erfasste sie und wollte sie zu Boden reißen. Gerade rechtzeitig konnte sie sich an einer Kommode abstützen. Der Schweiß trat ihr aus allen Poren und ihr Herz begann zu stechen und zu rasen. Um Hilfe schreiend schwankte sie aus der Wohnung ins Treppenhaus. Später hätte sie nicht sagen können, wie sie ihre arthritischen Gelenke plötzlich so schnell und schmerzlos hatte bewegen können. Sie spürte ihre Beine nicht mehr, als sie die Holztreppe hinaufpolterte, ihre Wohnungstür aufschloss und dann hastig hinter sich zuzog, um sie doppelt zu verriegeln. Erschöpft riss sie das Telefon an sich und wählte die 110.

*

»Osna 4,23, Meier«, knödelte das Funkgerät im Rettungswagen der Johanniter. »Ihr Standort?«

»Knappheide hier, Lotter Straße, Höhe Emma.«

»Osna 4,23, Meier, RTW zum Lieneschweg, leblose Person, Notarzt rückt nach.«

Der Fahrer des Rettungswagens vergewisserte sich, die Hausnummer richtig verstanden zu haben und brummelte dann: »Verstanden.« Sofort schaltete er das Martinshorn ein und gab Gas. Glücklicherweise verhielten sich die Autofahrer heute vorbildlich, rechts und links wichen die Fahrzeuge aus, es war ohnehin noch nicht viel los, sodass er in weniger als fünf Minuten das Ziel am Lieneschweg erreichte.

Er traf fast gleichzeitig mit dem Notarztwagen und zwei Streifenwagen am Unglücksort ein.

Aus dem Haus kam eine kleine, ältere Frau mit blauen Haaren, gräulicher Gesichtsfarbe und irrem Blick gelaufen. »Kommen Sie!«, schrie sie. »Kommen Sie schnell, die Frau Wagner ist tot. Die Frau Wagner von unten! Eine ganz junge Frau! Tot! Alles voller Blut! Sie wurde ermordet! Erstochen! Auf dem Teppich! Alles voller Blut, ganz viel Blut!«, schrie sie panisch.

Ein junger Polizeibeamter kümmerte sich um sie und forderte über Funk einen Notfallseelsorger an.

Der Sanitäter eilte im Laufschritt mit seinem Notfallkoffer an ihnen vorbei, gefolgt von zwei Kollegen und dem Notarzt. »Wo müssen wir hin?«

»Erdgeschoss, links, die Tür steht offen«, rief jemand. Dort angekommen, reichten wenige Sekunden, um festzustellen, dass es nichts mehr zu tun gab. Die Leiche wies mehrere Stichwunden am Rücken auf. Sie war schon kalt. Als der Sanitäter die Bluse der jungen Frau hochzog, waren erste Totenflecken sichtbar. Er nickte dem Notarzt zu, der trotzdem ordnungsgemäß den Puls nahm und sein Stethoskop herauszog. »Das ist was für K1«, sagte er mit hochrotem Kopf. Über Funk forderte er die Kriminalpolizei an.

*

Das rot-weiß gestreifte Flatterband der Polizei störte die Idylle am Lieneschweg unweit der Musikschule, die früher mal eine Frauenklinik gewesen war. Vor einem charmanten Zweifamilienhaus mit Erkern, Giebeln und Mansardendach standen drei Polizeiwagen. Autofahrer fuhren noch langsamer als die vorgeschriebenen 30 Kilometer pro Stunde und Fußgänger blieben stehen, um zu sehen, was da los war.

Ein uniformierter Polizeibeamter passte am Gartentor auf, dass kein Unbefugter ins Haus gelangte.

Birthe Schöndorf von der Osnabrücker Mordkommission erreichte den Tatort am Samstagvormittag, etwa eine halbe Stunde nach den Kollegen der Schutzpolizei.

»Ich übernehme jetzt die Ermittlungsleitung«, rief die junge, blonde Frau den Beamten im Eingangsbereich zu. »Gibt es Zeugen? Haben Sie bereits Bürger aus der Nachbarschaft befragt?«

»Von den Anwohnern der Nachbarhäuser hat offenbar niemand etwas mitbekommen. Kollegen sind unterwegs, um in den Häusern gegenüber nachzufragen. Am meisten kann uns wohl die ältere Dame sagen, die in der oberen Etage wohnt, aber die steht unter Schock, befindet sich gerade im RTW und ist zur Stunde nicht vernehmungsfähig.«

Die hochgewachsene Mittdreißigerin begrüßte ihre Kollegen von der Tatortgruppe. Einer war damit beschäftigt, mit Pinsel und Ruß an der Haustür Spuren zu nehmen. Ein anderer tütete gerade mithilfe einer Pinzette ein dunkles Haar in einen durchsichtigen Beutel ein.

»Gibt es Anzeichen für einen Einbruch?«

»Nein. Das Opfer muss dem Täter die Tür geöffnet haben.«

Birthe Schöndorf betrat die Wohnung und begrüßte ihren Kollegen Daniel Brunner, der gerade aus einem Zimmer rechts von ihr kam. Die Tür stand offen und gab den Blick frei auf einen sonnigen Raum mit heller Einrichtung, allem Anschein nach das Wohnzimmer. »Hey, du bist schon da!«, begrüßte sie ihn.

»Ich war noch beim Frühstück und bin direkt hergefahren. Bin aber auch erst vor ein paar Minuten eingetroffen. Eigentlich habe ich heute frei.«

»Ich weiß, ich auch. Ich hatte den Tag anders geplant. Nun ja, was soll's. Wer ist die Tote?«

»Jessica Wagner, 25 Jahre alt. Sie wohnt hier.«

»Alleine?«

»Offensichtlich, ja. Ist ziemlich groß, die Wohnung, für eine Einzelperson, nicht wahr? Mindestens 100 Quadratmeter, schätze ich mal, und das am teuren Westerberg.«

»Dann muss sie einen guten Job haben.«

»Oder reiche Eltern. Nachbarn aus dem Nebenhaus haben erzählt, dass die Wohnung ihrem Vater gehört, Christian Wagner. Er wohnt nicht weit von hier, ein paar

Straßen oberhalb, am Richard-Strauss-Weg.« Daniel ging zu der Toten, sicher, um sich ein genaues Bild zu machen. Seit Jahren arbeiteten sie zusammen im Team der Mordkommission K 1. Sie mochte ihn – als Kollegen. Nie hätte sie sich ihn als Partner vorstellen können, obwohl er ihr das Gefühl vermittelte, dass er auf sie stand. Er war ihr zu eitel und hatte zu viele Frauengeschichten. Keine seiner Beziehungen hatte bisher länger gehalten als ein paar Monate.

»Was ist passiert?« Birthe trat näher an die Leiche heran. Sie nahm den stechenden, metallischen Geruch von Blut wahr und musste eine aufkommende Übelkeit unterdrücken. Es war nicht die erste Leiche aus nächster Nähe, aber es kam eher selten vor, dass sie zu einem Tatort gerufen wurde, an dem das Opfer eine junge Frau war. Es kostete sie etwas Überwindung, genau hinzusehen. Wagners weiße, ärmellose Bluse war blutgetränkt, auch die langen blonden Haare und die helle Hose hatten Spritzer abbekommen. Zwischen den Schulterblättern waren drei Stichverletzungen zu erkennen, etwa vier Zentimeter breit. Die Kollegen der Tatortgruppe hatten bereits die Umrisse der Toten markiert. Eine dicke weiße Linie, die den menschlichen Körper nachzeichnete. Ein Stuhl war umgefallen, ansonsten machte der Raum einen ordentlichen, fast unbewohnten Eindruck.

Hansmann vom polizeilichen Erkennungsdienst gesellte sich zu ihnen und nickte Birthe freundlich-distanziert zu. Er trug wie die anderen Kollegen von der Spurensicherung einen Plastikoverall, Handschuhe, Überschuhe und Mundschutz. »Der Täter muss gezielt auf sie eingestochen haben, mit enormer Kraft und mit einem großen Messer.«

»Ist sie an Ort und Stelle gestorben?«, wollte Birthe wissen.

»Ja. Du siehst es an den Blutspuren, die sich lediglich unmittelbar um die Leiche herum befinden, und an den Totenflecken.« Er schob die Bluse hoch, sodass die Flecken sichtbar wurden.

»Wie lange ist sie schon tot?«

»Etwa zehn bis zwölf Stunden. Der Tod muss zwischen Mitternacht und 1 Uhr morgens eingetreten sein. Ihre Temperatur ist schon um zehn Grad gesunken. Die Totenstarre ist voll ausgebildet.«

Birthe wandte sich an Daniel. »Ist die Staatsanwältin informiert worden?«

»Ja. Frau Koswalla ist auf dem Weg. Sie bringt den Durchsuchungsbefehl und die Anordnung zur Obduktion mit.«

»Ist der Notarzt noch da?«

»Nein, er ist gerade gefahren. Hier ist der Totenschein.« Daniel überreichte ihr das Dokument. »Unnatürliche Todesursache« war angekreuzt, aber das war ja ohnehin eindeutig.

Birthe hatte ihre erste Hemmung überwunden und hockte sich zu der Frau. Eine schlanke, fast zierliche Statur, sommerlich gekleidet, große Kreolen in den Ohren, feiner, gerader Nasenrücken, das sah sie von der Seite, helle Augenbrauen, solariumgebräunte Haut, verschiedene Ringe an den sorgsam manikürten, feingliedrigen Händen. Aus dem Mund war eine bräunliche Flüssigkeit gequollen.

»Ist das Blut?«, fragte sie und deutete auf die Mundwinkel der Toten.

Hansmann verneinte. »In der Küche stehen Essensreste. Ich vermute, sie hat kurz vor ihrem Tod Currywurst gegessen.«

Birthe hatte erst vor einer halben Stunde ausgiebig gefrühstückt und verspürte erneut einen Anflug von Übelkeit. Sie stand auf. »Sie lebte alleine hier?«

Hansmann nickte. »Es gibt keinen Hinweis darauf, dass sie mit jemandem zusammenlebte. Aber das lässt sich ja schnell in Erfahrung bringen. Es ist ein Zweiparteienhaus. Die obere Wohnung wird ebenfalls von einer alleinstehenden Dame bewohnt.«

»Wenn sie dem Täter nachts selbst die Tür geöffnet hat, könnte es sich um eine Beziehungstat handeln.«

»Möglich«, sagte Hansmann. »Es ist definitiv kein Raubmord. Keine offenen Schränke und Schubladen, kein Chaos in der Wohnung. Ihre Handtasche lag auf der Kommode im Flur. Alles drin, Geld, Ausweispapiere, Handy.«

»Das Opfer weist keine Verletzung an Händen oder Armen auf«, sagte Birthe. »Anscheinend hat es keinen Kampf, keine Abwehrbewegung gegeben. Offenbar wurde sie überrascht. Der Täter muss sie von hinten angegriffen haben. Sie war vollkommen arg- und wehrlos.«

»Sie muss ihn gekannt haben, sonst hätte sie ihm wohl kaum den Rücken zugedreht«, fasste Daniel seine Beobachtungen zusammen.

Birthe nickte. »Davon gehe ich auch aus. Schau dir mal die Kleidung der Toten an. Sie trägt Ausgehklamotten und Schuhe, silberfarbene Riemchensandaletten mit hohem Absatz. Sie ist stark geschminkt. Sieht nicht nach einem gemütlichen Fernsehabend auf dem Sofa aus. Sie muss unterwegs gewesen sein. Vielleicht hat sich der Täter mit ihr zusammen in die Wohnung gedrängt.«

Nachdenklich zupfte sich Daniel am Ohr. »Sollte es eine Beziehungstat gewesen sein, wird ein Streit vorausgegangen sein. Die Nachbarn könnten etwas mitbekommen haben.«

Birthe sah sich in dem etwa 40 Quadratmeter großen, schlauchförmigen Raum um. Ein Wohnraum wie aus einem Hochglanzmagazin. Parkettboden, weiße Sprossenfenster mit goldenen Beschlägen, weiße Kassettentüren. Auf der Südseite, die zum gepflegten Garten zeigte, befand sich eine hellgraue Sitzlandschaft mit niedrigen Beistelltischen und einem flauschigen Teppich. An der Wand hing ein großer Flachbildschirm. Die Nordseite mit Erker wurde als Essbereich genutzt. Ins Auge fiel ihr ein moderner Kaminofen, davor ein großer Holztisch mit Metallbeinen und sechs verschiedenfarbigen Lederstühlen. Ein paar dezent platzierte antike Möbel verliehen dem Raum Wärme und Tiefe. Die Einrichtung wirkte repräsentativ und ungewöhnlich für eine junge Frau.

Die Kollegen von der Tatortgruppe hatten bereits an jenen Stellen, an denen Spuren gesichert worden waren, Karten aufgestellt.

»Reiches, armes Mädchen«, sagte Daniel, der Birthes Blick gefolgt war. »Nur womit ist sie reich geworden? Allein durch Mama und Papa?«

»Habt ihr die Tatwaffe?«, erkundigte sich Birthe.

»Nein, bisher nicht«, sagte Daniel. »Wir hoffen, dass wir sie bald finden.«

»Ich schaue mich mal um.« Birthe verließ das Wohnzimmer, gefolgt von Daniel.

Die Küche hatte einen quadratischen Zuschnitt und bot eine herrliche Aussicht auf den Garten. Sie war mit hochwertigen, weißen Einbaumöbeln ohne Griffe, viel Edelstahl und teuren Geräten ausgestattet.

»Okay«, sagte sie und deutete auf den hohen Tisch. »Hier hat sie also gesessen und ihre letzte Mahlzeit eingenommen. Currywurst, Pommes rot-weiß, Cola. Nur ein Barhocker ist zum Sitzen vorgezogen worden, der andere wurde nicht bewegt. Die Cola hat sie ausgetrunken. Die Wurst hat sie nur zur Hälfte gegessen. Es sieht so aus, als sei dabei gestört worden. Das würde bedeuten, sie war vor dem Täter in der Wohnung.«

»Vielleicht wollte sie vor dem Ausgehen noch was zu sich nehmen, hatte dann aber keinen Appetit mehr.«

Birthe ging zum Abfalleimer und nestelte mit langen Fingern ein Einpackpapier heraus, an dem Reste der braunen Soße pappten. »Nur eine Portion hat sie geholt. Schwierig herauszufinden, an welchem Stand sie die Currywurst gekauft hat, bei dem Überangebot an Imbissbuden.«

»Wir werden es herausfinden«, meinte Daniel.

»Was ist mit ihrem Handy? Brauchen wir die PIN?«

»Ja. Ich hoffe, die Kollegen kommen schnell dran. In der Regel ist das ja kein Problem.«

»Wir müssen wissen, mit wem sie kurz vor ihrem Tod Kontakt hatte, ob sie sich vielleicht mit jemandem für die Maiwoche verabredet hatte.«

»Klar«, meinte Daniel.

»Wer hat die Polizei gerufen?«

»Die Nachbarin von oben, Else Leinweber. Die Frau hat einen Schock erlitten und ist nicht vernehmungsfähig. Momentan wird sie im RTW versorgt.«

»Ach ja, von der älteren Dame habe ich schon gehört. Ich werde mal nach ihr sehen. Vielleicht ist sie inzwischen in der Lage zu reden.«

KAPITEL 3

Der Rettungswagen stand halb auf dem Bürgersteig. Durch die offene Tür sah Birthe eine ältere Frau darin. Sie erkundigte sich bei den Rettungssanitätern nach dem Befinden der alten Dame und setzte sich zu ihr auf einen ausklappbaren Hocker. »Frau Leinweber, mein Name ist Birthe Schöndorf von der Osnabrücker Kriminalpolizei. Sie haben Ihre Nachbarin gefunden. Wie geht es Ihnen? Fühlen Sie sich imstande, mir ein paar Fragen zu beantworten?«

Die alte Dame nickte.

»Was haben Sie gesehen? Wenn Sie reden möchten, höre ich Ihnen zu«, sagte Birthe leise.

»Ich bin froh, dass endlich die Polizei da ist. Ich hatte so eine Angst.« Else Leinweber strich über ihren Handrücken, in dem eine Infusionsnadel steckte, nickte. Sie wirkte mitgenommen.

»Wann haben Sie Ihre Nachbarin gefunden?«

»Ich weiß nicht genau. Es war furchtbar. Ich bekam eine Panik, ich dachte, ich sterbe! So etwas Entsetzliches habe ich noch nie gesehen. Es war wie in einem Horrorfilm!«

»Das glaub ich Ihnen«, sagte Birthe mitfühlend.

»Das können Sie nicht verstehen, weil Sie es nicht selbst erlebt haben.«

»Nein, darum wäre es schön, wenn Sie mir davon erzählen würden.«

»Irgendwas haben die mir gegeben. Ich bin auf einmal todmüde und könnte auf der Stelle einschlafen.« Für einen

Moment schloss Else Leinweber ihre Augen, sodass Birthe fürchtete, sie würde es tatsächlich tun. »Ich habe noch nie etwas derart Furchtbares erlebt«, jammerte die Frau. »Und das bei mir zu Hause! Ich hatte Todesangst. Ich dachte, der Mörder treibt sich irgendwo im Haus rum und will mich auch abstechen.«

»Haben Sie jemanden gesehen?«, fragte Birthe vorsichtig.

»Nein. Trotzdem hatte ich die ganze Zeit über das Gefühl, er wäre da.«

»Sie fühlten sich beobachtet?«

»Ja. Da war jemand, das Gefühl hatte ich.«

»Wodurch? Haben Sie Geräusche gehört oder etwas Außergewöhnliches wahrgenommen? War etwas anders als sonst?«

Die alte Dame schüttelte heftig den Kopf.

»Ich kann Sie beruhigen. In der Regel kehrt der Täter nicht zurück. Und außerdem wird er es kaum auf sie abgesehen haben. Wir vermuten, es war jemand aus dem Umfeld der jungen Frau.« Birthe hoffte, dass sie mit ihren aufmunternden Worten Recht behielt. Die Realität sah manchmal anders aus.

»Vielleicht denkt er, ich hätte ihn gesehen. Dann will er mich umbringen, damit ich nicht als Zeugin aussagen kann. Das hat es schon gegeben, habe ich bei ›Aktenzeichen XY … Ungelöst‹ gesehen. Die Täter wollen die Zeugen mundtot machen, damit sie nicht gefasst werden. Ich habe keine ruhige Minute mehr, glauben Sie mir das. Ich wünschte, Sie hätten ihn schon«, klagte die Frau. »Erst wenn er hinter Schloss und Riegel ist, werde ich aufatmen.«

»Das können Sie auch so, Frau Leinweber. Wir tun unser Bestes, um den Täter bald zu finden.«

»Und was soll ich bis dahin machen? Ich kann doch nicht in meine Wohnung zurück. Wie soll ich da noch ruhig schlafen, wenn in dem Haus eine Frau umgebracht wurde? Ich bin ganz allein, wissen Sie.«

»Hm. Vielleicht haben Sie die Möglichkeit, heute Nacht woanders zu schlafen? Haben Sie Angehörige in Osnabrück? Oder Freunde?«

»Nein, ich habe niemanden. Hier auch nicht. In dem Haus gibt es nur zwei Wohnungen. Die von Jessica unten und meine oben. Mehr Leute wohnen da nicht.«

Birthe bekam Mitleid mit der alten Frau. Allein in dem großen Haus zu sein, war jetzt sicher nicht angenehm. Birthe hätte nicht mit ihr tauschen wollen, trotzdem musste sie versuchen, zuversichtlich zu klingen und ihr die Angst zu nehmen. Betont munter setzte sie das Gespräch fort. »Wenn Sie wollen, schau ich mir nachher mal Ihre Wohnung an und überprüfe, ob alles einbruchsicher ist. Wenn nicht, kümmere ich mich darum und schicke Kollegen los, die darauf spezialisiert sind und Sie beraten.«

»Das wäre schon mal was«, sagte die Frau erleichtert. »Ich werde heute Abend eine Schlaftablette nehmen, dann wird es schon gehen. Für alle Fälle lege ich das Telefon neben mein Bett.«

»Das ist eine gute Idee. Wenn etwas ist, rufen Sie mich ruhig an«, sagte Birthe. »Ich gebe Ihnen meine Karte und schreibe meine Handynummer dazu.« Sie zückte einen Kuli. »Das mache ich sonst nicht, nur für Sie, Frau Leinweber«, sagte Birthe augenzwinkernd, kritzelte ihre Nummer auf die Karte und reichte sie der Frau. Nach einer kurzen Pause sprach sie weiter: »Jessica Wagner ist gestern Abend ausgegangen. Wissen Sie, wohin?«

Else Leinweber betrachtete Birthes Visitenkarte und strich liebevoll mit dem Finger darüber. Ihr Nagellack war zartrosa, schon leicht abgesplittert. »Nein. Sie geht oft aus, besonders am Wochenende, da achte ich nicht immer drauf.« Sie sprach ganz ruhig. Die Beruhigungsmittel, die ihr verabreicht worden waren, schienen zu wirken. »Ich glaube, sie wollte auf die Maiwoche.«

»Was wissen Sie über Jessica Wagner? Was hat sie beruflich gemacht?«

Die alte Dame zuckte mit den Schultern. »Ich weiß es nicht genau. Gesungen hat sie. Ob sie davon leben konnte? Das Haus gehört ihren Eltern. Ich bin nur Mieter der oberen Wohnung. Ich nehme an, ihre Eltern haben auch sonst alles bezahlt. Jessica war ziemlich faul. Ich musste sie ständig ermahnen, sich an den Putzplan im Treppenhaus zu halten.«

»Wenn die Eltern so reich sind, hätten sie doch eine Reinigungskraft bezahlen können, aber das haben sie nicht?«

Else Leinweber schüttelte den Kopf. »Das wollten wir nicht. Ich nicht, aus Kostengründen, ich wollte mich nicht beteiligen, und Jessica auch nicht. Sie wollte sich wohl nicht in die Karten schauen lassen.«

»Hatte sie denn etwas zu verbergen?«

Leinweber zuckte mit den Schultern. »Manchmal hatte ich den Eindruck. Sie wirkte oft verhuscht, besonders wenn sie Besuch hatte und nicht wollte, dass ich etwas mitbekomme.«

»Was war das für ein Besuch?«

»Verschiedene Personen. Sie kamen oft abends, sodass ich nicht genau sehen konnte, wie sie aussahen.«

»Waren es Männer? Oder Frauen?«

»Ich glaube, sowohl als auch.«

»Hatte Frau Wagner bestimmte Gewohnheiten?«

»Abends ging sie wie gesagt oft weg und morgens schlief sie lange.«

»Haben Sie am Abend ungewöhnliche Geräusche gehört? Gab es einen Streit?«

»Ich habe nur mitbekommen, wie jemand unten geläutet hat.«

Birthe straffte sich. »Wann war das? Um welche Uhrzeit etwa?«

»Gegen halb zwölf«, sagte Else Leinweber. »Ich war schon im Bett und wollte noch einmal zur Toilette gehen. Da habe ich das Türklingeln unten gehört.«

»Haben Sie Stimmen im Hausflur gehört? Wissen Sie, ob es ein Mann oder eine Frau war?«

Stirnrunzelnd versuchte Else sich zu erinnern. »Nein, das kann ich nicht sagen. Ich habe nicht darauf geachtet. Ich habe mich nur geärgert, dass nachts noch jemand Fremdes ins Haus kam. Jessica war oft schlampig mit dem Abschließen hinterher.«

»Versuchen Sie sich an jede Einzelheit zu erinnern. Jedes Detail zählt. Gab es unten in der Wohnung Streit?«

Else Leinweber dachte einen Moment nach. »Ich habe Jessica reden gehört. Die hat ja so eine hohe, durchdringende Stimme. Sie hat aufgeregt gesprochen.«

»Und die andere Person?«

»Nein, nur die von Jessica. Sie hat viel geredet. Laut und schnell, manchmal schrill.«

»Sind Sie sicher? Sie haben eine einzelne Frauenstimme gehört?«

Die alte Dame nickte.

»Waren es vielleicht zwei Frauenstimmen, die ähnlich klangen?«

»Nein, ich habe nur Jessica gehört.«

»Können Sie ausschließen, dass ein Mann in der Wohnung war?«

»Nein. Vielleicht hat er nichts gesagt oder er hat leise geredet.«

Birthe verabschiedete sich mit einem warmen Händedruck und ging zum Haus zurück. Ein Notfallseelsorger mit einer neongelben Jacke kam ihr entgegen. »Gut, dass Sie da sind«, rief Birthe ihm zu. »Die Zeugin im RTW könnte Ihre Hilfe gebrauchen.«

*

Im Flur ertönte Stimmengewirr. Ein schwarz gekleideter Mann mit Hut redete auf zwei uniformierte Streifenpolizisten ein. »Darf ich fragen, wer Sie sind und was Sie hier wollen?«, erkundigte sich Birthe höflich.

»Carsten Tobecke, der Manager von Jessica Wagner. Ich möchte wissen, was hier los ist. Was ist mit Jessi? Warum darf ich nicht zu ihr?«

»Manager? Wie darf ich das verstehen?«

»Jessi ist Sängerin. Sie singt in meiner Band. Wir waren für 10 Uhr heute Morgen verabredet, wollten zusammen proben. Sie ist nicht aufgetaucht und geht nicht ans Handy. Deswegen dachte ich mir, fahre ich mal direkt hin und schaue nach, was los ist.« Carsten Tobecke hatte einen rundlichen Kopf und einen fast kindlichen Gesichtsausdruck. Birthe schätzte ihn um die 50.

»Sie kann nicht ans Handy gehen.«

»Warum?« Entgeistert sah er sie an.

Erst jetzt fielen Birthe seine fahle Haut und die Schatten unter seinen Augen auf. Seine Nacht war vermutlich kurz gewesen. Er wollte sich an ihr vorbeidrängen, doch sie versperrte ihm den Weg.

»Moment, nicht so schnell. Hatten Sie gestern Abend einen Auftritt?«

Tobecke hob das Kinn. »Was wollen Sie von mir? Was ist hier eigentlich los?«

»Auf der Maiwoche? Mit Jessica Wagner?«

»Ja, warum?«

Birthe versuchte in seiner Mimik zu lesen. War er wirklich so ahnungslos, wie er tat? Entweder war er ein guter Schauspieler oder er wusste wirklich nichts. »Jessica Wagner ist tot. Es tut mir leid.«

Carsten Tobecke starrte sie ungläubig an. Seinen Hut nahm er jetzt ab. Verlegen fuhr er sich durch sein schütteres graues Haar, das er zu einem kurzen Pferdeschwanz gebunden hatte. »Das kann nicht sein«, murmelte er. Seine Gesichtszüge wurden schlaff, sodass sein Doppelkinn deutlich zum Vorschein kam. Er wischte sich mit dem Unterarm über die schwitzende Stirn.

»Warum kann das nicht sein?«

»Weil sie gestern Abend noch putzmunter war«, murmelte er.

»Kommen Sie«, sagte Birthe freundlich. »Wir gehen in mein Auto und unterhalten uns in Ruhe.«

»Ich will in die Wohnung! Ich muss zu ihr! Ich bin ihr Freund! Ich will sie sehen!« Seine Augen blickten flehentlich zu ihr auf. Es wirkte übertrieben, sodass Birthe sich fragte, ob er ihr etwas vorspielte.

»Das geht leider nicht. Hier werden gerade Spuren gesichert.«

»Spuren gesichert? Warum? Sagen Sie mir die Wahrheit: Ist sie ermordet worden?«

Birthe musterte ihn schweigend.

»Das glaub ich nicht! Welches Drecksschwein war das?« Entschlossen drängte er sich an ihr vorbei. »Jetzt hat sie es endlich geschafft, jetzt hat sie erreicht, was sie wollte.«

Birthe war für eine Sekunde nicht präsent genug gewesen und ärgerte sich über sich selbst. Sie lief ihm hinterher. »Halt! Bleiben Sie stehen! Sie dürfen da nicht rein!«

Er hatte es bis in den Flur von Jessica Wagners Wohnung geschafft und wusste anscheinend genau, wo sie sich befand, denn mit einem Satz war er bei ihr. »Das ist nicht wahr! Mein Gott, Jessi … Was ist passiert? Wer hat dir das angetan?«

»Wenn Sie nicht augenblicklich den Tatort verlassen, muss ich Ihnen Handfesseln anlegen«, sagte Birthe.

Sie verständigte sich über Gesten mit ihren Kollegen. »Sie stören die Ermittlungen, Herr Tobecke. Solange Spuren gesichert werden, darf kein Unbefugter den Tatort betreten. Ich habe Ihnen angeboten, in meinem Wagen zu reden.«

»Ich bin kein Unbefugter!«, stellte er klar. »Ich bin ihr Freund.«

»Ihr Lebenspartner?«

»Also gut, ich gehe mit Ihnen. Für ein paar Minuten«, gab er nach. Sichtbar müde folgte er ihr nach draußen. Auf der gegenüberliegenden Seite hatte Birthe den Dienstwagen geparkt.

Im Fahrzeug nahm sie seine Personalien auf. Mit ihrem Diensthandy zeichnete sie das Gespräch auf.

»Ich verstehe das alles nicht. Es ist schwer zu begreifen«, sagte er matt und wischte sich mit den Händen über die Augen. Endlich schien er ruhiger zu werden. »Gestern Abend standen wir noch zusammen auf der Bühne.

Jessi war klasse, sie hat zum ersten Mal solo gesungen, als Frontsängerin, und sie war gut, die Leute liebten sie, haben sie gefeiert. Jessi hat viel Applaus bekommen, viel mehr als wir alle zusammen, es war richtig geil. Sie kann nicht tot sein. So ein quirliges Mädchen kann nicht tot sein.« Er holte Luft und stieß einen tiefen Seufzer aus.

Birthe ließ ihm Zeit. »In welcher Beziehung standen Sie zueinander, Sie und Frau Wagner?«, fragte sie dann.

»Ich war ihr Manager.«

»Sie haben eben gesagt, Sie wären ihr Freund gewesen.«

»Ja … gut, Manager und Freund. *Ein* Freund, nicht *ihr* Freund.«

»Hatte sie denn einen Freund?«

»Pff, keine Ahnung. Ich glaube nicht.«

Sie sah ihn prüfend von der Seite an. Er reagierte kaum, blickte nur kurz auf, als er merkte, dass er gemustert wurde.

»Was haben Sie vorhin damit gemeint, als Sie gesagt haben, sie hätte es endlich geschafft, sie hätte erreicht, was sie wollte. Wen meinen Sie damit? Wer ist ›sie‹?«

Er presste seine Lippen aufeinander, schüttelte den Kopf.

Birthe wartete ab, doch er schwieg beharrlich. »Erzählen Sie vom gestrigen Abend.«

»Wir waren am Jürgensort. Jessi hat die Frontsängerin ersetzt, weil sie erkrankt ist. Danach sind wir noch einen trinken gegangen. Wir wollten zum Maibrunnen an der Marienkirche, da feiern wir eigentlich jedes Jahr, auch wenn es vom Jürgensort aus etwas weiter ist. Das war Jessi offenbar zu weit, sie wollte nicht mit. Sie sagte, sie sei müde, und wollte schlafen gehen.«

»Definieren Sie bitte Ihre Freundschaft zu Jessica Wagner genauer. Gab es über das rein Berufliche hinweg eine private Beziehung? Eine sexuelle Beziehung?«

Tobecke blähte die Wangen auf. »Mein Gott, nein. Es war nicht einmal eine Affäre.«

»Aber Sex. War Liebe im Spiel?«

»Nein.«

»Bei Frau Wagner auch nicht?«

Sein Blick wanderte zur Wagendecke. »Ich kann in die Frauen nicht reingucken. Das ist mir noch nie geglückt. Ich bin solo. Und das soll eigentlich auch so bleiben. Also, ich glaube nicht, dass Jessi mehr wollte als ein Trittbrett für ihre Karriere, wie viele Mädels, die ins Musikbusiness einsteigen. Das habe ich ihr ermöglicht.«

»Hätte sie das aufgrund ihres Talents nicht bekommen?«

Treuherzig sah er sie an. »Doch, aber Jessica wollte es so. Das versichere ich Ihnen.«

»Nächste Frage: Wie viele Musiker sind in der Band?«

»Wir sind zu fünft. Drei Jungs und zwei Mädels.«

»Jessica Wagner war vorher nicht Teil der Band?«

»Doch. Sie stieg vor ein paar Monaten als Backgroundsängerin ein, zusammen mit einer anderen. Da ist sie mir aufgefallen.«

»Wer ist die andere?«

»Sie heißt Angie. Ihren Nachnamen weiß ich nicht mehr. Wirklich toll hat sie nicht gesungen. Jessica war definitiv die bessere Sängerin. Optisch haben die beiden Mädels aber zueinander gepasst, die eine blond, die andere brünett, beide in etwa gleich groß, die gleiche Figur, da habe ich sie beide gebucht. Als Gesamtpaket funktionierten sie ganz gut.«

Sie wurden von Birthes Privathandy unterbrochen, das viel zu laut klingelte. Ihre Schwester hatte sich lange nicht mehr gemeldet. Birthe murmelte eine Entschuldigung und ging kurz dran. »Es passt gerade nicht, Sophia, bin mitten in einer Vernehmung. Kann ich dich später zurückrufen?«

»Klar, mach nur«, antwortete ihre Schwester mit tränenerstickter Stimme.

»Bis später dann.« Irritiert legte Birthe auf. Dann schaltete sie das Handy aus. »Entschuldigung«, murmelte sie. »Also, noch mal zurück zu dem, was Sie eben gesagt haben: »Wer ist ›sie‹? Wer hat es geschafft? Wer hat erreicht, was er oder sie wollte?«

»Ich weiß nicht, was Sie meinen.«

»Das haben Sie mir eben gesagt: Sie haben gesagt: ›Jetzt hat sie endlich erreicht, was sie wollte.‹ Wen meinen Sie damit?«

Sein Gesicht spiegelte völlige Ahnungslosigkeit wider. »Ich weiß es nicht. Muss wohl irgendwas geträumt haben. Ich meine niemanden damit.«

Birthe nahm ihr Tablet und tippte etwas hinein. Trotzdem entließ sie ihn noch nicht. Sollte er sich ruhig ein wenig langweilen.

KAPITEL 4

Ich habe seit zwei Tagen nicht mehr geschrieben. Eigentlich schreibe ich überhaupt nicht gerne, aber Maren verlangt das von mir. Es sei Teil der Therapie, erklärt sie jedes Mal aufs Neue. Ein Tagebuch soll ich führen, dabei liegt mir das überhaupt nicht. Wenn die Seiten leer geblieben sind, finde ich keinen richtigen Anfang. Ich sehe keinen Sinn darin, habe mein Leben lang nicht gerne geschrieben. Aber Maren glaubt, ich bekomme meine Aggressionen am besten in den Griff, wenn ich alles aufschreibe, was mich belastet. Das wäre besser, als andere darunter leiden zu lassen. Sicher stimmt das, aber wenn ich unterwegs einen Rappel kriege, ist ja auch nicht gleich Papier und Stift zur Hand. Und wenn ich dann zu Hause bin und schreiben könnte, ist meine Wut nicht mehr so stark, sondern hat sich inzwischen abgekühlt.

Trotzdem ist Maren der Meinung, ich würde mich besser fühlen, wenn ich schreibe. Manchmal glaube ich ihr sogar. Manchmal fühle ich mich tatsächlich besser. Aber im Moment fühle ich gar nichts. Da ist nur Leere, ein großes Fragezeichen.

Gestern Abend hatte ich wieder so einen Tiefpunkt. Der Tag war bis dahin eigentlich noch gut. Mit ein paar Leuten war ich auf der Maiwoche. Da war ordentlich was los. Wir haben am Markt Bier getrunken und was gegessen. Dann sind wir weitergelaufen bis zum Nikolaiort und haben uns da umgesehen. Eine Band hat gespielt. Das war aber nicht wirklich meine Mucke und wir sind weitergezogen. In der Großen Straße wurde es richtig voll. In der Georgstraße sind wir auch nur kurz stehen geblieben und haben einer Coverband zugehört, dann sind wir noch einmal weitergezogen bis zum Jürgensort. Und da habe ich sie entdeckt. Jessi stand ganz vorne, das war ein ungewohnter Anblick. Sonst war ihr Platz immer hinter den Gitarristen. Manchmal sah man sie gar nicht. Aber heute wirkte sie wie ein Star. Wunderhübsch. Ich habe sie lange angestarrt. Die anderen Musiker aus der Band habe ich gar nicht wahrgenommen. Ich könnte nicht mal sagen, wer sonst noch mit dabei war und was sie anhatten. Jessi hat mich überrascht. Ich wusste gar nicht, dass sie mittlerweile so gut singen kann. Irgendjemand hat mal gesagt, ihre Stimme sei mittelmäßig und reiche nur für den Backgroundchor, aber nun weiß ich, dass das nicht stimmt. Sie hat wirklich krass gesungen, an einigen Stellen sogar solo. Auf mich hat sie wie eine richtige Sängerin gewirkt, cool und souverän. Wie ein Star eben.

Nebenan war ein Getränkestand und wir haben noch ein oder zwei Biere geholt. Die anderen hatten dann keine Lust mehr und sind weitergezogen. Ich bin geblieben. Ich wollte Jessi bis zum Schluss sehen. Ich stand da mit meiner Bierflasche in der Hand und habe sie, glaube ich, völlig perplex angestarrt. Im ersten Moment war ich glücklich, aber dann kam diese komische Stimmung wieder, die mir immer den Boden unter den Füßen wegreißt. Mir wurde ganz schlecht vor Melancholie und Einsamkeit inmitten der vielen Menschen, trotzdem konnte ich mich nicht überwinden weiterzugehen. Hätte ich das nur getan. Aber ich konnte nicht. Irgendeine höhere Macht hat mich gezwungen zu bleiben. Mich zieht das Unglück einfach magisch an. Ich habe das falsche Gespür, gerate immer in Situationen, die mir nicht guttun. Ich suche und finde das Unglück.

Meine Therapeutin sagt, ich würde mich damit unbewusst meiner Vergangenheit stellen. Das Gefühl von Einsamkeit wäre der Moment, in dem ich mir meiner Verlustängste und Traumata bewusst wäre. Ich sollte das aushalten, nicht dagegen angehen, dann würde es besser werden und vielleicht irgendwann ganz verschwinden. Im Flow bleiben, nennt sie das. Alles, was ich brauche, sei Geduld. Aber bisher warte ich vergebens. Im Gegenteil, es wird schlimmer und schlimmer. Ich komme immer schlechter mit mir selber klar.

Als das Konzert zu Ende war, habe ich auf sie gewartet. Eigentlich wollte ich nichts Bestimmtes von ihr, einfach nur in ihrer Nähe sein, mit ihr reden, ihr zu dem tollen Auftritt gratulieren. Aber sie hat mir wieder mal die kalte Schulter gezeigt. Kenn ich ja schon. Sie sei müde, hat sie gesagt, habe keine Lust mehr und wolle schnell nach Hause, aber ich habe ihr das nicht abgenommen. Sie sah überhaupt nicht müde aus. Hat mich einfach abblitzen lassen. Richtig blöd bin ich mir vorgekommen. Ein Autogramm hätte sie mir wenigstens geben können, irgendetwas, das ich mit nach Hause hätte nehmen können. Etwas von ihr eben. Ich war sehr enttäuscht, wollte mich aber nicht so einfach abschütteln lassen.

Sie ging zu den Bussen am Neumarkt, und ich bin ihr gefolgt. Ich glaube, sie hat das nicht mitbekommen, jedenfalls hat sie sich kein einziges Mal umgedreht. Es war ja auch so viel los auf der Maiwoche, dass es seltsam gewesen wäre, wenn sie sich verfolgt gefühlt hätte. Wahrscheinlich wusste sie, wie die Busse abends fahren, denn lange warten mussten wir nicht. Nach ein paar Minuten kam die 36 in Richtung Eversburg. Sie ist vorne eingestiegen, hat sich gleich hingesetzt, während ich schnell nach hinten durchging. Ich glaube, sie hat das nicht mitbekommen, denn der Bus war knackvoll. Viele Leute mussten stehen.

Auf der Fahrt ist mir vieles durch den Kopf gegangen. Ich habe mich wieder mal gefragt, woher die Ungerechtigkeit in der Welt kommt. Manche Menschen werden mit einem goldenen Löffel im Mund geboren. Sie haben von Anfang an gute Karten, waren ein Wunschkind, haben Eltern und Großeltern, die sie vom ersten Atemzug an lieben und verwöhnen, die alles für sie tun, ihr Leben für sie geben würden. Hauptsache, dem Kind geht es gut, Hauptsache, es hat alles, was es braucht, und noch viel, viel mehr. Wer hat, bekommt noch mehr. Das ist die große Ungerechtigkeit in der Welt. Andere hingegen müssen mit fast nichts auskommen. Keiner will sie, sie sind ungeliebt, von Geburt an, und keiner kümmert sich richtig darum. Ihnen fehlt alles, was ein gutes Leben ausmacht: Liebe, Wärme, Geborgenheit, körperliche und geistige Nahrung. Es fehlen einfach jene Startbedingungen, die ein glückliches, gelingendes Leben ausmachen. Sie lernen von Anfang an zu verzichten und zu entbehren, und kein Jugendamt der Welt schert sich darum. Warum ist das so? Warum werden Menschen geboren, um glücklich zu sein, und andere, um unglücklich zu sein? Wer ist schuld an dieser Ungerechtigkeit? Warum können nicht alle Menschen die gleichen Startbedingungen haben? Dann wäre die Welt viel reicher, und alle würden viel freundlicher miteinander umgehen. Ich suche ständig nach Antworten. Den Politikern kann man nicht die Schuld geben, so viel habe ich inzwischen gelernt. Ihre Aufgabe ist es nicht, es allen recht zu machen. Sie sind nicht für unser Glück verantwortlich. Sie werden es niemals erreichen, jede Ungerechtigkeit aus der Welt zu schaffen und für Gleichheit zu sorgen. Und es wäre fatal, aus lauter Unzufriedenheit den Falschen hinterherzulaufen. Maren sagt, ich soll aufhören, so viel zu grübeln, das würde nichts bringen und mich fertigmachen, es würde sowieso nichts ändern, aber das ist leicht gesagt. Wenn diese Gedanken kommen, kann ich nichts dagegen tun. Sie überrollen mich und ich fühle mich dann noch schlechter, noch minderwertiger als sonst. Ich muss abwarten, bis sie von selbst aufhören. Übrigens stimmt es nicht, dass man nichts dagegen tun kann, man kann. Das weiß ich aus Erfahrung. Zumindest kurzfristig geht es einem dann besser. Aber was ich mache, ist immer nur falsch.

*

Tobecke wickelte ein Kaugummi aus dem Papier und steckte ihn sich in den Mund.

Birthe sah ihm dabei zu. »Machen wir weiter, Herr Tobecke«, sagte sie erschöpft. »Erinnern Sie sich an den gestrigen Auftritt. Wie hat Jessica Wagner auf Sie gewirkt?«

Carsten Tobecke knetete seinen Hut zwischen den Händen und kaute vor sich hin. »Sie war … wie wir alle … glücklich. Alles lief rund. Keine einzige Panne. Wir waren alle happy und sind feiern gegangen, leider, wie gesagt, ohne Jessi.«

»Kein Streit im Vorfeld?«

Mit einem fast betrübten Ausdruck schüttelte Carsten Tobecke den Kopf. »Nein, absolut nicht.«

»Was war vorher? Ich könnte mir denken, dass so ein Auftritt recht anstrengend ist. Lange Proben, man muss sich abstimmen, verbringt viel Zeit miteinander, da passiert es leicht, dass es zu Meinungsverschiedenheiten kommt, zu einem Streit, dass manchmal sogar die Fetzen fliegen.«

Tobecke wischte sich den Schweiß von der Stirn. »Kann passieren, wir sind ja alle keine Heiligen. Aber Jessi hatte keine Feinde. Die mochte jeder.«

»Es müssen nicht gleich Feinde sein, manchmal entsteht ein Streit aus dem Nichts. Da reicht es schon mal, dass man schlecht geschlafen hat und gestresst ist. Und bei temperamentvollen Gemütern schaukelt er sich schon mal hoch. Da können Kleinigkeiten, die einen normalerweise nicht aufregen, zu einem Riesenstreit führen.« Birthe merkte an seiner Reaktion, dass sie ins Schwarze getroffen hatte, während Tobecke versuchte, sich nichts anmerken zu lassen.

»Jessi gehörte noch nicht richtig zur Band«, fuhr er fort. »Sie hat gestern zum ersten Mal vorne gesungen und dann gleich solo. Das war ihr Einstand sozusagen. Sie hat ihre Sache wirklich gut gemacht. Wir waren alle sehr zufrieden. Richtig happy waren wir.«

»Was ist mit der kranken Sängerin? War sie auch happy, dass Jessica Wagner für sie eingesprungen ist?«

Überrascht hob er den Kopf. Mit einigem Zögern setzte er zur Antwort an. »Ich denke schon. Wenn man ausfällt, gibt es Ersatz. Das ist ganz normal. In jeder Branche ist das der Fall. Bei Ihnen doch auch, oder nicht? Oder bringen Sie gleich Ihren Kollegen um, wenn er Sie im Krankheitsfall ersetzt?« Er machte ein schmatzendes Geräusch mit seinem Kaugummi.

»Ich habe nicht gesagt, dass ich die kranke Sängerin verdächtige. Wie heißt sie überhaupt?«

»Katharina Jütting.«

»Könnte ich einen Grund haben, Frau Jütting zu verdächtigen?«

Carsten Tobecke sah zur Wagendecke und machte eine Blase mit dem Kaugummi. »Das habe ich nicht behauptet. Aber beste Freundinnen waren sie sicher nicht.«

»Vorhin haben Sie gesagt, es hätte keiner was gegen Jessica Wagner gehabt.«

»Nein, das nicht«, meinte er ausweichend. »Das hatte ja auch keiner. Trotzdem waren Katharina und Jessica nicht unbedingt Freundinnen. Das ist etwas anderes.«

»Hat Frau Jütting sich mal abwertend über Jessica Wagner geäußert?«

»Nicht, dass ich mich erinnere, nein. Es ist nur ein Gefühl, mehr nicht.«

»Meinten Sie vorhin Frau Jütting, als Sie sagten, jetzt hätte sie erreicht, was sie wollte?«

»Das weiß ich nicht mehr, vielleicht. Ich habe an keine konkrete Person gedacht.«

»Trotzdem ist es Ihnen spontan herausgerutscht.«

»Das passiert mir häufig. Ich denke nicht immer, bevor ich spreche. Das wird mir oft zum Verhängnis. Daran sind schon viele Beziehungen gescheitert.«

»Gerade habe ich das Gefühl, dass Sie die kranke Sängerin der Tat bezichtigen.«

»Glauben Sie, was Sie wollen.« Er streckte seinen Rücken durch und setzte seinen Hut auf.

»Wie lange kannten Sie sich? Sie und Jessica Wagner?«

»Seit ungefähr zehn Monaten. Damals war Jessi Backgroundsängerin einer völlig unbekannten Band und trällerte nur unterstützend den Refrain mit. Sie konnte mehr, das habe ich gleich gemerkt. Sie hatte Potenzial. Ich habe sie angesprochen und gefragt, ob sie Lust auf Probeaufnahmen hätte. Natürlich hatte sie das. Wir haben unsere Nummern getauscht und gleich am nächsten Tag habe ich sie angerufen. Von da an unterstützte sie uns manchmal als Backgroundsängerin, sie und ihre Freundin Angie. Aber Angie blieb nicht lange, zum Glück. Hat sich bei uns anscheinend nicht wirklich wohlgefühlt. An Talent fehlte es ihr sowieso. Von daher war ich froh, dass Angie von selbst die Segel gestrichen hat und ich sie nicht rausschmeißen musste.«

Birthe erkundigte sich nach dem Namen der Band und musste zugeben, dass sie ihn nie zuvor gehört hatte.

»Eine Osnabrücker Band«, erklärte Tobecke. »Gibt es schon lange, genau genommen seit Jahrzehnten, ist aus einer Schülerband hervorgegangen. Damals hießen wir ›Nonsense‹. Jürgen und ich kennen uns seit unserer Kindheit. Aber erst jetzt starten wir so richtig durch. Wir bekommen inzwischen Anfragen aus ganz Niedersachsen mit guten Gagen. Das war früher nicht der Fall. Da mussten wir gewaltig Klinken putzen, wenn wir mal irgendwo auftreten wollten. Gemäß dem Slogan: ›Zahlen können wir nichts, aber es ist ja auch Werbung für Sie, wenn Sie auftreten.‹ Geil, ne?« Er legte mitleidheischend sein Gesicht in Falten.

»Was ist mit diesem Jürgen? Wie heißt er mit Nachnamen?«

»Jürgen Teepe. Er ist älter als ich, geht auf die 60 zu. Hat immer noch Flausen im Kopf. Dem merkst du sein Alter nicht an, der spielt virtuos Saxophon wie kein anderer. Ein guter Gitarrist ist er außerdem.«

»Wer gehört noch zur Band?«

»Max Grewe, Schlagzeuger. Er ist ziemlich jung, aber das spielt keine Rolle. Er hat's voll drauf. Ich hoffe, er wird uns erhalten bleiben, denn er studiert schon seit Ewigkeiten Psychologie und will ja vielleicht mal fertig werden mit dem Studium. Dann ist da noch Clarissa Will, eigentlich Erzieherin. Sie hat eine schöne, tiefe Soulstimme. Tolle Frau, wenn auch nicht mein Typ. Aber sie füllt die Bühne aus, lebt ihr Ding und strahlt das aus, das ist wichtig.«

»War sie gestern mit am Maibrunnen?«

Er nickte. »Ja, eine Weile. Dann ging sie weiter, hatte wohl eine Verabredung.«

»Okay, weitere Bandmitglieder?«

»Meine Wenigkeit. Ich bin Gitarrist. Und eben Katharina, die frühere Frontsängerin.«

Birthe runzelte die Stirn. »Frühere Frontsängerin?«

»Ja. Jessica Wagner sollte ihren Platz einnehmen. Was ich jetzt mache, muss mir ich erst überlegen. Vielleicht hole ich Katharina zurück, ich glaube allerdings eher nicht. Ich werde wohl nach einer neuen Sängerin Ausschau halten.«

»Okay. Ich benötige die Kontaktdaten Ihrer Bandkollegen.«

Kläglich sah er sie an. »Hat das nicht Zeit bis nach der Maiwoche? Ich brauche die Jungs und Mädels jetzt. Sie können nicht abliefern, wenn sie durcheinandergebracht werden. Morgen haben wir den nächsten Auftritt.«

»Ach, und der Tod ihrer Bandkollegin bringt sie nicht durcheinander? Wollen Sie den vor Ihren Leuten geheim halten?«

Tobecke sah aus dem Seitenfenster. Ein Mann mit Funktionskleidung und einem großen Hund kam gerade vorbei und spähte mit misstrauischer Miene zu ihnen hinüber.

»Ich kann leider keine Rücksicht darauf nehmen, dass gerade Maiwoche ist«, sagte Birthe. »Wir ermitteln in einem Mordfall. Da zählt jeder Tag, jede Stunde, jede Minute.«

»Also gut, ich suche die Nummern raus. Die Adressen meiner Kollegen habe ich zu Hause.« Er zückte sein Handy und wischte auf dem Display herum.

Birthe notierte die Namen und Rufnummern der fünf Bandmitglieder und vergewisserte sich, alles richtig geschrieben zu haben. Carsten Tobecke irritierte sie. Zweifelsohne hatte er Charme. Mit seinem zerknautschten Gesicht erinnerte er sie an eine Handpuppe aus einer Muppet Show. Birthe musste lächeln bei dem Vergleich. Knuffig sah er auf jeden Fall aus. Typ Teddybär, ein Mann zum Anlehnen, sie konnte sich vorstellen, dass er bei Frauen gut ankam.

»Wie lange waren Sie zusammen am Maibrunnen?«

»Bis halb zwölf etwa. Dann hatte ich keine Lust mehr. War dann auch irgendwie durch.«

»Was haben Sie danach gemacht?«

»Ich bin ins Hotel gegangen.«

»Ach, Sie übernachten im Hotel? Ich denke, Sie spielen in einer Osnabrücker Band. Wohnen Sie nicht in Osnabrück?«

»Nein, in Rheine. Ist mir zu weit abends. Ich mag es, nach dem Feiern keine weiten Wege mehr zu haben. Ein paar Meter zu Fuß in die Koje, das ist doch schön. Und wenn ich mal Lust habe, eine Frau mitzunehmen, ist das kein großes Ding. Nach Rheine hätte wohl keine Dame Lust mitzukommen.«

»In welchem Hotel sind Sie?«

»Im Remarque. Nur ein Katzensprung zu den Auftrittsorten. Zum Glück, denn nach einem Gig bin ich ziemlich fertig. Außerdem darf ich trinken, muss mir keine Gedanken über den Heimweg machen. Taxis kriegt man eh nicht um die Zeit. Können Sie vergessen.«

Birthe nahm ihn ins Visier. »Was haben Sie zwischen 23.30 und 1.30 Uhr gemacht?«

Er machte einen tiefen Atemzug. »Ach, jetzt kommt die Frage nach dem Alibi. Sie halten mich für verdächtig? So eine Frage wurde mir zuletzt als Halbstarker gestellt, als eine Brandserie aufgeklärt werden sollte. Na schön: Gepennt habe ich. Als ich im Hotel ankam, bin ich gleich ins Bett gehüpft. Ich habe geschlafen wie ein Baby, bis 8.30 Uhr, als mein Handy mich brutal aus dem Schlaf gerissen hat.« Wie um das Gesagte zu unterstreichen, rieb er sich ein Auge und gähnte.

»Und die anderen?«

»Keine Ahnung. Sie wollen sie ja sowieso fragen. Die sind auf jeden Fall länger geblieben.« Seine Stimme klang heiser. Er legte den Kopf zurück, atmete tief durch und schloss die Augen.

»Wie ist Jessica nach Hause gekommen? Hat sie jemand begleitet?«

»Nein. Sie ist mit dem Bus gefahren«, murmelte er mit halb offenen Lidern. »Ist das Vernünftigste, was sie tun konnte.«

»Wann ist eigentlich Ihr nächster Auftritt?«

Er drehte sich zu ihr hin und blinzelte. »Morgen spielen wir am Nikolaiort. Ab 20 Uhr.«

»Werden Sie ihn absagen?«

Tobecke schüttelte den Kopf. »Nee, das kann ich mir nicht leisten. Wir stehen unter Vertrag. Die Konventionalstrafe wollen wir uns sparen.« Er zog einen Schmollmund. Volle, sinnliche Lippen, stellte Birthe fest. Als hätte Tobecke ihre Gedanken erraten, sah er ihr tief in die Augen. Er lächelte. »Hätte ich nicht gedacht, dass es so tolle Frauen bei der Polizei gibt. Könnte weitaus schlimmer sein.«

Birthe ging nicht darauf ein. »Fühlen Sie sich dazu überhaupt schon wieder in der Lage?«

»Wir sind Profis. Das ziehen wir durch. Absagen kommt nicht infrage. Es gibt auf die Schnelle keinen Ersatz. Wenn du absagst, wirst du nicht mehr vom Veranstalter gebucht. Da hängt 'ne Menge Kohle dran. Uns ist nicht immer nach Spaß und guter Laune, auch wenn das so rüberkommt. Du musst auftreten, wenn du 'ne schlaflose Nacht hinter dir hast, dir der Schädel brummt, dein Bauch rebelliert oder der Kreislauf schlappmacht. Hilft alles nichts. Wir hatten ein Konzert einen Tag nach dem schrecklichen Terroranschlag in Paris. Mit einem mulmigen Gefühl sind wir hin, keiner von uns wollte wirklich, lieber wären wir zu Hause auf der Couch geblieben und hätten uns volllaufen lassen, aber wir hatten keine Wahl. Auf der Bühne verdrängst du das. Adrenalin und Endorphin helfen dir dabei und weiß der Geier was noch. Da funktionierst du, und das Publikum dankt dir dafür. Die haben alle ihre Problemchen und Anspruch auf ein bisschen Spaß und Ablenkung. Die wollen einfach mal den ganzen Scheiß in der Welt vergessen. So sind wir doch im Grunde alle gestrickt, oder? Einfach weitermachen, immer weiter kämpfen, Tag für Tag, und das Beste draus machen.« Er suchte Birthes Blick. »Es ist ein Job, Frau Schöndorf. Für einige von uns sogar der einzige. Die Mieten sind arg gestiegen in Osnabrück, manchmal kommen 80 Bewerber und mehr auf einen Besichtigungstermin, da kann man nicht einfach sagen, nee, Leute, heute spielen wir nicht, heute sind wir schlecht drauf und wollen lieber im Bett bleiben.« Mit seinen breiten Händen unterstrich er seinen Redeschwall.

Birthe wunderte sich, dass er schon wieder so gefasst

war. »Am Sonntag kommen sicherlich noch einmal viele Leute, oder?«

»Klar. Freitag, Samstag und Sonntag sind die bestbesuchten Tage der Maiwoche, da geht's richtig ab. Jeder will da spielen. Wir sind froh, dass wir überhaupt dafür gebucht wurden. Es gibt weitaus unbeliebtere Daten. Kommen Sie doch mal vorbei, es lohnt sich!«

»Das ist eine gute Idee. Vielleicht sollten mein Kollege und ich das wirklich tun!«

»Machen Sie sich bemerkbar, damit ich Sie nicht übersehe!« Er zwinkerte ihr zu und schob seinen Hut zurück.

Birthe ließ es für heute bewenden. Mit ein paar Dankesworten und dem deutlichen Gefühl, dass er etwas vor ihr verbarg, verabschiedete sie ihn.

KAPITEL 5

Als Tobecke abgezogen war, wollte Daniel natürlich gleich wissen, wie das Gespräch mit ihm gelaufen war. Sie fasste es für ihn zusammen.

Er runzelte die Stirn und sah sie intensiv an. »Traust du dir das überhaupt schon zu? Es ist der erste Mordfall, seit …«

»Seit ich bei meinem letzten fast draufgegangen wäre, meinst du.« Mit einem verletzlichen Ausdruck im Gesicht erwiderte sie seinen Blick.

Verlegen fuhr er sich mit der Handkante durch die kurzgeschorenen Seitenpartien. Seit Neuestem trug er einen gestutzten Vollbart. »Wenn du dich nicht in der Lage fühlst, den Fall zu bearbeiten, kann ich das verstehen. Dann übernehmen Carlo und ich. Carlo meint übrigens auch, es würde im Moment völlig reichen, wenn du im Büro bleibst und …«

»… Schreibkram erledigst und Akten von links nach rechts schiebst, nicht wahr?« Sie lachte. »Oh nein, mein Lieber, das hättest du wohl gern. Dafür ist Zeit, wenn ich kurz vor der Rente stehe.«

»Ich bin mir nicht sicher, ob du das Erlebnis genügend verarbeitest hast. Du wolltest keine Therapie, obwohl wir dir alle dazu geraten haben.«

»In der Reha hatte ich so was in der Art. Gesprächskreise und auch Einzelsitzungen. ›Ich bin der Bruno und komme nicht darüber weg, dass mein Vater gestorben ist.‹

Nein. Brauche ich nicht. Immer um mich selbst kreisen ist nicht mein Ding. Ich konnte das nicht wirklich ernst nehmen und war offen gestanden froh, als ich nach Hause durfte. Ich bin eher der aktive Typ, das weißt du ja. Sport hilft mir am besten, wenn es mir nicht gutgeht. Einmal mit dem Fahrrad rund um den Rubbenbruchsee, und der Kopf ist wieder klar.«

»Das musst du wissen. Wie gesagt, wir übernehmen gerne – ein Wort genügt.«

»Das weiß ich, danke. Uns steht nun leider ein unangenehmer Gang bevor. Wir müssen Jessicas Eltern über ihren Tod informieren.«

»Wir beide schaffen das schon.«

Ihr wurde warm ums Herz. Seit Jahren arbeitete sie mit Daniel zusammen. Anfangs hatte sie ihn nicht gemocht. Sie hatte lange gebraucht, um ihn als Kollegen zu respektieren. Für ihren Geschmack war er zu eitel, zu sehr von sich überzeugt. Doch je länger sie ihn kannte, desto besser verstand sie ihn. Mittlerweile schätzte sie ihn genauso wie ihren älteren Kollegen Carlo Oltmann, einen väterlichen Typ. In manchen Momenten genoss sie das Zusammensein mit Daniel richtig. Auch als mittlerweile Enddreißiger wirkte er manchmal noch jungenhaft unbeholfen, er hatte eine positive Ausstrahlung, war aufgeschlossen, begeisterungsfähig, humorvoll und ein guter Gesprächspartner obendrein.

»Dann komm«, sagte sie.

*

»Warum wolltest du dich mit mir ausgerechnet hier treffen?« Katharina Jütting war es manchmal leid, von Max wie eine bildungsferne Analphabetin behandelt zu werden, dabei hatte sie studiert, wenn sie die Uni auch ohne Abschluss verlassen hatte.

Sie standen an der Ecke Lotter Straße/Heger-Tor-Wall vor einem Haus im römischen Baustil. »Kennst du das Akzisehaus?«, fragte er. »Warst du mal drin?«

»Ja, aber ist lange her. Da gab es in den 70er-Jahren ein Spiegelkabinett. Fand ich total interessant. Ich war damals dünn wie eine Bohnenstange, und im Spiegel hatte ich dann richtig schöne Kurven. Heute hätte ich gerne einen Spiegel, der mich schlank macht.«

Er lachte. »Bist du doch. Aber du weißt nicht, was das früher war? Noch früher, meine ich.«

Sie zuckte mit den Schultern. Jetzt würde Max wieder anfangen zu dozieren und den Lehrersohn herauskehren, das kannte sie schon.

»Bis zur Mitte des 19. Jahrhunderts war es ein Zollhaus. Verbrauchsgüter wie Bier, Wein, Korn oder Mehl wurden mit Zöllen belegt, die der Stadt als wichtige Einnahmequelle dienten. Später wurde es Teil des kulturgeschichtlichen Museums, das war wohl zu der Zeit, als du im Spiegelkabinett warst, dann Museumsladen mit Kassenhaus für das benachbarte Museum. Inzwischen dient es als Werkstatt des Museums.«

»Aha, wieder ein paar Synapsen mehr im Gehirn. Und was tun wir hier?«

»Du hast neulich gesagt, dass du noch nie im Felix-Nussbaum-Haus warst, und da gehen wir jetzt hin.«

»Weil du es nicht erträgst, dass ich Kulturbanausin es tatsächlich in den 20 Jahren seit der Eröffnung kein einziges Mal geschafft habe?«

»Du hast halt andere Qualitäten.« Max Grewe legte den Arm um ihre Taille und zog sie leicht an sich.

»Nicht in der Öffentlichkeit, Max. Lass uns reingehen.« Nervös blickte sie sich um. Es war niemand da, den sie kannte, aber man wusste nie. Sie spielten ein gefährliches Spiel, das jederzeit auffliegen konnte. Ein Spiel mit dem Feuer. Irgendwann würde es vorbei sein, doch bis dahin wollte sie die gemeinsame Zeit mit Max genießen.

Seit über einem halben Jahr waren sie nun ein Paar – Max, der Psychologiestudent, der sich mit seinen bunttätowierten Armen von seinem gutbürgerlichem Elternhaus absetzen wollte, und sie, die nicht mehr ganz junge Arzthelferin, verheiratet und Mutter einer heranwachsenden Tochter. Sie sah immer noch gut aus, das wusste sie. Sie war relativ klein und es fiel nicht auf, dass ihre einst naturblonden Haare inzwischen dunkel gefärbt waren. Niemand hätte sie auf 53 geschätzt. Max hingegen wirkte mit seiner dunklen Hornbrille und dem rötlichen Vollbart mindestens zehn Jahre älter als er war. Sie hatte sich große Mühe gegeben, ihr Geheimnis für sich zu behalten, und war sich lange sicher gewesen, dass niemand aus der Band bemerkt hatte, was sie für Max empfand. Diese Sicherheit hatte sie nun nicht mehr, oder warum hatte Carsten sie durch eine Jüngere ersetzt? Er sagte, es sei nur ein Versuch mit Jessi, aber sie glaubte ihm nicht. Sie wusste, dass zwischen den beiden etwas lief. Auch sie hatte mal was mit Carsten gehabt, doch das war lange her. Inzwischen verachtete sie ihn, und sie hasste Jessi. Wenn Carsten nicht einen Schlussstrich gezogen hätte, dann hätte sie es getan.

»Sagen dir die Werke von Felix Nussbaum eigentlich was?«, fragte Max, als sie den Kassenbereich passiert hatten. Wie üblich hatte Katharina die Eintrittskarten bezahlt. Es machte ihr nichts aus, denn sie wusste, dass Max als Student Mühe hatte, seinen Lebensunterhalt zu bestreiten. Sein Vater unterstützte ihn nicht mehr, seit er sich mit ihm überworfen hatte.

»Ich kenne nur das Plakat, das ihn mit Judenpass zeigt«, gab sie zu.

»Er war ein Osnabrücker Jude aus großbürgerlicher, wohlhabender Kaufmannsfamilie. Sie besaßen eine herrschaftliche Villa in Osnabrück und führten ein gutes Leben. Sein Vater war Hobbymaler, der das Talent seines Sohnes erkannt und gefördert hat. Felix Nussbaum hat Anfang der 30er-Jahre noch große Erfolge gefeiert, in Osnabrück und in Berlin. Leider musste er mit Beginn der Machtergreifung der Nationalsozialisten 1933 emigrieren, zunächst nach Italien und Frankreich, später nach Belgien, zusammen mit seiner Frau Felka Platek, seiner großen Liebe. Seitdem lebte er in Brüssel in ständiger Angst vor Verfolgung. Im Versteck malte er weiter, und seine Werke veränderten sich. Die dunklen Farben und schroffen Konturen sind Sinnbild seiner zerrissenen, ängstlichen Seele. Er hatte wohl eine düstere Vorhersehung, die sich in seinen Werken zeigt. Das Exil hat aus ihm einen kaputten Mann gemacht.«

Sie erreichten über einen gläsernen Gang das Innere des Nussbaum-Hauses. Im holzverkleideten Haupttrakt fanden sich frühe Werke des Künstlers, die seine Liebe zur Natur und seine positive Lebenseinstellung ausdrückten.

Als sie über die zinkverkleidete Nussbaum-Brücke den »Gang der ungemalten Bilder« erreichten, blieb Max stehen und zog Katharina zur Seite. Sie waren allein, und er nutzte sofort die Chance, um sie zu küssen.

»Ich finde es hier nicht sonderlich romantisch«, sagte sie.

»Warum? Weil es mal nicht rosarot zugeht? Weil es keine Kerzen gibt, keine Blumen und keine Geigen?«

»Sei nicht so zynisch. Mich bedrückt die Atmosphäre. Ich finde sie beklemmend.«

»Ach ja? Ist doch interessant, was der Architekt daraus gemacht hat. Passt gut zu Nussbaums Werken. Selten spiegeln sich die Werke eines Künstlers so deutlich in der Architektur eines Gebäudes wider.«

»Ist Felix Nussbaum umgebracht worden?«

Max nickte. Sie gingen weiter. Kamen an Fenstern vorbei, die gezackt waren wie Blitzeinschläge, an spitzen Winkeln, harten Materialien wie Beton und Zink. Ständige Richtungswechsel über schiefe Ebenen sorgten für Verwirrung und Unbehagen.

Katharina fühlte sich von der bizarren Architektur überfordert.

»Mir wird schwindlig«, stöhnte sie. »Das ist ja dunkel hier wie im Kerker. Einfach gruselig. Und alles ist schief.«

»Das ist beabsichtigt«, erklärte er. »Die dunklen Töne, schroffen Materialien und schiefen Ebenen sollen Nussbaums Gemütszustand versinnbildlichen. Der amerikanische Architekt Daniel Libeskind hat sich etwas dabei gedacht, als er den Komplex aus drei ineinander übergehenden Gebäuden konzipiert hat. Ich finde es grandios. Der Besucher nähert sich so Nussbaums Seelenzustand an, seiner Verzweiflung, seiner inneren Zerrissenheit, seinen Depressionen. Wenn wir ein Gefühl von Schwindel verspüren, können wir nachvollziehen, wie der Künstler in den letzten Jahren seines Wirkens den Halt verloren hat, die Orientierung. So geht es mir auch manchmal. Manchmal verliere ich den Halt, besonders, wenn ich daran denke, dass unsere Beziehung nicht von Dauer sein wird, weil du dich nicht offen zu mir bekennst.« Er hatte einen melancholischen Ausdruck im Gesicht.

»Bitte hör auf!« Sie ließ ihn stehen und ging einfach weiter.

Rasch hatte er sie eingeholt. »Felix Nussbaum hat sich nie sicher gefühlt im Exil; er musste jederzeit damit rechnen, denunziert und verhaftet zu werden«, rief er atemlos. »Ich verstehe seine Unsicherheit, auch wenn ich vielleicht nicht verfolgt und vom Tod bedroht bin. Aber man kann nie wissen.«

Sie riss ihre Augen auf. »Wie meinst du das? Was erzählst du für einen Käse? Du hast einfach zu viel Psychozeug gelesen.«

Max fixierte sie mit einem seltsamen Blick. »Es ist kein Käse, Katharina. Manchmal habe ich Angst. Ich bin mit dir hierhergekommen, damit du verstehst, wie ich das meine.«

Sie hatten den dunkelsten Raum erreicht. Darin hingen jene Bilder, die Nussbaum kurz vor seinem Tod im Exil gemalt hatte. Es waren finstere Prophezeiungen, die der Maler auf die Leinwand gebannt hatte.

Max blieb vor einem Gemälde stehen. Es zeigte das bekannte Selbstbildnis des Malers. »Ich muss dir was sagen«, begann er stockend. Er schluckte sichtbar. »Jessi ist tot.«

»Was sagst du da?« Katharina begann zu frösteln. Die düsteren Bilder, die dunklen Betonwände und Betonböden um sie herum nahmen ihr die Luft zum Atmen. Sie hatte das Gefühl, den Halt zu verlieren und von der Atmosphäre verschluckt zu werden.

»Carsten hat mich angerufen. Sie ist letzte Nacht in ihrer Wohnung gestorben. Jemand hat sie erstochen.«

Fassungslos starrte sie ihn an. »Du lügst.«

»Warum sollte ich?«

»Das erzählst du mir hier? Ausgerechnet hier? Du hast

mich in diese unheimlichen Katakomben gelockt, um mir etwas derart Schreckliches mitzuteilen?«

Er nickte ernst. »Du musst mir sagen, was du weißt, Katharina.«

»Was soll ich wissen?«

»Genau das ist die Frage, die mich brennend interessiert.«

Sie lachte hysterisch. »Du glaubst nicht wirklich, dass ich was damit zu tun habe!«

Er zog die Schultern hoch. »Sag du es mir, Katharina. Du hast sie gehasst, das ist kein Geheimnis.«

»Ja und? Das macht mich nicht zur Mörderin! Ich bin doch nicht bescheuert und bringe sie deswegen um!«

»Wo warst du denn gestern? Du hörst dich nicht erkältet an, so schnell wird man nicht gesund. Also, wo warst du?«

»Zu Hause. Ich bin wirklich erkältet, das merkt man, wenn ich länger rede. Das geht voll auf meine Stimme, und manchmal muss ich husten. Unmöglich, so auf der Bühne zu stehen.«

»Kann das jemand bezeugen?«

»Dass ich krank war?«

»Dass du zu Hause warst.«

Sie trat einen Schritt zurück und sah ihn finster an. »Du redest wie ein Polizist. Verdächtigst du mich etwa? Was bildest du dir ein?«

»Entschuldigung, das war nicht so gemeint. Ich glaube, wir werden alle noch vernommen. Vielleicht ist es gut, wenn du dich darauf vorbereitest!«

Sie senkte den Kopf. »Darauf antworte ich nicht. Ich bin dir keine Antwort schuldig.«

»Ich verdächtige dich nicht. Aber ich habe das Gefühl, dass Jessis Tod irgendwie mit dir zusammenhängt. Was ist mit deinem Stalker?«

»Müller? Der ist harmlos, Max. Mit dem werde ich fertig.«

»Könnte er dahinterstecken?«

»Aus welchem Grund?«

Er kraulte seinen Bart. »Um dich zu beschützen? Dass der Mensch nicht richtig tickt, wissen wir. Für mich steckt eine tiefgreifende Persönlichkeitsstörung dahinter, möglicherweise Asperger oder Borderline. Vielleicht auch beides. Seine soziale Interaktion ist erheblich eingeschränkt und er zeigt Stereotypen und zwanghafte Verhaltensweisen. Er bräuchte dringend eine Therapie. Die Voraussetzung dafür wäre allerdings, dass er sich seiner Krankheit stellt, dass er sie akzeptiert und sich eine Veränderung wünscht. Und das ist gerade bei Asperger-Patienten schwierig. Durch die autistischen Züge fällt es den Betroffenen schwer, eine Störung bei sich zu erkennen und sich einem Therapeuten anzuvertrauen.«

»Vielleicht ist er ja schon in Therapie.«

Max zuckte mit den Schultern. »Wenn du wirklich nichts weißt, dann tippe ich auf ihn. Vielleicht ist seine kranke Denke, du würdest zurückkommen, wenn er deine Konkurrentin erst einmal ausgeschaltet hat.«

»Müller ein Mörder? Niemals! Er ist krank, okay, aber ich habe ihn nie aggressiv erlebt. Außerdem kapiert er, wenn er zu weit gegangen ist. Das hat er bisher jedes Mal eingesehen und sich getrollt. Nein, mit deiner Vermutung liegst du völlig falsch!«

»Wir werden sehen«, sagte Max und rieb sich ein Auge. »Ich werde ihn nicht anzeigen, dazu fehlen mir die Beweise. Es ist nur eine Vermutung, mehr nicht.«

»Was soll ich machen? Warum nimmst du mich so in die Mangel? Bin ich in Gefahr?«

»Versteh mich nicht falsch. Wie gesagt, es könnte sein, dass dich die Polizei ins Visier nimmt. Dann brauchst du eine bessere Ausrede als gerade eben. Ich würde dir dringend raten, morgen zum Konzert zu kommen und mitzusingen. Du musst dich dem Publikum zeigen. Es darf nicht sein, dass nur der geringste Verdacht an dir haften bleibt.«

»Du siehst Gespenster, Max, echt. Und jetzt lass uns von hier abhauen, bevor ich eine Panikattacke bekomme.«

»Wie du meinst«, sagte er und folgte ihr seufzend über die schiefen Ebenen zurück zum Ausgang.

KAPITEL 6

Mit dem Auto waren es keine fünf Minuten zum Richard-Strauss-Weg am Westerberg. Die Eltern von Jessica Wagner bewohnten ein stattliches Anwesen unmittelbar am gepflegten Grüngürtel der Stadt. In der ruhigen Sackgasse gab es Bungalows aus den 60er- und 70er-Jahren und wenige Neubauten.

Birthe Schöndorf hatte in Erfahrung gebracht, dass Christian Wagner selbstständiger Bauunternehmer mit einer mittelständischen Firma in Osnabrück war. In der breiten Einfahrt stand eine Mercedes S-Klasse. Eine schwere Eingangstür, vergitterte Fenster und eine gut sichtbare Alarmanlage sollten für ein Höchstmaß an Sicherheit sorgen.

Birthe war etwas flau. Nie war es leicht, Angehörige vom Tod eines Familienmitglieds zu unterrichten. Am schlimmsten war es, Eltern mitzuteilen, dass ihr Kind gestorben war, völlig unabhängig davon, wie alt das Kind war. Für Eltern war es unbegreiflich, wenn ihr Kind vor ihnen gehen musste, es bedeutete immer einen radikalen Einschnitt in ihrem Leben. In der Regel traten Polizisten diesen schweren Gang zu zweit an. Nach Möglichkeit zogen sie einen Notfallseelsorger hinzu. Birthe hatte bei der Einsatzzentrale nachgefragt, ob ein weiterer Seelsorger zur Verfügung stand, aber leider eine negative Antwort erhalten. Vorsichtshalber hatte sie einen Rettungswagen bestellt, der hinter ihnen herfuhr und sich im Wendehammer in Bereitschaft hielt.

Elke Wagner öffnete die Tür. Sie war Mitte bis Ende

50, sehr schlank und mit einer blau-weißen Hemdbluse und schmal geschnittener Jeans sportlich-elegant gekleidet. Nachdem Birthe und Daniel sich ausgewiesen hatten, schien sie sofort zu ahnen, was auf sie zukommen würde. Erschrocken rief sie nach ihrem Mann. Christian Wagner kam sofort. Auch er war auffallend gut gekleidet, trug keinen bequemen Freizeitlook. Überraschung und Erschrecken spiegelten sich auf seinem Gesicht.

»Dürfen wir bitte hereinkommen?«, fragte Birthe. Sie hasste, was ihr bevorstand, und würde es gerne schnell hinter sich bringen. Doch nun galt es, so behutsam wie möglich vorzugehen.

»Um was geht es?«, fragte Jessicas Vater heiser. Er wirkte deutlich älter als seine Frau.

»Sind Sie die Eltern von Jessica Wagner?«, fragte Birthe. Ihr war bewusst, dass ihre ernste Miene bereits alles sagte. Daniel stand dicht neben ihr, sie konnte ihn fast körperlich spüren.

Der Bauunternehmer nickte. Seine Frau stellte sich hinter ihn, fuhr sich nervös durch den hellgesträhnten Bob und hielt sich an ihm fest.

»Können wir irgendwo in Ruhe reden?«

Christian Wagner starrte sie an, steckte sein weißes Hemd in die Jeans und blieb wie angewurzelt stehen.

Es war seine Frau, die sich ein Herz fasste und die beiden Kommissare in einen großen, elegant eingerichteten Wohnraum bat. Cremeweiße Ledersofas, helle, schimmernde Tapeten, farblich passende Bilder in Goldrahmen an den Wänden, weißes Mobiliar und mehrere Beistelltische aus Edelstahl und Glas. Der Esstisch war mit friesischem Steingutgeschirr gedeckt. In der Mitte stand eine Glasvase mit zartrosa Rosen. Es roch nach Kaffee, Rührei mit Speck und geröstetem Toastbrot. Anscheinend hatten die beiden gerade noch gemütlich zusammengesessen und gefrühstückt. Bis die Katastrophe mitten in ihren Alltag hineingeplatzt war.

»Vielleicht setzen Sie sich lieber«, schlug Daniel mit rauer Stimme vor. Nervös fuhr er sich mit der Hand über die Stirn. Doch Elke und Christian Wagner rührten sich nicht von der Stelle.

»Ihre Tochter Jessica … Es wäre wirklich besser, wenn Sie sich setzen«, startete Birthe einen neuen Versuch.

»Nein!«, rief Elke Wagner aus und steuerte trotzdem mit unsicheren Bewegungen eine Couchgruppe im hinteren Teil des Raumes an. Daniel folgte ihr.

»Was ist passiert? Hatte sie einen Unfall?«, wagte sich Christian Wagner vor. Er war kreidebleich.

»Kommen Sie«, sagte Birthe und berührte ihn zaghaft am Oberarm. »Gehen wir zu Ihrer Frau.«

Sie verteilten sich auf die verschiedenen Sofas. Birthe bemühte sich, den Eheleuten fest in die Augen zu schauen, während sie den Satz sagte, der jedem, der ihn hörte, das Blut in den Adern gefrieren ließ. »Wir müssen Ihnen leider mitteilen, dass Ihre Tochter tot ist. Sie ist einem Gewaltverbrechen zum Opfer gefallen.«

Daniel murmelte mit verkniffenem Mund sein Beileid und verschränkte angestrengt seine Hände, bis die Gelenke knackten.

»Nein, oder?«, entfuhr es Elke. »Das kann nicht wahr sein!« Sie schlug sich beide Hände vor den Mund.

»Wer war das?«, fragte ihr Mann mit versteinerter Miene. Sein Adamsapfel bewegte sich auffällig beim Schlucken.

»Wir wissen es noch nicht, aber wir tun unser Bestmögliches, um die Tat rasch aufzuklären.« Birthe bekam vor Aufregung rote Wangen.

Elke und Christian Wagner starrten sie an.

»Soll ich Ihnen ein Glas Wasser holen?« Birthe wusste, die Frage war unnötig angesichts des reich gedeckten Tisches, aber sie wollte irgendetwas tun.

»Das ist nicht wahr!«, wiederholte Frau Wagner tonlos. »Sagen Sie mir, dass das nicht wahr ist!«

»Wann?«, fragte ihr Mann.

»Es muss in der Nacht passiert sein«, sagte Birthe. »Zwischen Mitternacht und 1 Uhr nachts.«

»Wer? Wer hat das getan?«, fragte Christian Wagner erneut mit eisiger Stimme. »Wer hat meine Tochter umgebracht?«

Daniel räusperte sich. »Wir werden es herausfinden, Herr Wagner. Dafür sind wir da! Es wird bereits eine Soko gebildet, die sich ausschließlich damit befasst, rund um die Uhr.«

»Was wissen Sie? Was haben Sie bereits herausgefunden? Sie müssen doch schon erste Spuren gesichert haben!« Er klopfte auf seine goldene Armbanduhr. »Das Ganze ist fast zwölf Stunden her! Mir geht das zu langsam. Wenn Sie sich mehr angestrengt hätten, könnten Sie den Täter vielleicht bereits haben! Ist es ein Asylant?«

»Lassen Sie uns unseren Job machen, Herr Wagner«, bat Birthe ruhig, ohne auf seine voreilige Schlussfolgerung einzugehen, die sie ärgerte. »Wir stehen erst am Anfang unserer Ermittlungen.«

»Nichts deutet bisher darauf hin, dass es ein Asylbewerber ist«, kam Daniel ihr zu Hilfe.

Birthe atmete tief durch. »Kollegen von uns sind noch vor Ort. Sie machen ihre Arbeit gründlich und präzise und gehen erst, wenn sie alle verwertbaren Spuren gesichert haben.«

Christian Wagner streckte ihr seinen Zeigefinger entgegen. »Finden Sie das heraus! Beeilen Sie sich! Ich zahle eine große Summe für die Ergreifung des Täters. Er muss dafür büßen, was er getan hat, er muss seiner gerechten Strafe zugeführt werden. Ich will ihn leiden sehen. Er soll begreifen, was er gemacht hat. Wenn Sie nicht schnell genug sind, werde ich Sie verklagen! Ich werde noch heute meinen Anwalt informieren.«

»Seien Sie unbesorgt, Herr Wagner«, sagte Daniel. »Die Aufklärungsquote bei Tötungsdelikten liegt bei fast 100 Prozent.«

»Zahlen interessieren mich nicht. Es geht um meine einzige Tochter. Ich lasse Sie fortan nicht in Ruhe. Ich will wissen, was mit meiner Tochter passiert ist!«

»Wann haben Sie Jessica das letzte Mal gesehen?«, richtete sich Birthe an Frau Wagner.

»Oje, das weiß ich gar nicht genau«, sagte Elke Wagner tonlos. »Wir hatten immer engen Kontakt über das Handy. Gestern Abend haben wir noch miteinander geschrieben, kurz vor dem Konzert. Jessica wollte hinterher gleich berichten, wie es gelaufen ist, doch das hat sie nicht getan. Ich habe lange gewartet, aber es ist nichts gekommen. Ich habe sie in Ruhe gelassen, weil ich dachte, sie sei müde oder vielleicht noch mit ihren Kollegen ausgegangen. Das war unser letzter Kontakt. Ich hatte vor, gleich zu ihr zu fahren und ihr ein paar Brötchen vorbeizubringen.« Mit hilflosem Blick sah sie ihren Mann an.

Christian Wagner schüttelte den Kopf, als sei das alles für ihn unbegreiflich, als könne er es nicht fassen. »Vor einer Woche waren wir das letzte Mal bei ihr. Am Sonnabendvormittag. Wir haben ihr was zum Frühstücken vorbeigebracht.«

»Wie wirkte sie da auf Sie?«

Christian Wagner verschränkte seine Arme vor dem Körper. »Völlig normal. Wie immer. Sie hatte es eilig, sie wollte zu einer Probe.«

»Ganz so stimmt das nicht«, fiel ihm seine Frau ins Wort. »Sie hatte schon länger Probleme. Davon habe ich dir doch erzählt.«

»Zeigen Sie mir bitte mal den Chatverlauf von gestern Abend«, wandte sich Birthe an Jessicas Mutter. Die stand auf, um ihr Handy zu holen. Birthe wartete gespannt und las sich dann den Verlauf durch, um das Telefon anschließend an Daniel weiterzureichen. »Sie fühlte sich gemobbt«, sprach sie laut aus. »Von wem? Wissen Sie das?«

»Von allen Bandmitgliedern außer Carsten Tobecke. Fragen Sie mich bitte nicht, warum«, sagte Elke Wagner. »Ich weiß es nicht. Unsere Tochter fühlte sich leicht auf den Schlips getreten. Nicht immer haben wir den Grund erfahren, und wir wollten ihn auch nicht immer so genau wissen. Wir wollten nicht, dass sie sich in etwas hineinsteigert.«

»Sie sprachen eben von Problemen. Was für Probleme waren das?«

Elke Wagner öffnete ratlos ihre Hände. »Meine Tochter war sehr emotional. Sie hat sich alles zu Herzen genommen, jede Kritik, jede Zurückweisung. In der letzten Zeit ging es ihr nicht sonderlich gut. Aber oft hatte ich auch den Eindruck, dass sie übertreibt. Sie dachte immer gleich an Mobbing, wenn jemand nicht superfreundlich zu ihr war. Ich habe ihr gesagt, dass die Leute vielleicht ihre eigenen Probleme haben, aber sie hat alles immer nur auf sich bezogen.«

»Wissen Sie, was Ihre Tochter gestern nach ihrem Auftritt vorhatte? Wollte sie irgendwohin? War sie mit jemandem verabredet?«

Die Eheleute schwiegen. Birthe und Daniel ließen ihnen Zeit zu antworten.

»Wir ermitteln vorrangig in Jessicas persönlichem Umfeld. Vielleicht können Sie uns bei den folgenden Fragen weiterhelfen«, sagte Birthe. »Mit wem hatte Ihre Tochter in der letzten Zeit Kontakt? Ist sie mit jemandem in Streit geraten?«

Elke Wagner zuckte stumm mit den Schultern. »Gestern Abend hatte sie sich über die anderen Musiker geärgert, weil sie sich nicht beachtet gefühlt hat. Das hat Jessica besonders gehasst: wenn man sie ignoriert hat.« Sie faltete ihre Hände und legte sie in den Schoß.

»Ich verstehe«, antwortete Birthe. Kurz dachte sie daran, dass auch ihr Verhältnis zu ihren Eltern längst nicht mehr so innig war wie vor einigen Jahren und dass sie manchmal regelrecht vergaß, sich bei ihnen zu melden. »Eltern wissen nicht alles von ihren Kindern. Aber Sie können ja mal darüber nachdenken. Sie müssen nicht sofort antworten. Sobald Ihnen etwas einfällt, melden Sie sich einfach bei uns.«

»Dazu wird uns nichts einfallen«, sagte Herr Wagner kurz und knapp. »Jessica hat nicht viel mit uns geredet. Über ihr Privatleben wissen wir wenig. Wir vermuten, dass sie in der letzten Zeit eine Beziehung hatte, das ist auch schon alles. Vor etwa einem Vierteljahr war sie noch gut gelaunt, fast euphorisch, und in der letzten Zeit war sie wie ausgewechselt – eher deprimiert und sehr still.«

»Ich hatte schon engen Kontakt mit Jessica«, antwortete Elke Wagner. »Sie hat sich täglich bei mir gemeldet. Wir haben telefoniert oder kurz gechattet. Trotzdem hatte ich den Eindruck, sie wollte mir nicht alles sagen. Ich habe es so hingenommen, wollte nicht in sie dringen. Das mochte sie nämlich nicht. Dann hat sie dichtgemacht und mich nicht mehr an sich herangelassen.«

»Gab es jemanden, vor dem sie Angst hatte?«, fragte Birthe.

»Sie war sehr sensibel«, sagte Christian Wagner. »Ängstlich nicht, aber sensibel. Oder?« Er suchte Bestätigung bei seiner Frau.

»Sie hatte Angst vor Menschen. Vor Menschenmengen«, fügte Elke Wagner hinzu. »Sie brauchte den Applaus, war regelrecht süchtig danach, aber kurz vor einem Auftritt wäre sie jedes Mal fast gestorben vor Angst. Entschuldigen Sie mich bitte für einen Moment.« Sie ging aus dem Raum und kam wenig später mit einer Flasche Mineralwasser und zwei Gläsern zurück. Während sie die Gläser füllte, entstand eine Redepause.

*

Am Steuer des neuen weißen Mercedes saß Alwin Müller. Vorsichtig rangierte er das Fahrzeug aus der Hofeinfahrt. Angelina ärgerte sich, dass ihr wie gewöhnlich nur der Part der Beifahrerin zukam. Sie schaltete das Radio ein und wechselte den Sender, um nicht während der Fahrt Alwins Musikgeschmack ausgesetzt zu sein.

»Mach's wenigstens nicht so laut«, brummelte Alwin. »Bin lange kein Automatik-Auto mehr gefahren, muss mich erst wieder umgewöhnen.«

»Ich habe dir angeboten, die Strecke zu übernehmen, kenne mich mit Automatik aus, aber du wolltest ja nicht.«

Er verzog keine Miene, blickte stur geradeaus. »Imposanter Straßenkreuzer, oder?«, sagte er nach einer Weile. »Man sitzt wie in einer Badewanne, nur gemütlicher. Ich fahre den echt gerne.«

»Ich mag die weichen Ledersitze. Man versinkt förmlich darin. In diesem Auto könnte ich bis nach Italien fahren und würde frisch und ausgeruht aussteigen. Hast du schon mal nach oben geschaut?«, fragte Angelina.

Er grinste nur.

»Ein Sternenhimmel im Wagendach, geil, oder? Wie ein Ami-Schlitten. Fehlt nur noch eine Getränkebar im Fond, dann könnte man Party machen.«

Erneut grinste Alwin und warf ihr einen kurzen Blick zu. »Ja, ja, in eurem Alter habt ihr nur Feiern im Kopf.«

Im Radio kam ein Lied, das Angelina mochte. Sie drehte es lauter und sang mit.

Eine Weile ließ er es über sich ergehen, dann reichte es ihm. »Eine Sängerin wird aus dir sicher nicht«, murrte Alwin. »Wenn du mich fragst, triffst du keinen Ton. Jeder Elefant ist musikalischer als du.«

Angelina verstummte und schaltete das Radio ab.

Er drehte sich zu ihr hin. »Weißt du, was mich wundert?« Er musste auf die Bremse treten, weil ein Radfahrer ausscherte. Alwin fluchte leise. Auf der Lotter Straße war wie immer reger Verkehr.

»Sag schon.«

»Du wirkst sehr fröhlich, dabei ist doch gerade erst deine beste Freundin gestorben.«

»Ich zeige das eben nicht so. Hab schon genug geheult. Aber zum Glück kann ich es zwischendurch ein bisschen verdrängen. Muss ja auch sein, sonst könnte ich meine Arbeit nicht machen.«

»Ich sehe das anders. Gerade habe ich mir die Frage

gestellt, ob du nicht sogar ein bisschen froh bist über ihren Tod.«

Sie fuhr herum. »Wie meinst du das?«

Er hielt an einer roten Ampel. Fußgänger und Radfahrer kreuzten die Straße. Eine Mutter zog ihr bockiges Kleinkind mit sich. Es wollte aus irgendeinem Grund immer wieder zurück. Alwin trommelte auf dem mit cremefarbenen Leder bezogenen Lenkrad. Es hatte die gleiche Farbe wie die Sitze. »Na ja, seien wir mal ehrlich, du hast dich oft über sie geärgert. Tobecke wollte sie in der Band haben und dich nicht. Sie hatte wohl etwas mehr Glück als du. Vor allem Talent.«

»Ey, sie war meine Freundin, ich habe ihr das gegönnt!«

»Das hat mal anders geklungen. Du warst sauer, du warst wütend, du hast getobt vor Eifersucht. So habe ich dich erlebt, nachdem Tobecke ein ernstes Gespräch mit dir geführt hat. Schon vergessen? Wo bist du eigentlich noch hingegangen am Freitagabend? Ich habe dich am Neumarkt gesehen, nach dem Konzert.«

»Halt bloß die Klappe, Alwin, du übertreibst dermaßen! Ich wollte sowieso nächste Woche zur Polizei und eine Aussage machen.«

»Warum das? Was für eine Aussage?«

Sie schwieg und starrte aus dem Fenster.

»He, was willst du denen erzählen, jetzt sag schon!«

Angelina hob das Kinn und sah ihn an. »Wie geht es eigentlich deiner Mutter?«

Er kniff die Augen zusammen. »Worauf willst du hinaus?« Alwin Müller lief dunkelrot an.

»Zufällig kenne ich eine Mitarbeiterin aus dem Paulusheim, in dem deine Mutter zuletzt untergebracht war. Heike hat Sachen beobachtet, die dich nicht besonders toll dastehen lassen, Alwin. Einmal ist sie gerade noch rechtzeitig ins

Zimmer gekommen, hat sie gesagt. Es hätte so ausgesehen, als ob du, na ja, du hättest deine Hände wohl gerade …«

»Und das willst du denen erzählen?«, schnitt er ihr barsch das Wort ab. »Was hat das mit deiner Freundin zu tun?«

»Was hat das damit zu tun, dass du mich in der Stadt beobachtet hast? Das kann ich genauso fragen. Bestimmt hast du wieder Katharina nachgestellt. Gib endlich auf, sie will nichts von dir.«

»Ich auch nichts von ihr.«

»Ja, ja, schon klar«, sagte sie spöttisch.

Er fuhr mit fast 70 Stundenkilometern über die Rheiner Landstraße und sie wies ihn darauf hin. »Das Knöllchen bezahlst du!«

Er drosselte die Geschwindigkeit. »Verdammt, bei diesen neuen Bestattungswagen merkst du nicht, wenn du zu schnell unterwegs bist.«

»Wenn wir gleich am Friedhof angekommen sind, kein Wort mehr, okay? Dirk hat seine Lauscher überall. Ich brauche nicht noch jemanden, der wirres Zeug erzählt.«

»Ich hätte sowieso nicht damit angefangen.«

»Du *hast* damit angefangen, Alwin«, sagte Angelina.

Den Rest der Fahrt schwiegen sie.

Alwin parkte das Fahrzeug direkt vor der Einfahrt des Krematoriums.

»Bleib sitzen, ich mach das schon«, sagte Angelina, nahm die Papiere aus dem Seitenfach und stieg aus.

Im Eingangsbereich kam ihr Dirk, der Leiter des Krematoriums, entgegen. »Hi, Angelina, wie geht's, was habt ihr heute für mich?«

»Moin, Dirk! Eine junge Frau, sie sieht nicht mehr wirklich schön aus, wir haben uns alle Mühe gegeben, die Angehörigen wollten sie noch mal sehen, aber viel war nicht zu machen. Bereite die Ärztin auf ihren Anblick vor, wenn sie kommt, oder war sie schon da?«

»Eben weg, sie kommt erst morgen wieder. Ist es deine Freundin?«

Angelina schüttelte den Kopf. »Nee, die ist noch nicht freigegeben. Ich glaube auch nicht, dass die das über uns machen. Zumindest habe ich bisher nichts gehört. Die Leiche bei uns im Wagen ist ein Verkehrsopfer. Wir haben sie letzte Woche auf der A1 aufgesammelt. Die Angehörigen wünschen eine Trauerfeier mit Urne.«

Dirk nickte und nahm die Papiere entgegen. »Kann aber eine Weile dauern. Wir sind voll im Moment. In der Kühlhalle warten gut und gerne 40 Särge.«

»Können wir einen Kaffee haben? Alwin wartet im Wagen.«

»Alles klar, du weißt ja, wo die Maschine ist. Bedient euch ruhig. Ich bring dir schon mal den Sargwagen. Kommt ihr klar?«

»Ey, haben wir jemals Hilfe gebraucht?« Sie lachte.

Während sie den Kiefernsarg aus dem Bestattungsfahrzeug schoben, warf Angelina ihrem Kollegen einen stechenden Blick zu.

*

Durch ein halb geöffnetes Fenster drang Vogelzwitschern. Birthe versuchte, die Tragödie mit den Augen der Eltern zu sehen. Es war so ein herrlicher Frühlingstag, den Jessica nun nicht mehr erleben durfte. Keinen einzigen weiteren Tag. Ein junges Leben voll Hoffnung und Zukunft war ausgelöscht worden. Wie sollten die Eltern nur mit dieser endgültigen Gewissheit weiterleben! Der Schock würde noch kommen, manchmal erst bei der Beerdigung oder kurz danach. Davor gab es so viel zu tun, zu erledigen. Viele Angehörige machten erst einmal alle Schotten dicht, ließen keine Gefühle zu, konzentrierten sich aufs Wesentliche, funktionierten, weil sie funktionieren mussten. Erst danach begann die lange, dunkle Zeit der Trauer und der Verarbeitung.

Birthe verbot sich weitere Gedanken an die Eltern. Mitgefühl ja, Mitleid nein, hatten sie auf der Polizeiakademie gelernt. Sie musste lernen, sich viel mehr abzugrenzen.

»Früher kannte ich das nicht von Jessica. Noch vor wenigen Monaten hatte sie sich so sehr auf ihr neues Leben gefreut. Endlich hatte sie etwas gefunden, für das sie brannte. Sie wollte unbedingt in diese Band, sie wollte dazugehören, berühmt werden, aber das war natürlich nicht so einfach, wie sie sich das vorgestellt hatte«, sagte Elke Wagner leise.

»Wobei das überhaupt nicht unser Ding war«, ergänzte ihr Mann. »Wir hätten uns einen solideren Weg für Jessica gewünscht. Sie glauben nicht, wie oft ich bereut habe, ihr jahrelang diese teuren Klavierstunden bezahlt zu haben.«

»Und Gesangsunterricht«, ergänzte seine Frau.

»Gab es deswegen Konflikte?« Birthe musste diese Frage stellen, denn sie hoffte, dass die Eltern, solange die Emotionen noch frisch waren, unverfälscht Auskunft gaben, dass vielleicht Wahrheiten ans Licht kamen, die sich später nur mühsam ermitteln lassen würden.

Christian Wagner rang nach Worten. »Sie sollte etwas Vernünftiges aus ihrem Leben machen. Keinen Hirngespinsten nachhängen. Sie hat wohl Hobby mit Beruf verwechselt. Aber wie hätten wir ahnen sollen, dass sie plötzlich vorhatte, den Musikquatsch beruflich zu betreiben?«

»Wir haben vieles probiert«, fügte Elke Wagner hinzu.

»Jessica hatte so viele Möglichkeiten und hat nichts daraus gemacht. Ins Baugeschäft einsteigen wollte sie nicht, obwohl wir sie immer wieder dazu ermuntert haben. Sie hatte keinerlei Interesse am Beruf meines Mannes. Den Unterricht an einer privaten Fachschule hat sie nach kurzer Zeit an den Nagel gehängt – sie hätte Heilpraktikerin werden können –, die Hotelfachschule in Hamburg hat sie ebenfalls nach sechs Monaten geschmissen. Es war nicht leicht mit ihr. Nichts genügte ihren Ansprüchen, nichts hat wirklich ihr Interesse geweckt. Wir haben schwere Zeiten mit Jessi hinter uns. Aber gerade wurde es wieder etwas besser. Und ausgerechnet jetzt musste sie gehen.«

Daniel lehnte sich vor. »War Jessica Ihr einziges Kind? Oder gibt es noch Geschwister?«, wollte er wissen.

»Jessica ist … Jessi war unser einziges Kind«, sagte Christian Wagner mit gebrochener Stimme. »Ich muss mich erst an die Vergangenheitsform gewöhnen.«

»Hat Jessica hier noch ein Zimmer?«

Die Eheleute nickten.

»Dürfen wir es sehen?«

Christian Wagner starrte den Kommissar an, als wunderte er sich über seine Frage. »Natürlich. Sie hatte einen eigenen Bereich. Eine ganze Etage. Wir hätten sie natürlich vermieten können, als sie ausgezogen war, aber das wollten wir nicht. Sie sollte wissen, dass sie hier ein Zuhause hatte und jederzeit willkommen war.« Christian Wagner erhob sich, um Birthe und Daniel den Wohnbereich seiner Tochter zu zeigen.

Dieser lag im Anbau des Hauses, zur Gartenseite hin, und war mindestens 90 Quadratmeter groß. Jessica hatte in ihrem Elternhaus eine komplette Wohnung für sich allein, mit Wohnzimmer, Schlafzimmer, Ankleidezimmer, modernem Badezimmer und hochwertiger Einbauküche. Die Wohnung war genauso elegant und im gleichen Stil eingerichtet wie der Rest des Hauses.

»War dies schon länger Jessicas Reich, hat sie hier früher gelebt?«, fragte Daniel verblüfft.

»Ja, seit ihrem zwölften Lebensjahr«, antwortete Christian Wagner. »Vorher hatte sie zwei große Zimmer im Obergeschoss. Aber sie sollte in der Pubertät genug Entfaltungsmöglichkeiten haben. Oft kommt es ja zum Streit, weil sich die Kinder eingeengt und gegängelt fühlen, das wollten wir vermeiden. Sie sollte es gut haben.«

»Sie sollte sich wohlfühlen.« Elke Wagner war von hinten an ihn herangetreten und legte ihre schmale Hand auf seine Schulter.

»Ähm, die andere Wohnung …«, brachte sich Daniel ein, »Haben Sie die auch eingerichtet?«

»Ja sicher. Das hätte Jessica alleine nicht gekonnt.« Der Bauunternehmer hustete kurz und sprach dann weiter: »Jessi brauchte mehr Freiraum, sie wollte sich abnabeln, ist doch normal mit Anfang 20, da haben wir das Haus am Lieneschweg für sie gekauft. Die obere Wohnung ist noch vermietet, die alte Dame wollten wir nicht vor die Tür setzen, aber früher oder später hätte unsere Tochter das Haus für sich allein gehabt. Ideal für eine Familie!«

»Mir macht es Spaß, Möbel auszusuchen und eine Wohnung einzurichten«, sagte Elke Wagner leise.

»An meiner Elke ist eine Innenarchitektin verloren gegangen«, sagte Christian Wagner mit einem liebevollen Seitenblick auf seine Frau.

Birthe fiel noch etwas ein. »Das Handy Ihrer Tochter ist mit einer PIN geschützt. Kennen Sie die zufällig?«

»Natürlich nicht«, lautete die prompte Antwort von

Christian Wagner. »Wir haben die Privatsphäre unserer Tochter immer respektiert.«

»Kein Problem, unsere Spezialisten sind schon dran«, sagte Birthe. »Die werden das herausfinden. Haben Sie ein aktuelles Foto Ihrer Tochter?«

Er sah sich suchend um. »Irgendwo sicher. Ich werde es Ihnen mailen.«

Birthe reichte ihm ihre Karte mit allen Kontaktdaten. »Es dürfen auch zwei oder drei sein«, sagte sie.

Traurig sah er sie an. »Wann kann ich unsere Tochter sehen?«

»Sobald die Staatsanwaltschaft zustimmt«, sagte Birthe. »Sie wird zunächst in die Gerichtsmedizin gebracht.«

Das war zu viel für Frau Wagner. Sie umarmte sich selbst, als suche sie Halt. Dann fing sie hemmungslos an zu schluchzen und sackte in sich zusammen.

»Brauchen Sie einen Arzt?«, erkundigte sich Daniel und suchte Blickkontakt mit Birthe.

Elke Wagner schüttelte heftig mit dem Kopf.

»Selbstverständlich besteht zudem die Möglichkeit«, bot Birthe an, »dass Sie professionelle psychologische Hilfe erhalten. Wir haben eine Liste von hochqualifizierten Psychologen und Therapeuten. Ich hoffe auch, dass ich Ihnen noch heute einen Notfallseelsorger vorbeischicken kann. Wären Sie damit einverstanden?«

»Den brauchen wir nicht. Wir möchten jetzt einfach nur allein sein«, wischte Herr Wagner ihren Vorschlag beiseite, setzte sich neben seine Frau und nahm sie in den Arm.

KAPITEL 7

Auf dem Weg ins Präsidium tauschten Birthe und Daniel sich über die Begegnung mit Jessicas Eltern aus.

»Auf mich wirkten die Wagners leicht unterkühlt«, sagte Daniel, der auf dem Beifahrersitz saß. »Als versuchten sie, den Tod ihrer Tochter zu verdrängen. Als hätte er nichts mit ihnen zu tun.«

»Das ist häufig der Fall. Bei einer Todesnachricht werden Gefühle oft erst einmal unterdrückt, weil der Verstand sonst überfordert wäre. Aber ich glaube, langsam begreifen sie, was passiert ist. Dass die Mutter angefangen hat zu weinen, ist schon mal ein gutes Zeichen.«

»Und er ist so ein Typ, der meint, sich alles erkaufen zu können. Geld regiert die Welt. Ein richtiger Großkotz. Am liebsten würde er bestimmt uns kaufen, wenn der Fall dadurch schneller aufgeklärt werden würde.«

»Lass ihn doch. Das ist einfach seine Art, damit umzugehen. Er trauert auch, aber eben anders als seine Frau.«

Eine Weile hingen sie ihren Gedanken nach. Schließlich fragte Daniel: »Wollen wir morgen Abend gemeinsam da hingehen?«

»Was meinst du? Wohin?«

»Na, zum Auftritt der Band auf der Maiwoche.«

Birthe seufzte. »Henning ist gerade bei mir.«

»Hm«, machte er. »Hast ihn lange nicht gesehen, oder?«

»Diesmal waren es genau vier Wochen. Die Abstände werden jedes Mal größer. Ich hätte nicht gedacht, dass eine Fernbeziehung so schwierig ist. Ich dachte, wir sind beide ledig, haben Autos, die Entfernung von gut zwei Stunden ist machbar, das dürfte kein großes Problem sein, aber die Realität sieht anders aus. Immer wieder kommt etwas dazwischen, Dienstpläne, Extraschichten, Urlaubsvertretungen, Überstunden ohne Ende – du siehst ja selbst, wie es ist, wir arbeiten ständig an der Belastungsgrenze. Und nun gerade wieder das Tötungsdelikt. Henning weiß noch gar nichts davon. Es ist zum Kotzen manchmal. Erst seit ich ihn kenne, merke ich, wie oft wir unter Druck arbeiten müssen, wie eng die Personaldecke gestrickt ist. Da kann ich mir nicht einfach eine Auszeit nehmen und sagen: ›Hey, ich melde mich mal eben ab und fahre an die Nordsee.‹«

»Zusammenziehen wollt ihr nicht?«

»Du sagst das so einfach. Henning lebt an der Küste und fühlt sich sehr wohl da. Seine Eltern betreiben ein Hotel in Norden, und er hängt sehr an seinem Opa, der in einem Pflegeheim in Greetsiel lebt. Den besucht er regelmäßig. Henning kommt auch mit seinen Kollegen bei der Polizei gut klar. Und ich … Es ist schwierig, weißt du. Ich hänge auch an meiner Familie, selbst wenn ich sie momentan nicht oft sehe, und an Osnabrück. Ich könnte mir nicht vorstellen, woanders zu leben. Fast mein ganzes Leben habe ich in Osnabrück verbracht, bis auf die Ausbildungsjahre in Hannover. Und ich hänge an euch als Kollegen. Ich will keine anderen. Mit Henning zusammenzuarbeiten stelle ich mir schwierig vor. Wenn man den ganzen Tag aufeinanderhängt, sind Konflikte vorprogrammiert. Und seinen Kollegen Fiete Bontjes finde ich nicht besonders sympathisch. Den habe ich ja kurz kennengelernt, als ich an der Küste ermittelt habe. Der erste Eindruck hat mir gereicht. Er hat ein antiquiertes Frauenbild. Frauen sind seiner Meinung nach in der Berufswelt nur gut als Sekretärinnen und Kaffeeköchinnen. Nee, mein Entschluss steht: Ich will nicht von hier weg.«

»Bist du sicher? Wir können doch Kontakt halten, wenn du nach Norden ziehst. Durch das Internet ist das alles kein Problem. Obwohl ich zugeben muss, dass ich es persönlich ziemlich doof fände. Aber es geht ja nicht um mich«, sagte er lapidar und sah sie treuherzig an.

»Ich weiß, Daniel. Sehr großzügig von dir.«

»Ab und zu kann selbst ich mal altruistisch sein, auch wenn's mir schwerfällt. Du musst halt Prioritäten setzen. Was ist dir wichtiger: Henning oder deine Leute in Osnabrück?«

»Ich hasse solche Fragen«, schnaubte sie und schaltete in den nächsthöheren Gang.

»Wenn es wirklich die große Liebe ist, solltest du die Frage leicht beantworten können«, sagte Daniel mit einem hoffnungsvollen Seitenblick. Er hatte aus seiner Zuneigung zu ihr nie einen Hehl gemacht. »Im Grunde suchen wir doch alle nur unser Gegenstück, oder? Wir brauchen einen Seelenverwandten, den Menschen an unserer Seite, mit dem wir uns vorstellen können, alt zu werden. Wir alle wollen doch nur eins: ankommen im Leben. Glücklich sein, aufgehoben sein, uns wohlfühlen.«

»Hm«, machte sie und schaltete zurück, da sie auf eine rote Ampel zufuhr. Insgeheim wunderte sie sich. So kannte sie ihn gar nicht. Daniel, der Dummschwätzer, der mit den blöden Sprüchen und dem unsteten Leben. Daniel, der seine Frauen so oft wechselte wie andere Leute ihre Unterwäsche. »Irgendwann muss eine Entscheidung her, das ist klar. Aber nicht heute.«

Schweigend fuhren sie über die enge, dicht befahrene Lotter Straße zur Dienststelle am Kollegienwall. Bis Daniels Handy sie laut klingelnd aus ihren Gedanken riss.

»Oma Hilde«, meinte er. »Die ruft sonst nie um diese Zeit an. Entschuldige, Birthe, ich muss mal eben rangehen.« Er wischte über den Bildschirm. »Oma, was gibt's?«

»Ich habe mich ganz arg verletzt!« Ihre ältliche Stimme schepperte durch den Lautsprecher.

»Was ist passiert?«

»Ich habe mich an der Brotschneidemaschine geschnitten. Das ist mir noch nie passiert! Deine Mutter kann ich nicht erreichen! Was soll ich tun?«

»Ist ein Finger ab?«

»Nee, das nicht. Aber es blutet wie verrückt. Ich brauche doch die rechte Hand!«

»Dann ist es nicht so schlimm. Oma, bleib ganz ruhig. Binde dir ein sauberes Geschirrtuch um die Hand und lass dich von einem Taxi zum Hausarzt bringen!«

»Wo ist Bärbel? Ich rufe sie dauernd an, aber sie geht nicht ran!«

»Irgendwo zwischen Mallorca und Gran Canaria«, sagte er. »Sie kommt in zwei Wochen wieder. Macht eine Kreuzfahrt. Hat sie dir das nicht erzählt?«

Pause. Nur ein lautes Schnaufen war vernehmbar. »Doch, hat sie. Jetzt erinnere ich mich. Was soll ich denn tun? Ich weiß nicht weiter.«

»Taxi bestellen und zum Arzt fahren«, wiederholte er noch mal lauter. »Mit sauberem Tuch verbinden und ab zum Doc.«

»Was sagst du? Ich verstehe dich nicht!«

»Taxi und Onkel Doktor!«, brüllte er ins Telefon. »Heute Abend komme ich vorbei und schaue mir die Sache an.«

»Ist gut, Daniel, danke! Gib mir mal die Handynummer von Bärbel, ich will sie anrufen! Hab das Notizbüchlein mit ihrer Nummer verlegt.«

»Sie ist nicht da, wird sich aber bei dir melden. Tschüss, Oma, bis nachher!«

Er legte auf. »Typisch Oma«, sagte er zu Birthe, »immer auf der Suche – nach ihrer Brille, ihren Zähnen, ihren Medikamenten oder ihrem Haustürschlüssel. Alt ist sie geworden in der letzten Zeit. Früher hat die Oma auf mich aufgepasst, jetzt ist es umgekehrt.«

Birthe nickte. »Das ist der Lauf der Zeit. Sei froh, dass du noch eine Oma hast! Weißt du was, wir gehen morgen zusammen zum Konzert«, sagte sie, als sie gerade das Felix-Nussbaum-Haus passierten.

»Klar gehe ich mit dir da hin«, stellte er fest und grinste. »Ich würde überall mit dir hingehen.«

Sie antwortete nicht, schüttelte nur leicht den Kopf.

»Was findest du eigentlich an ihm? Hast du das Gefühl, ihr passt zusammen?«

Birthe wollte nicht über Henning reden. Ihre rosarote Brille hatte sie ohnehin längst abgelegt. Sie hatte sich die Beziehung mit ihm einfacher vorgestellt. Als sie sich vor fast einem Jahr in Norden kennengelernt hatten, war es Liebe auf den ersten Blick gewesen. Sie hatte geglaubt, in Henning Achterdiek den Mann ihres Lebens gefunden zu haben. Stundenlang hatten sie geredet, gelacht, gefachsimpelt, aber auch tiefgründige Gedanken geteilt. Schöne Tage waren das gewesen in Norddeich, mit langen Strandspaziergängen, leckerem Fisch am Hafen und einem wunderschönen Sonnenuntergang am Meer. Manchmal wurde ihr wehmütig ums Herz, wenn sie an ihre Anfänge zurückdachte.

*

Henning kam ihr im Flur entgegen, als sie knapp zwei Stunden später die Haustür aufschloss. »Hab's schon gehört«, sagte er. »Die Tote war Sängerin, gehörte zu einer Osnabrücker Band. Läuft gerade nicht wirklich rund mit uns, was?«

Sie ließ sich von ihm in die Arme ziehen. »Leider nicht«, sagte sie. »Es tut mir sehr leid. Ich hatte mir den Tag mit dir auch anders vorgestellt!«

»Möchtest du einen Tee? Ich habe eine Kanne auf dem Stövchen stehen.« Er ging vor in die Küche und sie folgte ihm, nahm Platz auf der Eckbank aus den 60er-Jahren, die Birthe mal vom Sperrmüll geholt hatte.

Er brachte ihr einen Becher und schenkte auch sich nach. Ihr fiel auf, dass er neue Jeans trug und ein blau-gelb kariertes Hemd, das sie noch nie an ihm gesehen hatte. Anscheinend war er außerdem vor Kurzem beim Friseur gewesen, denn seine Haare waren kürzer als sonst. Sie schämte sich, dass sie ihn jetzt erst richtig wahrnahm, obwohl er schon gestern angereist war und sie am Morgen zusammen gefrühstückt hatten. »Was hast du gemacht in den letzten Stunden?«, fragte sie und nippte an dem Tee. Plötzlich merkte sie, dass Tränen in ihr aufstiegen. Das geplatzte Wochenende mit Henning, Müdigkeit, Erschöpfung, die Konfrontation mit den Eltern des Opfers – es war gerade alles zu viel. »Die gemeinsame Zeit mit dir ist sowieso immer zu kurz. Umso bitterer ist es, wenn davon noch viel abgezogen wird. Es tut mir leid, dass ich so lange weg war. Die Ermittlungen am Tatort, erste Vernehmungen, der Besuch bei den Eltern der Toten, es hat sich alles ewig hingezogen.« Verstohlen wischte sie eine Träne weg.

»Kein Problem, wirklich. Wenn einer Verständnis für deine Arbeit hat, dann ich. Als Polizisten sind wir es doch gewohnt, dass das Privatleben manchmal hinten anstehen muss. Keine Sorge, ich habe mich nicht gelangweilt. Ich hatte Gelegenheit, mich ein bisschen mit deinen Mitbewohnerinnen zu unterhalten. Yuki und Hoi-Hoi ziehen zum Monatsende aus, das hast du mir nicht erzählt.«

»Habe ich nicht? Es stimmt, sie haben endlich eine bezahlbare kleine Wohnung in der Innenstadt gefunden. Wenn sie nur noch zu zweit wohnen, können sie sich endlich in der Küche ausbreiten, das ist ihnen wichtig. Keiner mehr da, der sich über den Fischgeruch und den brodelnden Reiskocher morgens um 7 aufregt.«

»Traurig?«

»Ein bisschen schon. Ich habe mich an sie gewöhnt. Mit Veränderungen kann ich nicht so gut umgehen. Man weiß nie, was danach kommt. Ist schließlich nicht gesagt, dass es besser wird. Willst du nicht bei mir einziehen?« Sie lachte verlegen. Die Frage war ihr spontan rausgerutscht.

Er seufzte tief. »Ach, Birthe, ich weiß, die Situation ist nicht besonders schön im Moment. Aber Osnabrück gefällt mir nicht sonderlich. Ich bin ja aus Hannover weggezogen, gerade weil ich nicht mehr in einer Großstadt leben wollte. Zum Schluss ist mir alles auf die Nerven gefallen, der Verkehr, die Parksituation in der Innenstadt, zu viele Menschen auf einem Haufen, zu viele Autos, zu viele Fahrräder, die langen Wege. Als Polizist bist du obendrein ganz anders gefordert als in einer beschaulichen

Kleinstadt. Ein Kapitalverbrechen passiert bei uns höchst selten. Wir haben es eher mit Körperverletzung, Sachbeschädigungen oder Eigentumsdelikten zu tun. Ab und zu werden wir zu häuslichen Konflikten gerufen. Alles in Maßen. Der Einzelne steht viel stärker unter Beobachtung. Das ist das Gute an einer Kleinstadt oder einem Dorf. Die soziale Kontrolle funktioniert noch. In der Regel benehmen sich die Leute anständiger, wenn es nicht so anonym zugeht. Ich habe mich bewusst wieder für die Küste entschieden, ich mag das raue Klima, die Ruhe und Beschaulichkeit und den Menschenschlag, der gut zu mir passt. Jetzt in eine Großstadt zu ziehen, wäre für mich eine Strafe, auch wenn ich dich liebe und am liebsten rund um die Uhr mit dir zusammen wäre. Komm du doch zu mir! Norden ist einfach perfekt. Es lebt sich gut da. Klein, überschaubar, gemütlich, nicht weit zum Meer … Du findest es doch auch schön. Hast gesagt, dass du glücklich bist in Norden.«

»Natürlich«, sagte sie schnell. »Für ein Wochenende, für einige Tage oder eine Woche. Sogar sehr glücklich. Aber auf Dauer? Für immer?« Es gelang ihr nicht, ihm in die Augen zu schauen. »Dort leben und mich von deinem Kollegen rumkommandieren lassen? Fiete Bontjes ist keine Alternative.«

»Du hättest auch mich als Kollegen«, sagte Henning leicht gekränkt.

»Ja, aber noch lieber habe ich dich ausschließlich als Liebhaber und Partner. Viel, viel lieber! Es ist oft nicht gut, mit dem Partner zusammenzuarbeiten. Das bringt Stress in eine Beziehung.«

»Schade«, sagte er und rieb sich das Kinn. »Das ist mir alles irgendwie neu, und ich muss es erst einmal verdauen.«

»Okay. Und ich hatte gedacht, du würdest gerne zu mir nach Osnabrück ziehen. Ich hatte es gehofft.«

Er seufzte und trank seinen Tee. »Natürlich fehlst du mir. Ich vermisse dich schon im Auto, wenn ich nicht einmal ganz aus Osnabrück raus bin. Dann geht's mir richtig dreckig, und ich würde am liebsten sofort das Steuer rumreißen und zurückfahren.«

»Offensichtlich reicht das nicht. Also bleibt eben alles beim Alten«, sagte Birthe traurig. »Wenn keiner von uns beiden bereit ist, sein Leben umzukrempeln und einen Neuanfang zu wagen.«

»Du kannst mir keinen Vorwurf machen, wenn du selbst nicht bereit für eine Veränderung bist. Ich habe dich mehr als einmal gefragt, ob du zu mir ziehen willst. Es muss nicht bei meiner jetzigen Bude bleiben. Wir können uns gemeinsam eine größere Wohnung suchen. Mit zwei Einkommen haben wir mehr Spielraum. Ich hätte Spaß dabei, alles mit dir einzurichten. Weißt du noch, wie wir neulich zusammen durch das Norder Möbelhaus gestreift sind und uns vorgestellt haben, wie unser gemeinsames Wohnzimmer aussehen würde? Die Küche? Das Schlafzimmer? Wie wir unser Nest geplant haben und uns bei den meisten Dingen einig waren?« Seine Stimme hatte einen weichen Klang angenommen.

Birthe schwieg. Sie hatte keine Lust auf Diskussionen dieser Art, fühlte sich gegängelt und unter Druck gesetzt. Sie hatte sich auf Henning gefreut und Pläne für das Wochenende geschmiedet. Stattdessen saßen sie nun zusammen bei einer Tasse Tee und machten sich gegenseitig das Leben schwer.

Ihre Beziehung hatte vor fast einem Jahr begonnen. Im letzten Sommer hatten sie sich kennengelernt, als Birthe von ihrem Chef für einige Tage an die Küste geschickt worden war, um zu ermitteln. Ein Osnabrücker Schulleiter war auf einer Landstraße kurz vor Norddeich auf dem Weg zu seiner Geliebten tot aufgefunden worden. Henning Achterdiek war einer der Beamten der Norder Polizeiinspektion, mit denen sie zu tun gehabt hatte. Sie waren sich auf Anhieb sympathisch gewesen. Schnell hatten sie Gefühle füreinander entwickelt. Doch auf die wenigen Tage und Stunden, die sie miteinander verbracht hatten, war sogleich eine längere Trennung gefolgt.

»Ich möchte heute nicht darüber reden«, bat Birthe. »Bitte versteh das, Henning. Ich habe anstrengende Vernehmungen hinter mir und bin einfach durch. Mich beschäftigt der Tod der jungen Sängerin sehr. Ihre Eltern sind fix und fertig. Ihnen die Todesnachricht zu überbringen, hat mich unendlich viel Kraft gekostet.«

Mit einem weicheren Ausdruck sah er sie an. »Okay, ich verstehe das. Wir müssen nichts übers Knie brechen.«

Sie rückte zu ihm hin und schlang beide Arme um seinen Hals.

»Wir wollen nicht streiten, oder?«, fragte er.

Sie schüttelte den Kopf und schmiegte sich in seine Halsbeuge. Er duftete nach seinem vertrauten Rasierwasser, nach seinem Duschgel, einfach nach Henning. Sie konnten später weiterreden, irgendwann, irgendwo. Aber nicht heute.

»Wollen wir nachher zur Maiwoche?«, fragte er. »Erst was Schönes kochen, dann ein bisschen kuscheln und danach ziehen wir los? Ich war noch nie dort. Du wolltest mir alles zeigen.«

Birthe nickte müde. »Mal sehen«, sagte sie. »Erst ein bisschen liebhaben.« Sie schloss die Augen und genoss seine sanfte Nackenmassage.

Später bereiteten sie gemeinsam das Essen zu, Spaghetti Bolognese mit buntem Salat und Wein, zum Nachtisch sollte es heiße Früchte auf Vanilleeis geben. Sobald sie mit Henning zusammen war, war alles gut. Sie genoss jeden Augenblick mit ihm, egal, ob sie etwas unternahmen oder zu Hause blieben, kochten und dabei redeten wie eben gerade und es sich vor dem Fernseher gemütlich machten – Arm in Arm auf dem Sofa unter einer weichen Decke eingekuschelt. Wenn nur nicht immer wieder die bevorstehende Trennung wie ein Damoklesschwert über ihnen hängen und sie vor einen Haufen Probleme stellen würde!

Nach dem Essen schliefen sie miteinander. Sie liebten es, die nackte, warme Haut des anderen zu spüren, den Duft des anderen einzuatmen, der vertrauten Stimme zu lauschen und sich in der Gegenwart des anderen zu verlieren. Lange lagen sie noch nebeneinander, vernahmen den Herzschlag des anderen und verloren jedes Gefühl für Raum und Zeit.

KAPITEL 8

Sonntag, 07. Mai

Am Sonntagmorgen frühstückten sie lange in Birthes großem Zimmer. Birthe fühlte sich sehr wohl in dem Raum mit dem glänzenden Parkettboden, dem Stuck an der hohen Zimmerdecke, dem spanischen Kronleuchter aus der Jugendstilepoche und dem interessanten Sammelsurium, das sich im Laufe der Jahre dort angesammelt hatte. Es war ein inspirierender Mix aus Alt und Neu, aus modernen Möbeln, zum Teil von Ikea, und Fundstücken vom Flohmarkt oder Trödler. Einige Teile kamen sogar vom Sperrmüll, wie zum Beispiel die Eckbank in der Küche, darauf war sie besonders stolz. Vor Kurzem hatte jemand ein dunkelrotes ostfriesisches Teesofa an die Straße gestellt. Birthe hatte sich keinen Meter davon fortbewegt, nachdem sie es entdeckt hatte. Sie hatte ein Großraumtaxi bestellt und das gute Stück zwei Straßen weiter zu sich nach Hause transportieren lassen. Erstaunlicherweise passte es sogar gut zu ihrem pinkfarbenen Ohrensessel.

Nach dem Frühstück liebten sie sich erneut. »Bitte mach, dass es für immer so bleibt«, sagte sie danach, während ihr Kopf an seiner Schulter ruhte. »Die Vertrautheit, das Gefühl, bei dir aufgehoben zu sein – bleib doch einfach. Bitte! …« Sie sah ihn flehentlich an. Ausgerechnet in diesem Moment klingelte ihr Handy, doch sie ignorierte es.

Er küsste ihr Haar und streichelte ihren Nacken. »Willst

du nicht drangehen?«, murmelte er schlaftrunken. »Vielleicht ist es wichtig?«

»Was kann schon wichtiger sein als das hier? Ich mag nicht. Im Augenblick nicht. Ich will mich noch nicht von dir trennen«, sagte sie leise. »Es tut mir richtig körperlich weh, wenn einer von uns weg muss nach einem so schönen Wochenende, auch wenn das jetzt kitschig klingt. Aber es ist die Wahrheit. Ich fühle mich furchtbar. Wie zerrissen. Ohne dich ist alles wie abgeschnitten, leer und irgendwie kalt.«

Wieder küsste er ihr Haar. »Ach komm, geh dran, Schatz. Ich bleibe ja noch ein bisschen. Eigentlich sollten wir längst aus den Federn sein.« Er reckte sich und gähnte.

Seufzend angelte sie ihr Diensthandy vom Nachttisch und war schon nach wenigen Sekunden hellwach. Die Staatsanwältin Maria Koswalla war dran, um ihr zu mitzuteilen, was die Arbeit der Spurensicherung bislang ergeben hatte. Besonders auffällig seien frische Schuhabdrücke im Hausflur und in der Wohnung des Opfers gewesen, die nicht von Jessica Wagner stammten.

»Andere Schuhgröße, nehme ich an?«, mutmaßte Birthe.

»Nicht einmal das«, gab Koswalla zurück. »Jessica Wagner hatte für ihre geringe Körpergröße erstaunlich große Füße. Es ist die Breite des Schuhs und vor allem das Profil, was den Unterschied ausmacht. Schuhe dieser Art wurden nicht in Wagners Wohnung gefunden. Gerade im leicht staubigen Treppenhaus konnten die Leute von der KTU die Abdrücke des Profils gut sichern und von anderen, etwas älteren Abdrücken unterscheiden. Es handelt sich um breite Arbeitsschuhe Größe 41 oder Boots, vom Profil her möglicherweise Doc Martens. Jessica Wagner hat zwar Schuhe in gleicher Größe besessen – auch eine Nummer kleiner –, aber elegantere, femininere Modelle.«

»Okay«, sagte Birthe und erinnerte sich an Wagners Erscheinungsbild. Am Abend ihres letzten Auftritts hatte sie silberfarbene Riemchensandaletten getragen. »Was ist mit Genspuren?«

»Es ist schwierig. Da sind so viele. Das Opfer hat vermutlich in den Tagen vor seinem Tod Besuch von mehreren Personen gehabt. Keine der Spuren ist in unserer Datenbank erfasst. Ach, und da ist noch etwas.« Die Staatsanwältin machte eine kurze Pause. »Die dunklen Haare, die die Kollegen vom KTU in der Küche und im Wohnzimmer des Opfers sichergestellt haben, sind gefärbt. Es sind die Haare einer Frau.«

Birthe musste die Information kurz sacken lassen. »Können wir einen männlichen Täter ausschließen?«

»Leider nicht. Es wurden auch graue Haare mit einer männlichen DNA gefunden. Im Schlaf- und Wohnzimmer des Opfers fand sich weitere männliche DNA, die in der Täterkartei nicht erfasst ist. Was haben Sie inzwischen herausgefunden? Was haben die Zeugenaussagen ergeben?«

Birthe unterrichtete sie über die ersten Befragungen im Umfeld des Opfers.

Maria Koswalla schien sich damit zufriedenzugeben, denn sie hatte keine Fragen.

»Die kennt auch kein Wochenende, keinen Feierabend und keinen Feiertag«, sagte Birthe, nachdem sie aufgelegt hatte. »Ein Job wie der lässt sich nur machen, wenn man keine Familie hat, wenn man völlig ungebunden ist. Wann sehen wir uns wieder?«

Er lächelte schief. »Ich hoffe, in zwei Wochen. Versprechen kann ich leider nichts.«

»Ich hasse diese Ungewissheit.«

»Ich auch, Schatz. Es muss nicht so bleiben. Aber du willst es ja nicht anders.«

»Fang nicht wieder damit an.«

»Okay«, sagte er und reckte sich. »Dann lass uns jetzt zur Maiwoche fahren, wenn wir beide nicht mehr damit anfangen wollen.«

»Ich hoffe, du bist mir nicht böse, aber ich muss Privates mit Dienstlichem verbinden. Wir müssen zu Currywurstbuden.«

»Currywurst? Ich würde gerne mal Asiatisch essen.«

»Das Opfer, Jessica Wagner, hat als letzte Mahlzeit eine Currywurst gegessen. Wir müssen wissen, wo sie sie gekauft hat und ob sie dabei mit jemandem zusammen gesehen worden ist. Obwohl ich mir da ehrlich gesagt wenig Chancen ausrechne, bei dem Getümmel auf dem Markt.«

»Hast du ein Bild von ihr?«

»Ja, die Eltern haben mir ein paar Fotos zugemailt. Hübsch war sie, hellblonde Haare, blaue Augen, ein richtiges Puppengesicht.«

Schweigend zogen sie sich an. Das benutzte Geschirr stellten sie in die Spüle. Birthe fand es viel zu schade, die kostbare Zeit mit Henning für Alltagskram zu verschwenden.

Sie nahmen den Bus bis zum Neumarkt und gingen dann zu Fuß über die Große Straße bis zur Krahnstraße, ließen sich in der Menschenmenge treiben. An verschiedenen Ständen priesen Händler ihre Waren an: Schmuck, Souvenirs, Tücher, Selbstgemachtes aus Holz und Filz, Süßigkeiten. Die typischen Düfte eines Volksfestes nach Bier, gebratenen Mandeln, Zuckerwatte und Popcorn wehten ihnen entgegen. Aber auch nach stark gewürzten Speisen roch es. Birthe ging zu den Ständen, die Currywurst verkauften, zeigte zwei Fotos von Jessica Wagner auf ihrem Handy und fragte, ob jemand die junge Frau am späten Abend des 5. Mai allein oder in Begleitung gesehen habe. Mit dem Ergebnis der Befragung hatte sie gerechnet. Niemand konnte sich an die junge Sängerin erinnern.

Nach einer Stunde gab Birthe auf. »Wir gehen in den nächsten Tagen noch einmal los. Das Personal wechselt ja.«

Hand in Hand erreichten sie den Domhof und steuerten auf das Wahrzeichen des Volksfestes zu: das nostalgisch bemalte, bestimmt 100 Jahre alte Kettenkarussell.

»Bist du schwindelfrei?«, fragte er und starrte zu den fliegenden Sesseln empor.

»Nein«, lachte sie. »Es ist ewig her, dass ich damit gefahren bin. Mehr als 20 Jahre.«

»Dann wird es Zeit für eine Wiederholung. Pass auf, ich sitze außen, du innen, da geht es nicht ganz so hoch, und ich halte die ganze Zeit über deine Hand. Versprochen.«

Misstrauisch sah sie nach oben. Sie hasste es, keinen festen Boden unter den Füßen zu haben.

»He«, sagte er und legte beruhigend seinen Arm um sie. »Die kommen alle wieder runter. Der Blick über die Altstadt, den Dom und die Marienkirche ist die Sache bestimmt wert.«

Von keinem anderen Menschen hätte sie sich zu etwas überreden lassen, was sie eigentlich nicht wollte. Doch mit Henning war es anders. Mit ihm zusammen hatte sie Lust, über ihren Schatten zu springen. Vielleicht wollte sie dadurch gemeinsame Erlebnisse schaffen. Oder Erinnerungen?

»Na gut«, sagte sie zaghaft, und er ging los, um Fahrchips zu kaufen.

Sie suchten sich Sessel nebeneinander, schwangen sich hinein und schlossen die Ketten. Birthe wurde bereits flau im Magen, als sich das Karussell sachte in Bewegung setzte. Kurz darauf beschleunigte es und gewann an Höhe. Immer schneller und höher flogen sie über die Dächer der Altstadt. Die Musik und das Stimmengewirr drangen nur noch gedämpft zu ihnen hinauf. Auch die typischen Gerüche des Marktes waren kaum noch wahrzunehmen. Anfangs hatte sich Birthe verkrampft am Gestänge festgehalten, aber als Hennig ihr zulächelte, konnte sie sich ein wenig entspannen und die ungewohnte Perspektive genießen. Von oben betrachtet sah der Domhof wie eine Theaterkulisse aus. Hennings Nähe gab ihr Kraft, und irgendwann schaffte sie es sogar, die Aussicht zu genießen.

»Und?«, fragte er lachend, als sie mit den Füßen wieder den Boden berührten.

Birthe war ein bisschen blass um die Nase und atmete erst einmal tief durch. »Ganz okay.«

»Noch mal?«, grinste er.

»Nee. Einmal reicht. War aber wirklich schön.«

Sie beschlossen, die verbliebene Zeit bis zu Hennings Abfahrt in der Crêperie am Markt zu verbringen. Da draußen alle Stühle besetzt waren, gingen sie hinein und gesellten sich zu einem anderen Paar, das an einem längeren Tisch am Fenster saß. Sie bestellten Crêpes mit heißen Kirschen und Sahne, dazu Milchkaffee. Nach all dem Sehen und Laufen tat es gut, ein bisschen Ruhe zu genießen und das Treiben auf dem Platz zu beobachten.

»Nächstes Jahr muss ich dafür sorgen, dass ich zur Maiwoche ein paar Tage freibekomme. Dann sitzen wir wieder hier«, meinte er zuversichtlich und schlürfte seinen Milchkaffee.

Sie nickte, plötzlich von Zweifeln befallen, ob sie in einem Jahr überhaupt noch ein Paar sein würden. Wunderschön war es mit ihm – ein ewiges Pendeln zwischen Traum und Wirklichkeit, an das sie sich gewöhnt hatte und das sie nicht missen wollte, – doch der bevorstehende Abschied führte ihr wieder einmal vor Augen, wie zerbrechlich und problembelastet ihre Beziehung war und wie wenig aussichtsreich eine gemeinsame Zukunft.

Später, in Birthes Wohnung am Schnatgang, begann Henning sofort zu packen. Da war es um sie geschehen und sie brach in Tränen aus. Widerstrebend begleitete sie ihn in den Hof, wo sein Auto stand. Eine letzte innige Umarmung, ein letzter Kuss.

Sehnsüchtig blickte sie dem blauen Kangoo hinterher, bis er aus ihrem Gesichtsfeld verschwunden war. Dann war sie allein. Ihr Herz fühlte sich an wie ein bleischwerer, kalter Klumpen.

*

»Abschiedsschmerz?«, fragte Daniel knapp drei Stunden später. Wie Birthe war er mit dem Fahrrad gekommen, weil man wegen des Volksfestes keine Chance hatte, in der Innenstadt einen Parkplatz zu finden. Vom Stadtteil Wüste aus, wo er seit Neuestem wieder wohnte, war es aber auch nicht weit.

Sie fühlte sich ertappt. Wenn sie geweint hatte, sah man das noch lange an ihren trüben, rotgeränderten Augen. »Ein bisschen vielleicht. Damit muss ich klarkommen.«

»Arbeit ist die beste Medizin, sagt meine Oma immer.«

»Daher also deine Sprüche«, erwiderte sie mit einem schiefen Lächeln.

»Oma hat mich halt geprägt, mehr noch als Mama. So, wollen wir mal schauen, was wir da gleich für Hardrocker vor uns haben. Bin gespannt, ob die heute überhaupt in der Lage sind, ordentlich Mucke zu machen.«

»Tobecke meinte, sie könnten es sich nicht erlauben abzusagen. Die Ausfallkosten wären zu hoch.«

»Das wird sicher stimmen. Aber es macht keinen Spaß, abzurocken, wenn zwei Tage vorher noch jemand mit in der Band war, der nun tot ist, ne?«

Sie stellten ihre Räder in der Nähe des Auftrittsortes ab und bahnten sich einen Weg durch die Menschenmenge.

»Wirst du nachher mit ihnen sprechen?«, wollte Daniel wissen.

Birthe zuckte mit den Schultern. »Kurz vielleicht, wenn es sich ergibt. Mir reicht es eigentlich, mir zunächst ein Bild zu machen, mal schauen, wie sie untereinander agieren, ob sie authentisch sind. Übrigens hat mich Maria Koswalla angerufen und auf den aktuellen Stand gebracht.« Sie informierte Daniel über die neuesten Erkenntnisse. Gespannt, wie er reagieren würde, beobachtete sie ihn. Doc Martens gehörten seit Langem zu ihren Lieblingsschuhen, sie besaß sie in mehreren Farben und Modellen, und die Schuhgröße würde auch passen.

Daniel hob die Augenbrauen. »Da hat sich wohl jemand deine Schuhe ausgeliehen, was?«, neckte er sie. »Oder du warst es selbst!«

»Schlechter Scherz, Daniel«, fand Birthe.

»Wir suchen also nach einem Mann mit kleinen Füßen oder einer Frau mit großen Füßen.«

»Mit ganz normalen Füßen«, korrigierte Birthe.

»Okay, also eine Frau mit ganz normalen Füßen.«

»Und dunkel gefärbten Haaren. Oder nach einem Mann mit kleinen Füßen und grauen Haaren, hm.« Unwillkürlich musste sie an Carsten Tobecke denken.

Als sie sich dem Nikolaiort näherten – vorbei an den mobilen Betonklötzen, die wegen der Terrorgefahr aufgestellt worden waren –, sahen sie die fünf Bandmitglieder, die sich bereits zum Soundcheck auf der Bühne eingefunden hatten. Sie alle waren in Schwarz gekleidet. Vorn befanden sich zwei Frauen, eine mittelgroß, rothaarig und kräftig, die andere dunkelhaarig, klein und zierlich, dahinter drei Männer. Einer eher gesetzten Alters, sehr schlank, einer jung und gut gebaut, einer im mittleren Alter und kräftig. Sie redeten nicht miteinander, sondern standen unschlüssig da und schauten den Technikern bei der Arbeit zu. Kabel mussten verlegt und mit breiten Klebestreifen am Boden festgeklebt werden, damit niemand über sie stolperte. Die beiden Gitarristen begannen damit, ihre Instrumente zu stimmen.

Birthe zeigte ihrem Kollegen Handyfotos, die ihr Tobecke geschickt hatte. »Die zierliche Sängerin links müsste Katharina Jütting sein, die bisherige Frontsängerin der Band. Sie war vorgestern Abend wegen einer Erkältung nicht mit dabei. Für sie ist Jessica Wagner eingesprungen, unser Mordopfer. Neben Jütting steht Clarissa Will. Sie singt die tiefere Stimme, die Altstimme.«

»Und die Jungs?«

»Der Mann mit Hut, der gerade seine Gitarre stimmt, ist Carsten Tobecke, der Bandleader, 52 Jahre alt. Du erinnerst dich? Ich habe ihn vor Jessica Wagners Wohnung abgefangen und im Wagen vernommen. Er war kaum zu halten, aber ich bin mir nicht sicher, ob das echt oder nur gespielt war. Siehst du den schlanken, grauhaarigen Mann hinter der bisherigen Frontsängerin? Den mit der Westerngitarre? Das ist Jürgen Teepe. Er ist mit 59 Jahren das älteste Bandmitglied.«

»Und der bärtige Typ am Schlagzeug?«

»Er heißt Max Grewe, 26 Jahre alt.«

»Weißt du schon was über ihn?«

»Nicht viel. Er studiert Psychologie.«

»Wie alt sind die beiden Sängerinnen?«

»Katharina Jütting ist 53 Jahre alt und Clarissa Will 49.«

»Verstehe, also mehr eine Rentnerband. Dann sollte wohl Jessica Wagner mit ihren erst 25 Jahren für frischen Wind sorgen.«

»Der Schlagzeuger ist auch noch jung. Der sieht ganz süß aus, finde ich.«

»Seit wann stehst du auf Bärte?« Er kratzte sich am bärtigen Kinn.

»Es muss zum Typ passen. Und zu ihm passt es.«

»Hm, okay. Übrigens habe ich die Kleine irgendwo schon mal gesehen, komm gerade nicht drauf.«

»Jessica Wagner?«

»Nein, Katharina Jütting. Ich verbinde irgendwas Negatives mit ihr.«

Auf der Bühne wurden die letzten Vorbereitungen vor dem Auftritt getroffen. Techniker wuselten herum, um die Mikrofone auszurichten. Danach folgte der Soundcheck. Ein Tontechniker schien nicht zufrieden zu sein. Birthe, die ziemlich weit vorn stand, hörte ihn etwas von »Rückkoppelung« und »Frequenzen« rufen. Ein Kollege von ihm stimmte das Licht auf die Bühnenverhältnisse ab und richtete die Scheinwerfer aus.

Noch eine Viertelstunde bis zum Auftritt; der Nikolaiort füllte sich.

Birthe und Daniel wechselten noch einmal ihre Position, um einen besseren Blick zu haben. Die Atmosphäre war ruhig, fast andächtig. Eine gewisse Spannung lag in der Luft. Das Publikum sah angestrengt nach vorn, wohl um nichts zu verpassen. Anscheinend hatte es sich herumgesprochen, dass die junge Sängerin Jessi kurz nach ihrem Solo am Freitagabend getötet worden war. In den sozialen Netzwerken verbreitete sich eine solche Nachricht wie ein Lauffeuer.

»Sie können einem direkt leidtun, in dieser Situation auf dem Präsentierteller zu stehen, findest du nicht?«

»Es sind Profis, Birthe, die haben gelernt, sich nach außen hin abzuschotten. Die liefern jetzt ab und dann gehen sie nach Hause und sind für sich privat.«

»Wenn du mich fragst, ich möchte nicht mit ihnen tauschen.«

»Ich auch nicht. Ich brauche keine Bühne, um mich zu präsentieren.«

Kurz lachte sie auf. »Wirklich nicht?«

Er zwinkerte ihr zu und tauschte ein warmes Lächeln mit ihr.

KAPITEL 9

Birthe hatte jemanden entdeckt, den sie kannte. »Oh nein, dreh dich nicht um«, sagte sie gerade, doch da war es auch schon geschehen. Frau Siebkötter hatte sie ebenfalls gesehen und drängelte sich zu ihr hinüber. Eva Siebkötter putzte jeden Dienstag in Birthes Wohngemeinschaft. Birthe hatte sie vor drei Jahren von ihrer Tante übernommen, als diese in eine Seniorenresidenz auf Mallorca gezogen war. Und da das Putzen in der WG bis zu dem Zeitpunkt ein leidliches Streit- und Diskussionsthema gewesen war, war Frau Siebkötter gerade zur rechten Zeit gekommen. »Donnerschlach! Saapi!«, schrie Eva Siebkötter, »Sie hier? Nee, wa? Und auch noch der Daniel? Ich fasse es nicht. Sind Sie jetzt ein Paar? Seit wann das? Was habe ich alles nicht mitbekommen?« Eva Siebkötter drückte sich zwischen Birthe und Daniel und legte ihre molligen Arme um sie. Normalerweise war das nicht ihre Art, wahrscheinlich hatte sie ein wenig am Alkohol genippt. »Dann könn wir nachher noch einen trinken gehen, wa? Ich bin nämlich auch nich solo hier.« Sie deutete lachend auf ihre männliche Begleitung, die etwas abseits stand. »Wissen Se noch, wer das ist? Den kenn Se doch, oder? Das ist der Reiner. Der will sich das mal angucken mitte Band, ob das vielleicht für ihn was ist. Reiner tut ja auch ganz toll singen und sucht ne Gruppe, damit er nicht mehr so allein im Rampenlicht stehen muss. Aber da erzähl ich Ihnen nichts Neues, näh? Sie waren ja auch mal ein ganz doller Fan von ihm!«

Birthe warf einen flüchtigen Blick auf Siebkötters Bekannten und nickte ihm kühl zu. Unter dem Künstlernamen Tony Tyler war Reiner Ackermann eine Zeit lang als erfolgloser Schlagersänger durch die Republik getourt und auch auf Mallorca aufgetreten. Er war durch Kneipen und kleine Bars getingelt, anfangs noch gegen geringe Bezahlung. Zum Schluss hatte er froh sein können, wenn er überhaupt auftreten durfte, für ein Bier und einen Korn, und mit Glück war noch eine Pizza dabei herausgesprungen.

Birthe kannte nur ein Lied von ihm, und das reichte ihr: »Ich will zurück nach Norderney« – ein Schmachtfetzen voll Klischees, schlecht gereimt. In welcher Beziehung er und Siebkötter zueinander standen, interessierte Birthe nicht wirklich. Sie wusste nur, dass Siebkötter ein Riesenfan des Schlagersängers war. Wahrscheinlich hatte er sich irgendwann gegen ihre Annäherungsversuche nicht mehr wehren können und war eingeknickt, oder er war froh, eine Frau gefunden zu haben, die es mit ihm aushielt. Eva Siebkötter machte kein Geheimnis daraus, dass sie gerne kochte, putzte und den Haushalt in Schuss hielt. Eine bessere Partie konnte es für Reiner Ackermann wohl kaum geben.

»Aha, also Sie wollen Ihre Solokarriere an den Nagel hängen?«, wandte sie sich höflich an Ackermann alias Tony Tyler, der inzwischen nähergekommen war.

»Man muss halt flexibel bleiben«, sagte Ackermann und reichte ihr seine feuchtwarme Hand. »Wissen Sie, ich habe kein Problem damit zu teilen. Andere können noch was von mir lernen, ich hab genug Erfahrung gesammelt in der letzten Zeit. Sogar im Bierkönig bin ich aufgetreten, vor dem Jürgen Drews, als Anheizer sozusagen, wissen Sie, was ich meine? Ich habe dem seine Fans gehörig in

Wallung gebracht. Da war die Bude gewaltig am Rocken, noch bevor der Drews den ersten Ton rausgebracht hat, glauben Sie mir das? Ohne mich hätte der nicht so Stimmung machen können. Die da oben auf der Bühne, die Blue Dingens da, die können sich gern ein bisschen in meinem Schatten sonnen, wissen Sie, was ich meine?«

»Die können froh sein, einen wie dich zu bekommen, sach ma!«, ergänzte Eva Siebkötter. »Das bringt ein bisschen Ruhm in der ihre armselige Hütte. Ein Star wie du, das färbt auf die ab!«

»Haben Sie schon mal vorgefühlt, ob die überhaupt einen vierten Mann gebrauchen?«, erkundigte sich Birthe.

»Auf jeden Fall tun die den gebrauchen«, ereiferte sich Siebkötter. »Die wären schön dumm, wenn die einen echten Star wie den Reiner ausschlagen täten.«

»Vielleicht haben die im Moment andere Sorgen«, sagte Birthe vorsichtig. Frau Siebkötter hatte mit sozialen Netzwerken nichts am Hut und somit bestand die Möglichkeit, dass sie nichts von Jessica Wagners Tod mitbekommen hatte.

Doch dem war nicht so. Sofort veränderte sich Eva Siebkötters Gesichtsausdruck. »Ach, ich weiß, was Sie meinen. Sie kommen wegen der toten Sängerin, ne? Isses nich schlümm, hörn Se ma, isses nicht schlümm für so ein junges Ding? Das ganze Leben noch vor sich! Ich finde das ganz grausam. So jung und schon tot. Wer so was tut, der ist nicht ganz richtig im Kopf. Der müsste gehängt werden, wenn Se mich fragen, mitten auffm Wochenmarkt, wie früher, und alle müssten zuschauen und applaudieren. Nur dann hört das endlich auf mit den Verbrechen anne unschuldige Bürger. Hauptsache ist doch, man kann sich wieder frei in Osnabrück bewegen, sich raustrauen auffe Straße ohne Angst haben zu müssen, an der nächsten Ecke abgestochen zu werden, vergewaltigt oder sonst was, hörn Se ma. Was mein Se, was Messerstecher derzeit unterwegs sind, habe ich gerade wieder inne Bild gelesen.«

»Sie haben nichts zu befürchten, Frau Siebkötter. Im Gegenteil, die Straftaten sind in den letzten Jahren in Deutschland stark zurückgegangen.«

»Das stimmt nicht! Gucken Se mal inne Zeitung oder ins Facebook, da sehn Se aber was anneres!«

Birthe runzelte die Stirn. »Seit wann sind Sie bei Facebook unterwegs?«

»Och, schon ewig.« Eva Siebkötter winkte ab. »Seit ich den Reiner kennen tu. Aber im Ernst jetzt mal. Allein tu ich mich nicht mehr aus dem Haus wagen. Viel zu gefährlich.«

»Frau Siebkötter, dafür gibt es nun wirklich keinen Grund. Da werden einzelne Straftaten oder Bedrohungen stark aufgebauscht, sodass man den Eindruck gewinnt, sie passieren in unmittelbarer Nähe, an unserem Wohnort, in unserem Viertel, in unserer Nachbarschaft. Früher drangen solche Informationen gar nicht groß nach außen. Vereinzelt gab es kleine dpa-Meldungen, die von der Öffentlichkeit kaum wahrgenommen wurden und zum Zeitpunkt der Veröffentlichung teils schon veraltet waren. Die Bürger hatten nicht die Möglichkeit wie heute, öffentlich darüber zu diskutieren und sich in ihren Ängsten und in ihrem Hass gegenseitig hochzuschaukeln. Deswegen fühlte sich die Bevölkerung früher sicherer, auch wenn sie von der Statistik her viel gefährlicher lebte.«

»Sie mit Ihrer Statistik, hörn Se ma! Da ist ne junge Frau umgebracht worden, mitten unter uns. Und da sagen Se was von Wohnort und Viertel und Statistik! Das war nah bei uns, total nah.«

»So etwas passiert nur ganz, ganz selten, Frau Siebkötter. Und in den allermeisten Fällen ist jemand aus dem näheren Umkreis des Opfers, aus der Familie oder dem Freundeskreis der Täter.«

»Ich traue keinem Politiker mehr übern Weg, hörn Se ma. Die Welt wird immer schlechter! Weisse Bescheid! Früher konnte man noch auffe Maiwoche gehen ohne diese dusseligen Betonpoller, die einen ständig daran erinnern tun, dass gleich vielleicht was Schlümmes passiert. Hoffentlich war das keiner von der Band, sonst ist der Reiner ja auch in Gefahr, wenn er da hingehen tut. Das will ich mal nich hoffen! Reiner, dann lass das mal lieber, Schuster bleib bei deinen Leisten!«

Birthe nickte verständnisvoll. Sie blickte demonstrativ auf die Uhr und trat einen kleinen Schritt zur Seite. Mehr Platz war da leider nicht. Doch Eva Siebkötter verstand sich nicht gut auf subtile Körpersprache.

»Wissen Se schon, wann die Beerdigung ist?«

Die Frage überraschte Birthe nicht. Frau Siebkötter liebte Beerdigungen, sie ging sogar hin, wenn sie die Verstorbenen gar nicht gekannt hatte. Leute beobachten, ein Schwätzchen halten, Kaffee trinken und Stückchen essen – dabei fühlte sie sich wohl. Eva Siebkötter las in der Neuen Osnabrücker Zeitung hauptsächlich die Todesanzeigen und war eine fröhliche Beerdigungsbesucherin. Manchmal brachte sie sogar ihre Tupperdosen von zu Hause mit, um Reste einzupacken. Das erzählte sie voll Stolz und schlug Birthe vor, es genauso zu machen.

»Die Leiche ist bisher nicht freigegeben«, antwortete Birthe wahrheitsgemäß. »Das wird noch dauern. Also, Frau Siebkötter, ich wünsche Ihnen viel Spaß beim Konzert und sage bis Dienstag! Tschüss dann!« Sie drehte sich lächelnd von ihr weg und schickte einen verzweifelten Blick in Daniels Richtung. Sie mochte Frau Siebkötter, aber nicht immer und nicht in jeder Situation.

Während die Musiker ihre Instrumente stimmten, zogen sich die Techniker zurück. Nur wenige Minuten später wurde es hell auf der Bühne. Im Publikum verstummten allmählich die Gespräche. Carsten Tobecke trat ins Scheinwerferlicht. Er nahm seinen Hut ab, räusperte sich kräftig und klopfte gegen sein Mikro. »Es freut mich, dass ihr so zahlreich erschienen seid und uns damit eure Solidarität zeigt.« Seine Stimme brach und er musste sichtlich an sich halten, um nicht die Fassung zu verlieren. Nach einer kurzen Pause sprach er weiter: »Es ist unfassbar, was passiert ist. Unsere kleine Jessi ist tot. Sie ist einem furchtbaren Gewaltverbrechen zum Opfer gefallen – für uns alle unbegreiflich. Es gibt Dinge im Leben, vor denen wir machtlos stehen, vor denen wir kapitulieren müssen. Vorgestern Abend stand sie noch mit uns gemeinsam auf der Bühne am Jürgensort. Sie hat gelacht, sie hatte Spaß, und sie hat toll gesungen. Es war ihr bester Auftritt bisher, als hätte sie gewusst, dass es ihr letzter sein würde. Sie war voll Lebenslust und Energie. Wir werden eine Weile brauchen, um zu begreifen, dass sie nicht mehr unter uns ist. Verstehen werden wir es nicht. Wir können nur hoffen, dass der Täter rasch gefasst wird. Wir werden Jessicas Andenken in Ehren halten und sie niemals vergessen. Wir werden sie in Erinnerung behalten, wie sie war: ein bezaubernder Mensch, ein Sonnenschein, der unser Leben bereichert hat. Sie hatte ein herzliches, wunderbares warmes Wesen, einen starken Charakter und eine engelsgleiche Stimme. Wir haben sie geliebt und bewundert. Sie war ein Star, ohne jemals als solcher gefeiert worden zu sein. – Das heißt, einmal wurde sie richtig gefeiert, und zwar vorgestern auf der Bühne, bei ihrem letzten Auftritt, nachdem sie eine wunderbare Solo-Performance hingelegt hatte. Sie hat das sehr genossen und mir hinterher gesagt, wie dankbar sie dafür war. Ich möchte euch nun zu einer Schweigeminute einladen, einfach weil ich denke, dass wir das unserer Jessi schuldig sind. Danke, Jessi.« Mit trauriger Miene blickte er unter sich.

Die anderen Bandmitglieder bildeten einen Halbkreis um ihn und senkten ihre Köpfe. Der Nikolaiort war zu einem Ort der Trauer geworden. Beklemmendes Schweigen senkte sich über den Platz.

Nach einer Minute ergriff Tobecke wieder das Wort. »Jessica Wagner hat ein Lied besonders geliebt: Hallelujah in der Originalversion von Leonard Cohen. Ihr zu Ehren wollen wir mit dem Stück beginnen. Ich danke euch.« Es folgte minutenlanger Applaus. Tobecke nahm seinen Platz hinter den Sängerinnen ein. Katharina Jütting und Clarissa Will traten nach vorn und sangen das Lied professionell, aber nicht sehr gefühlvoll, wie Birthe fand. Dazu waren ihre Gesichter zu versteinert, ihre Stimmen zu gepresst.

Birthe blickte sich um. Frau Siebkötter war nicht mehr zu sehen.

*

»Endlich vorbei«, meinte Daniel nach dem knapp einstündigen Konzert. »Meine Fresse, war das weichgespült. Wenn ich nicht dienstlich da gewesen wäre, hätte ich direkt nach der Schweigeminute die Flatter gemacht. Du wirst ja irre, wenn du dir diesen süßlichen Schmalz länger reinziehst. So alt bin ich wirklich noch nicht. Am nächsten

Wochenende gehe ich mit meinen Kumpels los. In der Georgstraße spielen sie guten alten, ehrlichen Rock, was willst du mehr? He, Birthe, wo rennst du eigentlich hin? Ich dachte, wir gehen noch was trinken.« Eine Gruppe kräftiger junger Männer hatte sich zwischen sie geschoben, und er hatte Mühe, ihr zu folgen.

In der Krahnstraße konnte er endlich zu ihr aufschließen. Sie stand vor einem Bekleidungsgeschäft, mit dem Rücken zum Schaufenster, und wartete auf ihn.

Birthe wollte noch nicht nach Hause. Der Gedanke an ihre einsame Wohnung ohne Henning schnürte ihr die Kehle zu. »Mir ist es hier zu voll«, sagte sie. »Schauen wir mal, was am Domhof los ist.«

Sie ließen sich von der Menge treiben und gelangten zum Platz vor dem Dom, auf dem sonnabends der Wochenmarkt stattfand. Dabei waren sie an zahlreichen Verkaufsständen vorbeigekommen. Als Birthe vor dem Kettenkarussell stehen blieb, wunderte sich Daniel. »Jetzt sag bloß nicht, du willst …«

»Keine Sorge«, sagte Birthe lächelnd. Sie ging weiter, wehmütig, in sich gekehrt.

»Ich dachte schon«, sagte Daniel sichtlich erleichtert.

Birthe kam eine Idee. »Weißt du, wo ich schon lange nicht mehr war?«

Er schüttelte den Kopf.

»Am Wall. Lust auf einen kleinen Spaziergang?«

Daniel stutzte. »Ich wollte eigentlich noch was essen«, sagte er zögerlich.

»Können wir ja anschließend, hm? Ich brauche echt mal ein paar Minuten Ruhe.«

Daniel nickte und folgte ihr. Sie erreichten den Herrenteichswall über die Große Domsfreiheit. »Meine Oma ist früher oft mit mir hier spazieren gegangen«, sagte er. »Im Hochhaus wohnte ihr Lebensgefährte, der hat uns anschließend meistens zu Kaffee und Kuchen eingeladen. Gefühlt hundertmal hat er mir einen Vortrag über die Wallanlage gehalten. Ich sehe ihn noch vor mir, wie er Zigarre qualmend in seinem Ohrensessel saß und unbedingt sein Geschichtswissen an den Mann bringen wollte, beziehungsweise ans Kind. Ich lungerte bei Oma auf dem Schoß und fand ihn doof.«

»Und?« Sie hoffte, dass nun keine Aneinanderreihung von Zahlen auf sie niederprasseln würde. Die würde sie sich sowieso nie merken können.

»Also, die 460 Meter lange Allee aus Winterlinden gehörte in früheren Zeiten zu einer Befestigungsanlage und stellte einen Schutz vor feindlichen Truppen dar«, leierte Daniel herunter. »Besonders fürchtete man die Feinde, die aus Richtung Gertrudenberg kamen.«

Sie stutzte. »Das war's schon?«

»Ich glaube ja.« Er grinste.

Sie durchquerten die innerstädtische Grünanlage, die sich vom Haarmannsbrunnen zum Pernickelturm zog und einen herrlichen Blick auf den ruhig dahinfließenden Fluss Hase und die Altstadt freigab.

»Auf einer dieser Bänke habe ich meinen ersten Kuss bekommen«, sagte Birthe kopfschüttelnd. »Der Typ war fast einen Kopf kleiner als ich und ging in meine Klasse. Am nächsten Tag taten wir so, als sei nichts gewesen, und dabei blieb es auch. Wahrscheinlich wollte er nur ausprobieren, wie es sich anfühlte, ein Mädchen zu küssen. Und ich wollte es umgekehrt wohl auch einfach mal testen.«

»Auf einer dieser Bänke habe ich mal vor Liebeskummer drei Flaschen Bier gezischt«, gab Daniel zu. »Viel Zeit habe ich mir nicht dafür genommen, wollte den Rausch. Ich war höchstens 14 Jahre alt. Dann bin ich eingeschlafen und erst in den frühen Morgenstunden zitternd vor Kälte wieder aufgewacht. Zum Glück hat keiner nach mir gesucht, denn eigentlich wollte ich das Wochenende bei einem Freund verbringen, bin aber von da abgehauen. Hatten wohl irgendwie Beef, das kam oft vor in dem Alter.« Er versuchte, seinen Arm um sie zu legen, doch sie schüttelte ihn ab.

Die nächsten 20 Meter gingen sie schweigend nebeneinander her. Fast waren sie am Pernickelturm angekommen, als sie nach seinem Oberarm griff. »Schau mal nach rechts«, sagte sie und blieb stehen. »Kennen wir den Typen nicht?«

Er folgte ihrem Blick. »Müller, das Arschloch. Was macht der denn hier?«

Daniel kannte Alwin Müller als Hausmeister der Schule, die Daniel vor vielen Jahren besucht hatte. Zufällig war er ein Zeuge in einem früheren Fall gewesen.

»Ich glaube, er beobachtet die Frau auf der Bank«, meinte Birthe.

Tatsächlich stand er regungslos an einem Baum und sah unentwegt zu einer Frau hinüber, die allein auf einer Bank saß und aufs Wasser starrte.

»Soll ich ihn ansprechen?«, zischte Daniel.

»Nee, wozu?«

»Vielleicht hat er was vor mit der Frau?«

»Sieht nicht danach aus, oder?«

Daniel kratzte sich am Kopf. »Tja … oder.« Er atmete tief durch. »Wenn man das wüsste. Lass uns vielleicht etwas abwarten, hm?«

Birthe zuckte mit den Schultern. »Er tut doch nichts. Er steht nur da und guckt. Vielleicht gehört er zu der Frau und wartet, dass sie kommt.«

»Nee, den Eindruck hab ich nicht. Ich habe irgendwie kein gutes Gefühl.«

Unentschlossen beobachteten sie die beiden aus sicherer Entfernung. Die Frau auf der Bank hatte sich die ganze Zeit über nicht bewegt. Regungslos saß sie da, den Blick auf den Fluss gewandt, der leicht plätschernd dahinfloss. Nach einer Weile musste Müller die beiden Kommissare bemerkt haben, denn er drehte sich plötzlich um, stutzte und ging in Richtung Haarmannsbrunnen davon.

Birthe und Daniel setzten ihren Weg in die entgegengesetzte Richtung fort. Vom Pernickelturm aus erreichten sie bald die Hasestraße und waren wieder in der Altstadt.

KAPITEL 10

Heute schreibe ich freiwillig und nicht, weil Maren das so will. Dazu fange ich ein neues Heft an. Maren wird es nie zu Gesicht bekommen. Ich schreibe nur für mich. Zwei Tage ist das mit Jessi jetzt her.

Ich muss immer wieder an sie denken, bekomme diese Gedanken nicht aus meinem Kopf. Langsam frage ich mich, ob ich nicht einen Fehler gemacht habe, als ich an dem Abend in ihrer Wohnung gewesen bin. Sie werden Spuren von mir gefunden haben. Keine Ahnung, ob sie was damit anfangen können, aber wer in den letzten Tagen bei ihr war, ist eben automatisch verdächtig. Jessi hat mir mal erzählt, dass sie jeden Samstag putzt, nur bei sich in der Wohnung, für das Treppenhaus wäre die Alte zuständig, die über ihr wohnt. Sorgen muss ich mir trotzdem eigentlich keine machen, denn ich habe mir nie etwas zuschulden kommen lassen und bin deswegen auch in keiner polizeilichen Datenbank erfasst. Aber man weiß ja nie.

Ich habe ein bisschen Respekt vor Maren, wie sie sich nun verhält. Maren weiß ja von meinen Wutanfällen. Jähzornig hat mein Vater das immer genannt. Maren nennt es mangelnde Impulskontrolle und eine emotionale Blockade. Das klingt wissenschaftlich und weniger aufgeregt. Andere Dinge hat sie auch dazu gesagt, aber die habe ich wieder vergessen. Ich frage mich, ob außer mir niemand von Jessis Krankheit weiß. Wenn das nämlich so sein sollte, habe ich ein Problem. Dann habe ich mich eventuell sogar unterlassener Hilfeleistung schuldig gemacht. Ich wünschte, ich hätte sie nicht ausgerechnet am Freitag besucht. Wenn der Tag besser gelaufen wäre, wenn ich jemanden zum Reden gehabt hätte und nicht dieses totale Blackout, das mich in diese Spirale aus Angst, Zorn, hilfloser Wut und totaler Rastlosigkeit getrieben hat, müsste ich mich jetzt nicht mit diesen schrecklichen Schuldgefühlen herumschlagen. Hätte, hätte, Fahrradkette, ich höre die Stimme meiner Mutter. Recht hat sie, es ist vorbei und nicht zu ändern. Ich bin nicht schuld an Jessis Tod, das sind die anderen. Ich bin höchstens schuld daran, die Krankheit von Jessi ausgenutzt zu haben, um daraus Vorteile zu ziehen. Egal. Ich höre jetzt auf. Ich habe Hunger und werde mir einen Döner holen.

*

Jürgen Teepe hatte seinen alten Benz in der Lürmannstraße am Fuße des Westerbergs geparkt. Seine Bandkollegin Clarissa war froh gewesen, als er ihr anbot, sie nach dem Auftritt mitzunehmen.

»Wir können noch ein bisschen quatschen, wenn du magst«, sagte er, während sie durch das Altstadtviertel schlenderten. »Mal schauen, ob in der Peitsche ein Plätzchen für uns frei ist. Auf alte Zeiten?«

Sie sah ihn zögernd an und nickte. Seit 30 Jahren kannten sie sich nun. Eine lange Wegstrecke, die sie miteinander verband.

»Erinnerst du dich, wie wir früher auf dem Heger Tor heimlich einen Joint geraucht haben?«, fragte er grinsend.

»Oh ja«, sagte sie lachend und warf ihre Haare zurück. »Lange ist das her. Wir haben meistens eine Flasche Rotwein mit hochgenommen, Käse, Kippen und anderes Zeug.

Ganz schön wild waren wir. Warum sind wir so vernünftig geworden, so spießig? Wann hat das angefangen?«

»Die Zigaretten haben wir im Tabakladen um die Ecke geholt.«

»Die hatten auch richtig leckere Kokosschokolade, erinnerst du dich? Die gab es gebrochen für 10 Pfennig das Stück. Ich war lange Zeit süchtig danach. Ich habe nie wieder so eine gute Schokolade gegessen.«

»Wir haben auf dem Tor gesessen, aus der Flasche getrunken, geraucht und die Beine baumeln lassen. Geile Zeiten waren das.«

»Und unten stand immer irgendein Erwachsener und brüllte was Gemeines zu uns hoch«, ergänzte sie lachend.

»Komm, wir gehen mal wieder rauf«, schlug er vor. »Hab ich lange nicht mehr gemacht.«

Sie erklommen die Stufen zu dem Torbogen, der vor etwa 200 Jahren zur Befestigungsanlage der Stadt gehört hatte.

»Meine Oma hat früher in einem der engen Altstadthäuser gewohnt«, sagte Clarissa. »Sie hat ihre ganze Kindheit im Heger-Tor-Viertel verbracht, mit Kohleofen und guter Stube, die nur zu Weihnachten betreten werden durfte. Das Leben fand in der Küche statt. Zu viert haben sie in einer engen Kammer geschlafen. Das Heger Tor war ihr Spielplatz.«

»Sind wir erwachsen, wenn die wilden Zeiten vorbei sind?«, fragte Jürgen und sah Clarissa eindringlich an. »Sind wir erwachsen, wenn wir öfter an das Ende denken als an Spaß und Abenteuer?«

»Denkst du oft an den Tod?«

»In letzter Zeit ja. Meine Eltern sind alt und gebrechlich geworden. Ihre Zeit läuft ab. Ich habe sie im Januar ins Pflegeheim bringen müssen. Man will es nicht wahrhaben, sträubt sich dagegen, aber es hilft nichts. Zwei pflegebedürftige Personen im Haushalt hätte ich meiner Familie nicht zumuten können. Meine Frau hätte ihren Beruf in dem Umfang nicht mehr ausüben können und meine beiden Söhne würden vermutlich gar nicht mehr nach Hause kommen.«

»Ich vermeide es, an den Tod zu denken«, sagte Clarissa nachdenklich. »Später bleibt Zeit genug, das nachzuholen. Im Moment will ich so aktiv wie möglich sein, nach vorne schauen, Pläne machen und versuchen, sie zu verwirklichen. Ich will das Leben genießen. Obwohl es mir gerade schwerfällt, wenn ich an meine Familie denke.«

»Inwiefern?«

»Mein Mann hat zu nichts mehr Lust. Er ist immer müde. Immer. Ich sehe ihn nur noch im Fernsehsessel hängen, so kaputt ist er, wenn er abends aus der Praxis kommt. Du weißt ja, er ist Anwalt, muss sich den ganzen Tag den Kopf über die Probleme anderer Leute zerbrechen. Er ist einfach fertig, interessiert sich nur noch für die Fernbedienung und das Feierabendbier. Er kann sich nicht mal auf eine Sendung konzentrieren, schaltet dauernd um und macht mich damit kirre. Gespräche finden kaum noch statt zwischen uns. Wenn's hochkommt, reden wir vielleicht zwei Minuten am Tag. Im Haushalt beteiligt er sich null. Und Junior meint, nur weil das erste Haar am Pimmelmann sprießt, könne er den großen Macker spielen. Türenknallen, den ganzen Tag am PC zocken, Musik in einer ohrenbetäubenden Lautstärke hören, dass dir das Trommelfell platzt, überall seine Klamotten herumliegen und sein Zimmer verdrecken lassen. Heute ist mir die Hutschnur geplatzt. Ich habe einen Müllbeutel genommen und verschimmelte Essensreste, leere Coladosen und alte Pizzakartons reingesteckt, dazwischen seine besten Turnschuhe, seine coolsten Shirts und seine neue Markenjeans. Kann er sich aus der Tonne angeln, wenn er überhaupt dran denkt. Ich habe es satt.«

»Komm, lass dich mal drücken«, sagte er und nahm sie in den Arm. »Geht vorbei, geht alles vorbei, glaub mir. Meine Söhne sind jetzt meine besten Freunde.« Eine Weile blieben sie so stehen, dann löste er sich von ihr. »Trauerst du um Jessi?«, fragte er.

Clarissa klemmte sich eine ihrer roten Locken hinters Ohr. »Willst du meine ehrliche Meinung hören? Die Band besteht schon seit Jahrzehnten, wir haben gute und schlechte Zeiten miteinander durchgestanden und gehören zusammen wie ein altes Ehepaar. Ich finde, Carsten hat die Band durch seine Entscheidung für Jessi zerstört. Damit hat er Katharina einen Fußtritt verpasst! Jessi selbst ist mir egal. Ich trauere nicht um sie. Ich will nicht sagen, dass sie es verdient hätte, auf schreckliche Art und Weise ihr Leben zu lassen, aber ich finde, Carsten trägt eine Mitschuld an ihrem Tod! Er hätte sie nicht in die Band holen dürfen. So sehe ich das!«

»Max ist auch erst seit wenigen Jahren dabei.«

»Max passt aber zu uns – diese verwöhnte, aufgemotzte Bitch mit den billigen Klamotten, die bestimmt wahnsinnig viel Geld gekostet haben, diese dumme Kuh mit den falschen Brüsten, den falschen Lippen und ihren Schickimicki-Klamotten passte nicht zu uns. Punkt. Außerdem wurde für Max kein anderes Bandmitglied rausgekickt. Das wiegt am schwersten, finde ich.«

»Glaubst du, es war jemand von uns?«

Clarissa steckte ihre Hände in die Taschen der weiten Tunika. Darunter trug sie einen langen, lilafarbenen Rock und farblich passende Birkenstock-Schuhe. »Sicher nicht, nein. Aber es war jemand, der sich mit der Band verbunden fühlt, besonders mit Katharina. Eins weiß ich ganz sicher: Wenn Carsten diese Person nicht zur Blue Box geholt und damit die Band gespalten hätte, dann wäre Jessica jetzt noch am Leben.«

»Möglich, ja«, sagte er. »Komm, lass uns runtergehen. Hab Durst auf ein ordentliches Pils.«

*

Eigentlich liebte Daniel sein Singleleben. Er konnte tun und lassen, was er wollte, musste auf niemanden Rücksicht nehmen und sich mit niemandem absprechen. Er bestimmte, wann er aß, was im Fernsehen lief, ob er die Musik leise oder laut hörte, ob er zu Hause blieb oder wegging. Die totale Freiheit eben. Seit einigen Monaten hatte er eine hübsche Zweizimmer-Altbauwohnung im Dachgeschoss in der Kiwittstraße, ganz in Birthes Nähe, die so gemütlich war, dass Frauen gerne über Nacht blieben. Bisher war die Richtige nicht dabei gewesen, die Frau, die nicht nur eine Nacht, sondern für immer blieb.

Für die Sonntage musste er sich etwas vornehmen, sonst fiel ihm die Decke auf den Kopf. Bei schönem Wetter war das keine Kunst. Er verabredete sich über WhatsApp-Gruppen zum Chillen auf der Liegewiese im Moskaubad, zum Grillen am Rubbenbruchsee oder zum Essen im Landhaus, machte mit seinem alten Porsche eine Spritztour zum Dümmer, um den Seglern zuzuschauen, oder er unternahm eine Radtour zum Piesberg mit anschließender Stärkung bei Kaffee und Kuchen im Gesellschaftshaus. Nur bei Schlechtwetter fiel ihm nichts ein. Wenn die Regentropfen auf sein schräges Dachfenster prasselten, war er froh, dass er seine Zeit im Fitnessstudio totschlagen konnte. In den Wintermonaten zog ihn die Einsamkeit manchmal richtig herunter, da half auch Sport nicht mehr. In der dunklen Jahreszeit meldete er sich oft freiwillig für die Spät- und Wochenendschichten. Die Kollegen, die eine Familie hatten, dankten es ihm.

Single zu sein war also unterm Strich nicht immer schön. Manchmal war es deprimierend. Wenn er in der trüben Jahreszeit vom Balkon aus Paare oder Familien beobachtete, die zusammen unterwegs waren, mit einem gemeinsamen Ziel, kam er sich verloren vor. Nicht immer gelang es ihm, sich zu verabreden. Dann fühlte er sich einsam und ausgeschlossen. Es gab Tage, in denen er kaum Kontakt zu anderen Menschen hatte. Niemand fragte ihn, was er vorhatte, wie sein Tag war, niemand kümmerte sich um sein Wohlbefinden, nicht einmal seine Mutter. Die war oft sogar noch unternehmenslustiger als er selbst. Ihre Freundinnen hatten auch mehr Zeit als seine Freunde, von denen mittlerweile viele geheiratet und eine Familie gegründet hatten. Eben kam zum dritten Mal ein Babyfoto rein, das einer seiner Kumpels über WhatsApp verschickt hatte. Beim ersten Bild vor drei Stunden hatte er zurückgeschrieben, dass er die Kleine zuckersüß und goldig fand und herzlich zu dem Wonneproppen gratulierte, beim zweiten, nur eine halbe Stunde später, hatte er einen lieben Gruß und ein Herz-Smiley geschickt, und beim dritten, vor etwa drei Minuten, hatte er vor sich hin gemurmelt: »Meine Fresse, ey, Alter, lass mich in Ruhe, ich erschieß mich gleich«, und das Handy weggelegt.

Er hatte es satt, allein Pläne zu schmieden, und fand es immer öfter langweilig, etwas ohne Begleitung zu unternehmen.

Birthe war nicht gut drauf gewesen – leider. Nach dem gestrigen Bummel über die Maiwoche und die Wallanlagen hatte sie keine Lust mehr gehabt, mit ihm was trinken zu gehen, und nur noch nach Hause gewollt. Mit jedem Abschied von ihrem Henning wurde sie melancholischer. Die Frau war echt am Ende. Wenn er Glück hatte, kam sie bald zur Vernunft und schickte den ostfriesischen Kommissar in die Wüste, da, wo er hingehörte. Daniel liebte sie irgendwo tief in seinem Herzen ein kleines bisschen. Aber sie verspottete ihn und machte sich über ihn lustig. Manchmal lachte er mit, obwohl es ihn nervte. Er wollte ernst genommen werden. Er fand, dass er viel besser zu ihr passte als Henning.

Vielleicht liebte sie ihn auch, wollte es jedoch nicht zeigen. Vielleicht war das ihre Art, sich zu schützen. Sie waren schließlich Kollegen, und es war nicht gerne gesehen, wenn diese eine Beziehung eingingen. Er fühlte sich wohl in ihrer Nähe, verspürte jedes Mal einen kleinen Stich, wenn sie auseinandergingen. Ohne Weiteres könnte er sich mehr mit ihr vorstellen. Birthe gefiel ihm mit ihrer etwas spröden und trotzdem liebenswerten Art. Sie war anders als die Frauen, denen er sonst begegnete. Sie war vielschichtiger, spannender, hatte ihren eigenen Kopf. Sie war nicht darauf angewiesen, dass andere sie toll fanden, sie brauchte keine Komplimente, um aufzublühen. Aber, und jetzt kam das große Aber, sie hatte ihr Herz an jemand anders verschenkt. An diesen blöden Ostfriesen.

Enttäuscht stützte er seinen Kopf in beide Hände. Er hatte sich mehr von dem Abend versprochen. Er hatte gehofft, die romantische Stimmung am Ufer der Hase würde dazu beitragen, dass sie sich ihm gegenüber ein wenig öffnete. Er hatte sich ausgemalt, wie es wäre, wenigstens einmal den Arm um sie zu legen oder Händchen haltend mit ihr die Uferpromenade entlangzuschlendern.

Oder wenigstens ein, zwei nette Stunden am Maibrunnen oder in einer der Kneipen im Heger-Tor-Viertel mit ihr zu verbringen. Na gut, wenn er ehrlich war, dann hatte er sich noch mehr ausgemalt, noch viel, viel mehr.

Daniel ging in die Küche, schob eine Tiefkühlpizza in den Ofen und holte ein Bier aus dem Kühlschrank. Dann machte er es sich auf der Couch vor dem Fernseher bequem, legte sich ein großes Kissen in den Nacken, ließ den Bügelverschluss aufploppen und zappte durch die Programme.

Als in einer Filmsequenz eine ältere Dame mit einem Rollator zu sehen war, stieg plötzlich sein Blutdruck an. Der Gedanke an seine Oma schoss wie ein Blitz durch sein leicht benebeltes Gehirn. Er hatte sie doch besuchen wollen, gestern Abend schon! Er sah auf sein Handy: 22.40 Uhr. Viel zu spät. Oma Hilde legte sich um spätestens 21.30 Uhr schlafen. Da sie mit den Hühnern aufstand, um Strom zu sparen, und mit den Hühnern auch wieder zu Bett ging, beschloss er, sie morgen früh vor der Arbeit kurz zu besuchen.

Zehn Minuten später dachte er nicht mehr an sie. Im ersten Programm lief eine alte Tatort-Folge. Die Pizza war leicht angekokelt, als er sie aus dem Ofen holte, schmeckte aber trotzdem. Er nahm sich noch ein zweites Bier.

*

Als Katharina nach Hause kam, lief der Fernseher. Dieter war im Sessel eingeschlafen. Sein Kopf war zur Seite gekippt, und seine Arme hingen schlaff auf den Lehnen. Er schnarchte leise. Sie deckte ihn mit einer Wolldecke zu und schaltete den Fernseher aus. Nach dem Konzert hatte sie noch einen Spaziergang über die Wallanlagen gemacht, sich auf eine Bank in der Nähe des Pernickelturms gesetzt und nachgedacht. Vielleicht hatte Tobecke recht. Vielleicht war sie wirklich inzwischen zu alt für diesen Job. Man konnte nicht ewig an allem festhalten, manchmal musste man loslassen. Das war überhaupt eine wichtige Übung, ein Leben lang: Abschied zu nehmen von Menschen und Dingen, die einem mal etwas bedeutet haben, loszulassen. Vielleicht war es ein Zeichen. Jessica hatte sie ersetzen sollen und war gestorben. Jemand hatte sie umgebracht. Katharina begann zu frösteln. War sie etwa die Nächste? Sollte auch sie sterben?

Aus einer plötzlichen Furcht heraus schaute sie nach, ob ihre Tochter zu Hause war. Saskia lag in ihrem Bett und schlief. Der Radiowecker spielte Musik und Katharina schaltete ihn aus.

Weil sie wusste, dass sie so schnell nicht zur Ruhe kommen würde, machte sie sich einen Kräutertee und ging damit ins Schlafzimmer, um ein paar Yoga-Übungen zu machen. Die brauchte sie, um runterzufahren. Sie begann mit dem Sonnengruß und spürte, wie ihr Atem allmählich ruhiger, gleichmäßiger und tiefer wurde. Sofort stellte sich ein Wohlgefühl ein. Durch das geöffnete Fenster strömte kühle, würzig-blumige Mailuft. Es roch nach Flieder, Rhododendron und Maiglöckchen. Von irgendwoher ertönte leise Gitarrenmusik. Ein tiefes, zufriedenes Glücksgefühl durchströmte sie. Seit sie vor ein paar Jahren Yoga für sich entdeckt hatte, war sie süchtig danach. Schon nach wenigen Minuten war ihr Kopf frei und leer – alle Sorgen waren vergessen. Sie war im Hier und Jetzt angekommen. Weil das jedes Mal funktionierte, gefiel ihr Yoga so gut. Langsam ging sie zur nächsten Position über und dehnte ihre Körpermitte. Über Kreuz streckte sie den rechten Arm zur linken Hüfte. Dann war die andere Seite dran. Sie zählte jeweils 20 Atemzüge und fuhr mit der nächsten Übung fort: dem herabschauenden Hund. Diese Übung war eine Wohltat für ihren strapazierten Rücken und sie ließ sich mit der Ausführung viel Zeit. Ruhig und gleichmäßig ließ sie den Atem fließen, den Kopf tief hinuntergebeugt, Bodenkontakt mit Händen und Füßen, dehnte und streckte sie sich. Kaum hatte sie sich wieder aufgerichtet, ein wenig benommen, bemerkte sie ein knirschendes Geräusch auf dem Kies vor ihrem Fenster. Als sie hinaussah, verschwand gerade ein Schatten hinter der Hauswand. Sofort waren ihre Sinne hellwach und ihr Herz begann heftig zu klopfen. Sie riss das Fenster weit auf und lauschte in die Dunkelheit hinein. »Hallo?«, rief sie. »Ist da jemand?«

»Ja, ich«, rief die Nachbarin von oben. »Ich trinke noch ein Gläschen Wein. Wollen Sie vielleicht zu mir raufkommen?«

Katharina streckte ihren Kopf heraus und blickte nach oben. Erkennen konnte sie nur die schemenhaften Umrisse einer Frau auf dem Balkon. »Nein, ich dachte, es wäre jemand im Garten.«

»Da war auch jemand«, rief die Nachbarin und trat an die Brüstung, um sich besser verständigen zu können. »Ich dachte, es wäre Ihr Mann oder Ihre Tochter.«

»Nein«, sagte Katharina beklommen.

»Kommen Sie doch, dann reden wir etwas. Schlafen können Sie jetzt sowieso nicht. Ich mache Ihnen auf!«

»Danke nein, Frau Winter, ich hatte einen Auftritt und bin hundemüde. Ein anderes Mal, ja? Gute Nacht!«

»Gute Nacht!«, ertönte es von oben.

Katharina schloss das Fenster und ließ die Jalousie herunterrattern.

KAPITEL 11

Montag, 08. Mai

Daniel hatte den Wecker nicht gehört, der schon vor einer halben Stunde geklingelt hatte. Verschlafen schickte er eine WhatsApp-Nachricht an Birthe, dass er sich verspäten würde, weil er nach seiner Oma sehen würde. Eine Katzenwäsche musste genügen, dafür würde er nach Dienstschluss noch ins Fitnessstudio gehen und dort ausgiebig duschen. Die Zeit für eine Rasur konnte er sich glücklicherweise sparen. Am nächsten Tag stand ohnehin ein Besuch im Barber-Shop an, mit gründlicher Pflege seines Vollbartes.

Eine halbe Stunde später erreichte er das Mehrfamilienhaus in Eversburg, in dem seine Oma seit Jahrzehnten eine Zweizimmerwohnung im dritten Obergeschoss zur Miete bewohnte. Ehe er auf den Klingelknopf drücken konnte, ging die Haustür auf und ein Mann mittleren Alters, gehüllt in eine Wolke aus süßlichem Rasierwasser, drängte sich grußlos mit Aktentasche und Tageszeitung an ihm vorbei. Im Treppenhaus hing der Geruch nach Bohnerwachs und einem intensiv duftenden Waschpulver. Daniel glaubte auch, den aufdringlichen Rasierwasserduft des Typen von eben wahrzunehmen. Zum ersten Mal fiel ihm auf, dass das Haus keinen Aufzug hatte und es für seine betagte Großmutter sicher außerordentlich beschwerlich war, täglich die vielen Stufen zu bewältigen.

Im dritten Stock angekommen, war sogar der sportliche Daniel leicht aus der Puste gekommen. Nach dem Klingeln dauerte es eine Weile, bis er ihre schlurfenden Schritte im Hausflur hörte. Hilde steckte in ihrem altrosafarbenen, leicht fleckigen Morgenmantel und trug unterschiedliche Schlappen an den Füßen – einen mit bestickten Bärchen, einen mit Fellbesatz. »Ach«, sagte sie, lächelte matt und streckte ihm ihre verbundene Hand entgegen. »Da bist du ja! Guck mal, Daniel, was ich dumme Gans gemacht habe! Meine verletzten Finger kann ich gar nicht mehr bewegen! Ausgerechnet die rechte Hand! Wie soll ich denn jetzt Kartoffeln schälen!«

»Ach, Oma, warum lässt du dir dein Brot nicht vom Bäcker schneiden? Dann wäre das nicht passiert. Warst du beim Arzt?«

»Ach was, das bisschen heilt von allein. Und vom Bäcker lasse ich es nicht schneiden. Das Brot wird viel zu schnell trocken. Und ich alte Frau esse ja nicht so viel. Was kann ich dir denn anbieten? Hast du schon gefrühstückt?«

Er legte charmant den Kopf schief. »Ein Kaffee geht immer. Einer Käsestulle wäre ich auch nicht abgeneigt.«

»Also rein mit dir in die gute Stube! Hatte eigentlich vorgestern mit dir gerechnet. Hast gesagt, dass du kommst! Zuverlässigkeit war noch nie deine Stärke, du Bengel! Deine Mama hat dich schlecht erzogen.«

»Du doch auch, Oma. Ich hab als Kind schließlich mehr Zeit mit dir verbracht als mit Bärbel. Es kommt halt anders, als man denkt. Wir haben viel zu tun zurzeit. Hast du von dem Gewaltverbrechen in der Zeitung gelesen? Dem Mord an einer jungen Frau?« Er folgte ihr in die Küche. Darin befand sich immer noch die Originaleinrichtung aus den 60er-Jahren, ein hellgelblackierter Küchenschrank mit geriffelter Glasvitrine, altmodische Schütten für Mehl, Zucker, Salz und Gewürze, mit denen Daniel als Kind gerne gespielt hatte, eine weiße Eckbank mit karierten Kissenbezügen, auf der er seine Schulaufgaben erledigt hatte. Meistens schlampig und unvollständig, sodass es keinen Tag in der Schule gegeben hatte ohne Ärger und Nachsitzen. Außerdem gab es zwei bunte Küchenstühle, von denen inzwischen die Farbe abgesplittert war, und eine mindestens fünfzig Jahre alte Hängelampe.

»Die junge Frau am Lieneschweg? Ist das nicht furchtbar? Ich muss ständig an die armen Eltern denken. Wenn ich so etwas mit Bärbel erlebt hätte, hätte man mich gleich mit ihr zusammen beerdigen können, das kannst du glauben!«

»Das sagst du so, in der Regel ist man viel stärker, als man denkt, wenn es darauf ankommt. Was glaubst du, was man alles aushalten kann!«

»Ich will nichts mehr aushalten. Ich werde im nächsten Monat 83. Mir reicht das jetzt. Eine alte Frau wie ich ist zu nichts mehr nütze.« Sie atmete leicht rasselnd, während sie sprach.

»Quatsch, du wirst mindestens 100, Oma!«

»Ja, ja, Junge, 100 Jahre, was du immer redest.«

Sie setzte mit ungelenken Bewegungen Kaffee auf, auf altgediente Art mit einem orangefarbenen Wasserkessel mit Blumen darauf, den sie auf den Herd stellte. Dann nahm sie eine Kanne aus dem Küchenschrank und steckte einen Plastikfilter in die Öffnung. »Du musst mir mit dem Filterpapier und Kaffeepulver helfen, das funktioniert mit meiner ollen Hand nicht.«

»Soll ich mir die olle Hand mal ansehen?«

»Nee, nee, lass man gut sein, es war eine elende Friemelei, die zu verbinden. Ich bin froh, dass ich das geschafft habe!«

Daniel half seiner Großmutter und bediente sich selbst am Kühlschrank. »Soll ich dir ein Brot schmieren?«, bot er an.

»Danke nein, ich habe keinen Hunger«, sagte sie.

Ihm fiel auf, dass sie nicht gut aussah. Ein bisschen blass um die Nase, tiefe Furchen, Leberflecken, blaue Äderchen um die Augen, darunter hatte sie Tränensäcke. Diese Alterserscheinungen waren ihm nie zuvor an ihr aufgefallen. Müde wirkte sie, auch durch ihre schlaffe Körperhaltung. »Ich muss erst mal in die Gänge kommen«, meinte sie. »Nach zwei Tassen schwarzem Kaffee läuft die alte Maschine wieder.« Sie seufzte tief. »Wie geht es dir denn? Das ist die Hauptsache!«

Der Wasserkessel pfiff und sie zog ihn von der Herdplatte. Dann ließ sie sprudelndes Wasser in den Filter laufen. »Erzähl mal! Willst du nicht endlich mal eine ordentliche Frau finden, mit der du eine Familie gründest? Wie lange soll ich denn darauf warten, hm? Ich will wenigstens noch mal Uroma werden, bevor du mich auf dem Heger Friedhof begießen kannst.«

»Eben hast du behauptet, es würde dir reichen«, zog er sie auf. »83 Jahre wären genug. Nun doch nicht?«

»Dummbraddel, deine Hochzeit warte ich natürlich ab. Und die Geburt deines ersten Kindes. Einmal noch ein Baby im Arm halten, das will ich noch erleben, hellblaue oder rosa Jäckchen und Babysöckchen stricken und süßen Babyduft schnuppern, Wange an Wange.«

Er lachte. »Ja, ja, Oma, dann musst du wohl doch mindestens 100 werden.«

Sie gab ihm einen leichten Klaps an den Oberarm. In dem Moment klingelte sein Diensthandy. »Birthe«, sagte er lächelnd und nahm ab.

»Hey, Daniel gerade hat mich ein Anruf von Herrn Wagner erreicht. Er will wissen, wie weit wir sind, droht mit seinem Anwalt. Irgendwie scheint er zu erwarten, dass wir ihn vollends in die Ermittlungen einbeziehen.«

»Was hast du geantwortet?«

»Ich habe ihm gut zugeredet, versucht, ihn zu beruhigen. Ihm geht's richtig dreckig. Am Telefon hat er einen total überforderten Eindruck gemacht. Seine Frau würde nicht mehr aufhören zu weinen.«

»Verständlich, klar.«

»Aber einschüchtern lassen wir uns nicht. Wann kommst du? Wie geht es deiner Großmutter?«

»Wie geht es dir, Oma?«, wandte er sich mit lauter Stimme direkt an sie. »Birthe will das wissen!«

»Prima!«, sagte sie laut. »So wie immer!«

»Hast du sie gehört?«, sprach er ins Handy. »Ich bleibe noch ein paar Minuten, dann mache ich mich auf den Weg. Bis gleich, Birthe!«

Eine Weile saßen die beiden noch in der gemütlichen, bullig warmen Küche zusammen, in der Daniel oft als kleiner Junge seiner Oma beim Kochen zugeschaut hatte, tranken Kaffee und plauderten. Nachdem er zwei Scheiben Käsebrot vertilgt hatte, verabschiedete er sich. »Mach mir keine Dummheiten, hörst du? Heute Nachmittag schaust du mal beim Onkel Doc vorbei und zeigst ihm das Patschehändchen, versprochen? Und du brauchst eine einbruchsichere Tür, die alte Holztür hätte ich mühelos eintreten können.«

»Untersteh dich!«

»Hast du mir zugehört, Oma?«

»Ja, Sir«, salutierte sie gehorsam, und führte mit zittriger Hand ihre geblümte Tasse zum Mund.

*

Etwa zur gleichen Zeit traf Birthe im Büro auf einen schlecht gelaunten Carlo Oltmann, der das Wochenende damit verbracht hatte, seine Schwiegermutter aus Lüneburg abzuholen.

»Boah, da ist man mal für zwei Tage weg und gleich passiert was«, seufzte er. »Ihr hättet mich anfunken sollen, ich wäre auf der Stelle hergekommen, sofort!«

»Ich weiß, Carlo, aber das war nicht unbedingt nötig.«

»Sehr schmeichelhaft«, grunzte er. »Nicht nötig, pfff. Sagt mir doch gleich, dass ihr besser ohne mich klarkommt.«

»Wie geht es deiner Schwiegermutter?«

»Wenn du mich fragst, ausgezeichnet mit ihrer neuen Hüfte. Aber sie jammert und jammert. Allerdings nur, wenn sie sicher ist, dass wir das auch mitkriegen. Sobald sie allein ist, wuselt sie durch unsere Wohnung wie eine Ameise und schafft Ordnung, wie sie das nennt. Nett gemeint, aber ich hasse das. Ich habe meine eigene Ordnung, auch wenn es nicht danach aussieht. Kär, Kär, was schafft mich diese Frau! Sie hatte in Lüneburg einen Platz in der Kurzzeitpflege, doch da wollte sie nicht bleiben. Ich sollte sie auf der Stelle abholen und aus diesem Gefängnis befreien, meinte sie. Sie schilderte ihre Situation so dramatisch, dass ich wirklich kurz in Sorge um sie war. Mann, als ob ich nichts Besseres zu tun hätte. Und sie findet es bei uns sehr gemütlich. So gemütlich!« Genervt schüttelte er den Kopf.

»Deine Frau ist sicher stolz auf dich!«, spöttelte Birthe. »Bist ein guter Ehemann.«

Verlegen kratzte er sich hinterm Ohr. Dann verschränkte er die Arme vor dem ausladenden Bauch, atmete tief aus und räusperte sich. Ein Zeichen, dass er nun das

Thema wechseln wollte. »Übrigens hat die Staatsanwältin angerufen. Sie will, dass wir ihr bald einen Verdächtigen präsentieren. Sie sagt, es wäre für das Image der Stadt nicht gut, wenn es zu lange dauert. Bei fast einer Million Besuchern auf der Maiwoche jedes Jahr wirken sich solche Negativschlagzeilen äußerst ungünstig aus. Die Hotels sind derzeit ausgebucht. Sie möchte nicht, dass es zu vorzeitigen Abreisen kommt. Also, lass dir was einfallen, Frau Kollegin.«

»Maria Koswalla hat gut reden«, meinte Birthe. »Wir haben ja echt fitte Leute im Team. Zaubern können wir allerdings nicht.«

»Warst du gestern auf der Maiwoche?«

Birthe nickte und verschränkte nun ihrerseits die Arme vor der Brust.

»Hast du die Band gesehen? Ist dir was aufgefallen?«

»Mich hat gewundert, dass die überhaupt gespielt haben. Sie versuchten krampfhaft, für Stimmung zu sorgen, was ihnen nicht gelungen ist. Zu Beginn hat der Manager Carsten Tobecke eine Rede gehalten, der toten Sängerin gehuldigt, dann gab es eine Schweigeminute. Ja, und das Konzert wurde dann mehr oder weniger professionell abgespult. Vom Hocker hat es mich nicht gerissen, aber das habe ich unter den Vorzeichen auch nicht erwartet. Vielleicht wäre es für die Band besser gewesen, wenn sie abgesagt hätte. Aber das wollten sie aus finanziellen Gründen nicht.«

»Der finanzielle Aspekt ist nicht von der Hand zu weisen. Die stehen sicher unter enormem Druck. Sind das alles Profimusiker? Oder hat der eine oder andere von ihnen noch einen anderen Job?«

»So weit bin ich nicht, Carlo.«

Er stieß sich seufzend mit seinem Schreibtischstuhl ab und holte für Birthe und sich einen Kaffee.

*

»Wie geht es Ihnen heute? Sie sehen blass aus. Ich weiß, es ist relativ früh am Morgen, zumindest für Sie, aber ich hatte keinen späteren Termin frei.« Maren Kleinschmidt betrachtete ihren Patienten, der mit halb geschlossenen Augen auf dem tomatenroten Ledersofa lag, die Arme neben dem Körper ausgestreckt, als seien sie gelähmt.

»Ich habe keine Ahnung. Ich fühle nichts. Ich wünschte, ich würde etwas fühlen, aber da ist nichts, nur ein großes schwarzes Loch.«

Die Psychologin war auf diese Antwort gefasst gewesen. Sie verstand sich darauf, jede noch so kleine Körperregung zu deuten, in den Gesichtern ihrer Patienten zu lesen, ehe sie ein Wort gesagt hatten. »Ich weiß, was Sie meinen«, sagte sie mit ihrer ruhigen, klaren Stimme, »Sie haben die Schotten dicht gemacht, weil es Ihnen im Moment nicht gutgeht. Das ist wie ein Pflaster, das man sich über die verletzte Haut klebt, nur dass in Ihrem Fall die Seele verletzt ist. Wir haben schon oft darüber gesprochen. Sie machen dicht, wenn Ihnen alles zu viel wird. Sie lassen nichts und niemanden an sich heran.«

»Ich habe die Hoffnung aufgegeben, dass sich alles zum Guten wendet. Ich sehe nur noch schwarz. Nichts wird mehr gut.«

»Es geht nicht darum, alles positiv zu sehen, sondern darum, die Situation anzunehmen, wie sie ist. Es gehört zum Leben dazu, manchmal nicht weiterzuwissen, deprimiert und traurig zu sein. Auch Menschen mit einer positiven Lebenseinstellung befinden sich manchmal in einer Sackgasse, wissen nicht weiter.«

»Ich habe mich verloren. Ich wünschte, ich könnte wieder etwas fühlen.«

»Sie fühlen etwas. Atmen Sie ruhig und gleichmäßig. Spüren Sie Ihrem Atem nach, lassen Sie ihn fließen. Lassen Sie ihn einfach kommen und gehen. Ganz entspannt. Sie werden merken, wie Sie innerlich zur Ruhe finden. Spüren Sie dem nach, was in Ihnen ist, was raus will.« Sie ging zur Musikanlage und schaltete sie an. Beruhigende, leise Gitarrenklänge erfüllten den Raum. Maren Kleinschmidt wusste, dass ruhige Musik eine starke Wirkung auf Menschen hatte, selbst wenn sie in ihren eigenen vier Wänden eine völlig andere Musikrichtung bevorzugten. Sogar Babys wurden ruhiger und schliefen schneller ein, wenn sie Klassik hörten. Der Effekt war verblüffend. Sie selbst nahm sich dann völlig zurück. Sie brauchte nichts zu sagen, nichts zu fragen, nur abzuwarten.

Auch jetzt dauerte es keine fünf Minuten, bis sich ihr Patient entspannte, sich seine Glieder lockerten, die Beine auseinanderfielen, die Hände sich entkrampften. Noch ein leiser Seufzer, dann öffnete sich auch die Seele.

»Ich habe mal wieder Mist gebaut. Immer, wenn ich nicht weiter weiß, baue ich Mist. Da ist so eine Aggression in mir, ich komme nicht dagegen an. Ich will das nicht, aber ich kann nicht anders – die Aggression muss raus.«

»Was ist geschehen? Möchten Sie darüber sprechen?«

»Nein. Das kann ich nicht.«

»Aber Sie sehen deutlich vor Augen, was Sie getan haben?«

Der Patient nickte.

»Gehen Sie gedanklich durch, was geschehen ist. Ich bin hier, wenn Sie mich brauchen.« Maren Kleinschmidt lehnte sich in ihrem Sessel zurück. Sie sah den Patienten nicht an, damit er sich nicht bedrängt fühlte. Sie strahlte Ruhe und Gelassenheit aus, das war genau das, was die Patienten benötigten, wenn sie zu ihr kamen. Nach ein paar Minuten fragte sie mit leiser Stimme vorsichtig nach: »Wenn es Ihnen besser geht, versuchen Sie, die Bilder in Worte zu fassen.«

»Mir geht es nicht besser und ich möchte nicht reden.«

»Erinnern Sie sich an den Rat, den ich Ihnen gegeben habe?«

»Ich soll ein Notizbuch bei mir haben und sobald es mir dreckig geht, soll ich meine Gedanken aufschreiben, ich weiß. Aber ich vergesse das immer wieder.«

»Es würde Ihnen guttun.«

»Ja.«

»Haben Sie die Möglichkeit, den Mist, den Sie gebaut haben, wiedergutzumachen? Können Sie sich bei der betreffenden Person entschuldigen?«

»Nein.«

»Warum nicht?«

»Dafür ist es zu spät.«

»Es ist nie zu spät für eine Entschuldigung, es sei denn, die betreffende Person ist tot, wovon ich jetzt nicht ausgehen möchte. Es geht weniger um Höflichkeit, es geht um Befreiung, um Entlastung. Es geht darum, dass Sie sich besser fühlen, wenn Sie um Verzeihung bitten. Es hilft Ihnen, mit sich ins Reine zu kommen. Ent-schuldigung heißt wörtlich, sich zu befreien von einer Schuld, die belastet.«

Der Patient hob den Kopf und drehte sich ruckartig zu ihr hin. »Und was ist mit dem, was andere mir angetan haben? Haben die sich etwa bei mir entschuldigt? Darauf warte ich bis heute. Ich habe nicht so viel Schuld auf mich geladen wie die anderen mir gegenüber. Ich hatte keine Kindheit. Meine Jugend war die Hölle. Während meine Mitschüler Spaß hatten, ständig unterwegs waren, war ich zu Hause eingesperrt. Ich durfte nichts, alles war verboten. Kein Kino, kein Tanzen, kein Feiern, überhaupt kein Ausgehen. Freunde durfte ich nicht treffen und nicht zu mir einladen. Ab Einbruch der Dunkelheit musste ich zu Hause sein. Wir hatten keinen Fernseher, und lesen durfte ich nicht. Das war alles Teufelswerk.«

»Lesen durften Sie nicht? Mit welcher Begründung?«

»Mein Vater hat behauptet, dass das Verlangen nach aufregenden Geschichten und Romanen den sittlichen Geschmack verderbe, dass es aus uns verdorbene Menschen macht. Diese Reizmittel machen süchtig wie Drogen und Alkohol, hat er gepredigt, von dem es bei uns zu Hause keinen einzigen Tropfen gab. Ich vermute einmal, das ist der Grund, warum ich heute so viel lese und trinke.«

Maren Kleinschmidt runzelte die Stirn. »Waren Ihre Eltern in einer Sekte?«

»Sekte? Ich weiß nicht, ich glaube nicht. Sie waren ihre eigene Sekte, haben ihr konfuses Weltbild entwickelt, hatten sonst zu niemandem Kontakt. Als meine Großeltern noch lebten, war es einigermaßen erträglich. Meine Oma hat mir manchmal aus einem alten Märchenbuch vorgelesen. Ich liebte diese Geschichten, habe mich in ihnen wiedergefunden. Ich war der Hänsel, der von den eigenen Eltern verstoßen wurde und um sein Leben bangen musste, aber am Ende doch genug Kraft hatte, um die böse Hexe in den Kamin zu stoßen. Es hat gutgetan, der Hexe dabei zuzusehen, wie sie grausam im Feuer verbrannte. Und ich war das Aschenputtel, das nicht auf dem Ball tanzen durfte, von allen schikaniert und drangsaliert wurde, von der schmutzigen Erde die Erbsen auflesen musste, aber am Ende doch das Glück fand. Es war einfach schön, diese Geschichten zu hören und zu wissen, es gibt ein gutes Ende.«

»Gab es auch für Sie ein gutes Ende?«

»Leider nein. Als ich neun war, starb mein Großvater, wenig später meine Großmutter. Sie waren die einzigen Menschen, die mir je etwas bedeutet und mich beschützt haben. Danach war ich allein mit meinen Eltern …«

»Erinnern Sie sich trotzdem an Situationen, in denen es Ihnen gutging – abgesehen von dem Vorlesen aus Märchenbüchern –, in denen Sie sich in Ihrer Familie wohlgefühlt haben? An Feste, die bei Ihnen gefeiert wurden, an besondere Momente, in denen Sie glücklich waren? Wie war es zum Beispiel an Weihnachten?« Maren fröstelte innerlich. Die leisen Gitarrenklänge aus der Musikanlage verloren ihre entspannende Wirkung.

»Weihnachten hat bei uns nicht stattgefunden. Meine Großeltern hatten einen Weihnachtsbaum und haben mir etwas geschenkt. Später gab es das nicht mehr. Bei uns zu Hause war es kalt – im wörtlichen und im übertragenen Sinne. Emotional kalt – und von den Temperaturen her. Der einzige Raum, der warm war, war die Küche. Mein Vater wollte kein Geld für Heizung und Strom verschwenden. Er liebte das einfache Leben. Er schimpfte auf Menschen, die ihr Geld zum Fenster hinauswarfen für Technik, Mode und Bequemlichkeiten. Das war alles Luxus in seinen Augen, Dinge, die man nicht brauchte, auf die man verzichten konnte. Urlaubsreisen und Ausflüge gehörten natürlich auch dazu. Für meinen Vater ist das alles überflüssiger Schnickschnack. Wir hatten kein Auto. Das Einzige, was wir an Technik hatten, waren ein Radio und ein Telefon. Er schimpfte auf künstliche Zusatzstoffe im Essen. Das Essen musste einfach sein wie unser ganzes Leben, naturbelassen und schlicht, was ja im Grunde nicht verkehrt ist. Nur diese Prinzipienreiterei hat mich fertiggemacht. Warum nicht mal einen Döner essen, einen Burger oder Süßigkeiten – ausnahmsweise? Das wurde alles verteufelt. Unser Zuhause war spartanisch eingerichtet. In meinem Zimmer gab es ein Bett, einen Schreibtisch mit Stuhl und einen schmalen Kleiderschrank. Ganz einfach und schmucklos. Im Wohnzimmer hatten wir einen Bauernschrank, eine Holztruhe und einen Tisch mit schlichten Holzstühlen. Es gab keine Couch und keine Sessel, weil sie, ich benutze mal die Worte meines Vaters, zu Müßiggang und einer bequemen Lebensweise geführt hätten. Es gab keine Bilder, keine Teppiche, keine Vorhänge, keine hübschen Sachen zum Hinstellen, nicht einmal Blumen, weil sie uns seiner Meinung nach vom Wesentlichen abgelenkt hätten. Es gab nichts, was ein Zuhause gemütlich, heimelig und schön gemacht hätte – für meinen Vater dienten diese Dinge nur der Eitelkeit, Egomanie und der eigenen Faulheit.«

»Was hat Ihre Mutter dazu gesagt?«

»Die war der gleichen Meinung. Sie hat sich nie gegen ihn aufgelehnt.«

»Was machen Ihre Eltern beruflich?«

»Mein Vater ist Justizverwaltungsangestellter, da kann er sich mit seinem Gerechtigkeitssinn austoben, meine Mutter ist Hausfrau.«

»Wie haben Sie in Ihrer Jugend Ihre Freizeit verbracht?«

»Mit Hausaufgaben für die Schule, viel mehr, als nötig gewesen wären. Ich war ein Streber, kein Wunder, so viel, wie ich gelernt habe. Und dann habe ich an jeder AG teilgenommen, die in der Schule angeboten wurde, einfach nur, um einen Grund zu haben, nicht nach Hause zu müssen. Das war die einzige Gelegenheit, Gleichaltrige zu treffen und ein bisschen Spaß zu haben. Aber auch das ist mir nicht wirklich gelungen, denn das schlechte Gewissen war immer dabei. Ich durfte es ja eigentlich nicht.«

»Und abends? Da haben Sie am Tisch gesessen? Wurde gespielt?«

»Gespielt? Das glauben Sie nicht wirklich! Spiele sind Teufelswerk. Sie machen aus uns verrohte Kreaturen, führen zu Spielsucht und anderen Abhängigkeiten. Mein Vater hat Vorträge gehalten über den Sinn des einfachen Lebens und die Befreiung des Geistes. Wir mussten jeden Abend meditieren. Wir mussten versprechen, dem verschwenderischen, dekadenten Leben abzuschwören. Sie glauben nicht, wie furchtbar das für mich war. Mit 17 bin ich von zu Hause abgehauen.«

»Wo haben Sie gelebt?«

»In der ersten Zeit bei einem Freund. Bis die Eltern das Jugendamt eingeschaltet haben und ich in eine Wohngruppe gekommen bin. Ab da ging es langsam aufwärts.«

»Nach dem Auszug von zu Hause standen Ihnen alle Möglichkeiten offen. Sie haben sogar eine Berufsausbildung abgeschlossen.«

»Die mir keinen Spaß gemacht hat.«

»Sie haben es nicht lange in dem Beruf ausgehalten, ich weiß. Er war wohl einfach nicht der richtige. Das passiert anderen auch. Heutzutage ist es eher die Ausnahme, einen einmal gewählten Beruf bis zum Rentenalter auszuüben.

Sie haben sich dann aus eigenem Antrieb für einen anderen Beruf entschieden. Das finde ich sehr positiv. Es zeigt, dass Sie entscheidungsfreudig sind, Ihren Weg gehen und sich nicht entmutigen lassen.«

»Es zeigt nur, wie kaputt ich bin. Total unfähig, es irgendwo länger zu ertragen. Der Beruf selbst war nicht das Problem. Ich halte es einfach nicht lange mit Menschen in meiner Nähe aus. Sobald ich das Gefühl habe, dass ich ihnen nicht wichtig bin, gehe ich auf Distanz. Dann will ich auch nichts mehr von ihnen wissen. Aber selbst wenn ich ihnen wichtig bin, ist es nicht richtig. Ich werde sofort misstrauisch. Ich kann einfach keine Gefühle zulassen.« Der Patient schloss die Augen und atmete tief. Sanfte Gitarrenklänge erfüllten den Raum.

Maren Kleinschmidt fühlte sich machtlos. Sie war froh, dass Fragen ausblieben, auf die sie hätte antworten müssen. Denn sie wusste keine Antwort und war erleichtert, dass der Patient wenig später eingeschlafen war und leise schnarchte.

KAPITEL 12

Als Daniel am frühen Nachmittag von der Staatsanwaltschaft zurückkam, brachte er eine junge Frau mit, der er zufällig am Empfang begegnet war. »Wir haben eine Zeugin«, sagte er. »Ich habe unten mitbekommen, dass sie zu uns wollte, und habe sie gleich mitgenommen.«

Birthe begrüßte die Frau, bot ihr einen Sitzplatz und Kaffee an. »Was führt Sie zu uns?«

»Mein Name ist Angelina Zimmermann. Ich bin Jessicas Freundin. Ihre beste Freundin«, sagte die Frau, nachdem sie am Besuchertisch Platz genommen hatte. Sie war auffällig blass. »Ich habe von ihrem Tod im Internet erfahren und konnte es kaum glauben. Wir haben uns letzte Woche noch gesehen. Es fühlt sich schrecklich und unbegreiflich an.«

Als Birthe sie um ihren Personalausweis bat, zuckte die junge Frau zusammen. »Ist es schlimm, wenn ich ihn nicht dabeihabe?«, fragte sie ängstlich.

»Können Sie sich denn anderweitig ausweisen? Ich muss Ihre Personalien aufnehmen. Haben Sie vielleicht Ihren Reisepass dabei?«

Die Zeugin öffnete ihren Rucksack. »Meinen Führerschein könnte ich Ihnen anbieten. Geht das auch?«

Birthe nickte und nahm die Daten auf.

Angelina Zimmermann war eine zierliche Frau von Mitte 20 mit schulterlangen braunen Haaren und braunen Augen. Auffällig waren ein Muttermal an ihrer rechten Wange und eine kleine Narbe am Kinn. Sie trug verwaschene Jeans und ein schwarzes Top, was ihre tätowierten Arme zum Vorschein brachte. Überdies schien sie eine Vorliebe für Piercings zu haben. Sichtbar waren einen Nasenring, ein Glitzerstein am Dekolleté, mehrere Stecker in den Ohren und einer am Handgelenk.

Angelina spielte nervös mit ihren Händen. »Jessi war meine Freundin. Das Einzige, was ich noch für sie tun kann, ist, Ihnen zu helfen, den Täter zu finden. Schauen Sie sich mal in der Band um. Da gibt es Leute, die Jessi gehasst haben. Sie wollten sie nicht dabeihaben. Jessi hat nicht geahnt, worauf sie sich einließ, als sie in die Band kam. Sie wollte singen, nichts weiter.«

Birthe legte ein Aufnahmegerät auf den Tisch. Das rote Lämpchen glühte.

Im Hintergrund klickte eine Tastatur. Daniel schrieb mit, während Carlo mit der Staatsanwaltschaft telefonierte.

Birthe verschränkte die Arme. »Wer wollte sie denn nicht dabeihaben?«

»Fragen Sie Katharina Jütting. Sie war bisher die Frontsängerin der Band. Schauen Sie sich mal ihr Facebookprofil an. Das strotzt nur so vor Selbstbewusstsein und vor indirekten Seitenhieben auf Jessi.«

»Haben Sie eine Erklärung dafür?«

»Carsten, der Bandleader. Er wollte Jessi zur Frontfrau befördern. Das war für die anderen zu viel. Da war Eifersucht mit im Spiel. Jessi hat mir erzählt, dass Katharina Angst hatte, vom Thron gestoßen zu werden. Jessi war ja viel jünger und hübscher als sie. Damit konnte Katharina nicht umgehen.«

Birthe stellte ihr Kekse und Schokoriegel hin. Sie hatten eine wichtige Zeugin an der Angel, deren Redefluss möglichst nicht unterbunden werden sollte. »Sie scheinen Carsten Tobecke nicht sonderlich zu mögen.«

»Richtig. Er benutzt Frauen.« Angelina nahm ihren kleinen Rucksack und ihre Lederjacke und stand auf. »Ich habe genug gesagt und möchte gehen.«

»Einen Augenblick noch. Sie singen auch, haben Sie gesagt?«

Angelina nickte, setzte sich wieder und nahm sich einen Keks. »Ja, ich war zusammen mit Jessica in der Band. Eine Zeitlang im Backing. Und ich glaube, im Vergleich zu anderen war ich ganz okay.«

»Hm, und weil nichts draus geworden ist, rächen Sie sich jetzt an Tobecke, indem Sie ihm einen Mord unterstellen?«

Angelina wurde rot. Sie kaute schnell und spülte mit Kaffee nach. »Das stimmt nicht. Ich habe nur gesagt, dass ich ihn nicht besonders mag, mehr nicht.«

»Sie sind enttäuscht von Carsten Tobecke. Was hat er Ihnen angetan? Hat er Sie auch benutzt?«

»Er hat Jessi enttäuscht. Und weil sie meine beste Freundin ist, ähm, war, habe ich mit ihr mitgelitten. Sie hat sich Hoffnungen gemacht, auch privat. Doch für ihn war sie nur ein kleines Abenteuer. Er ist ein Spieler und besonders mit ihr hat er ein böses Spiel gespielt.« Wieder griff Angelina nach ihrer Tasse und trank den Rest aus.

»Ich denke, Tobecke hat sie gefördert, sie in die Band gebracht.«

»Sie war in ihn verknallt, und er hat ihre Gefühle ausgenutzt«, sagte Angelina. »Jessi hat nicht verstanden, warum plötzlich Schluss war. Er hat es nicht einmal für nötig gehalten, klare Verhältnisse zu schaffen. Sie hat nicht kapiert, warum er sich von ihr distanziert hat. Er hat sie von einem

Tag auf den anderen nur noch wie ein normales Bandmitglied behandelt, ist auf Distanz gegangen, ohne es ihr zu erklären. Darunter hat sie sehr gelitten. Denn sie sah in ihm die Liebe ihres Lebens, sogar von Heirat hat sie gesprochen.«

»Und sie hat ihn nicht nach dem Grund gefragt?«

»Doch, hat sie, aber er ist immer ausgewichen, hat sie nicht mehr an sich rangelassen. Und Jessi war zu stolz, um weiter nachzubohren.«

»Wollten Sie eigentlich auch in die Band? Also richtig, als festes Mitglied?«

Angelina zuckte mit den Schultern. Dann nickte sie. »Es hat nicht geklappt. Schnell war ich wieder draußen. Auch ohne Gründe genannt zu bekommen. Er stellt es so dar, als wäre ich freiwillig gegangen, das ist typisch für ihn. Das entspricht allerdings nicht der Wahrheit. Egal, ich bin drüber weg. Als ob das die erste Abfuhr in meinem Leben gewesen wäre.«

»Hatte Ihre Freundin vor jemandem Angst?«

»Nein. Glaube ich nicht. Sie hatte ein schönes Leben, das ihr ihre Mama und ihr Papa ermöglicht haben. Mama und Papa mit ihrem dicken Portemonnaie.« Verlegen lächelte sie die Kommissare an.

»Da spricht ein wenig der Neid, oder irre ich mich?«

Angelina lächelte. »Sie irren sich.«

Birthe lehnte sich zurück. »Welchen Beruf hat Jessica Wagner erlernt?«

»Keinen. Immer mal was angefangen und hingeschmissen, sobald es langweilig oder stressig wurde. Das war ihr nicht wichtig, denn Möglichkeiten, etwas aus ihrem Leben zu machen, hatte sie genug. Ihre Eltern haben überall ihre Hände im Spiel. Beteiligungen und so. Die sind in Osnabrück gut vernetzt. Ein Wort von Jessica, und sie hätten ihr irgendeinen tollen Job besorgt. Sie haben ihr jeden Wunsch von den Augen abgelesen.«

»Was machen Sie eigentlich beruflich?«

»Ich? Ich bin Bestatterin.« Lächelnd schaute sie die Polizisten an, als warte sie auf eine Reaktion. Tatsächlich zog Birthe überrascht die Augenbrauen hoch. »Kein typischer Frauenberuf, oder?«

»Warum nicht? Ein Job wie jeder andere. Ich mache das gerne. Tote widersprechen nicht, haben keine eigene Meinung. Und irgendjemand muss es machen. Die Kohle stimmt übrigens auch.«

»Sicher, aber Sie wirken sehr zierlich. Ist das nicht eine schwere körperliche Arbeit?«

Angelina winkte ab. »Ach Quatsch. Ich kann ordentlich zupacken, wenn es sein muss. Außerdem braucht man gar nicht sehr viel Kraft, mehr Technik.«

Daniel hörte auf zu tippen und sah interessiert zu ihr rüber.

»Sind Sie selbstständig oder angestellt?«, setzte Birthe die Befragung fort.

»Sind wir hier in einer Quizrunde? Es geht doch um Jessica, nicht um mich.« Sie zog ihr Handy aus der Tasche und wischte über das Display. »Oh, so spät schon, ich muss los.«

»Eine letzte Frage: Hatte Jessica noch weitere Freunde außer Ihnen?«

»Nee«, antwortete Angelina ausweichend und steckte ihr Handy wieder ein. »Das wüsste ich. Freunde waren für sie ansonsten Zeitverschwendung. Sie wollte ein Star werden, hat Gesangsstunden genommen und an ihrer Karriere gebastelt. Das war das Einzige, was sie wollte.« Wieder griff sie nach ihrem Rucksack. »Ich muss weg«, sagte sie. »Zur Arbeit. Wir arbeiten in Schichten rund um die Uhr. Die Toten halten sich nicht an übliche Bürozeiten.« Schnell griff sie nach zwei Schokoriegeln und steckte sie ein.

»Sie müssten bitte erst das Vernehmungsprotokoll unterschreiben«, sagte Birthe. »Vorher sollten Sie es sich in Ruhe durchlesen. Oder ich lese es Ihnen auch gerne vor.«

Angelina fiel die Kinnlade herunter. »Das war eine Vernehmung? Eigentlich wollte ich Ihnen nur einen Tipp geben, nichts weiter.«

»Sie haben sich als Zeugin bei uns gemeldet. Ja, das war eine Zeugenvernehmung.«

»Augenblick noch«, sagte Daniel. Zwei Minuten später hatte er den letzten Absatz getippt und druckte das Protokoll aus.

Als Birthe alles vorlesen wollte, wurde sie sofort unterbrochen.

»Geben Sie schon her«, sagte Angelina, »machen wir kein Gedöns um die Sache. Wird schon alles richtig sein. Ich unterschreibe.«

*

»Kleine Zicke, was?«, sagte Daniel, als sie verschwunden war. »Aber bildhübsch, wow!« Er zog anerkennend die Augenbrauen hoch.

»Hab ich mir schon gedacht, dass das ein Fall für dich ist.« Amüsiert sah Birthe zu ihm rüber. »Ins Fitnessstudio scheint sie auch zu gehen.«

»Megabody«, schwärmte er. »Aber im Ernst: Schau dir mal das Facebookprofil von Katharina Jütting an.« Er deutete auf den Bildschirm. »Ist alles öffentlich, was sie dort postet, da brauchen wir keine Genehmigung von der Staatsanwaltschaft.«

Birthe ging zu ihm rüber und setzte sich halb auf seinen Schreibtisch. »Jede Menge Fotos«, sagte er. »Verkaufen kann sie sich. Sie scheint sehr selbstbewusst zu sein. Auf fast jedem Bild strahlt sie in die Kamera. Sie weiß, sich in Szene zu setzen, ist durchaus fotogen. Nebenbei ist sie Kampfsportlerin, betreibt Taekwondo beim Osnabrücker Sportclub. Und jetzt sieh dir ihren Post vom 4. Mai an.« Er scrollte zur entsprechenden Stelle.

Sie beugte sich vor, um besser zu sehen. »›Ich bin morgen nicht dabei‹«, las sie vor. »›Es fühlt sich nicht gut an, wenn man plötzlich austauschbar geworden ist. Es fühlt sich erst recht nicht gut an, wenn man durch jemanden ersetzt wird, der so viel jünger ist als man selbst und offenbar nichts von Musik versteht.‹« Gemeinsam sahen sie sich die Kommentare der Fans an. Viele waren wütend und aufgebracht, zumindest verständnislos. Der Beitrag hatte 85 Likes und 105 Kommentare erhalten.

Birthe ging an ihren Arbeitsplatz zurück, rief nun ihrerseits das Profil von Katharina Jütting auf und nahm sich die Zeit, ihre Facebookbeiträge und die Kommentare der letzten Wochen zu studieren.

»Weißt du, was mir auffällt?«, fragte sie eine Viertelstunde später. »Ein Fan sticht bei Katharina Jütting besonders heraus: Markus Müller. Er unterstützt und teilt jeden Beitrag von ihr. Fast jedes ihrer Fotos kommentiert er als Erster oder Zweiter, als wäre er dauernd online und warte nur darauf, dass sie etwas postet. Geh mal auf seine Seite. Auf dem Profilbild hat er irgendeine Echse auf der Schulter und trägt ein rotes Shirt.«

»Markus mit K?«

Birthe nickte.

Er fand ihn sofort. Sein Profil verriet einiges über ihn: dass er Fußballfan war, eine Dauerkarte vom VfL hatte, Taekwondo ausübte, gerne Trash-Sendungen im Fernsehen schaute, Pop- und Schlagermusik liebte, die Amigos, Howard Carpendale, Andrea Berg und Blue Box. Seine Wochenenden verbrachte er oft am Dümmer, wo er angelte. Daniel googelte seinen Namen in Kombination mit »Osnabrück« und wurde schnell fündig. Müller war 2016 als bester Mitarbeiter des Bestattungsunternehmens Meierhofe & Söhne ausgezeichnet worden. Die Zweitbeste war Angelina Zimmermann gewesen.

»Die beiden kennen sich also«, sagte Birthe. »Jetzt wissen wir auch, wo Angelina Zimmermann arbeitet. Wir sollten Katharina Jütting vernehmen. Und zwar so schnell wie möglich.«

»Die Jütting arbeitet beim besten Zahnarzt von Osnabrück.«

»Woher weißt du das?«

»Steht in ihrem Profil. So bezeichnet sie ihn jedenfalls. Und weißt du was?« Gebannt starrte er auf den Bildschirm. »Gerade macht es bei mir Klick. Ich kenne die Dame zufällig, sie ist Arzthelferin bei meinem Doc. Ich rufe mal an und frage, ob ich kurzfristig zu einem Bleaching vorbeikommen kann. Das wäre sowieso mal wieder fällig.« Er zwinkerte ihr zu und holte sein Handy heraus.

Birthe schnaubte. »Weißt du, was ich heute Morgen noch gedacht habe?«

»Du wirst es mir sicher sagen«, meinte er, während er seine Kontakte nach der Telefonnummer durchforstete.

»Endlich sind deine Zähne nicht mehr so ekelhaft weiß.«

Er streckte ihr die Zunge heraus. »Ich weiß, dass du alles

an mir liebst: meine Bräune, meine Zähne, meinen Bart, meine Tattoos, meine Piercings. Die besonders, deswegen habe ich dir ja mal einen Gutschein fürs Piercingstudio geschenkt. Hast du ihn eigentlich inzwischen eingelöst?«

»Oh ja, stell dir vor, habe ich.«

»Waaas?«, rief er überrascht. »Wofür denn? Ich meine, ich sehe gar nichts?« Er taxierte ihren Körper, ließ seinen Blick etwas tiefer wandern. »Doch nicht …« Er zog die Augenbrauen hoch.

Sie drehte sich seitlich zu ihm. »Hier, ein zweites Ohrloch. Ist dir das nicht aufgefallen?«

Er erblickte einen winzigen Glitzerstein in ihrem Ohrläppchen, direkt neben einem kleinen goldenen Ring. »Ehrlich gesagt nicht, nein. Pfff, das ist doch gar kein richtiges Piercing.«

»Du enttäuschst mich, Daniel. Das habe ich nur für dich gemacht!«

»Na ja, ich hätte nicht gedacht, dass du tatsächlich hingehst. Und? War er nett, der Pascal?«

»Richtig nett, ja. Er hat die ganze Zeit von Emil und Paul erzählt, seinen beiden Möpsen, und mich damit abgelenkt.«

»Nächste Woche gehe ich auch wieder hin. Aber nicht zum Piercen. Ich will ein neues Tattoo. Die chinesischen Zeichen, die ich an meinem Bauch habe, sind out. Die lasse ich covern. Ich habe an einen Totenkopf gedacht.« Endlich hatte er die Nummer des Zahnarztes gefunden. Zwei Minuten später hatte er einen Termin für den späten Nachmittag.

KAPITEL 13

Mehrmals an diesem Tag hatte Birthe schon auf ihr Handy geschaut, ob eine Nachricht von Henning eingegangen war. Jedes Mal hatte sie es enttäuscht wieder eingesteckt. Das kannte sie nicht von ihm. In der Anfangszeit hatte er sie regelrecht überschwemmt mit verliebten Textnachrichten. Sie waren fast im Viertelstundentakt eingegangen, hatten sie von der Arbeit abgehalten und ein Lächeln aufs Gesicht gezaubert. Irgendwann hatte das nachgelassen, sie konnte nicht genau sagen, wann das gewesen war. Mit der Zeit war es einfach immer weniger geworden. Immerhin hatte er sich bis Freitag noch täglich etwa dreimal gemeldet. Gestern Abend hatte sie nur einen kurzer Gruß erhalten, als er angekommen war, der jedoch völlig nichtssagend gewesen war, und heute hatte er ihr nicht einmal einen guten Morgen gewünscht. Sie verstand ihn nicht; es war nicht seine Art. Ein wenig rang sie mit sich, ob sie abwarten oder sich bei ihm melden sollte. Natürlich hatte sie kein Problem damit, den ersten Schritt zu tun, schließlich waren sie seit Monaten ein Paar, trotzdem nagte es an ihr, denn mit seinem Verhalten zeigte er ihr, dass eine Veränderung eingetreten war.

Eine weitere halbe Stunde ließ sie vergehen, bis sie es nicht länger aushielt. *Alles okay?*, tippte sie in ihr Smartphone. *Bist so ruhig heute.*

Die Antwort kam nur wenige Sekunden später: *Klar, alles okay. Ersticke nur gerade in Arbeit. Heute Abend treffe ich mich mit einem Freund.*

Kurz fuhr sie zusammen. Wer sollte das sein? Natürlich traf er sich ab und zu mit seinen Kumpels zum Boßeln oder ließ den Abend in der Schaluppe in Norddeich bei einem Jever und einem Korn ausklingen, aber einen speziellen Freund hatte er nie erwähnt. Sollte sie ihn fragen oder wirkte sie dann aufdringlich? Er hatte ihr erzählt, dass eine frühere Beziehung wegen der Eifersucht seiner Partnerin in die Brüche gegangen war. Damit konnte er nicht umgehen, sodass er sich schließlich von ihr getrennt hatte. Birthe neigte eigentlich nicht zur Eifersucht, das kannte sie nicht von sich, aber es interessierte sie doch sehr, mit wem er sich traf, da sich sein Verhalten ihr gegenüber so verändert hatte. Sie wartete ab, ob er noch etwas hinzufügte, doch das tat er nicht. Dennoch war er noch online, als warte er auf ihre Antwort. Vielleicht war das ein Test: Er wollte sehen, ob sie eifersüchtig war. Den Gefallen tat sie ihm nicht. Oder war er online, weil er gerade mit einer anderen schrieb?

Das Misstrauen nagte an ihr, kein schönes Gefühl. *Dann ist es ja gut*, textete sie. *Schön, dass du nachher was vorhast. Ich wünsche dir viel Spaß!*

Danke, lautete die leicht verzögerte Antwort.

Nachdenklich ging sie den letzten Dialog noch einmal durch. Blödmann, dachte sie, und schaltete ihr Handy aus.

Eine Weile saß sie grübelnd da, nach wie vor mit dem Handy in der Hand. Was war los mit Henning? Was verheimlichte er vor ihr? Oder waren seine Gefühle einfach abgekühlt? Lag es daran, dass sie ihm klipp und klar gesagt hatte, sie könne sich ein Leben in Norden nicht vorstellen? Hatte er den Glauben an ihre Liebe durch die Distanz verloren? Sie wusste, dass Fernbeziehungen oft scheiterten und fühlte sich plötzlich sehr unwohl. Zwei, drei Minuten gab sie sich diesen trüben Gedanken hin.

Wie spät war es eigentlich? Sie warf einen Blick auf die Uhr ihres Computers: 17.15 Uhr. Da sie in dieser Woche Frühschicht hatte und somit seit 5.30 Uhr im Dienst war, hatte sie eigentlich längst Feierabend. Sie hatte in der letzten Zeit so viele Überstunden angehäuft, dass sie nun eine Pause brauchte – Mordfall hin oder her. Die Soko bestand aus einem Dutzend Polizisten, sollten sich heute mal andere mit dem Fall beschäftigen.

Sie fuhr ihren PC herunter. Auf keinen Fall wollte sie in ihre Wohnung, da dort ihre Gedanken nur um die Beziehung mit Henning kreisen würden. Ihre Eltern fielen ihr ein. Schon lange hatte sie sich nicht mehr in der Dodesheide blicken lassen. Ihre Mutter machte ihr deswegen schon Vorhaltungen. Henning hatte sie in der letzten Zeit doch sehr in Beschlag genommen. Das verstand ihre Mutter zwar, war jedoch trotzdem beleidigt. Erst gestern hatte sie auf Birthe eingeredet, ob sie nicht kommen wolle, ihre Schwester Sophia sei mit den beiden Kindern da.

Mit einem schlechten Gewissen ihren Kollegen gegenüber verabschiedete sie sich, beteuerte aber, dass sie über ihr Diensthandy erreichbar und im Notfall sofort zur Stelle sei.

Während der Fahrt in den Stadtteil Dodesheide fragte sie sich, ob die achtjährige Carlotta schon Ferien hatte. Es war ungewöhnlich, dass ihre Schwester während der Schulzeit nach Osnabrück kam.

Dann wanderten ihre Gedanken wieder zu Henning. Und jetzt, hinterm Steuer, während sie über die Knollstraße in nördliche Richtung fuhr, konnte sie die Tränen nicht länger zurückhalten.

*

Der Eingangsbereich der Zahnarztpraxis Holighaus erinnerte an eine moderne Hotellobby. Die Farben grau und violett dominierten in allen Schattierungen und fanden sich in der Möblierung, in Bildern, Dekorationsobjekten, selbst in künstlichen Zweigen wieder, die in Bodenvasen arrangiert waren. Es roch nach Kaffee, Zimt und Vanille und glücklicherweise kaum nach Zahnarzt.

Katharina Jütting saß mit einer Kollegin an der Rezeption, als Daniel sich bei ihr anmeldete. Mit einem strahlenden Lächeln, bei der eine sehr ebenmäßige Zahnreihe zum Vorschein kam, erkundigte sie sich nach seinen Wünschen.

»Moin! Ich bin zur Zahnreinigung und zum Bleaching hier. Brunner ist mein Name.« Er zwinkerte ihr zu.

»Alles klar, Herr Brunner, schön, dass Sie die Termine so regelmäßig wahrnehmen!«

Die Brünette warf einen kurzen Blick auf ihren Monitor. »Gehen Sie schon mal vor in Sprechzimmer 2, ich komme gleich. Sie hatten sich ja die Behandlung bei mir gewünscht, ist das richtig?«

»Bei niemand sonst.«

Daniel kannte sich aus. Zweimal im Jahr kam er zur Kontrolle bei Dr. Volker Holighaus und dreimal zur kosmetischen Zahnaufhellung bei einer seiner Assistentinnen.

Leise vor sich hin pfeifend steuerte er Behandlungsraum 2 an, der ebenfalls in den Farben grau und lila gehalten war. Aus unsichtbaren Lautsprechern ertönte leise einlullende Entspannungsmusik.

Daniel legte sich auf den bequemen Behandlungsstuhl aus dunkellila Leder und drückte den Knopf für die Massagefunktion. Ein leises Surren ertönte, als die Massagerollen sanft über seinen verspannten Nacken, Schultergürtel, Wirbelsäulen- und Lendenwirbelbereich glitten. Halb schloss er die Augen und versuchte sich zu entspannen. Daniel wusste, dass für die Wohlfühlatmosphäre in der Zahnarztpraxis die Lebensgefährtin von Volker Holighaus zuständig war. Sandra Mühlenkamp praktizierte in den Räumen nebenan als Kosmetikerin und hatte sich besonders auf Wellnessbehandlungen spezialisiert. Kurzurlaub beim Zahnarzt, lautete ihr Credo. Offensichtlich ging das Konzept auf. Daniel war schon öfter bei ihr gewesen und schätzte ihre sanfte, etwas naive Art und ihre Offenheit. Sandra kannte viele Leute in Osnabrück und war überall vernetzt. Und sie war eine Plaudertasche. Keine schlechten Voraussetzungen für einen berufsbedingt neugierigen Menschen wie Daniel Brunner.

»Moin, Sir, hallo, nicht einschlafen«, ertönte eine muntere Stimme hinter ihm. »Da bin ich schon, es kann losgehen! Heute auch Kontrolle?«

»Nur Bleaching«, antwortete Daniel. »Den Kontrolltermin verschieben wir auf den nächsten Monat.«

»Sie sind einer der wenigen Männer, die keine Angst vorm Zahnarzt haben, wissen Sie das?«, sagte Katharina Jütting. »Die meisten stellen sich furchtbar an. In einem dementsprechenden Zustand sind auch ihre Zähne. Man sollte Werbung mit Ihnen machen. Ich könnte Sie mir gut auf einem Plakat im Eingangsbereich vorstellen.«

»Lila steht mir nicht«, sagte er zwinkernd. »Es macht mich so blass.«

»Aber grau steht Ihnen! Das geht auch. Der Farbton spiegelt Ihre schönen Augen wider.«

Er verzog den Mund zu einem schiefen Grinsen. »Sie machen Komplimente, klasse. Wenn das gut bezahlt wird, mache ich das, keine Frage. Darf nur mein Chef nicht sehen, Nebenbeschäftigungen sind meldepflichtig!«

»Oh, soll ich mit ihm reden? Er wäre sicher stolz auf Sie! Ein Polizist, der nebenbei modelt.«

»Nee, lassen Sie mal. Sonst kriegen noch mehr Männer spitz, dass es besser mit den Frauen läuft, wenn man schöne Zähne hat.«

Sie lachte hell und wandte sich ihren Instrumenten zu.

Er sagte harmlos: »Ich habe Sie gestern auf der Maiwoche gesehen, hätte Sie fast nicht erkannt, in diesen Klamotten. Toll sahen Sie aus!«

»Hey, danke!«

»Ich wusste gar nicht, dass Sie singen können. Starker Auftritt der Band, nur unter keinen schönen Vorzeichen, oder?« Er legte ein Bein über das andere und gab sich völlig entspannt.

»Nee, wirklich nicht. Sie wissen sicher, dass eine Sängerin ermordet wurde. Gibt's schon was Neues?« Sie legte ihm ein Tuch um.

»Kennen Sie die Freundin von Jessica Wagner?«

Katharina überlegte, bis ihr der Name einfiel. »Angelina Zimmermann?«

»Genau die. War sie oft dabei?«

»Zwei- oder dreimal, öfter nicht«, sagte Katharina, während sie die desinfizierten Instrumente vorsichtig auf ein Nierenschälchen legte.

»Warum nicht öfter?«

»Keine Ahnung. Auf einmal war Schluss. Die Frau kam nicht mehr.«

»Aus einem bestimmten Grund?«

»Hat mich nicht wirklich interessiert. Da müssten Sie Carsten Tobecke fragen.«

»Übrigens habe ich Sie nach dem Auftritt gegoogelt. Ich war neugierig, was Sie sonst so machen.«

Überrascht tippte sie auf sich. »Wen, mich?«

»Ja, Sie«, sagte Daniel mit einem strahlenden Lächeln. »Sie haben ja einen Riesenfan, Donnerschlag.«

Katharina Jütting stieß einen zischenden Laut aus, lachte kurz auf und winkte ab. »Ich weiß, wen Sie meinen. Hören Sie bloß auf mit dem!«

»Warum? Was ist mit ihm?«

»Ein elender Stalker ist das, dieser Müller. Sucht seit Jahren eine Frau und findet keine.«

»Haben Sie ihm jemals Hoffnungen gemacht?«

»Ich? Quatsch, gucken Sie sich doch mal an, wie der aussieht.«

»Keine Ahnung. Auf den Fotos ist er nicht gut zu erkennen. Wie belästigt er Sie denn?«

»Ach, er kommentiert dauernd was von mir, schreibt mir Privatnachrichten bei Facebook, kommt zu meinen Auftritten, steht in der ersten Reihe, jubelt mir zu, ruft ›Zugabe‹ und so einen Scheiß, und will anschließend ein Autogramm von mir, dabei hat er schon eine ganze Sammlung. Manchmal taucht er hier kurz vor Feierabend auf und wartet auf mich. Dann fragt er mich, ob ich Lust hätte, mit ihm was trinken zu gehen. Hab ich natürlich nie. Neulich habe ich ihn eiskalt abserviert und ihm gesagt, er soll mich in Ruhe lassen. Langsam reicht's mir.« Sie hatte sich neben ihm postiert, zwei blitzende Instrumente in der Hand. »Können wir loslegen?«

»Gleich. Was haben Sie eigentlich am Freitagabend gemacht, als Jessica Wagner ihren Auftritt hatte? Sie waren nicht mit dabei, oder?«

Die Antwort kam etwas verzögert. »Nein, ich war krank. Bin immer noch angeschlagen.« Sie hüstelte in ihre Armbeuge.

»Haben Sie auch in der Praxis gefehlt?«

Sie verharrte in ihrer Bewegung und sah ihn intensiv an. »Moment. Das ist jetzt kein Verhör, oder? Sie kommen her, angeblich wegen einer Zahnbehandlung, und verhören mich nebenbei?« Katharinas Gesichtsausdruck hatte sich verändert.

»Nein, Frau Jütting, natürlich ist das keine Vernehmung. Ich würde Sie vorladen, wenn etwas gegen Sie vorläge. Aber danach sieht es im Moment nicht aus. Ich plaudere nur ein wenig mit Ihnen, einfach weil ich weiß, dass Sie die Tote kannten. Okay, ich gebe zu, ich finde es interessant, dass Sie mit Jessica Wagner in einer Band gesungen haben. Bitte nicht böse sein!«

»Es fällt mir gerade nicht leicht, höflich zu bleiben«, sagte sie gekränkt.

»Das glaube ich. Ich bin wohl etwas zu weit gegangen, war tatsächlich nicht meine Absicht. Nur noch eine Frage, Frau Jütting, dann dürfen Sie mich gerne quälen. Und ich bin mir sicher, das werden Sie heute tun. Was haben Sie in der Nacht vom 5. auf den 6. Mai gemacht?«

Sie zuckte zusammen, ließ sich einige Sekunden Zeit für die Antwort. Röte schoss ihr ins Gesicht, als sie zur Antwort ansetzte. »Hm. Also doch ein Verhör.« Sie schüttelte widerstrebend den Kopf. »Freitag auf Samstag? Geschlafen natürlich. Ich bin gegen 21.30 Uhr zu Bett gegangen, weil es mir nicht gutging.«

»Kann das jemand bezeugen?«

»Natürlich, mein Mann. Wir haben uns in der Küche getroffen, als ich mir eine Schmerztablette geholt habe. Und nun bitte hübsch den Mund aufmachen, sonst komme ich noch in Terminverzug.«

*

Birthe sah ihrer Schwester schon in der Diele an, dass etwas nicht stimmte. Sehr blass und durchscheinend wirkte sie, mit rotgeränderten Augen und dunklen Ringen darunter. Birthe bekam sofort ein schlechtes Gewissen, weil sie sich nicht zurückgemeldet hatte. Sie hatte ihre Schwester ja anrufen sollen. Auf Birthes Frage, ob alles in Ordnung sei, antwortete Sophia ausweichend: »Klar.«

Ihre Mutter Doris Schöndorf überspielte die Situation. »Du kommst wie gerufen, Birthe, endlich ist unsere Familie mal wieder komplett! Papa ist mit Carlotta und Mia unterwegs, Pizza holen.«

Sie bat ihre beiden Töchter in die Küche und setzte Ostfriesentee auf.

Beim Tee erfuhr Birthe dann, dass Sophia sich von ihrem Mann getrennt hatte. Vermutlich war es eher umgekehrt, denn ihr Noch-Mann war sofort mit einer anderen Frau zusammengezogen. Hinter ihrem Rücken hatte er eine Wohnung angemietet und diese bereits mit einer nagelneuen Einbauküche ausgestattet, als er Sophia vor vollendete Tatsachen gestellt hatte. Ute sollte schließlich gleich kochen können. Ute hieß sie also. Sie war fünf Jahre jünger als Sophia und Erzieherin in der Kita von Mia. Deshalb hatte ihr Mann die Kleine also so oft hinbringen und abholen wollen. Sophia gestand, dass sie sich nie zuvor dermaßen hintergangen und vorgeführt gefühlte habe. Es sei viel mehr als ein einfacher Betrug. Monatelang war das hinter ihrem Rücken gelaufen, ohne dass sie etwas mitbekommen hatte. Seine Überstunden hatte ihr Mann immer glaubwürdig begründet.

»Sophia bleibt jetzt erst mal hier«, sagte Doris Schöndorf bestimmt. »Vielleicht auch dauerhaft, oben sind ja zwei Zimmer frei, da können die drei wohnen. Carlotta kann hier zur Schule gehen. Und Mia in den Kindergarten. Was sollen sie noch länger in Berlin!«

Birthe rührte gedankenverloren in ihrem Tee, obwohl das nach Ostfriesensitte eigentlich verboten war. Henning hätte sie damit aufgezogen, aber er war ja nicht hier. Der Gedanke an Henning versetzte ihr einen zusätzlichen Stich.

Sophia stand unvermittelt auf und verließ die Küche.

»Ist bei euch wenigstens alles in Ordnung?«, fragte ihre Mutter, kaum dass ihre jüngere Tochter die Tür hinter sich zugezogen hatte.

Birthe zuckte zusammen. »Ich glaube schon.«

»Du glaubst?« Sie sah Birthe durchdringend an, bis diese den Blick senkte. »Du wirkst nicht glücklich, das ist mir gleich aufgefallen, als du zur Tür reinkamst. Ach Mensch, Birthe, ein unglückliches Kind reicht mir, mehr verkrafte ich nicht.« Sie seufzte tief und musterte ihre Tochter mit zusammengezogenen Brauen. »Als du das letzte Mal hier warst, wirktest du frisch verliebt! Was ist denn in der Zwischenzeit passiert?«

Statt einer Antwort zuckte Birthe nur mit den Achseln.

»Ich weiß, was du meinst. Du denkst, du müsstest Rücksicht auf uns nehmen, weil wir dich natürlich am liebsten in Osnabrück behalten würden. Aber das brauchst du nicht. Eine Frau gehört zu ihrem Mann. Ich bin aus dem Emsland weggezogen, um hier mit Papa zu leben. Also geh ruhig zu ihm nach Ostfriesland. Wir sind nicht aus der Welt und fahren gerne an die Küste, das weißt du ja.«

»Hör bloß auf!«, wehrte Birthe ab.

»Ich meine es so, wie ich sage. Wir kommen gerne und besuchen dich. Und wenn das Baby endlich da ist, werden wir noch häufiger kommen.« Sie zwinkerte ihr zu.

»Welches Baby?«

»Guck nicht so entsetzt. Birthe, du gehst langsam auf die 40 zu! Viel Zeit bleibt dir nicht mehr!«

»Ich werde demnächst 36, aber okay.«

»Sag ich doch! Du wärst jetzt schon eine alte Mutter. Sieh zu, dass es bald passiert. Irgendwann ist der Zug abgefahren und du wirst es bitter bereuen! Dann helfen nur noch aufwendige Behandlungen, wenn überhaupt. Sabine hat das neulich erzählt von ihrer Tochter. Nicht lustig, was die durchmachen mussten, bis es endlich mit dem Nachwuchs geklappt hat. Und eine alte Mutter ist für das Kind nicht schön, besonders, wenn es in die Pubertät kommt. Da braucht es starke Eltern, die ihm Paroli bieten.«

»Mama, lass es bitte. Wer sagt denn, dass man Kinder haben muss, um glücklich zu sein? An Sophia siehst du doch, wie unglücklich sie trotzdem ist. Kinder werden in die Welt gesetzt, aber Partnerschaften halten nicht lange. Und dann? Dann ist es ein ewiges Hin- und Hergezerre. Die Kinder sind die Leidtragenden, und die Erwachsenen leiden auch, weil sie wissen, dass sie die Bedürfnisse ihrer Kinder nach Halt und Geborgenheit nicht befriedigen können, weil sie sich abrackern müssen für ein wenig materielle Sicherheit, und wir sprechen von mehr als 20 Jahren.«

»Es war noch nie einfach, auch bei uns nicht. Wir haben uns aber durchgebissen – im Gegensatz zu euch. Ihr glaubt, ihr hättet ein Anrecht auf ein perfektes Leben. Das gibt es nur in Hochglanzmagazinen. In Wirklichkeit sind es wenige schöne Stunden, die man ab und zu genießen darf. Der Rest ist Arbeit, Plackerei und Routine. Ihr seid nicht bereit zu kämpfen, und darum fällt euch alles so schwer in eurer Generation.«

»Ich mag Kinder, sehr sogar, trotzdem glaube ich nicht, dass ich eine gute Mutter wäre. Ich glaube außerdem nicht, dass Kinder glücklich machen, das sollen sie auch gar nicht. Meine Arbeit als Kommissarin füllt mich viel mehr aus. Ich habe alles, was ich brauche, um ein gutes Leben zu führen. Wenn ich ein Kind hätte, wäre es vorbei mit meiner Vollzeitarbeit. Und eine Halbtagskommissarin nimmt niemand ernst.«

»Du machst dir etwas vor, und das weißt du. Wir Frauen sind dazu da, Mütter zu werden. Das liegt in unserer Natur. Alles andere ist widernatürlich und wird dich früher oder später einholen, glaub mir. Das Zeitfenster ist so klein, wo es überhaupt möglich ist. Und die Möglichkeit zu arbeiten hast du noch genug im Leben.«

»Ich kann im Moment deine altmodischen Ansichten nicht so gut ab, Mama, entschuldige.«

»Ich bin altmodisch, weil ich Klartext mit dir rede, weil ich mehr Lebenserfahrung habe als du und weil ich als Einzige den Überblick behalte.«

Kaum hatte ihre Mutter den Satz beendet, spürte Birthe, wie Übelkeit in ihr aufstieg. Sie tat es Sophia nach und stürzte aus der Küche.

KAPITEL 14

Es roch gut, als Carlo Oltmann etwa zur gleichen Zeit die Haustür aufschloss. Eines musste man Gudrun lassen: Sie war eine hervorragende Hausfrau und Köchin. Liebe geht doch durch den Magen, dachte er und merkte augenblicklich, wie er sich entspannte. Er legte seine Aktentasche auf der Flurkommode ab, direkt neben dem Hütchen, dem beigefarbenen Lederbeutel und dem lilagemusterten Taschenknirps seiner Schwiegermutter. Als ihm ihr muffiger Geruch in die Nase strömte, blendete er ihn einfach aus.

Hugo, der Familienhund, kam ihm schwanzwedelnd entgegen und schnupperte an seinen Beinen. »Hast mich vermisst, Boss, hm?«, begrüßte er den Dicken und kraulte ihm das dicke, wuschelige Fell. »Wir machen nachher einen feinen Abendspaziergang. Erst mal den Magen füllen, was?«

Gudrun und Minna saßen in der Küche und tranken Prosecco.

»Na, Feierabend?«, erkundigte sich Minna mit ihrer dunklen, leicht heiseren Stimme. »Komm, setz dich zu uns!«

Er spürte einen Knoten in der Magengegend. Minna bot ihm einen Platz an! In seiner Küche! Er zog es vor, stehen zu bleiben. »Riecht gut«, stellte er sachlich fest. »Was gibt's denn?«

»Sauerbraten, Knödel und Rosenkohl«, antwortete seine Schwiegermutter. »Hab ich gekocht, für den besten Schwiegersohn der Welt!« Ihre Augen wurden winzig klein, als sie ihn anlachte. Dafür ihre Wangen umso praller. Vom Prosecco waren sie bereits dunkelrot gefärbt. Ihre goldene Gliederkette verschwand fast in den Falten ihres Halses. Der Vergleich mit einem Schwein drängte sich ihm auf und er schämte sich ein bisschen für seine Bösartigkeit. Er selbst war auch nicht gerade dünn. Das Leben war zu kurz, um es nicht zu genießen, und das sollte man ruhig sehen, fand er. Einen Schönheitswettbewerb musste er nicht gewinnen.

»Das ist lieb von dir«, nuschelte Carlo mit einem schiefen Lächeln. Den Rosenkohl hätte sie nach seinem Geschmack weglassen und durch Rotkohl ersetzen können, dann wäre es perfekt gewesen.

»Weißt du, dass du deinem Vater immer ähnlicher wirst?«, dröhnte Minna vom Küchenstuhl aus. Ihre dicken Hände mit den vielen auffälligen Ringen trommelten auf der Tischplatte.

Statt einer Antwort hob Carlo die Augenbrauen.

»Wenn er noch leben würde, hätte er seine helle Freude an dir. Essen, Biertrinken direkt aus der Flasche, mit Kopfhörern und einem dicken Krimi in der Ecke sitzen, im Eigenbrötlersumpf versinken. Auch äußerlich erinnerst du mich an ihn. Grauer Kinnbart, Bierbauch, brummig.«

»War's das?«, wollte er wissen und verzog seinen Mund zu einem schmalen Strich.

»Du kennst doch Minna, sie meint das nicht böse«, versuchte Gudrun zu beschwichtigen.

Minna sah ihn treuherzig an. »Komm her, bester Schwiegersohn der Welt, und erzähl von deinem Tag! Ich interessiere mich auch für deine Kriminalgeschichten. Die tote Sängerin am Westerberg – gibt es was Neues? Habt ihr schon den Täter gefasst? War's jemand aus der Band?« Sie sprach das Wort Deutsch aus.

»Ist das Essen schon fertig oder kann ich noch eine Runde mit Hugo drehen?«, fragte Carlo in der Hoffnung, später alleine zu essen. Zudem wollte er durch die Gegenfrage zeigen, dass Fragen dieser Art bei ihm auf Granit stießen.

»Geh ruhig«, kam ihm Gudrun entgegen, »wir haben es hier gerade ganz gemütlich.«

»Ja, das sehe ich.«

»Antworte doch mal«, sagte Minna ungeduldig. »Habt ihr den Mörder schon ermittelt oder läuft der noch rum? Nicht, dass der hier auftaucht. Ihr müsst abends alle Fensterläden schließen, hört ihr?«

»Der hat's nicht auf dich abgesehen, Minna, der steht mehr auf junge Blonde«, sagte Carlo verärgert und zog die Küchentür hinter sich zu. Im Flur griff er nach Hugos Leine. Der Berner Sennenhund erhob sich schwanzwedelnd von seinem Kissen und begann vor Aufregung zu grunzen und zu fiepen. »Vielleicht hast du Glück und triffst deine Freundin, hm«, brummte Carlo und legte Hugo die Leine an.

An der frischen Luft atmete er erst einmal tief durch. Sein Weg führte ihn wie immer an einem Spielplatz vorbei, auf dem kaum Kinder spielten, um diese Zeit schon gar nicht. Einige Jugendliche kickten mit Getränkedosen, andere lungerten auf Bänken herum, tranken Bier und starrten auf ihre Handys. Kommunikation ohne Smartphone war kaum mehr möglich, stellte er betrübt fest. Selbst in Gruppen waren sich die jungen Leute selbst nicht mehr genug, brauchten anscheinend die Handys, um eine innere Leere zu füllen. Für eine Weile schwelgte er in nostalgischen Erinnerungen, als seine Tochter Jana noch klein gewesen war und ihn sehnsüchtig erwartet hatte, wenn er vom Dienst kam. Er erinnerte sich daran, wie sie hopsend in der Tür stand und es kaum aushielt, ihm ein selbstgemaltes Bild zu zeigen oder von ihrem Tag zu erzählen. Die nächste Stunde gehörte dann ihnen. Sie spielten, bastelten, erzählten. Eine schöne Zeit. Seufzend stellte er fest, dass er sie vermisste, seine kleine Große. Jana war nun weit weg, studierte in Gießen und kam nur noch in den Semesterferien nach Hause. Schnell hatte sie sich in der neuen Heimat eingelebt, Freunde gefunden, sogar einen festen Freund. Auf den Fotos sah er nett aus, jedenfalls sympathischer als Malte, mit dem sie im letzten Jahr zusammen gewesen war. Jana brauchte ihn nicht mehr. Sie brauchte weder ihn noch ihre Mama, denn sie hatte inzwischen sogar eine eigene Waschmaschine – das Symbol der endgültigen Abnabelung. Tja, so schnell ging das.

Gudrun hatte nach Janas Auszug nicht lange gefackelt und zügig ihr leer stehendes Zimmer zum Gästezimmer umfunktioniert. Eigentlich hätte er stutzig werden müssen, als sie in einem Bramscher Möbelhaus ein höheres Seniorenbett mit rückenfreundlicher Matratze kaufte, einen dazu passenden Nachttisch, und beide Teile nach Hause liefern ließ. Falls ich mal krank werde, hatte sie gesagt, und dich nicht stören will. Der Zufall wollte es allerdings, dass sich kurze Zeit später seine Schwiegermutter zu Besuch ankündigte, die seitdem öfter kam und das seniorenfreundliche Bett in den höchsten Tönen lobte.

Das Haus in der Danzigerstraße hatte Minnas Vater gehört. Sie hatte es geerbt und vor einigen Jahren ihrer einzigen Tochter überlassen, wohl in der weisen Voraussicht, dort von ihr im Alter gepflegt zu werden. Alles deutete darauf hin, dass sie es so geplant hatte: Die Abstände ihrer Besuche wurden kürzer und die Verweildauer wurde länger. Nicht mehr lange, dachte er bedrückt, und sie würde für immer bleiben. Es war ja auch zu schön in Osnabrück und zu gemütlich an Gudruns Küchentisch.

Hugo steuerte zielstrebig einen Baumstamm an, ein Zeichen, dass er genug vom Spazierengehen hatte. Geduldig wartete Carlo ab und zog dann einen Hundekotbeutel aus der Brusttasche, um die Hinterlassenschaft aufzusammeln und im nächsten Abfalleimer zu entsorgen. Wie jedes Mal drehte Hugo danach um und zog in Richtung Fressnapf. Er hatte sein Herrchen gut im Griff. Carlo war es egal. Hingegen wünschte er, er hätte andere Dinge im Griff, den aktuellen Fall zum Beispiel. Seine Gedanken wanderten zu Jessica Wagner. Was hatte sie getan, um dermaßen Groll und Hass auf sich zu ziehen? Jeder sprach von »dem Täter«. Warum eigentlich nicht von »der Täterin«? Es gab Frauen in der Band, die Jessica Wagner nicht leiden konnten. Katharina Jütting und Clarissa Will zum Beispiel hätten beide ein Motiv gehabt, Jessica loszuwerden. Genau genommen mehr als die männlichen Bandmitglieder. Tobecke schätzte er so ein, dass er mit Jessica privat fertig gewesen war, sie aber als Sängerin in der Band unbedingt hatte halten wollen. Welchen Grund sollte er gehabt haben, sie aus dem Weg zu schaffen? Ihm fiel kein einziger ein. Tobecke profitierte nicht durch ihren Tod. Auch die anderen Männer schienen kein wirkliches Interesse an Wagner gehabt zu haben – weder im positiven noch im negativen Sinne.

Und Angelina Zimmermann, Jessicas Freundin? Zimmermann hatte keinen besonders sympathischen Eindruck auf ihn gemacht. Sie wirkte nicht wie eine trauernde Freundin, eher wie jemand, der einen anderen reinreiten wollte und eigens dafür die Polizei eingeschaltet hatte. Sie hatte sich wichtig gefühlt, das war ihr deutlich anzumerken gewesen. Aber die Dimension ihrer Aussage war ihr offensichtlich nicht klar gewesen. Sie hatte regelrecht erschrocken gewirkt, als die Kollegen ihr mitteilten, sie habe eine Zeugenaussage getätigt und müsse diese unterschreiben. Diese Ansicht hatten auch Birthe und Daniel geteilt.

Carlo dachte eine Weile über diese Frage nach. Er nahm sich vor, Jessicas Eltern zu Angelina Zimmermann zu befragen.

Je näher er seinem Haus kam, desto schwermütiger wurde er. Das war früher nicht so gewesen. Heute hätte es Carlo nichts ausgemacht, ein wenig länger zu laufen. Er wollte weg. Er verspürte eine Sehnsucht, die er sich nicht erklären konnte. War das die berühmte Midlife-Crisis, in der Gudrun im letzten Jahr gesteckt hatte? Hatte sie ihn inzwischen auch eingeholt? Die Sehnsucht nach etwas Neuem, eine Art Aufbruchsstimmung, brannte in ihm und ließ ihn unruhig werden. »Ich war noch niemals in New York« – das Lied von Udo Jürgens fiel ihm ein und er summte es vor sich hin. Nicht, dass er jemals Udo-Jürgens-Fan gewesen war, er stand mehr auf guten, alten Rock, doch das Lied gefiel ihm vom Text her. Noch einmal von vorn anfangen, dachte er, Zigaretten holen gehen und niemals wiederkommen, das wäre es.

Er wusste nur nicht, wohin. New York reizte ihn kein bisschen, obwohl er noch nie dort war, Paris ebenfalls nicht. Diese Weltstädte brauchte er nicht, lieber wäre ihm ein stiller See irgendwo in Schweden oder Norwegen, Ruhe und Abgeschiedenheit, sein Hund, ein Hocker, seine Angelrute und eine Flasche kühles Bier.

*

Direkt nach dem Zahnarztbesuch fuhr Daniel ins Fitnessstudio, um den Kopf freizubekommen. Auf der Rückbank seines Porsche lag eine gepackte Sporttasche bereit, sodass er die Möglichkeit hatte, spontan zu trainieren, wenn ihm danach war. Heute begegnete er gleich drei Frauen, mit denen er schon im Bett gewesen war. Ein heikler Moment, aber nicht zu ändern, sonst hätte er das Studio wechseln müssen. Auf die Dauer wäre das wenig erfolgreich gewesen, denn er sah eben umwerfend gut aus und die Frauen standen auf ihn. Dabei wollte er gar keine Bettgeschichten. Er suchte etwas Festes, eine Frau wie Birthe, die mit beiden Beinen im Leben stand. Daniel war schon lange kein Verführer mehr, doch die Frauen ließen sich davon nicht abhalten.

»Hi, Daniel«, sagte eine bekannte Stimme, die er am liebsten vergessen hätte.

»Hi, Melli, wie geht's«, sagte er desinteressiert. Melli steckte in einem hautengen glänzenden Outfit, war sonnengebräunt und durchtrainiert. Sie hatte ihre Haare auf Schulterhöhe kürzen lassen und trug sie nun zweifarbig: oben braun und unten blond. Anscheinend hatte sie sich vor Kurzem die Lippen aufspritzen lassen, denn sie waren ungewohnt dick und ihr Lächeln wirkte verkrampft.

»Gut, und dir? Ich hab gleich Functional Training.« Es musste an den neuen Lippen liegen, dass sie kaum die Zähne auseinanderbekam. Bisher hatte sie nicht gelispelt. »Aber zwei Minuten habe ich noch. Hab in der Zeitung gelesen, dass Jessi tot ist. Ich kenne sie aus der Schule, finde ich total hart. Ermittelst du in dem Fall?«

Daniel nickte und sah Melli lauernd an. Lohnte es sich, mit ihr zu sprechen? War sie ihm womöglich nützlich? »Kanntest du sie gut?«

Melli verzog ihr Gesicht, soweit das bei der Überdosis Botox möglich war. »Nee, ich fand die eingebildet, deswegen waren wir nicht wirklich dicke. Reiche Tussi, nicht meine Welt. Das sind nicht so meine Kreise, verstehst du? Ich muss echt hart ran für mein Geld, weißt du ja, Daniel, hab keinen Daddy, der mir das sponsert. Aber die hatte als Erste in der Berufsschule den Führerschein, dann sofort ein tolles Auto, irgendein schnittiges Cabrio, und kurze Zeit später ihre Eigentumswohnung, am Westerberg, Papa sei Dank. Sie hat mal eine Party da geschmissen, kurz nachdem sie eingezogen ist. No Ikea, verstehst du, alles Markenmöbel, voll hochwertig, edel und superteuer.«

»Dann war sie nicht sonderlich beliebt?«

Melli zuckte mit den Schultern. »Doch, einige aus der Klasse haben sich bei ihr eingeschleimt, wollten ein Stück von der Torte abhaben. Mein Fall war es nicht. Ich brauche das nicht. Mir reicht mein uralter Polo, und meine Einzimmerwohnung im Schinkel würde ich gegen kein Schloss der Welt eintauschen. Die ist saugemütlich, weißt du ja, Daniel. Hast dich ja auch wohlgefühlt bei mir, ne? Vor allem habe ich sie allein eingerichtet, von meiner eigenen, selbst verdienten Kohle, und ich bin stolz darauf.«

»Kennst du die Eltern von Jessica?«

»Nee, nicht persönlich. Aber die sollen Geld haben wie Heu. Rich people, weißt du? Der Name Wagner ist bekannt in Osnabrück. Sie sind auf Charity-Events und so, organisieren die auch. Steht manchmal in Hochglanzmagazinen oder in der NOZ online. Das hat Jessi natürlich Tür und Tor geöffnet. Dadurch hatte sie ihre Kontakte. Sonst wäre sie nicht so schnell bekannt geworden. Sonst hätte Carsten die nie reingeholt. Ohne Papa-Sponsoring wäre ihr diese Tür nicht geöffnet worden.«

»Meinst du? Kennst du Tobecke persönlich?«

»Carsten Tobecke?« Melli nickte wichtig. »Wer kennt den nicht? Jeder, der in Osnabrück viel unterwegs ist, kennt den. Der ist auf jeder Party, in jedem Club, überall.«

»Wie findest du ihn?«

Ihr Gesicht nahm Farbe an, was sogar durch die dicke Make-up-Schicht gut zu erkennen war. »Na ja, für ein, zwei Nächte, warum nicht? Er hat's drauf, versteht was von Frauen, kann was. Allerdings kommt der nicht für eine längere Beziehung infrage.«

»Glaubst du, der ist ehrlich? Ich habe mal gehört, der spielt ein falsches Spiel.«

»So nah sind wir uns nicht gekommen. Für mehr als eine Nacht hat's nicht gereicht.«

»Wenn Tobecke gereizt wird – glaubst du, der neigt zur Gewalt? Würdest du ihm einen Mord zutrauen?«

Melli sah aus, als würde sie die von Botox geglättete Stirn in Falten legen wollen. »Du, gerade habe ich was Interessantes gelesen, dass nämlich jeder von uns zum Mörder werden kann, wenn bestimmte Voraussetzungen erfüllt sind.«

»Ach ja, und die wären?«

Ihre Augen funkelten. »Wenn du bis aufs Blut gereizt wirst. Wenn du dich rächen willst oder es um Leben und Tod geht, verstehst du, wenn dir jemand an den Kragen will. Zum Beispiel nachts. Wenn mich da jemand angreifen würde und ich hätte irgendwas Schweres in der Hand, ich würde den totschlagen, ohne Frage, echt.«

»Das wäre dann aber kein Mord, das wäre Totschlag.«

»Egal, dann eben Mord aus Rache. Das Gefühl kann so stark sein, dass du glaubst, keinen anderen Ausweg zu haben. Oder du tötest aus Liebe, weil du liebst, zu sehr liebst, und der andere stößt dich von sich, verachtet dich und quält dich nur, verstehst du. Liebe und Hass liegen eng nebeneinander, das habe ich auch schon erfahren. Lass uns ein andermal weiterquatschen, Daniel, ich will nicht zu spät kommen, hm?« Sie zwinkerte, nahm ihr Handtuch, das sie an einen Crosstrainer gehängt hatte, und verschwand im Gruppenraum.

*

Katharina verließ gerade den Probenraum im »Haus der Jugend«, als sie von Carsten Tobecke aufgehalten wurde.

»Ich freue mich, dass du wieder genesen bist«, sagte er förmlich und begleitete sie ein Stück, bis er sich unbeobachtet fühlte. In einer Nische blieb er stehen, um mit ihr zu reden. Von da aus hatte er den Flur im Blick und würde es sofort bemerken, wenn jemand kam. »Ich meine es so, wie ich es sage. Deine Stimme hat gefehlt, ganz ehrlich!«

»Ach, am Freitag warst du froh, dass ich krank war. Du hättest mich gerne durch Jessica ersetzt. Und das nicht nur am Freitag.«

»Ist doch egal«, sagte er. »Wen interessiert denn schon, was gestern war?«

Er hielt sie am Arm fest und zwang sie, ihn anzusehen. »Jessica Wagner konnte dir nicht das Wasser reichen, das weißt du. Sie hätte niemals das Zeug zur Frontsängerin gehabt. Ich habe es ausprobiert, aber das war nichts mit ihr. Sie hatte keinerlei Starappeal. Ich hätte es ihr schon noch gesagt.«

»Ich glaube dir kein Wort.« Sie riss sich los und strich mit der Hand über die Stelle, an der er sie angefasst hatte. »Du drehst dein Fähnchen nach dem Wind, Carsten. Ich bereue jede Sekunde, die ich mit dir verbracht habe. Du warst es nicht wert! Ich wünschte, ich wäre damals standhaft geblieben. Ich schäme mich, dass ich dir überhaupt mal auf den Leim gegangen bin. Fass mich nie mehr an, hörst du?«

Er machte eine abwehrende Handbewegung. »Okay, okay, ich respektiere deinen Standpunkt. Du hast allen Grund, mit mir ins Gericht zu gehen. Ich bin ein Schwein, ich weiß. Ich nehme jede Schuld auf mich. Hauptsache, du verzeihst mir und bist wieder mit dabei!«

Sie ging mit durchgestrecktem Rücken an ihm vorbei in Richtung Ausgang.

»Das bist du doch, oder?«, rief er hinter ihr her. »Du bist doch mit im Team? Kann ich auf dich zählen, Katharina?«

Katharina ignorierte ihn. Sie antwortete nicht, weil sie keine Antwort wusste. Sie verließ das »Haus der Jugend« und lief getrieben durch das Altstadtviertel. Am liebsten hätte sie alles hingeworfen, doch sie wusste, dass sie es früher oder später bereuen würde, denn sie hing an der Band, war süchtig nach den Auftritten und der Bestätigung. Die Band gehörte seit vielen Jahren zu ihrem Leben, hatte fast ihr ganzes Erwachsenenleben geprägt, war wie eine Familie mit Höhen und Tiefen, auch Krisen, aber vor allen Dingen ganz viel Zusammenhalt. Ohne sie würde ein Teil von ihr sterben.

Sie hing an Jürgen und vor allem an Max. Und sie hing an sogar an Carsten. Sie verstand sich selbst nicht und hasste sich dafür.

Ihre Beine wollten ihr nicht richtig gehorchen. Katharina bereute es, ihr Fahrrad nicht dabeizuhaben. Es hatte einen platten Reifen, und sie hatte weder Lust noch Zeit gehabt, sich darum zu kümmern. Also hatte sie beschlossen zu laufen, was durchaus machbar war, denn von der Katharinenstraße bis zur Großen Gildewart brauchte man zu Fuß weniger als eine halbe Stunde.

Als sie gerade das Heger Tor passierte, fühlte sie eine bleischwere Müdigkeit. Jeder Schritt fiel ihr plötzlich schwer. Vor Erschöpfung hätte sie auf der Stelle einschlafen können. Die Erkältung der letzten Tage, die Sache mit Jessica und vor allem der Kontakt gerade mit Carsten hatten ihr stark zugesetzt.

Carsten war der unzuverlässigste Mann, dem Katharina jemals begegnet war. Dennoch war auch sie seinem Charme vor Jahren erlegen. Nie würde sie vergessen, wie er sie verzaubert und ihr den Kopf verdreht hatte, wie sie für ihn beinahe Mann und Kind verlassen hätte, wenn seine Gefühle für sie nicht von einem Tag auf den anderen abgekühlt wären. Sie hatte Monate gebraucht, um über ihren Liebeskummer hinwegzukommen. Seitdem bemühte sie sich um ein freundschaftlich-distanziertes Verhältnis zu ihm, was ihr bis heute schwerfiel und manchmal über ihre Kräfte ging. Auch wenn sie kaum noch etwas für ihn empfand, störte es sie, wenn er mit anderen Frauen flirtete und ihnen nachlief – wie vor einigen Monaten Jessica.

Auf der Höhe der Katharinenkirche hatte sie das Gefühl, dass ihr jemand folgte. Anfangs schob sie es auf ihren leicht labilen Seelenzustand. Ihre Sinne reagierten überreizt und überempfindlich. Sie rief sich zur Ordnung, schüttelte das Gefühl des Unbehagens ab und ging weiter. Wenn sie ihren strammen Schritt beibehielt, wäre sie in zehn bis fünfzehn Minuten zu Hause. Fröstelnd zog sie sich ihre dünne, fast knielange Strickjacke enger um den Körper. Die Taschen ihrer Jacke waren leer; keine Spur des Pfeffersprays, das sie kürzlich in einem Baumarkt erworben hatte. Es befand sich auch nicht in ihrem kleinen Rucksack. Er war neu, heute zum ersten Mal im Gebrauch, und darum wusste sie genau, was drin war: ihre Geldbörse, Taschentücher, ein Kamm und ein Lippenpflegestift. Das war's. Sie versuchte, sich an die Kniffe beim Taekwondo zu erinnern. Ihr letztes Training lag etwa zwei Jahre zurück. Als sie noch gut in Form gewesen und regelmäßig zum OSC gegangen war, war sie sich sicher gewesen, es mit jedem Kerl aufnehmen zu können, egal, wie groß und schwer er war. Inzwischen fühlte sie sich eher unsportlich; sie hatte Muskeln abgebaut und an Kraft verloren. In diesem Moment fühlte sie sich sogar ausgesprochen schwach.

Die Katharinenstraße zog sich endlos dahin; bis zu ihrer Wohnung am Ende des Spielplatzes hatte sie noch ein gutes Stück vor sich. Sie erinnerte sich nicht daran, sich jemals derart schutzlos gefühlt zu haben. Das Klackern der Absätze ihrer Stiefeletten hallte auf dem Kopfsteinpflaster wider. Beim Wechseln der Straßenseite drehte sie sich kurz um. Hinter ihr ging ein Mann, mittelgroß und breitschultrig, dunkle Klamotten. Er passte sich ihren Schritten an. Wurde sie langsamer, wurde er es auch. Blieb sie stehen, blieb er ebenfalls stehen. Der Schweiß brach ihr aus allen Poren. Sie hatte sich den Verfolger also nicht eingebildet.

Deutlich sah sie ihr Ziel vor Augen. Der große Spielplatz, der in völliger Dunkelheit lag, ein bisschen noch, dann hätte sie es geschafft. Am liebsten wäre sie gerannt, aber sie ahnte, dass ihr dafür die Kräfte fehlen würden. Ihre Beine knickten ein, sie wurden schwächer und zittriger. Ihr wurde schwarz vor Augen, und die Angst zu fallen wurde zunehmend größer. Mittlerweile fühlte sie sich so zittrig und unterzuckert, dass sie auf jeden ihrer Schritte aufpassen musste.

Ein Radfahrer kam ihr entgegen. Kurz überlegte sie, ob sie ihn anhalten und um Hilfe bitten sollte. Doch sie kam sich lächerlich vor, also verwarf sie diesen Gedanken.

Ein Auto fuhr langsam an ihr vorbei, dadurch konnte sie die Geräusche des Verfolgers für eine Weile nicht hören. Noch 50 Meter.

Hinter sich vernahm sie nun wieder das Schnaufen des Mannes. Erneut blickte sie sich um. Er war größer als sie und kräftig gebaut. Wegen der Dunkelheit konnte sie sein Gesicht nicht erkennen. Er hatte sich eine Kapuze über den Kopf gezogen. Sie fragte sich, ob das vielleicht Müller war, aber ansprechen wollte sie ihn nicht. Es war außerdem noch nie vorgekommen, dass Müller sie verfolgt hätte.

In der Ferne flackerte ein Fahrradlicht auf. Sie wusste, sie musste handeln, sonst würde sie es vermutlich nicht mehr nach Hause schaffen. Als der Radfahrer, ein junger Mann, fast auf ihrer Höhe war, fasste sie sich ein Herz. »Helfen Sie mir!«, flehte sie ihn an. »Ich werde verfolgt!«

Der Radfahrer blieb stehen und stieg ab. »Was ist los?«, rief er atemlos und wandte sich an den Fremden: »Gehören Sie zu der Frau?«

»Nein, Quatsch, ich laufe hier einfach«, ertönte eine tiefe Männerstimme hinter ihr. »Ich wohne dahinten.« Er ging weiter.

An seiner Stimme und an seinem Gang erkannte Katharina ihn. Es war tatsächlich Müller.

»Kommen Sie klar? Oder soll ich Sie begleiten?«, bot der junge Mann an.

»Danke, es geht schon«, murmelte Katharina. »Ich bin gleich zu Hause.«

KAPITEL 15

Nach der Trainingseinheit gönnte sich Daniel noch zwei Runden Sauna. Er hatte sich gerade auf der mittleren Bank ausgestreckt und die Augen geschlossen, als die Holztür aufging und jemand eintrat. Halb öffnete er die Lider.

»Hallo, Herr Brunner! Auch hier?«

Daniel blinzelte. »Hi«, sagte er. »Sorry, stehe gerade auf dem Schlauch.«

»Sandra, Sandra Mühlenkamp, deine Kosmetikerin.« Sie breitete ein Handtuch auf der unteren Bank aus.

Neugierig blickte er zu ihr hin. Deutlich erkannte er durch ihr Handtuch ihre gemachten, im Liegen hoch aufgerichteten Brüste. »Ähm, 'tschuldigung, Sandra, hab dich bisher nur angezogen erlebt.«

»So soll das auch bleiben«, sagte sie lachend. »Sonst liest Volker mir die Leviten.«

»Er hat nichts zu befürchten«, erwiderte Daniel und meinte es auch so. Sie wechselten ein paar Belanglosigkeiten über das Wetter und die neuen sanitären Anlagen des Fitnessstudios, bis Daniel zum eigentlichen Thema vorstieß, das er von Anfang an hatte anschneiden wollen. »Wo wir gerade unter uns sind, du kennst doch sicher Markus Müller, den Bekannten von Katharina Jütting?«

»Müller!«, rief Sandra genervt aus. »Die Arme tut mir echt leid!«

»So schlimm?«

»Der ist ihr restlos verfallen, denkt, er könnte bei ihr landen, dabei sieht er echt scheiße aus, sorry, ey! Und er benimmt sich auch so. Wie ein Bauer. Aber ein schlecht erzogener.«

»Kannst du dir vorstellen, dass er für sie straffällig werden würde?«

»Wie meinst du das? Auf dem Friedhof Blumen klauen oder was?«

»Nee, eher in der Art, dass jemand seinetwegen auf dem Friedhof landet.«

Sandra Mühlenkamp brauchte ein paar Sekunden, um zu verstehen. »Ui. Also du meinst, ob er jemanden umbringen würde?«, flüsterte sie.

»Hm?« Daniel verrieb den Schweiß auf seinem Waschbrettbauch. Schmatzende Geräusche waren zu hören.

»Hab ich noch nie drüber nachgedacht. Aber wenn du mich fragst, boah, warum nicht, ich hätte Angst, ihm im Dunklen zu begegnen. Der ist voll strange, der ist richtig besessen von Katharina, dem ist alles zuzutrauen. Ich finde den richtig fies.«

»Warum zeigt sie ihn nicht an?«

»Das habe ich sie auch schon gefragt. Ich glaube, sie will nicht zugeben, dass sie Angst vor ihm hat. Sie hat ja lange Zeit Kampfsport betrieben und meint, dadurch würde sie schon mit ihm fertigwerden. Da hat sie wohl ihren Stolz. Aber ich habe da echt meine Zweifel. Sie ist nicht in Hochform, war schon lange nicht mehr beim Training. Außerdem ist es doch so: Wenn sie ihn anzeigt, heißt das noch längst nicht, dass er aufhört. Die Polizei wird ihn deswegen nicht verhaften, oder? Oder sperrt ihr jemanden wie ihn auf Verdacht ein, nur weil sich jemand belästigt fühlt?«

»Das nicht, aber er bekommt eine Verwarnung, gegebenenfalls Kontaktsperre und die Auflage, sich der Person nicht mehr anzunähern. Dafür gibt es extra den Nachstellungsparagrafen 238 des Strafgesetzbuches.«

»Und daran hält sich jeder Stalker brav? Glaubst du das wirklich, Daniel?«

Er rappelte sich auf, um seinen Kreislauf anzukurbeln, und setzte sich auf die untere Bank. Dabei strich er sich den Schweiß von Armen und Beinen. »Leider ist es schwierig, einem Stalker etwas nachzuweisen, und oft wird das Verfahren mangels Beweislast eingestellt.«

»Da siehst du's. Du bist echt krass tätowiert, das wusste ich gar nicht. Dürft ihr das überhaupt als Beamte?«

»Klar, wenn es im nicht sichtbaren Bereich ist, schon.«

»Und ein Nippelpiercing hast du ja auch. Respekt! So, ich gehe jetzt duschen, Daniel. Kommst du mit?«

*

»Und du bist sicher, dass er es war?« Dieter Jütting rekelte sich im Bett, darum bemüht, seine Frau ernst zu nehmen.

Katharina nickte. »Dieser Blödmann lässt mich einfach nicht in Ruhe. Was soll ich tun?«

»Das habe ich dir schon vor einem halben Jahr gesagt, Katha. Meine Meinung dazu kennst du.«

»Ihn anzeigen, ich weiß.«

»Du weißt es, aber du tust nichts.« Er sagte das sanft, ohne vorwurfsvollen Unterton.

»Was soll es denn bringen? Man kann ihm vielleicht verbieten, hier in der Straße aufzukreuzen oder in der Praxis. Man kann ihm verbieten, mich anzurufen, aber er wird doch trotzdem zu unseren Auftritten kommen und mir nachstellen, falls ich überhaupt wieder auftrete.

Aber Carsten will es anscheinend so, er hat mich gefragt, ob ich nicht wiederkommen will. Und wenn Müller mir nachstellt, würde ich es wahrscheinlich nicht einmal merken. Heute ist es mir nur aufgefallen, weil sonst niemand unterwegs war. Und du glaubst nicht im Ernst, dass ich seinetwegen Personenschutz bekomme. So prominent bin ich leider nicht.«

»Warum hast du eigentlich mit dem Training aufgehört? Du hast dich während der Zeit stärker gefühlt, sicherer und selbstbewusster. Es hat dir gutgetan. Du hast doch mit dem Kampfsport angefangen, damit du deine Ängste in den Griff bekommst. Zumindest war das damals deine Motivation, da hinzugehen. Warum war irgendwann Schluss? Seinetwegen?«

Sie nickte. »Ich hätte zwar in eine andere Gruppe gehen oder das Training auf einen anderen Tag legen können. Aber ich habe mich da nicht mehr wohl gefühlt. Überall, wo ich war, war er plötzlich auch. Er hat mir alles verdorben. Erst jetzt wird mir das klar, wo ich darüber nachdenke.«

»Soll ich ihn mir vorknöpfen? Er arbeitet doch im Bestattungsunternehmen. Ich könnte ja einfach mal hinfahren, einen Todesfall vortäuschen und mit ihm reden, so von Mann zu Mann.«

»Du glaubst, er nimmt dich ernst? Außerdem ist er nicht immer da. Sie arbeiten da in Schichten.«

»Das würde ich schon rausfinden.«

»Du glaubst mir also?«

Er sah sie eindringlich an. »Ich will vor allem, dass es dir gutgeht.«

Als ihr Gesichtsausdruck weicher wurde, dimmte er das Licht der Nachttischlampe und drückte auf die Play-Taste des CD-Spielers. Zufällig war eine von Katharinas Lieblings-CDs eingelegt. Die samtige Stimme von Phil Collins ertönte und verfehlte ihre Wirkung nicht. Durch die Spalten der nicht ganz geschlossenen Jalousie schien das Mondlicht. Er drehte sich zu Katharina und begann, sie zärtlich und hingebungsvoll zu streicheln. Anfangs wehrte sie leicht ab, gab vor, müde zu sein und ihre Ruhe haben zu wollen, aber nach wenigen Minuten hatte sie ebenfalls Lust, mit ihm zu schlafen und alles um sich herum zu vergessen. Dieter war ein einfühlsamer Liebhaber, anders als Max, der wild, stürmisch und leidenschaftlich war und sie bereits in kurzer Zeit zum Höhepunkt brachte. Katharina spürte, dass Dieter die Wahrheit gesagt hatte. Auch sie liebte Dieter und wollte ihn nicht länger betrügen. Sie nahm sich vor, schnell mit Max Schluss zu machen.

Mitten im Liebesspiel hielt sie inne. »Hörst du das auch?«

»Was denn?« Enttäuscht sah er sie an.

»Da läuft jemand auf dem Kies! Hörst du das Knirschen?«

Das breite Kiesbett vor dem Schlafzimmerfenster hatte Dieter angelegt, um weniger Fläche zum Rasenmähen zu haben und das Unkraut rings um die Rosen in Schach zu halten.

Er lauschte. »Quatsch, da ist nichts.«

»Hör doch!« Sie war sehr angespannt und schob ihn von sich.

Stöhnend rollte er sich von ihr herunter und blieb auf dem Rücken liegen. Er streckte seinen Arm zurück und legte seinen Kopf darauf. »Das ist eine Katze oder ein Vogel«, meinte er genervt. »Da merkt man mal, wie verspannt du bist. Überall siehst du Gespenster. Nicht einmal mehr den Sex kannst du genießen. Lässt dich von einem kleinen Tier ablenken.«

»Tut mir leid. Wir versuchen es morgen noch einmal, hm? Da habe ich abends nichts vor, bleibe zu Hause und nehme vorher ein entspannendes Bad.«

»Und dann kommt etwas anderes dazwischen. Wenn es kein Vogel ist, der über unser Kiesbett stolziert, ist es eben Saskia, die ihren Freund mitbringt, mitten in der Nacht in der Küche herumwuselt und für Unruhe sorgt.« Er schaltete die Musik aus und löschte seufzend das Licht.

KAPITEL 16

Dienstag, 09. Mai

Eva Siebkötter war überpünktlich, was selten vorkam. Mit verschwitztem Gesicht stand sie vor Birthe und sagte sofort, sie habe ihre Hausschuhe vergessen. Auch das war untypisch für sie. Typisch waren ihr fröhlicher Guten-Morgen-Gruß und ihr munteres Geplapper, sobald sie die Wohnung betreten hatte.

»Alles in Ordnung, Frau Siebkötter?«

Eva Siebkötter wagte kaum, Birthe ins Gesicht zu sehen. »Bevor ich gleich inne Pötte komm und hier loslegen tu, muss ich Ihnen mal was loswerden, was mir schwer auffe Seele liegen tut.«

»Oha, das klingt nicht gut. Hoffentlich ist es nichts Schlimmes, ich scheine gerade keinen guten Lauf zu haben.«

»Komm Se mal auffe Couch«, sagte Siebkötter kläglich und ging voraus in Birthes Zimmer.

Birthe wurde mulmig zumute. Sie bot ihrer Putzhilfe ihren pinkfarbenen Lesesessel an und nahm ihr gegenüber auf dem roten Ostfriesensofa Platz.

»Sie wissen ja, dass ich nicht mehr alleine bin, ne«, begann Eva Siebkötter umständlich. »Sie ham den Mann ja nun auch schon gesehen, bei de Maiwoche, ich kann den ja nicht länger verheimlichen. Gestern hat mir mein Tony Tyler einen Heiratsantrag gemacht, in echt jetzt. Er ist vor mir auffe Knie gegangen, hat mir einen Armvoll rote

Rosen geschenkt und einen wunderschönen Ring. Gucken Se ma.« Sie streckte ihre linke Hand aus, an der ein feiner silberner Ring mit Glitzersteinen funkelte.

»Ist nicht wahr!«, sagte Birthe. »Toll, der Ring ist schön! Gute Wahl!«

»Ich habe den Reiner in mein Herz eingeschlossen, auch wenn er manchmal ein Dölmerkopp is. Aber ich tu dem immer wieder verzeihen. Der meint es nich so. Ich mach den einfach gerne leiden. Nee, in Ernst, Frau Schöndorf, ich bin noch nie so glücklich mit einem Kerl gewesen. Der Reiner tut einfach alles für mich machen. Unsor Omma hat immer gesacht, wenn man sich wie eine Prinzessin auffe Erbse fühlen tut, issa der Richtige.«

»Das ist doch schön! Da will ich mal gratulieren und Ihnen von Herzen alles Gute wünschen!«

»Da ist noch was, Frau Schöndorf.« Die dunkelhaarige Frau knetete nervös ihre fleischigen Hände und sah Birthe unsicher an.

»Ja?«

»Der Reiner will nicht, dass ich weiter putzen gehe. Der will, dass ich ihn unterstützen tu. Er ist sehr gefragt im Moment, wissen Se, der Reiner hat Aufträge auf Malle, Sylt und Norderney, als Schlagersänger, wissen Se? Der will nicht, dass ich arbeiten tu. Der will, dass ich frei bin und mit ihm mit nach Malle fahre. Ich soll dem seine Managerin werden, wissen Se? Er will alle Mann mit dabei ham in seine Finca, is so.«

»Ich dachte, der wollte seine Solokarriere an den Nagel hängen und in die Band einsteigen«, meinte Birthe. »In die Blue Box, war es nicht so?«

Eva Siebkötter schob die Frage mit einer Handbewegung weg. »Könnte der auch, der Reiner, der kann alles, aber braucht er nicht. Hat er nicht nötig. Hat er nur so dahingesacht, weil er mit Ihn Small Talk machen wollte, der Reiner. Die Kohle stimmt, wissen Se. Der hat mehr als genuch, das tut reichen bis er irgendwann den Löffel abgibt.«

»Wollen Sie damit sagen, dass Sie kündigen?«, fragte Birthe vorsichtig.

Eva Siebkötter blickte traurig auf den Boden. »Hinter mir liegt eine schlaflose Nacht, glauben Sie mir das, Frau Schöndorf. Ich habe kein Auge zugetan und fühle mich kodderich. Ich habe darüber nachgegrübelt, wie ich Ihnen das möglichst schonend beibringe. Das tut mir inne Seele weh, wissen Se. Aber ich tu nich drumrum kommen, es Ihnen zu sagen. Mir geht's echt mies dabei. Weisse Bescheid.«

»Oje, ich ahne schon, Sie meinen es ernst. Sie wollen mich wirklich verlassen.«

»Vielleicht komme ich irgendwann wieder, wenn's mit dem Reiner nicht klappen tut, man weiß nie. Unsor Muttor hat immer gesacht, man soll auf alles gefasst sein im Leben, auch auf dass es zu Ende geht, dann ist man nich enttäuscht hinterher. Nich böse sein, Frau Schöndorf, den Rest vom Monat bin ich noch an Arbeitn, aber im Juni nicht mehr. Reiner will mich mitnehmen nach Malle. Da beginnt die Saison, wissen Se. Ich hoffe, das is nüch weiter schlümm.«

»Ist gut, Frau Siebkötter, dann werde ich wohl damit leben müssen. Das heißt, ich muss mich ganz schön umstellen. Mir wird Ihre ehrliche Haut fehlen und auch Ihre Kodderschnauze!« Sie stand auf, ging zu Eva Siebkötter und umarmte sie. »Trotzdem wünsche ich Ihnen alles Glück der Welt! Was sagt eigentlich Ihr Sohn dazu? Kommt er gut mit seinem neuen Papa klar?«

»Der Kalle? Aber ja doch. Der Bengel ist gut zufrieden. Er steht zwar mehr so auf Techno und Elektropop oder wie das Dingens heißt, wissen Se, aber angeben tut er trotzdem inne Schule mit Malle. Mein Reiner hat ne tolle Finca mit allem Gedöns, sarich Ihn. Auch n Pool.« Sie nickte gewichtig.

»Ich freue mich für Sie, Frau Siebkötter, ehrlich!« Kaum hatte sie das gesagt, merkte sie, wie ihr eine unerklärliche Übelkeit vom Magen bis in den Hals stieg und sie einen Würgereiz unterdrücken musste. Erst gestern bei ihren Eltern war das der Fall gewesen. Zweimal hatte sie sich übergeben müssen, einmal während des Pizzaessens und noch einmal später, als sie mit ihren beiden Nichten Mensch-ärgere-dich-nicht spielte. Sie hatte es auf den Ärger mit Henning geschoben, der ihr auf den Magen geschlagen war, oder steckte doch eine Infektion dahinter? Nun glaubte sie eher daran. Sie würde sich krank melden müssen, was ihr im Moment gar nicht passte. Eine Entschuldigung murmelnd verzog sie sich ins Bad.

*

Die Besprechung der Soko »Jessica« begann pünktlich um 10 Uhr. KHK Olaf Hurdelkamp hatte für Kaffee und Kekse gesorgt, was für ihn eher ungewöhnlich war. Der Kriminalhauptkommissar hatte soeben erste Details von der Staatsanwaltschaft erhalten und freute sich wie ein Schneekönig darüber, seine Mitarbeiter endlich instruieren zu können. Birthe ging es wieder gut. Nachdem sie einmal erbrochen hatte, war das Bauchgrummeln weg. Ihr war nicht mehr übel. Also war es wohl doch eher somatisch bedingt, dachte sie. Sie schob es darauf, dass sich

Henning auch heute noch nicht gemeldet hatte. Doch sie war professionell genug, sich bei der Arbeit nicht ablenken zu lassen. Daniel hatte Birthe vorher zur Seite genommen und ihr von seiner Unterredung mit Katharina Jütting in der Zahnarztpraxis berichtet.

Hurdelkamp saß am Kopfende des langen, ovalen Tisches und schenkte sich die Kaffeetasse randvoll. Er hatte immer Angst, zu kurz zu kommen, wusste Birthe. »Bisher mussten wir davon ausgehen, dass Jessica Wagner erstochen worden ist«, begann er. Er nahm einen Schluck Kaffee und blickte ernst. »Wurde sie auch, aber … Nun, laut vorläufigem Obduktionsbericht kann man das nicht so stehen lassen. Der Täter hat mehrmals auf das Opfer eingestochen, das ist richtig, das ist nach aktuellem Stand der Dinge allerdings nicht die Todesursache. Die Kollegen der Kriminaltechnik, die am Samstagmorgen am Tatort ihren Dienst versehen haben, berichteten von nur geringem Blutverlust. Auf den ersten Blick sah es nach mehr aus, in Wirklichkeit waren es nicht mehr als 200 Milliliter. Doch das Opfer ist weder verblutet noch hat ein Messerstich die Lunge getroffen oder andere lebenswichtige Organe.« An dieser Stelle setzte Hurdelkamp umständlich seine Lesebrille auf. »Ich zitiere: ›Ausgeschlossen werden konnten ein sogenannter Hämatothorax, bei dem die Verletzte durch eine Blutansammlung im Brustkorb zu Tode gekommen wäre, und ein Pneumothorax‹ – das würde bedeuten, sie hätte Luft in den Pleuraspalt der Lunge bekommen. Tatwerkzeug war übrigens ein langes Küchenmesser, wie es zum Brotschneiden verwendet wird. Dennoch ist Jessica Wagner erstickt. Die Todesursache war keine ihrer Verletzungen, sondern ein anaphylaktischer Schock, der infolge einer Nahrungsmittelallergie aufgetreten ist. War einem von

Ihnen schon bekannt, dass sie unter einer lebensbedrohlichen Allergie litt?«

Allgemeines Kopfschütteln.

Hurdelkamp nahm seine Brille ab und schaute in die Runde. »Jessica Wagner hatte eine Kreuzallergie. Sie reagierte allergisch auf Erdnüsse und Pollen, besonders Birken und Weide. In ihrem Magen konnten Spuren von Erdnüssen nachgewiesen werden. Daraufhin wurde die Mahlzeit untersucht, die sie zuletzt eingenommen hatte. Die Currywurst, deren Reste wir in der Küche vorgefunden haben, enthält kurioserweise Spuren von Erdnussbutter. Das war wegen ihrer schweren Allergie ihr Todesurteil. Zum gegenwärtigen Zeitpunkt lässt sich nicht feststellen, woher die Erdnussbutter stammt und wie sie dorthin gelangt ist. Laut Obduktion hat sie … Augenblick bitte …« Er setzte seine Brille wieder auf und suchte die entsprechende Stelle im Bericht: »›Aufgrund des anaphylaktischen Schocks hat das Opfer einen Kreislaufzusammenbruch erlitten, was die Blutzirkulation in den Kapillaren verminderte und zu einer Sauerstoffunterversorgung führte. Es kam zu einem Stimmritzenkrampf. Aufgrund von Atem- und Herzstillstand trat der Tod ein.‹« Hurdelkamp legte den Bericht zur Seite. Er räusperte sich und fuhr fort: »Erdnüsse haben ohnehin ein großes allergisches Potenzial. Schon Minuten nach dem Verzehr, bei einigen Patienten handelt es sich sogar nur um Sekunden, kommt es zu einer Kehlkopfverengung und letztlich zum Tod durch Atemlähmung. Eine winzig kleine Menge von circa zwei Milligramm Erdnüsse ist dafür ausreichend. Manchmal genügt ein Hauch von Erdnussspuren, um eine starke allergische Reaktion auszulösen. Sie haben sicherlich von dem Fall gehört – 2007 war das –, als ein junges

Mädchen durch den Kuss ihres Freundes gestorben ist. Er hatte zuvor ein Toastbrot mit Erdnussbutter gegessen. Daran sehen Sie, dass kaum nachweisbare Spuren ausreichen können, um den Tod herbeizuführen. Die Patienten sind in ihrer Lebensqualität stark beeinträchtigt. Die Angst vor falscher Nahrung begleitet und verunsichert sie ein Leben lang.« Er trank einen Schluck Wasser, als sei seine eigene Kehle allein durch den Gedanken an den grausamen Erstickungstod verengt. Die kurze Pause wurde von einigen Anwesenden genutzt, um Kaffee zu trinken oder sich einen Keks zu nehmen.

»Eine Frage«, rief Carlo, »was hat Erdnussbutter auf einer Currywurst zu suchen?«

»Eben. Jeder Allergiker informiert sich über die Inhaltsstoffe einer Mahlzeit, bevor er sie zu sich nimmt«, fuhr Hurdelkamp fort. »Und zu einer Currywurst gehört keine Erdnussbutter. Ich bitte Sie, nachzuprüfen, Herr Oltmann und Herr Brunner, bei welchem Händler sie die Currywurst gekauft hat. Klappern Sie bitte alle Stände ab, die Speisen und Getränke anbieten. Ferner bitte ich Sie, Frau Schöndorf, in Wagners Umfeld zu recherchieren, wie ernst sie ihre Allergie genommen hat, ob sie beispielsweise ein Notfallset bei sich getragen hat, ob sie es sich zur Regel gemacht hat, auf ihre Allergie hinzuweisen, ob alle in ihrer Umgebung davon wussten. Wir müssen davon ausgehen, dass der Täter den Allergieschock vorsätzlich herbeigeführt hat.«

Birthe meldete sich zu Wort. »Wir haben in den letzten Tagen alle Gastronomen auf der Maiwoche befragt und ein aussagekräftiges Foto des Opfers vorgezeigt. Wir wollten heute noch einmal losgehen. Es kann sein, dass jemand an Wagners Todestag Dienst hatte, den wir noch nicht angetroffen haben.«

Hurdelkamp nickte ernst. »Die Frage ist, warum der Täter zusätzlich die Stichwaffe eingesetzt hat. Die Erdnussbutter allein hätte ja gereicht, um die junge Frau zu töten. Vielleicht wollte er ganz sicher gehen oder seinen Hass an ihr abreagieren. Stichverletzungen deuten oft auf eine starke Aggression dem Opfer gegenüber hin.«

Daniel meldete sich erneut durch Handzeichen.

»Herr Brunner?«

»Was ist mit den Handykontakten des Opfers? Wurden die inzwischen ausgewertet?«

»Darauf wollte ich gerade zu sprechen kommen. Die Verschlüsselung des Mobiltelefons wurde von unseren IT-Experten geknackt, sodass uns nun der Einzelverbindungsnachweis vorliegt. Von besonderer Bedeutung sind die letzten 14 Tage. Das Wichtigste zuerst: Frau Wagner hatte an ihrem Todestag zu folgenden Personen Kontakt: Um 10.50 Uhr rief sie ihren Manager Carsten Tobecke an. Das Gespräch dauerte fast zwölf Minuten. Um 11.15 erfolgte ein Anruf ihrer Mutter Elke Wagner. Kein langes Gespräch, vier Minuten, zwanzig Sekunden. Um 12.05 Uhr schickte Jessica Wagner eine Textnachricht über den WhatsApp-Messenger an ihre Sängerkollegin Katharina Jütting. Der Inhalt ist folgender: *Hallo, Katharina, geht es dir besser? Sollten wir uns heute nicht sehen, wünsche ich dir gute Besserung. Alles Liebe, Jessica.* Darauf folgte drei Minuten später Jüttings Antwort: *Deine Genesungswünsche kannst du dir sonst wohin stecken. Katharina.* Später gab es noch einen kurzen Nachrichtenaustausch zwischen Jessica und ihrer Mutter Elke Wagner. Der war direkt vor Jessicas Auftritt am Freitagabend. Jessica hatte großen Respekt vor dem Auftritt, fühlte sich gemobbt. Ihre Mutter hat ihr Glück gewünscht. Das war's.« Hurdelkamp kaute am

Bügel seiner Lesebrille. »Interessant ist der Schlagabtausch zwischen Jessica Wagner und Katharina Jütting. Klingt nicht nach dem besten Verhältnis, oder? Wir brauchen die DNA und Alibis von allen Bandmitgliedern. Die Proben bitte wie gewohnt bei der Staatsanwaltschaft beantragen. Ich erwarte die Ergebnisse bis nächsten Dienstag. Und geben Sie keine Informationen an die Presse raus. Morgen erscheint ein Bericht mit Foto des Tatorts. Zeugen werden gebeten, sich zu melden. Auf keinen Fall dürfen Obduktionsergebnisse an die Öffentlichkeit gelangen. Unser Pressesprecher hat dringend auf die Notwendigkeit hingewiesen, die Information so unkonkret wie möglich zu lassen, um kein Täterwissen preiszugeben. Die Öffentlichkeit soll weder von dem allergischen Schock noch von der Tatwaffe erfahren. Wir müssen herausfinden, ob ein Verdächtiger die Details kennt, ohne dass die Gefahr besteht, dass er aus den Medien davon erfahren hat. Im Übrigen soll diese Sache nach Möglichkeit nicht mit der Maiwoche in Verbindung gebracht werden. Sie hat ja auch nicht unmittelbar damit zu tun. Die Bürger und die zahlreichen Touristen, die sich derzeit in der Stadt befinden, sind ohnehin beunruhigt wegen der Terrorgefahr. Sie wissen, liebe Kollegen, was das bedeutet. Mit diesen Ängsten müssen wir sehr sensibel umgehen. Die Osnabrücker Maiwoche hat einen überregional hohen Stellenwert. Was den Münchnern das Oktoberfest und den Kölnern der Karneval, ist den Osnabrückern die Maiwoche – das größte Event, das wir zu bieten haben. Ich habe dem Oberbürgermeister persönlich zugesichert, diese Angelegenheit so umsichtig wie möglich zu behandeln.«

*

Eine halbe Stunde später war Birthe auf dem Goethering unterwegs zum Steigenberger Hotel Remarque, in dem Tobecke einquartiert war. Während der Fahrt dachte sie wieder an Henning. Der »Freund«, mit dem er sich getroffen hatte, war eine Frau, das hatte sie inzwischen über einen gemeinsamen Bekannten herausgefunden. Ob da was lief, konnte er ihr nicht sagen, er glaubte allerdings nicht. Wahrscheinlich sah Henning keine Perspektive mehr für ihre Beziehung. Ihre Liebe war wohl doch nicht stark genug, um die ersten Hürden zu überstehen. Wenn sie in sich hineinhorchte, war da nur Leere und Traurigkeit. Kein Kampfgeist und erst recht nicht die Bereitschaft, ihr Leben einem Mann zuliebe komplett umzukrempeln. Sollte er doch mit dieser anderen Frau glücklich werden – vielleicht war es besser so.

Auf der Suche nach einem Parkplatz verfuhr sie sich, weil ihr nicht schnell genug eingefallen war, wie sie vom Hasetorwall aus die Tiefgarage Stadthaus erreichte. Der Umweg kostete sie einige Minuten.

Ein Aufzug brachte sie dann von der Tiefgarage aus direkt in die Hotellobby, in der großrahmige Bilder des Osnabrücker Schriftstellers Erich Maria Remarque hingen. Glasvitrinen mit hochwertiger Kleidung, Handtaschen, Schmuck und Büchern warben für renommierte Geschäfte in der Innenstadt. Gutgekleidete Hotelgäste saßen auf Polstergarnituren und warteten auf ihre Meetingpartner.

An der Rezeption fragte Birthe nach Carsten Tobecke. Eine Hotelangestellte wählte seine Zimmernummer. Sie ließ es lange läuten und schüttelte schließlich bedauernd den Kopf. »Herr Tobecke geht leider nicht ans Telefon. Er müsste allerdings da sein, denn vor einer Viertelstunde hat er das Hotel betreten und ist direkt auf sein Zimmer gegangen. Vielleicht duscht er. Sie können gerne hier warten, dann versuche ich es in ein paar Minuten noch einmal.«

»Können Sie mir seine Zimmernummer geben? Er erwartet mich.« Sie zeigte der Angestellten ihren Dienstausweis.

Die junge Dame musterte sie und kritzelte etwas auf einen Zettel. »Das Zimmer von Herrn Tobecke befindet sich im vierten Stock. Nehmen Sie den Aufzug«, schlug sie vor.

Birthe bedankte sich, nahm sich ein Pfefferminz aus einer vor ihr stehenden Schale und steuerte die gläsernen Aufzüge an. Als der erste kam, stieg sie zusammen mit einer jungen Frau ein. Während der Fahrt in den vierten Stock hatte sie Gelegenheit, ihre Mitfahrerin zu mustern.

Sie war Mitte bis Ende 20, sehr schlank, hatte lange dunkelbraune Haare, die sie zu einem glatten, glänzenden Pferdeschwanz zusammengebunden hatte, war stark geschminkt, stark parfümiert und trug auffällige goldene Ohrringe. Der offene Mantel gab den Blick frei auf ihre Kleidung: ein Bustier, das ihr atemberaubendes Dekolleté zur Schau stellte, ein sehr knapper Rock zu dunklen Strumpfhosen und hochhackigen Overkneestiefeln. Die junge Dame merkte offensichtlich, dass sie genau betrachtet wurde, denn sie lächelte müde und schaute selbstbewusst zurück. Birthe wandte sich ab und studierte die ausgehängte Menüempfehlung.

Der Fahrstuhl hielt im vierten Stock. Beide stiegen aus. Birthes Mitfahrerin nahm den linken Flur und ging zielstrebig auf eines der Zimmer zu. Birthe blieb unschlüssig vor einer kleinen Anschlagstafel stehen, da sie nicht wusste, ob Tobeckes Zimmer im rechten oder linken Flügel zu finden war. Nachdem sie sich erst für die falsche Seite entschieden hatte, betrat sie ebenfalls den linken Flur und fand recht schnell Tobeckes Zimmertür. Sie klopfte an. Als sich niemand meldete, dachte sie schon, er sei nicht da. Sie klopfte noch einmal, diesmal lauter und ausdauernder. »Roomservice«, rief sie. Da öffnete Carsten Tobecke die Tür. Er war in eine Duftwolke gehüllt und steckte in einem weißen Bademantel, den er sich schnell zuband, als er sie erkannt hatte.

»Wollen Sie zu mir?«, fragte er heiser. »Roomservice? Wollen Sie mich verarschen?«

»Ich habe ein paar Fragen«, sagte Birthe. »Leider habe ich Sie telefonisch nicht erreicht.«

»Dann müssen wir einen Termin ausmachen. Es passt leider ganz schlecht im Moment. Und ich kann mir beim besten Willen nicht vorstellen, dass Sie gekommen sind, um an einem Dreier teilzunehmen. Oder irre ich mich da?«

Birthe überhörte seine Provokation und ärgerte sich darüber, dass ihr die Hitze zu Gesicht stieg. »Tut mir leid, dass ich Sie belästige. Ich habe nur zwei Fragen, Herr Tobecke. Das geht wirklich schnell. Dafür brauchen Sie nicht extra auf die Wache zu kommen. Oder wäre es Ihnen lieber, wir verschieben unser Gespräch auf morgen früh um 8 Uhr in meinem Büro?«

Er trat einen Schritt zur Seite. »Zwei Fragen, sagen Sie?« Hilflos blickte er sich um.

»Soll ich gehen?«, fragte eine dunkle, weibliche Stimme.

Birthe bemerkte hinter ihm die junge, aufreizende Frau aus dem Fahrstuhl. Sie hatte sich den Mantel ausgezogen, trug nur noch Bustier, Höschen und Strapse, alles in schwarz. Sowie ihre hochhackigen Lackstiefel. Sie lehnte lasziv an der Badezimmertür.

Tobecke räusperte sich. »Auf keinen Fall. Du wartest bitte hier auf mich. Bediene dich ruhig aus der Minibar, Désirée. Ich bin gleich zurück.« An Birthe gewandt, sagte er: »Also gut, in fünf Minuten unten in der Lobby.«

KAPITEL 17

Er brauchte wirklich nur fünf Minuten. Birthe hatte nicht einmal Zeit gehabt, ihr Tablet auszupacken, als Tobecke bereits auf ihre Sitzgruppe zusteuerte. Schwarzes Hemd zu schwarzer Jeans, dazu barfuß in schwarzen Slippern. Eine Lesebrille hatte er wie einen Haarreifen auf den Kopf gesetzt. »Hier oder drüben im Restaurant?«, fragte er, während er sich das zerknitterte Oberteil in die Hose stopfte. Vergebens versuchte er, seinen wohlgerundeten Bauch einzuziehen.

»Ich denke, hier hört uns keiner, wir können gerne bleiben«, schlug Birthe vor.

Er ließ sich in einem der tiefen Sessel nieder und sah Birthe mit seinem mitleidheischenden Hundeblick an.

»Ich wusste nicht, dass Sie Damenbesuch haben«, sagte Birthe mit gespielter Zerknirschtheit. »Sonst wäre ich natürlich nicht hereingeplatzt.«

»Sind Sie doch gar nicht. Das fand ich nicht schlimm, wirklich! Das war übrigens meine Nichte«, sagte er zwinkernd. »Sie wollte mich mal wieder besuchen.«

»Natürlich, Ihre Nichte«, ließ sich Birthe mit einem schiefen Lächeln auf den kleinen Schlagabtausch ein. Sie wusste genau, Tobecke spielte auf eine Szene im Film »Pretty Woman« an. »Ihr Privatleben geht mich nichts an, Herr Tobecke, sofern es nicht den Fall betrifft.«

»Tut es nicht, in keiner Weise.«

»Dann ist es ja gut. Wobei ich mich schon ein wenig über Ihr Verhalten wundere. Also, ich könnte das nicht, nur wenige Tage, nachdem in meinem Freundeskreis ein Mord passiert ist …«

»Was hat das damit zu tun? Ich brauche das einfach im Moment. Musste mich ablenken, ein wenig Dampf ablassen, sonst würde ich verrückt werden, ganz allein in einem Hotelzimmer. Wissen Sie, wie grausam das sein kann? Auf der Bühne ist man der umschwärmte Star und kaum fällt die Tür hinter einem zu, ist man allein. Da wird einem richtig bewusst, wie einsam man eigentlich ist. Niemals fühle ich mich so allein wie in einem anonymen Hotelzimmer.«

»Ich kenne die Situation, Herr Tobecke, trotzdem würde mir nicht im Traum einfallen, deswegen einen Escortservice anzurufen.«

Er fühlte sich ertappt. »Was dagegen? Finden Sie das anstößig?«

»Sex ohne Liebe ist für mich immer anstößig. Aber das ist meine private Meinung. Wie gesagt, ich könnte das nicht. Ich müsste erst Vertrauen zu einem Menschen aufgebaut haben, und ganz viel Zuneigung.« Sie hoffte, durch diese kleine Spitze Tobecke zum Reden zu bringen und Informationen aus ihm herauszukitzeln.

»Sex ohne Liebe kann wunderbar befreiend sein. Sie haben ja keine Ahnung. Du bekommst etwas ohne dauerhafte Gegenleistung. Du hast einen Partner auf Zeit, dem du nichts schuldig bist. Er kommt und geht, ohne dir später nachzustellen, ohne um ein Wiedersehen zu betteln. Es ist wie eine Massage, die du buchst, wenn du eine Entspannung brauchst, nicht mehr und nicht weniger. Es ist eine Behandlung, die dir guttut. Und hinterher hast du wieder deine Ruhe. Einfach herrlich!«

»Bekommen Sie die auf Rezept?«

Er grinste anzüglich. »Ich könnte die Behandlung mal bei der Künstlersozialkasse einreichen. Vielleicht haben die ein Einsehen. Wenn ich einen Orthopäden und einen Psychotherapeuten brauche, wird's entschieden teurer.«

»Mag sein. Schön für Sie, dass Sie das genießen können«, meinte Birthe lapidar. »Noch schöner wäre es, wenn die Frauen das ebenfalls genießen würden und es nicht nur machen würden, weil sie Geld brauchen.«

»Sie werden sich wundern, das tun sie. Mir wird nachgesagt, ich sei ein guter Liebhaber. Jede Dame, die ich gebucht habe, geht mit einem Lächeln auf den Lippen nach Hause. Ich versüße ihr den Tag, und ich bin stolz darauf.«

»Aha. Na schön. Kommen wir zur Sache, Herr Tobecke«, sagte Birthe ernster. »Warum haben Sie uns Jessica Wagners Allergie verschwiegen?« Sie pokerte, in der Hoffnung, ihn aus der Reserve zu locken.

Er sah sie begriffsstutzig an.

Als er nicht antwortete, fuhr sie fort: »Uns ist bekannt geworden, dass Frau Wagner an einer schweren Allergie litt, um nicht zu sagen an einer lebensbedrohlichen Allergie. Sie als Bandleader haben davon gewusst.«

Er schüttelte sein Doppelkinn. »Nein, das wusste ich nicht. Was für eine Allergie war das?«

Sie beobachtete ihn. Seine Reaktion schien echt zu sein. Anscheinend war die Information tatsächlich neu für ihn. »Wirklich nicht? Sie hatten doch eine Affäre mit ihr. Da wird sie Ihnen doch sicher davon erzählt haben.«

»Das waren jetzt zwei Fragen, Frau Schöndorf. Sie wollten nur zwei Fragen stellen.« Er streckte ihr den Zeige- und Mittelfinger entgegen.

»Sie brauchen sich nicht aufzuspielen, Herr Tobecke. Antworten Sie einfach.«

Er verschränkte seine Arme vor dem fülligen Bauch. »Erstens hatte ich keine Affäre mit ihr, nur ein kurzes Vergnügen, zweitens war unsere Beziehung oberflächlicher Natur. Wir haben nicht viel voneinander erfahren.«

»Sie haben selbst zugegeben, dass Sie mit ihr geschlafen haben.«

»Na und? Trotzdem war unser Kontakt oberflächlich.«

»So oberflächlich wie Ihr Kontakt oben auf Ihrem Zimmer?«

Genervt rollte er mit den Augen. »Sie haben Ihre Fragen gestellt, deutlich mehr als zwei, dann kann ich ja gehen.«

»Was haben Sie nach dem Auftritt am Freitagabend gemacht?«

Er verzog gequält sein Gesicht. »Mensch, sind Sie stur. Also, noch einmal: Wir waren auf der Maiwoche mit der Band. Hatten unseren Auftritt am Jürgensort und sind danach feiern gegangen. Alle außer Jessica waren dabei. Wir haben uns lange am Maibrunnen aufgehalten. Ich habe Ihnen das bereits erzählt. Schade, dass Sie so ein schlechtes Gedächtnis haben.«

»Ich dachte, Katharina Jütting war ebenfalls nicht dabei.«

Er winkte ab. »Nein, da haben Sie recht, die war nicht dabei. Nur im Publikum. Sie hat sich unseren Auftritt als Zuschauerin angesehen.«

»Ach ja? War sie nicht krank?«

»Nicht krank genug anscheinend. Nun, bei Sängern genügt es, wenn die Stimme nicht mitmacht. Sie hatte wohl eine leichte Erkältung, die auf die Stimmbänder geschlagen hat.«

»Das Konzert war gegen 22 Uhr zu Ende«, sagte Birthe. »Sie waren noch mit der Band zusammen, haben drei Biere getrunken. Sie hätten Zeit gehabt, danach zu Jessica Wagners Wohnung zu fahren. Sie ist zwischen Mitternacht und ein Uhr morgens gestorben.«

»Ich habe getrunken und hätte mich nicht mehr ans Steuer gesetzt.«

»Es gibt Taxis. Während der Maiwoche sind sehr viele im Einsatz.«

»Und schlecht zu bekommen.«

»Nachtbusse verkehren regelmäßig am Wochenende. Selbst zu Fuß wäre es machbar gewesen. Vom Maibrunnen bis zum Lieneschweg läuft man ungefähr eine halbe Stunde.«

»Aber nicht, wenn man einiges intus hat. Nein, ich bin gleich ins Hotel gegangen und habe es bis zum nächsten Vormittag nicht mehr verlassen. Erst dann bin ich zu Jessica gefahren.«

»Gibt es Zeugen dafür? Sie haben sicher nichts dagegen, wenn ich mich bei der Rezeption erkundige.«

»Tun Sie, was Sie nicht lassen können!«

»Genauso gut könnten Sie in der Nacht bei Jessica gewesen sein. Die Nachbarin hat gehört, wie kurz vor Mitternacht jemand bei ihr geklingelt hat.«

»Das war ich nicht. Jessi wollte früh schlafen gehen. Davon wollte ich sie nicht abhalten.«

»Auch nicht, um mit ihr etwas zu klären?«

»Da gab es nichts zu klären. Sie hat einen tollen Auftritt hingelegt, ich habe sie dafür gelobt, fertig.«

»Sie haben kein Alibi, Herr Tobecke.«

»Sie wollten bei der Rezeption nachfragen. Ich bitte Sie darum! Fragen Sie die anderen aus der Band mal, ob die eins haben. Dürfte schwierig werden. Da gibt es nämlich keine Rezeption zum Ein- und Auschecken.«

»Die frühere Frontsängerin der Band, Katharina Jütting, hat ausgesagt, dass Jessica Wagner auf Sie sauer war, weil Sie nach einer kurzen Affäre mit ihr Schluss gemacht hätten. Jessica hätte den Grund überhaupt nicht nachvollziehen können, warum Sie sich von ihr distanziert haben.«

»Das hat sie gesagt? Absoluter Blödsinn! Das kann sie gar nicht beurteilen.«

»Was ist mit Angelina Zimmermann? Mit ihr sollen Sie ebenfalls etwas gehabt haben.«

»Nein, das wüsste ich. Sie ist nicht mein Typ, war auch nur kurz in der Band.«

»Katharina Jütting hat ferner ausgesagt, dass Sie früher mit ihr selbst ein Verhältnis gehabt hatten.«

Jetzt setzte er wieder den Hundeblick auf, auf den vermutlich viele Frauen hereinfielen. »Katharina ist enttäuscht, weil sie mich nicht haben konnte. Die ist in mich verknallt. Seit langer Zeit schon. Und weil ich nicht auf sie stehe, redet sie schlecht über mich. Das ist schade für sie, aber es ist nicht mein Problem.«

»Rachsucht? Trauen Sie ihr die Tat zu?«

»Den Mord an Jessica? Warum nicht? Sie hat die Kleine gehasst, das reicht doch aus, um zu töten. Besonders bei einer unberechenbaren Person wie Katharina. Ich kenne niemanden mit so raschen Stimmungswechseln wie sie. Von 0 auf 100 in wenigen Sekunden, das müssen Sie mal erlebt haben. Wissen Sie, dass sie Kampfsport betreibt? Sie ist zierlich, aber äußerst sportlich. Sie hat Kraft, mehr als wir alle. Und sie war an dem Abend da, hat Jessica nicht aus den Augen gelassen.«

»Wo hat sie gestanden?«

»Ganz vorne. So nah, dass ich ihre grimmige Miene sehen konnte.«

»Was hat Katharina Jütting danach getan? Haben Sie gesehen, dass sie Jessica gefolgt ist?«

Er tat, als müsse er nachdenken. »Nein«, sagte er schließlich. »Ich habe nicht weiter auf sie geachtet.«

»Okay, gibt es noch jemanden, dem Sie den Mord zutrauen?«

Tobecke legte sich einen Zeigefinger auf die Oberlippe und sah sie aus runden blauen Augen intensiv an. »Ja, dem Max«, sagte er und blies Luft durch die Nasenlöcher. »Er liebt Katharina, dabei könnte er ihr Sohn sein. Der Idiot tut alles, um sie zu schützen. Ob er zu Gewalt neigt, weiß ich nicht, aber er hat viel Temperament, das hat er schon gezeigt. Und er steht hundertprozentig hinter Katharina.«

»Weiß er, wo Jessica Wagner wohnt? War er mal bei ihr zu Hause?«

»Wir waren alle schon da. Sie hat die größte Wohnung von uns allen. Da haben wir uns manchmal getroffen, um zu feiern. Jessica ist sehr … Sie war sehr großzügig«, sagte er und räusperte sich.

»Wer wusste von Jessicas Allergie?«, fragte Birthe.

Genervt sah er auf die Uhr. »Boah, es reicht. Für die zwei Fragen, die Sie mir stellen wollten, haben Sie sich viel Zeit genommen. Macht nichts, Frau Schöndorf, Sie sind mir sympathisch. Wenn Sie nicht dienstlich hier wären, würde ich gerne mehr Zeit mit Ihnen verbringen. Gerne auch privat.« Er zwinkerte ihr zu. »Vielleicht ein anderes Mal? Meine Telefonnummer haben Sie.«

Birthe gab nach, er würde sich ohnehin nicht länger aufhalten lassen. »Dann will ich Sie lieber nicht länger beanspruchen. Oben wartet schließlich jemand auf Sie.«

Er lehnte sich vor und stützte seine breiten Hände auf den Oberschenkeln ab. »Désirée. Oh, die habe ich völlig vergessen. Ich glaube, ich schicke sie weg. Bin nicht in Stimmung für eine Massage«, meinte er augenzwinkernd.

»Ihre Entscheidung, Herr Tobecke«, sagte Birthe. »Halten Sie sich für Rückfragen bereit.« Sie ließ ihn gehen, wartete, bis der Fahrstuhl mit ihm nach oben fuhr. Dann wandte sie sich an die Hotelangestellte an der Rezeption.

»Augenblick, ich sehe nach«, sagte diese und vertiefte sich in den PC. Wenig später erhielt Birthe die Antwort: »Ich kann Ihnen leider für den Freitagabend beziehungsweise für die Nacht zu Samstag keine verbindliche Auskunft geben. Fest steht, dass Herr Tobecke am Samstagmorgen hier im Hotel gefrühstückt hat, und zwar um 8.45 Uhr. Das wurde am Eingang des Restaurants registriert. Der Zimmerservice kam um 10.25 Uhr. Zu der Zeit war Herr Tobecke außer Haus.«

Birthe bedankte sich für die Auskunft. Noch im Parkhaus informierte sie Carlo Oltmann, sie sei auf dem Weg zu Jessicas Eltern, und fragte, ob es ihm möglich sei, dazuzukommen. Er hatte keine dringenden Termine und so schlug sie ihm vor, ihn auf der Wache abzuholen.

KAPITEL 18

Jessicas Eltern machten auf Birthe und Carlo einen einigermaßen gefassten Eindruck, dabei war der Tod ihrer Tochter erst vier Tage her.

Elke Wagner hatte Ostfriesentee gekocht, den Tisch im Wohnzimmer mit Heiderosengeschirr gedeckt, gab jedem ein Kluntje in eine zierliche Tasse und schenkte ein. »Sahne?«, fragte sie. Als Carlo nickte, goss sie einen ordentlichen Schuss aus dem silbernen Sahnekännchen in seine Tasse. Birthe, die stolz war auf ihre sportliche Figur, winkte ab.

»Natürlich wussten wir von ihrer Allergie, wir sind ihre Eltern«, sagte Elke Wagner.

»Die Frage ist, ob auch andere aus Jessicas Umfeld davon Kenntnis hatten«, sagte Birthe, »jemand von der Band zum Beispiel.«

»Da bin ich mir nicht sicher. Jessica hat ein Riesentheater deswegen gemacht. Sie ist früher wegen ihrer Erdnussallergie gemobbt worden. Keiner hat sie ernst genommen, weil sie damals die Einzige mit so einer Allergie war. Inzwischen ist das ja nichts Besonderes mehr. Viele Kinder schlagen sich heutzutage mit Allergien und Nahrungsmittelunverträglichkeiten herum.«

»Da haben Sie recht«, brummte Carlo. »Das war schon Thema in der Klasse meiner Tochter. Auf Elternabenden wird oft stundenlang über Ernährung debattiert. Besonders diskussionsfreudig scheinen mir dabei die Eltern zu sein, deren Kinder einfach nur keinen Zucker, kein Weißmehl und keine tierischen Fette essen dürfen. Laktoseintoleranz, Fruktoseintoleranz, vegane Ernährung, diese Begriffe waren mir vor den Elternabenden überhaupt nicht geläufig! Wenn ich heute davon höre, klingeln mir die Ohren und ich sehe die hysterischen Mütter vor mir. Ich sage bewusst Mütter, denn die Väter habe ich entspannter erlebt. Die interessierten sich eher für Sportwettbewerbe oder Themen im Matheunterricht. Aber die Mütter haben einen Zirkus deswegen veranstaltet, oh je.«

Birthe warf ihm einen warnenden Blick zu, worauf er verstummte.

»Bei unserer Tochter war es ernst, sehr ernst sogar«, sagte Elke Wagner. Wir haben einen Allergietest machen lassen, als sie acht Jahre alt war. Dabei wurde festgestellt, dass es sich um eine schwere, sogar lebensbedrohliche Allergie handelte.«

»Um Himmels willen, das habe ich bei Ihrer Tochter zu keiner Sekunde angezweifelt«, sagte Carlo, wechselte einen Blick mit Birthe und hob abwehrend die Hände. Er hatte verstanden.

»Wenn es so schlimm um sie stand, hatte Jessica doch sicherlich immer ein Notfallset bei sich, oder?«, erkundigte sich Birthe.

»Davon gehe ich aus. Früher hatte sie es auf jeden Fall in der Schultasche. Ein Täschchen mit einem Antihistaminikum, einem Adrenalin-Pen zum Selberspritzen, ein Kortisonpräparat und ein Beta-2-Sympathomimetikum-Spray, das ist wichtig, um die Atemwege im Falle eines Erstickungsanfalls zu weiten.«

»Wir haben dieses Notfallset nicht bei ihr gefunden«, sagte Birthe.

»Nicht? In der ganzen Wohnung nicht? Haben Sie überall nachgesehen?«

»Haben Sie eine Ahnung, wo sie es aufbewahrt haben könnte?«, fragte Birthe.

Elke Wagner runzelte die Stirn. »Das weiß ich wirklich nicht. Jessica war erwachsen, da mischt man sich als Eltern nicht mehr ein. Ich bin davon ausgegangen, dass sie inzwischen gelernt hat, auf sich selbst achtzugeben.«

»Das ist wirklich seltsam«, meinte Birthe. »Kann es sein, dass sie ihre Krankheit verdrängt hat?«

»Nein, das schließe ich aus. Jessica hat schon einige Male Todesängste ausstehen müssen und wir mit ihr. Einmal wäre sie als Kind fast gestorben. Sie hatte bei einer Freundin Erdnüsse gegessen und einen lebensbedrohlichen Asthmaanfall bekommen. Die Mutter musste einen Rettungswagen rufen. Als sich das herumgesprochen hatte, hat sie niemand mehr eingeladen, weil es den Müttern zu gefährlich war und keine die Verantwortung übernehmen wollte. Jessica hat früh lernen müssen, sich selbst zu spritzen und mit dem Spray umzugehen. Das Notfallset hat sie praktisch immer bei sich getragen.«

»Unsere Jessica ist übrigens adoptiert«, fügte Christian Wagner hinzu. »Ich weiß nicht, ob das irgendwie von Interesse ist.«

»Ihre leibliche Mutter war mit ihr überfordert«, erklärte Elke Wagner. »Sie konnte nicht ausreichend für Jessica sorgen, dafür war sie wohl zu jung und zu unerfahren.«

»Ach«, brachte Birthe überrascht hervor. »War Ihnen die Allergie von Anfang an bekannt?«

»Das nicht. Sie hat sich wohl erst später entwickelt.«

»Wie alt war Jessica, als Sie sie bei sich aufgenommen haben?«

»Fast sechs«, sagte Elke Wagner. »Eigentlich wollten wir einen Säugling, doch das hat nicht geklappt. Eines Tages bekamen wir den ersehnten Anruf. Jessica war sehr klein für ihr Alter, unterernährt und entwicklungsverzögert. Aber sie hat sich schnell bei uns eingelebt und ist regelrecht aufgeblüht. Ich habe sie vom ersten Augenblick an geliebt wie mein eigenes Kind. Daran hat sich nie etwas geändert.« Ihre Stimme brach.

»Sie war unser Sonnenschein«, kam Christian Wagner ihr zu Hilfe. »Wir haben sie gleich in unser Herz geschlossen. Sie war stets heiter, fröhlich und ausgeglichen. Wir haben sie so sehr geliebt.« Er verzog das Gesicht, kämpfte gegen die Tränen an. »Verzeihung«, brachte er mühsam hervor und schirmte seine Augen mit den Händen ab.

»Kein Problem, Herr Wagner«, äußerte Birthe mitfühlend. »Ich verstehe, was in Ihnen vorgeht.«

Er rieb sich mit beiden Händen die Schläfen, wirkte plötzlich sehr erschöpft. »Nein, das können Sie nicht verstehen, wie auch?«

Carlo lehnte sich vor und verschränkte seine Hände. »Ich habe noch eine Frage«, sagte er. »Angelina Zimmermann war die beste Freundin Ihrer Tochter, richtig?«

Elke Wagner stand auf und ging mit steifer Körperhaltung zur Tür hinaus.

»Sie sehen ja, wie es meiner Frau geht«, sagte Christian Wagner. »Sie steht kurz vor einem Nervenzusammenbruch. Sie in dieser Situation nach der gleichaltrigen Freundin zu befragen, die noch lebt, und unsere Tochter nicht, ist nicht sehr sensibel. Es wäre schön, wenn Sie jetzt gehen.«

*

»Und jetzt?«, fragte Birthe, als sie wieder im Wagen saßen. »Schwierig, oder? Ich hatte das Gefühl, sie hätten uns noch viel mehr sagen können, aber konnten oder wollten aus irgendeinem Grunde nicht.«

Carlo wusste, dass es in der Nähe eine Pizzeria gab und schlug vor, bei Pizza und einem alkoholfreien Hefeweizen die Befragung der Eheleute Wagner Revue passieren zu lassen. Birthe hatte nichts dagegen.

Das Da Pietro in der Rheiner Landstraße war zu dieser Uhrzeit kaum besucht, sodass sie Platz an einem gemütlichen Ecktisch fanden.

»Jessica Wagner war also adoptiert«, sagte Carlo, nachdem sie die Bestellung aufgegeben hatten. »Ein Glückskind, bei so betuchten Leuten aufwachsen zu dürfen, hm? In finanzieller Hinsicht hat es ihr anscheinend an nichts gefehlt.«

»Auf den ersten Blick ja. Sie hatte alles, was sie brauchte, zumindest materiell. Aber ob sie auch glücklich war?«

»Wie wäre es, wenn wir ihre Freundin dazu befragen? Die hat sich uns ja regelrecht aufgedrängt. Vielleicht hat sie etwas auf dem Herzen, was sie unbedingt loswerden möchte.«

»Schade, dass die Eltern ausgerechnet beim Stichwort Angelina Zimmermann dichtgemacht haben.«

Er stimmte ihr zu. »Es war einfach nicht möglich, länger zu reden. Die Eltern waren fix und fertig. Sicher klappt es ein anderes Mal.«

»Als beste Freundin müsste Angelina doch einschätzen können, ob es eine Beziehungstat war«, meinte Birthe. »Eigentlich hatte Jessica Wagner als Angehörige der Mittelschicht ein relativ niedriges Opferrisiko. Sie wird kein Zufallsopfer gewesen sein. Angenommen, sie ist mit dem

Bus gefahren, wie Tobecke ausgesagt hat, dann müsste sie laut Fahrplan zwischen 23.15 und 23.30 Uhr an der Haltestelle angekommen sein. Sie ist entweder am Saarplatz ausgestiegen oder vier Minuten später in der Rheiner Landstraße. Dafür gibt es leider keine Zeugen. Möglicherweise saß der Täter im selben Bus und hat sie bis nach Hause verfolgt.«

»Während du heute den Bandleader in seinem Hotel aufgesucht hast, habe ich bei den Stadtwerken angerufen und mir die Nummer des Busfahrers geben lassen, der am Freitagabend Dienst hatte. Sein Name ist Jan Beier, 47 Jahre alt. Er hat heute Spätschicht, deswegen habe ich ihn zu Hause aufgesucht. Ich habe ihm Fotos von Jessica Wagner gezeigt und ihn gefragt, ob er sie gesehen hätte und ob ihm etwas aufgefallen sei. Leider Fehlanzeige. Er konnte sich nicht an sie erinnern.«

»Hätte mich auch gewundert bei den übervollen Bussen während der Maiwoche.«

»Es war immerhin einen Versuch wert.«

Ein südländisch aussehender Kellner brachte die Getränke. »Prego, signori.«

»Danke sehr!« Carlo nahm ihm das Bierglas ab und trank einen großen Schluck. »Herrlich«, sagte er, »das habe ich gebraucht nach dem anstrengenden Gespräch eben.«

Sie stützte den Kopf auf. »Glaubst du, es war jemand aus der Band?«

»Möglich ist es.« Er wischte sich Schaum vom Mund. »Vielleicht war es auch ein Exfreund. Oder ein verrückter Fan, der null Chancen bei ihr hatte und immer wieder eine Abfuhr einstecken musste.«

»Für eine Beziehungstat spricht der Overkill«, bemerkte Birthe. »Der Täter wusste von der schweren Allergie. Also ist klar, dass er für sie kein Unbekannter war. Der tödliche Allergieschock hat ihm allerdings nicht ausgereicht. Der Täter hat sich an ihrem Todeskampf ergötzt und dabei so eine überbordende Aggression entwickelt, dass er zusätzlich eine Stichwaffe eingesetzt hat. Er wollte, dass sie verblutete. Er wollte ihr nicht die geringste Überlebenschance lassen.«

»Was gegen einen Fan spricht, denn Jessica hat kaum private Dinge öffentlich gemacht. Es ist deshalb sehr unwahrscheinlich, dass ein Fan von ihrer Allergie wusste.«

»Du stimmst mir zu, dass wir von einem Mann sprechen, oder?«

»Vom Tötungsmuster her ja. So tötet eher ein Mann, wenn eine persönliche Beziehung zwischen Täter und Opfer bestand.«

Ein anderer Kellner erschien und stellte große Teller vor ihnen ab. »Prego, signora, un'insalata di pollo piccola e per lei, signore, una pizza prosciutto grande. Buon appetito!«

»Und du glaubst tatsächlich, dass du von den paar Salatblättern satt wirst?«, meinte Carlo schmunzelnd, als der Kellner verschwunden war.

»Ich will ja noch was arbeiten heute. Deiner Frau wäre es sicher auch lieber, wenn du statt der Riesenpizza einen Salat essen würdest. Sie hat sicher für heute Abend schon vorgekocht!«

»Na und? Das schmeckt doch dann trotzdem heute Abend«, sagte er, während er an seiner Pizza säbelte.

Eine Weile aßen sie schweigend.

»Weißt du, was mich beschäftigt«, sagte Carlo, »laut Obduktionsbefund gab es keine Abwehrspuren. Wenn ich angegriffen werde, wehre ich mich. Das ist doch ganz natürlich.«

»Das spricht dafür, dass der Täter zuvor den Allergieschock ausgenutzt hat, um sie wehrlos zu machen. Sie war mit sich beschäftigt, damit, irgendwie Luft zu bekommen. Deshalb war sie vielleicht schon in der Hocke, als er zustach. Für ihn ein leichtes Spiel.«

»Hältst du Tobecke für verdächtig?« Er teilte ihr seine Gedanken mit, die er sich während des Spaziergangs mit seinem Hund gemacht hatte.

»Ich glaube ihm, dass er nichts von Jessicas Allergie wusste«, sagte Birthe. »Ich denke wie du, dass er keinen Vorteil durch ihren Tod hat, wobei es ja auch Totschlag im Affekt gewesen sein kann. Vielleicht ist ein heftiger Streit vorausgegangen. Sein Alibi ist nicht wasserdicht. Es konnte von der Rezeption seines Hotels nicht bestätigt werden.«

Carlo runzelte die Stirn. »Und die Erdnussbutter auf der Currywurst? Wie ist die da hingekommen?«

»Vielleicht durch Zufall? Es besteht immerhin die Möglichkeit, dass jemand an der Theke zuvor etwas mit Erdnussbutter zubereitet hat und Spuren davon auf die Currywurst gelangt sind.«

»Aber das lässt sich doch feststellen. Es ist mühsam, das herauszufinden, aber durchaus machbar. Was dann noch bleibt, sind die Messerstiche. Die nicht tödlich waren. Aber das spielt eigentlich keine Rolle. Wie die Anklage später lautet, liegt ja nicht in unserer Hand.« Nachdenklich führte er ein Stück Pizza mit Kochschinken und saftigen Champignons zum Mund.

*

Carlo war froh, dass er sich schon den Bauch mit Pizza vollgeschlagen hatte und somit seiner Schwiegermutter aus dem Weg gehen konnte. Heute Morgen hatte er verzweifelt nach seiner Lieblingsjeans gesucht, einer zehn Jahre alten Levis. Erst auf seine insistierende Nachfrage hin hatte Minna zugegeben, dass sie sie im Altkleidercontainer entsorgt hatte.

»Was hast du? Meine Jeans weggeworfen? Aber sonst geht's dir gut?«

»Kauf dir doch einfach eine neue«, hatte sie versucht zu beschwichtigen. »Ich gebe dir gerne das Geld für eine neue Nietenhose. Meinetwegen für zwei Paar. Vorausgesetzt, sie sind dunkelblau und schlicht. Auch wenn du keine Uniform trägst, musst du als Polizist anständig angezogen sein. Dich nimmt doch niemand ernst in einer abgewetzten Hose. Du bist Beamter, musst dich abheben von den Verbrechern, darfst dich nicht mit ihnen auf eine Stufe stellen.«

»Was sagst du dazu?«, wandte er sich an Gudrun. »Findest du es richtig, dass deine Mutter meine Sachen wegwirft? Meine Lieblingslevis, mit der ich zahlreiche Erinnerungen verbinde? Die ist unersetzbar, da kann sie mir 1.000 Euro bieten, ich will das Geld nicht, ich will meine Jeans zurück!«

»Ehrlich gesagt, ja«, sagte Gudrun. »Die Jeans war wirklich nicht mehr schön. Es wird Zeit, dass du dir ein paar neue Kleidungsstücke zulegst. Meine Mutter bezahlt sie, hat sie gesagt.«

Das war vor einigen Stunden. Jetzt stand er im Flur, mit Blick auf die Garderobe. Der zweite Bügel von links war unbenutzt. Es war sein Bügel. In seinem Hals machte sich ein Kloß bemerkbar.

Er drückte die Klinke der Küchentür herunter. »Wo ist meine Lederjacke?«, fragte er beunruhigend leise. Minna, die gerade am Herd stand, zeigte ein erschrockenes Gesicht.

»Nun mal langsam«, sagte sie energisch. »Beruhige dich, Carlo, es geht nur um die olle Nietenhose. Ich konnte sie nicht länger sehen. Seit Jahren trägst du dieses scheußliche Kleidungsstück mit den abgewetzten Stellen. Es hat nicht viel gefehlt und sie hätte Löcher bekommen wie die Hose deiner Tochter. Und ich bin sicher, selbst dann hättest du sie noch getragen.«

»Wo ist meine Lederjacke?«, fragte er lauter mit Betonung auf jeder Silbe.

Minna ließ sich nicht aus der Ruhe bringen. »Deine Lederjacke habe ich in die Reinigung gebracht und bereits bezahlt. Nächsten Mittwoch kannst du sie abholen. Die Quittung liegt auf der Kommode im Flur.«

Er stöhnte und griff sich ins Haar. »Komm, Hugo«, sagte er und griff die Leine seines treuen Freundes. Hugo freute sich, dass er mit seinem Herrchen eine Runde um den Pudding drehen durfte. Und Carlo fand, dass es auf jeden Fall besser war, den beiden Frauen aus dem Weg zu gehen, bevor die Angelegenheit eskalierte. Etwa zehn Minuten später und 200 Meter weiter hellte sich Carlos Laune auf, denn ihm war eine Idee gekommen.

*

Am frühen Abend fuhr Birthe mit ihrem Mini, den sie sich im letzten Herbst zugelegt hatte, nachdem der alte Seat nicht durch den TÜV gekommen war, in die Caprivistraße, einer Wohnstraße unweit des Tatorts.

Sie wusste, dass Jürgen Teepe in der dortigen Musikschule nachmittags Gitarrenunterricht gab. Zwischen zwei Unterrichtsstunden hatte er eine halbe Stunde Pause, gerade ausreichend Zeit für eine erste, kurze Befragung.

Birthe nahm auf einer Bank im Flur Platz. Der muffig-abgestandene Geruch nach alten Gemäuern, Feuchtigkeit, muffiger Kleidung und Schweiß erinnerte Birthe an ihre alte Schule. Lange war das her. Aber oft genügte bei ihr ein bestimmter Geruch, eine Stimme, eine Musik, um Erinnerungen zu wecken.

In mehreren Unterrichtsräumen wurde musiziert. Leise Klänge von klassischer Klaviermusik mischten sich mit dem Gequietschte einer Geige. Offensichtlich war hier eine Anfängerin am Werk. Irgendwo schmetterte eine Sängerin eine Tonleiter. Aus dem unteren Stockwerk machte sich ein Cello bemerkbar. Vor vielen Jahren hatte Birthe im Schulorchester musiziert und kannte sich daher mit Instrumenten aus. Ihre alte Bratsche musste sich bei ihren Eltern auf dem Dachboden befinden, falls sie sie nicht längst verkauft hatten.

Über Jürgen Teepe wusste Birthe, dass er 59 Jahre alt war, verheiratet und Vater von zwei erwachsenen Söhnen. Er spielte in der Band Gitarre und Saxophon und verdiente sich ansonsten eben als Gitarrenlehrer an der Musikschule und an der Volkshochschule seine Brötchen.

Nach fünf Minuten öffnete sich die Tür und Jürgen Teepe entließ eine junge langhaarige Frau, die beim Herausgehen den Reißverschluss ihrer Gitarrentasche zuzog. Danach bat er Birthe herein.

»Schön, dass Sie kurz Zeit haben«, sagte sie.

»Na sicher. Das ist mir wesentlich lieber, als zu Ihnen auf die Wache zu kommen. Bitte!« Er bot ihr einen Holzstuhl an, auf dem bis eben wohl die Schülerin gesessen hatte, denn er war warm.

»In welchem Verhältnis standen Sie zu dem Opfer?«, kam Birthe ohne Umschweife zur Sache.

»Nun, Jessica Wagner war nicht lange dabei. Sie kam vor einigen Monaten zu uns, zunächst als Backgroundsängerin zusammen mit einer Bekannten, die etwa im gleichen Alter war. Carsten Tobecke, unserem Bandleader, gefiel sie und er hatte die Absicht, aus ihr die Frontfrau zu machen. Sie sollte Katharina Jütting, unsere beste Sängerin, ersetzen.« Seine Miene drückte aus, was er davon hielt.

»Und damit war Katharina Jütting sicher nicht einverstanden. Und wenn ich Ihren Gesichtsausdruck richtig deute, Sie auch nicht.«

Er nickte. »Keinem hat das wirklich gefallen. Ich schätze Katharina sehr. Wir kennen uns seit der Schulzeit und sind miteinander befreundet. Ich schätze auch Carsten. Aber seine Entscheidung fand ich einfach ungerecht und unnötig, so leid es mir auch für Jessica tat. So ein Schicksal hat ihr natürlich niemand gewünscht.«

»Wo haben Sie Jessica Wagner gesehen? Innerhalb der Band, meine ich. In der Mitte, am Rand? Oder hat sie für Sie überhaupt keine Rolle gespielt?«

»Am Rand ganz außen, sie hat sich aber in die Mitte gedrängt. Da gehörte sie definitiv nicht hin.«

»Hatte Jessica vor jemandem Angst?«

»Die Frage kann ich nicht beantworten. Dafür weiß ich zu wenig über sie und sie hat sie mich zu wenig interessiert.«

»Ich muss Ihnen die Frage stellen, was Sie zur fraglichen Tatzeit gemacht haben. Die Rede ist von Freitagnacht zwischen 23 Uhr und 1 Uhr. Reine Routine.«

Jürgen Teepe rückte seine goldgeränderte Brille auf dem Nasenrücken zurecht. »Also, um 23 Uhr war ich definitiv noch auf der Maiwoche. Ich bin aber nicht lange geblieben. Ausgiebig feiern wie früher kann ich nicht mehr. Abends bin ich einfach geschafft, vor allem nach einem Auftritt. Kurz vor Mitternacht bin ich deshalb nach Hause gegangen.«

»Wo wohnen Sie?«

»In der Sandstraße.«

»Das ist in der Nähe des Moskaubades, oder?«

Er nickte.

»Was war danach? Nachdem Sie sich von den anderen verabschiedet haben. Wie sind Sie nach Hause gekommen?«

»Mit dem Fahrrad.«

»Gibt es Zeugen dafür oder kann jemand bezeugen, um welche Uhrzeit Sie dort angekommen sind?«

»Ich weiß nicht, ob meine Frau etwas mitbekommen hat, da müsste ich sie fragen. Sie hat geschlafen, als ich nach Hause gekommen bin. Meine beiden Söhne sind schon ausgezogen. Der eine wohnt mit seiner Freundin zusammen in Bad Essen, der andere studiert in Bielefeld.«

»Hatten Sie Streit mit Jessica Wagner?«

Bei der Frage musste er kurz überlegen. »Streit? Nein. Sie war mir egal. Vielleicht nicht einmal das. Mir hat es nicht gefallen, dass Carsten sie in die Band geholt hat. Ich sage Ihnen das freimütig, weil Sie es so oder so herausfinden würden. Es ist eine alte Freundschaftsband. Neue Leute haben es grundsätzlich schwer, in einer Gruppe, die schon lange besteht, Fuß zu fassen. Aber wenn sie passen, gibt man ihnen eine Chance und arrangiert sich mit der Zeit. Nicht so mit Jessica. Mit ihrer ganzen Art – verwöhnt und tussimäßig – taten wir uns schwer, also Katharina, Clarissa und ich. Aber ich hatte deswegen keinen Streit mit Jessica. Eher mit Carsten direkt. Es war eine Sache zwischen ihm und mir.«

»Wie war das, wenn Sie gefeiert haben? Wurde auf Jessicas Allergie Rücksicht genommen?«

Verblüfft starrte er sie an. »Ich weiß nicht, was Sie meinen. Jessica war allergisch? Gegen was?«

Birthe ließ ihn zappeln. Jürgen Teepe zeigte keine Unruhe, lediglich Neugier. »Wem würden Sie den Mord an Jessica am ehesten zutrauen?«

Er atmete tief ein und aus, kratzte sich an der Nase und verschränkte die Arme vor der Brust. »Zutrauen eigentlich niemandem. Jemanden umzubringen ist für mich unvorstellbar. Aber da es nun einmal passiert ist, muss es jemand gewesen sein. Also gut. Wenn ich Ihnen einen Tipp geben darf … Ich hoffe, ich lehne mich damit nicht zu weit aus dem Fenster. Üble Nachrede ist etwas Widerwärtiges, damit möchte ich nichts zu tun haben. Aber Sie beschäftigen sich ja mit der Aufklärung des Falls. Also … Ohne jegliche Gewähr … Nehmen Sie mal Markus Müller ins Visier. Dieser Müller ist ein verrückter Fan von Katharina. Das geht weit über das Normale und Erträgliche hinaus. Katharina fühlt sich von ihm gestalkt, sie hat schon öfter überlegt, ihn anzuzeigen. Wenn ich es einem Menschen wirklich zutrauen würde, dann ihm. Der ist nicht ganz dicht in der Birne. Er betreibt Kampfsport wie Katharina, daher kennen sie sich. Er hat mal Katharina gegenüber erwähnt, er brauche diesen Sport, um seine Aggressionen in den Griff zu bekommen. Er schleppt irgendein Kindheitstrauma mit sich herum. Psychisch gestört ist er auf jeden Fall. Genaues weiß jedoch keiner. Er spricht nicht viel, auch nicht mit Katharina. Er arbeitet als Bestatter. Das passt zu seiner dunklen Seele, hat er mal gesagt. Da müsse er kein fröhliches Gesicht zeigen und die Menschen in seiner Umgebung nicht unbedingt mögen. Er sei ein Misanthrop, ein Menschenhasser. Er arbeitet lieber mit Toten als mit Lebenden. Dieser Müller würde alles dafür tun, um Katharina für sich zu haben, zu besitzen, er würde alles für sie tun. Allein bei dem Gedanken daran bekomme ich eine Gänsehaut.«

KAPITEL 19

Katharina Jütting wollte gerade die Haustür aufschließen, als ihre Nachbarin aus dem ersten Stock das Fenster aufriss und wild gestikulierend auf sich aufmerksam machte. Sie bat Katharina, zu ihr hinaufzukommen, sie müsse dringend mit ihr sprechen, es sei wichtig.

Monika Winter wohnte allein in einer Zweizimmerwohnung. Die schweren, geerbten Möbel sorgten für einen dunklen, überfüllten, altmodischen Gesamteindruck. Dazu passten auch die zahlreichen Häkeldeckchen, Brokatkissen und die bunten Stickbilder an den Wänden. Die ältere Dame bot Katharina einen Ingwertee an und ging dann zu einer geschnitzten Anrichte aus alter Eiche, um ihr eine Blechbüchse mit Keksen zu entnehmen.

»Worum geht es denn?«, fragte Katharina und griff sich einen Keks, den sie sogleich in den Tee tunkte, als sie merkte, wie hart er war.

»Ich will Sie nicht beunruhigen«, sagte die ältere Dame. »Lange habe ich mit mir gerungen, ob ich überhaupt etwas sagen soll. Sie wohnen schließlich in der Erdgeschosswohnung und können da nicht ohne Weiteres heraus. So einfach ist es ja nicht in Osnabrück, eine neue Bleibe zu finden.«

Katharina wurde blass. »Wovon reden Sie? Was ist denn mit meiner Wohnung?«

»Gar nichts ist mit Ihrer Wohnung. Sie ist toll! Anfangs habe ich Sie darum beneidet, um den schönen Garten mit den traumhaften Rosen, in dem man schön sitzen und seine

Seele baumeln lassen kann. Wie ein zweites Wohnzimmer im Sommer! Ich habe ja nur diesen winzigen Balkon. Aber inzwischen bin ich heilfroh darüber, dass ich oben wohne.« Sie räusperte sich und nahm einen Schluck Tee. »Haben Sie nie etwas bemerkt, wenn Sie … wenn Sie mit Ihrem Mann, wie soll ich es ausdrücken, hm … intim sind?«

Katharina wurde kalt. »Was soll ich bemerkt haben?«

»Es fällt mir schwer, darüber zu reden, aber ich denke, jetzt ist es an der Zeit, mein Schweigen zu brechen. Es tut mir leid, liebe Frau Jütting, aber es muss sein. Manchmal schleicht jemand nachts ums Haus herum und beobachtet Sie. Das erste Mal habe ich ihn gesehen, als ich spätabends vom Singkreis zurückkam. Ein Mann, mittelalt und kräftig gebaut. Er stand im Kiesbett und sah Ihnen durch die Jalousieritzen zu. Der Mann hat mir wahnsinnig Angst gemacht. Am liebsten hätte ich ihn gestellt, aber ich habe mich nicht getraut. Ich dachte, vielleicht hat er ein Messer dabei oder so etwas und sticht mich ab. Ich habe dann bemerkt, dass Sie gerade … dass Sie gerade mit Ihrem Mann zusammen waren. Ich habe es natürlich nicht gesehen, aber man konnte es hören. Sie hatten wohl das Fenster auf Kipp.« Sie lächelte verschämt, traute sich nicht, Katharina anzusehen und verzog peinlich berührt ihren Mund.

Katharina schluckte. »Ich habe schon öfter das Gefühl gehabt, dass wir belauscht und beobachtet werden, erst gestern wieder. Ich habe es meinem Mann gesagt, aber er wollte mir nicht glauben. Er hat versucht mich zu beruhigen. Eine Katze oder ein Vogel, hat er gemeint.« Sie griff mit zittriger Hand nach ihrer Teetasse.

»Es war kein Vogel«, sagte Monika Winter mit spröder Stimme. »Er kommt mehrmals in der Woche, manchmal sogar täglich. Nur wenn es schneit, habe ich ihn noch nie gesehen. Er hat wohl Angst, dass jemand seine Fußspuren im Schnee entdecken könnte.«

»Wieso informieren Sie mich erst jetzt?«

Die ältere Dame zögerte einen Moment. »Ich wollte Sie nicht beunruhigen«, sagte sie mit zerknirschter Miene. »Sie hätten sich dann sicher verrückt gemacht. Das wollte ich nicht. Außerdem habe ich befürchtet, Sie könnten die Polizei rufen und damit sich selbst und auch mich in Gefahr bringen. Der Stalker wäre dann vielleicht aggressiv geworden, noch aggressiver.«

Katharina lachte auf. Es war aber kein echtes Lachen, das merkte sie selbst. »Warum jetzt?«

»Ich habe so ein schlechtes Gefühl, Frau Jütting. Die Tote in Ihrer Band … Vielleicht war es der Mann?«

Katharina fühlte plötzlich einen Stich in der Magengrube. Ihr wurde kalt. »Was soll ich tun?«, flüsterte sie.

Monika zuckte mit den Schultern. »Ich weiß es nicht, Liebes.«

»Wenn ich zur Polizei gehe, rächt er sich vielleicht an mir. Oder an meiner Familie. Wir sind dann nicht mehr sicher.«

»Das sind Sie jetzt schon nicht. Auch wenn er Sie nicht körperlich angegriffen hat, was er macht, ist Stalking. Das ist strafbar.«

»Ich weiß«, sagte Katharina deprimiert. »Dennoch werden sie ihn nicht deswegen einsperren. Und mir macht der Gedanke, er würde dann wissen, dass ich ihn angezeigt habe, mehr Angst als alles andere. Ich könnte erst recht nicht mehr schlafen.«

»Sehen Sie, nun verstehen Sie vielleicht, warum ich so lange gezögert habe, mit Ihnen zu reden.«

»Ja … Ich mache Ihnen deswegen keinen Vorwurf. Wer weiß, wie ich an Ihrer Stelle reagiert hätte.«

»Wissen Sie was, wir gönnen uns jetzt einen Korn. Der vertreibt die trüben Gedanken. Das Allheilmittel überhaupt, besser als jede Medizin. Und danach bekommen Sie von mir ein paar leckere Heißmacherwürstchen. Hat mir mein Bruder vorhin vorbeigebracht, der ist Metzger, das wissen Sie ja. Einer der besten in Osnabrück, ich sag's Ihnen. Frische Mettwurst hab ich auch von ihm. Aus den Mettenden koche ich morgen Ramanken. Ich liebe Gemüseeintopf einfach. Wenn Sie wollen, mache ich ein bisschen mehr und gebe Ihnen was davon ab.«

Katharina hatte kaum zugehört. »Ein Korn wäre wirklich nicht schlecht«, murmelte sie.

*

Wegen der Sperrung des Neumarktes nahm Birthe den Umweg über den Johannistorwall zum Kollegienwall. Wie viele Osnabrücker, ärgerte auch sie sich über die neue Verkehrssituation, wegen der sie jedes Mal mindestens 20 Minuten länger brauchte. Oft fuhr sie deswegen mit dem Rad zur Dienststelle, aber das ergab nur dann Sinn, wenn hauptsächlich Büroarbeit anstand.

Sie parkte ihren dunkelgrünen Mini zwischen den Dienstwagen der Kollegen und grüßte im Vorbeigehen den Pförtner. Ihr Büro lag im zweiten Stock. Um in Form zu bleiben, nahm sie die Treppe. Sie angelte den Schlüssel aus der Jackentasche, um die Flügeltür zum Flur aufzuschließen. Zu Beginn ihrer Laufbahn bei der Polizei hatte sie das ständige Auf- und Zuschließen der Türen genervt, inzwischen schätzte sie diese Sicherheitsmaßnahme.

Das Büro am Ende des Ganges war recht geräumig, es bot ausreichend Platz für drei Kommissare mit ihren

Schreibtischen und Regalen. Kürzlich hatte sie Hurdelkamps Angebot abgelehnt, ein kleines Einzelzimmer auf der gegenüberliegenden Seite zu beziehen. Sie brauchte den Kontakt zu ihren Kollegen, auch wenn es manchmal schwierig war, sich in ihrer Gegenwart zu konzentrieren, besonders wenn sie telefonierten oder jemanden vernahmen. Aber da sie sich mehrmals täglich mit ihnen absprechen musste, war es praktischer, wenn sie sich alle in einem Raum aufhielten. Unterhaltsamer war es auf jeden Fall.

»Hi, Daniel«, sagte sie zur Begrüßung. »Vorhin war ich auf Facebook und habe das Profil von Markus Müller noch einmal angesehen. Schau dir das bitte an, ich will wissen, was dir auffällt!«

Er sah sie fragend an, kam jedoch ihrer Aufforderung nach und rief sein Profil auf. Markus Müller hatte sein Profilbild geändert. Statt der Sonnenbrille trug er nun eine markante Hornbrille. Die bräunlich getönten Haare waren ein bisschen länger, grauer und ungepflegter als auf dem anderen Foto, der graue Bart dichter. »Der ist noch nicht mal seit einem Jahr bei Facebook«, stellte Daniel fest.

»Und er hat nur vier Freunde«, bemerkte Birthe. »Katharina Jütting, Angelina Zimmermann, Jessica Wagner und Nico Meierhofe, wahrscheinlich der Juniorchef vom Bestattungsunternehmen Meierhofe & Söhne.«

Plötzlich runzelte Daniel die Stirn. »Du, den kenne ich. Ich glaube, mein Hamster bohnert. Das ist doch der Alwin. Alwin Müller, unser alter Hausmeister. Den wir neulich in den Anlagen gesehen haben. Er hat dort eine Frau beobachtet. Widerliches Ekel.« Schnell tippte er den echten Namen bei Facebook ein. Fehlanzeige. Einen Alwin Müller gab es nicht. »Warum macht er das? Warum meldet er sich nicht unter seinem Realnamen an? Verstehe, wer will.«

»Daniel, Alwin alias Markus Müller arbeitet jetzt bei Meierhofe & Söhne als Bestatter.«

»Der kann doch nicht mal eben einen neuen Beruf erlernen. Dazu braucht man Jahre. Und der Kerl ist dafür auch zu alt.«

»Vielleicht hat er ihn ja nicht richtig erlernt. Es gibt in vielen Branchen Quereinsteiger. Zumindest ist er jetzt da, warum auch immer.«

»Ich bin gespannt darauf, wie er uns das plausibel machen will. Was meinst du, befragen wir den an seinem Arbeitsplatz oder lieber zu Hause?«

»Ich rufe beim Bestatter an und erkundige mich nach seinem Dienstplan.«

Daniel sah Birthe erstaunt von der Seite an. »Wie bist du auf ihn gekommen?«

»Der Hinweis kam von Jürgen Teepe. Er kann sich gut vorstellen, dass Müller der Täter ist.«

»Jürgen Teepe?«

»Gitarrist und Saxophonist der Blue Box. Müller beschuldigt er, sie zu stalken. Soll ein durchgeknallter Fan von ihr sein. Das haben wir ja schon vermutet, weil er jeden Eintrag von Katharina Jütting als Erster liked und kommentiert.«

»Liegt eine Anzeige vor?«

»Nein. Ich denke, sie wird einen Grund haben, warum sie den Kerl nicht anzeigt. Und dieser Grund interessiert mich brennend«, bemerkte Birthe.

Sie holte einen Ordner hervor und setzte sich damit an den Schreibtisch. »Ich schaue mich noch mal die Akte um den ehemaligen Schulleiter aus Osnabrück an«, murmelte sie.

»Alwin Müller war Zeuge in dem Fall. Ein Jahr ist das nun her, oder?«

»Richtig. Es liegt eine Anzeige seiner Mutter gegen ihn vor. Das kam mir damals schon sonderbar vor.« Sie hatte die Stelle in der Akte gefunden und begann stirnrunzelnd zu lesen. »Es ging um versuchten Mord und Körperverletzung. Nach ihrer Aussage hat er versucht, sie mit einem Kissen zu ersticken. Sie war ein Pflegefall, bettlägerig. Er lebte mit ihr zusammen, hat sie in ihrem Hause gepflegt. Und war damit wohl hoffnungslos überfordert.« Sie stützte ihren Kopf in die Hände, rieb sich die Stirn.

»Willst du einen Kaffee?«, fragte Daniel, der seine Kollegin inzwischen genau kannte und wusste, was sie brauchte.

Birthe nickte, völlig in dem früheren Fall versunken.

»Es ist nicht erwiesen, dass er sie umgebracht hat«, sagte Daniel und füllte Kaffee mit einem Schuss Milch in Birthes Becher. »Kurz nach dem Mordversuch, für den es weder Beweise noch Zeugen gibt, kam sie ins Heim. Dort ist sie nach wenigen Wochen verstorben.«

»Sie wurde nicht obduziert.«

»Nein, das ist bei Hochbetagten, die im Pflegeheim sterben, eher selten der Fall«, meinte Daniel. »Und sie war wohl dement.«

»Wir haben zu spät davon erfahren, sonst hätten wir die Einäscherung verhindert«, sagte Birthe.

»Vermutlich hat er das alles geplant«, meinte Daniel. »Genau das hat er im Blick gehabt. Wir können jetzt nichts mehr tun. Es gab ja eine zweite Leichenschau vor der Kremation, doch die Rechtsmedizinerin hat nichts Auffälliges festgestellt.«

»Da müssen wir uns echt Versäumnis vorhalten lassen. Erst die Anzeige von ihr, dass ihr Sohn sie misshandelt und versucht umzubringen, dann kommt sie ins Heim, keine vier Wochen später ist sie tot.«

Er nahm ihr gegenüber Platz und seufzte tief. »Manchmal macht man Fehler. Er wird sein Geheimnis mit ins Grab nehmen, falls er nicht doch irgendwann gesteht. Ich kenne ihn ja noch von früher, als er Hausmeister an unserer Schule war. Ekelhafter Typ, unbeherrscht, grob und jähzornig. Wir hatten Angst vor ihm. Er hatte etwas Dunkles an sich, eine dunkle Seele, sehr unheimlich. Dennoch frage ich mich, was er davon hätte, Jessica Wagner zu töten. Da sehe ich momentan überhaupt kein Motiv.«

»Vergiss nicht, er ist ein Riesenfan von Katharina Jütting. Vielleicht wollte er sich mit dem Mord an Jessica für Katharinas Rauswurf rächen und erreichen, dass Jütting wieder ihren Platz als Frontsängerin einnehmen kann, um sie weiterhin zu bewundern.«

»Richtig Sinn ergibt das nicht, oder? Dafür einen Menschen zu töten.«

»Es ist nie sinnvoll, einen Menschen zu töten. Mörder ticken anders. Die haben schon als Kinder versäumt, Frustrationstoleranz zu erlernen. Die sind auf einer extrem niedrigen Moralstufe stehengeblieben: Wie du mir, so ich dir, ich hole mir zurück, was du mir genommen hast. Ob du damit glücklich bist, tangiert mich nicht. Von sechs möglichen Moralstufen ist das die Stufe eins bis zwei. Habe ich gerade kürzlich wieder nachgelesen. Kohlbergs Moraltheorie, höchst spannend. Damit kommst du den Motiven von Straftätern wunderbar auf die Spur.«

Er lehnte sich zurück und verschränkte die Arme vor der Brust. »Erzähl mal. Hab sowieso gerade ein Tief. Kein Wunder, bei den vielen Überstunden.« Er rieb sich die Augen und gähnte.

»Okay, ich versuche es. Kohlberg hat die Stufen der Moralentwicklung mit dem Heinz-Dilemma erklärt. Der Fall geht davon aus, dass ein Mann namens Heinz eine Frau hat, die sterbenskrank ist. Es gibt weit und breit nur ein einziges Medikament, das ihr helfen könnte gesund zu werden, und das hat ausgerechnet ein Apotheker seiner Stadt. Er hat eine bestimmte Form von Radium entwickelt. Das Blöde ist nur, er verkauft es zum Zehnfachen des Herstellungspreises. 2.000 Euro hat er bezahlt, verlangt aber 20.000 dafür. Heinz verfügt nur über die Hälfte und fragt den Apotheker, ob er das Radium auch für diesen Preis bekommen würde. Der Apotheker winkt ab. Er will mit dem Mittel Geld verdienen. Heinz hat keine Möglichkeit, den hohen Betrag legal zu beschaffen. Er will aber unbedingt seine Frau retten. Das ist sein Dilemma. Also bricht er eines Nachts in die Apotheke ein und stiehlt das Radium. Wie findest du das?«

Daniel überlegte. »Oje, schwierig. Also meinetwegen, ich kann ihn verstehen, klar. Trotzdem ist es nicht okay. Als Polizisten können wir so ein Verhalten nicht billigen. Sonst hätten wir den falschen Beruf gewählt.«

»Du findest es also nicht in Ordnung?«

Daniel schüttelte den Kopf. »Eigentlich nicht. Wäre ich Richter, würde ich eine milde Strafe für ihn erwirken. Aber eine Strafe hat er in jedem Fall verdient. So sehe ich das.«

»Damit wärst du auf der dritten Moralstufe, der Orientierung an Gesetz und Ordnung. Die meisten Erwachsenen befinden sich irgendwo zwischen drei und vier, die Stufen sind recht fließend. Auf der vierten Stufe erkenne ich die moralische Erwartung des anderen. Ich verstehe, wie er es gemeint hat, kann es nachvollziehen, verlange nicht unbedingt nach Bestrafung.«

»Und die Stufen eins und zwei?«

»Auf der ersten Stufe bewegen sich Kinder bis neun Jahre und Erwachsene mit einem eher unterdurchschnittlichen IQ. Das ist die Moralstufe von Gehorsam und Strafe. Ich tue etwas nicht, weil ich es nicht darf und sonst dafür bestraft werde. Basta.«

»Alles klar, leuchtet ein.«

»Auf der zweiten Stufe befinden sich größere Kinder, Jugendliche und sehr viele Erwachsene. Wie du mir, so ich dir, heißt die Begründung. Ich steige bei dir ein und klaue dir dein Zeug, weil du nicht nett zu mir warst, egoistisch bist und mir nicht helfen wolltest. Du hast es nicht besser verdient, hättest mir schließlich helfen können. Stammtischargumente gehen oft in die Richtung.«

»Und die dritte Stufe?«

»Da verstehe ich die moralische Erwartung eines anderen Menschen, schließlich hat er es nicht für sich getan, sondern wollte jemandem helfen, nach dem Motto: Was du nicht willst, was man dir tut, das füg auch keinem anderen zu. Dennoch muss man ihn bestrafen, weil er gegen das Gesetz verstoßen hat. Gesetz und Ordnung sind wichtig, um Ruhe herzustellen. Ich muss einsehen, dass ich bestimmte Dinge nicht tun darf, weil ich damit gegen ein Gesetz verstoße, selbst wenn mir mein Gefühl und mein Verstand manchmal etwas anderes sagen. Auf dieser Stufe bewegen sich die meisten Erwachsenen, auch du, Daniel.«

»Eben. Darum würde ich es nicht tun. Es würde gegen mein Berufsethos verstoßen. Sonst müsste ich konsequenterweise meinen Job an den Nagel hängen. Was ist mit der vierten Stufe?«

»Da werden Werte und Normen hinterfragt. Gesetz und Ordnung sind wichtig, werden aber nicht mehr blind befolgt. Hier geht es nicht mehr um Autoritätsgläubigkeit, sondern um moralische Werte und Normen, die für die Gesellschaft wichtig sind. Sie werden nur akzeptiert, wenn sie gut begründet sind.«

»Nun bin ich gespannt auf die fünfte Stufe.« Er stützte seinen Kopf auf und sah sie gebannt an.

»Die fünfte Stufe bedeutet: Eigentum verpflichtet! Gesellschaftliche Werte und Normen fordern von mir, dass ich auch an andere denke, dass ich über den Tellerrand schaue und am Gemeinwohl interessiert bin.«

»Beispiel?«

»Heinz hätte sich das Zeug genommen, um das Leben seiner Frau zu retten. Einfach weil Leben mehr wert ist als ein materieller Schaden. Aber er hätte das Mittel im Nachhinein bezahlt, und wenn er den Betrag in Raten abgestottert hätte. Er hätte akzeptiert, dass auch der Apotheker leben muss. Damit hätte er seinen nächtlichen Einstieg in die Apotheke rechtfertigen können. Hier geht es sehr viel um Moral.«

»Auf welcher Stufe argumentierst du?«

Sie wiegte den Kopf. »Weiß nicht, ich schwanke ein bisschen zwischen den Stufen drei bis sechs. Sie sind alle irgendwie nachvollziehbar für mich.«

»Was ist die sechste Stufe?«

»Das ist das Prinzip der gegenseitigen Achtung, der ethischen Prinzipien. Konflikte werden gelöst unter Einbeziehung aller Beteiligten. Diese Denkweise ist philosophisch recht anspruchsvoll. Ich muss so leben, dass ich mein Leben zu einem ethischen Prinzip mache. Nur fünf Prozent der Erwachsenen erreichen diese Stufe.«

»Wie hätte jemand auf dieser Stufe argumentiert?«

»Er hätte es richtig gefunden, in die Apotheke einzusteigen und das Medikament zu nehmen, um Menschenleben zu retten. Er hätte allerdings nicht nur das seiner Frau gerettet, sondern außerdem versucht, anderen Schwerkranken zu helfen. Anschließend wäre sein Ziel gewesen, den Schaden wiedergutzumachen. Vielleicht hätte er Spenden aufgetrieben oder Sponsoren oder Überstunden geleistet, um höhere Einkünfte zu generieren. Zumindest hätte er dem Apotheker den Einkaufs- und Herstellungspreis des Radiums zurückgezahlt, um ihn nicht zu ruinieren. Der Mensch denkt und handelt nicht nur für sich, sondern auch für andere. Das Prinzip von Strafe besteht hier nicht, weil es nicht nötig ist.«

»Sehr edel. Ich kann diese Denkweise nachvollziehen, aber nur als Privatmensch, nicht als Polizist.«

»Klar. Manchmal muss man das trennen. Ich habe genug Empathie, um zu verstehen, wie es zu Straftaten kommt. Trotzdem wünsche mir nur, dass ich selbst nicht in solch eine verzwickte Situation gerate.«

»Ich auch. Woher weißt du das alles?«

»Aus dem Studium. Habt ihr das nicht durchgenommen?«

Er grinste. »Keine Ahnung. Im Unterricht fand ich solche Themen eher langweilig. Bestimmt war ich krank, als das besprochen wurde.«

»Auf jeden Fall erklärt Kohlbergs Stufentheorie Müllers mutmaßliches Motiv, Jessica Wagner zu töten.« Sie wählte die Nummer des Bestattungsunternehmens und erfuhr, dass Alwin Müller frei hatte und sehr wahrscheinlich zu Hause anzutreffen war.

»Ich dachte, du wolltest dir erst einmal ein Bild von Katharina Jütting machen«, sagte er, als sie aufgelegt hatte.

Sie stutzte. »Vielleicht wäre das nicht verkehrt«, überlegte sie. »Ich glaube, du hast recht. Ich möchte ihre Sichtweise hören, bevor wir uns ihren Stalker vorknöpfen. Du hast ja auch gesagt, du wärst nicht ganz zufrieden gewesen mit dem, was sie gesagt hat.«

»Nein, war ich nicht. Sie war bei der Arbeit, konnte und wollte sich nicht öffnen. Vielleicht hatte sie Angst, dass jemand mithörte. Oder hatte einfach keine Lust. Sie wollte mich lieber quälen.« Er zwinkerte ihr zu.

Gemeinsam machten sie sich auf dem Weg zum Parkplatz. Im Flur kam ihnen Carlo entgegen. »Ich war gerade bei Clarissa Will. Sie ist echt nett, sehr solide und bodenständig, wir haben uns gut unterhalten. Eine klasse Frau.« Er machte eine anerkennende Handbewegung.

»Und sonst?«, wollte Birthe wissen.

Er winkte ab. »Sie war bis etwa 2 Uhr nachts mit ihren Kolleginnen aus der Kindertagesstätte zusammen auf der Maiwoche, das habe ich bereits überprüft. Ihr Alibi ist wasserdicht. Sie ist raus, Birthe, wir können sie getrost vernachlässigen. Aber ein nettes Gespräch war es trotzdem. Und wo wollt ihr hin?«

Als Birthe es ihm sagte, verschwand er freundlich winkend im Gemeinschaftsbüro.

KAPITEL 20

»Hier in der Katharinenstraße habe ich mir auch mal eine Wohnung angeschaut«, sagte Birthe, nachdem sie den Dienstwagen in einer Parkbucht vor Brinkhege abgestellt hatten. »Leider habe ich sie nicht bekommen, es gab zu viele Bewerber. Aber die Häuser haben Atmosphäre und die Straße ist super fahrradfreundlich, das gefällt mir.«

»Sind Einbahnstraßen immer«, bemerkte Daniel. »Mich würde das tierisch nerven, ständig diese hektischen Radfahrer, die oft ohne Klingel fahren, sich an keine Regeln halten und denken, sie wären die Kings der Straße.«

»Du ärgerst dich wohl noch über den Typen, der dir neulich auf dein Porschedach gehauen hat, weil du ihm den Weg abgeschnitten hast …«

»Die Delle sieht man immer noch. Boah, da war ich irgendwie nicht auf Zack. Den Kerl hätte ich mir greifen sollen.«

»Sei froh, dass du ihn nicht erwischt hast. Sonst hätte er dich noch angezeigt.«

Vor dem schmiedeeisernen Tor eines Gründerzeithauses blieben sie stehen. An den Klingelschildern war abzulesen, dass drei Parteien in dem Haus lebten. Die Jüttings bewohnten die Erdgeschosswohnung mit kleinem Garten nach hinten. Birthe hatte sich telefonisch angekündigt, um sicherzugehen, dass die Zeugin zu Hause war. Unmittelbar nachdem sie geklingelt hatten, öffnete sich das Tor und sie traten ein. Daniel grunzte, als er eine Reihe Fahrräder erblickte.

»Nett hier«, stellte Birthe fest. »Ein kleines Paradies inmitten der Stadt. Ruhig, idyllisch gelegen und irgendwie hanseatisch unaufdringlich. Hier würde ich auch gerne leben.«

Katharina Jütting kam ihnen entgegen. Sie trug weiße Jeans und einen blauen Pullover, der ihre Augenfarbe betonte. Perlen in den Ohren komplettierten ihren schlichten norddeutschen Look.

»Haben Sie weitere Fragen?«, wollte sie von Daniel wissen. »Ich dachte, es wäre alles geklärt.« Sie klang freundlich, aber sehr bestimmt.

»Wie man's nimmt«, meinte Daniel. »Meine Kollegin möchte noch selbst mit Ihnen sprechen.«

»Na gut, dann kommen Sie mal mit.« Mit großen Schritten ging sie voran.

Birthe und Daniel folgten ihr über den dunklen, nach Keller riechenden Hausflur in die Wohnung, die hochwertig renoviert und modern eingerichtet war. Bodentiefe Fenster zum Garten hin, große, dunkelgraue Fliesen, helle Möbel, moderne Bilder, teuer aussehende Leuchten. Sie setzten sich an einen langen Esstisch mit weißen Korbstühlen. In der Mitte stand eine silberne Designschale mit frischem Obst.

»Wir befragen alle Bandmitglieder nach ihren Alibis«, sagte Daniel. »Das ist Routine, Frau Jütting, kein Grund zur Aufregung. Und deshalb komme ich jetzt noch einmal auf Ihr Alibi zu sprechen. Sie waren am Abend des 5. Mai nicht auf der Maiwoche, ist das richtig?«

»Ich war krank«, gab Katharina Jütting zur Antwort. »Das wissen Sie doch schon.«

»Sie sind den ganzen Abend zu Hause geblieben?«

»Ja sicher. Ich bin früh schlafen gegangen. Auch das habe ich Ihnen bereits gesagt.«

»Sie haben in der Praxis behauptet, Sie seien gegen 21.30 Uhr zu Bett gegangen und Ihr Mann könne das bezeugen. Er hätte Sie in der Küche gesehen. Ich habe ihn inzwischen gefragt. Er kann Ihr Alibi leider nicht bestätigen, denn er war an dem Abend mit Bekannten auf der Maiwoche. Er hat angegeben, ziemlich viel getrunken zu haben und erst in den frühen Morgenstunden nach Hause gekommen zu sein.«

»Warum erzählt er so was?«, fragte Katharina heiser und schluckte. »Will er mich belasten?«

»Das würde ich gerne von Ihnen erfahren.«

»Möglich ist das. Wir streiten uns viel in der letzten Zeit.«

»Sie haben uns nicht die Wahrheit gesagt, Frau Jütting«, sagte Birthe. »Sie waren an dem Abend nicht zu Hause. Carsten Tobecke hat angegeben, Sie an jenem Abend während des Konzerts gesehen zu haben. Sie hätten ziemlich dicht vor der Bühne gestanden und zugeschaut.«

Katharina Jütting starrte sie perplex an.

»Können Sie das bestätigen, Frau Jütting?«

»Ja, aber ich war nur ganz kurz da. Reine Neugierde, ich wollte wissen, wie sich die Neue so macht. Lange bin ich nicht geblieben, ich fand es langweilig und ich konnte wegen meiner Erkrankung nicht lange stehen. Ich bin dann sofort nach Hause gegangen.«

»Warum haben Sie uns das nicht gleich gesagt?«

»Vergessen, wirklich.« Sie zuckte entschuldigend mit den Schultern. »Ich hoffe, es ist nicht schlimm. Zur fraglichen Zeit war ich auf jeden Fall zu Hause, auch wenn mein Mann sich nicht erinnert, mich in der Küche gesehen zu haben. Wahrscheinlich war er betrunken.«

»Ihr Alibi ist äußerst wackelig, Frau Jütting«, sagte Daniel ernst.

»Mag sein. Trotzdem habe ich Jessica nicht umgebracht.«

»Frau Jütting, Sie waren sehr lange Teil der Band, oder?«, fragte Birthe. »Seit wie vielen Jahren?«

»Oh, da müsste ich nachrechnen. Seit über 30 Jahren auf jeden Fall.«

»Da hat sich einiges eingespielt, Sie kennen sich untereinander sehr gut. Ich kann mir vorstellen, dass Veränderungen nach dieser langen Zeit schwierig sind, insbesondere, was Neuzugänge in der Band anbelangt.«

Katharina Jütting nickte. »Das ist richtig, trotzdem sollte man offen bleiben, wenn man will, dass es weitergeht. Wir wollen schließlich auch jüngere Fans dazugewinnen.«

»Mit Jessica Wagner waren Sie aber so gar nicht einverstanden. Sie wollten zusehen, wie sie scheitert. Darum sind Sie zu ihrem Auftritt gekommen. War es so, Frau Jütting?«

Katharina Jütting zuckte mit den Schultern. »Man muss nicht jeden mögen. Tun Sie das etwa?«

Birthe sah sie kühl an.

»Okay, ich gebe zu, dass ich sie nicht sonderlich mochte«, sagte Katharina. »Einen Mord können Sie mir jedenfalls nicht anhängen. Das würde mir nicht im Traum einfallen. Ich lese nicht einmal Krimis, weil ich Mord und Totschlag verabscheue. Liebesromane sind mehr mein Ding. Ich bin total romantisch.«

»Welche Schuhgröße haben Sie?«, fragte Birthe und brachte Katharina Jütting damit völlig aus dem Konzept.

»Bitte? Ich verstehe nicht ganz.«

»Es wurden Schuhabdrücke im Haus des Opfers gefunden, darum muss ich Ihnen die Frage stellen. Außerdem Hautschuppen und Haare. Dunkle Haare waren übrigens auch dabei.«

Katharinas Augen wurden größer. »Schon möglich, dass die von mir sind, wir alle waren mal bei ihr. Erst letzte Woche. Das hat doch nichts zu sagen!«

»Ihre Haare sind gefärbt, nicht wahr?«

Katharina lächelte zynisch. »Gute Frau, ich bin über 50. Das ist doch nichts Außergewöhnliches, oder?«

»Und Ihre Schuhgröße?«

»Kommt drauf an, manchmal 40, manchmal 41.«

»Sie wirken gerade sehr gestresst. Merken Sie das?«

Katharina Jütting griff sich an den Hals. »Eigentlich nicht. Aber wenn Sie mir solche Dinge unterstellen …«

Birthe nickte ernst. »Die Schuhabdrücke stammen von einer dicken, breiten Profilsohle in genau dieser Größe. Und sie sind frisch, das lässt sich leicht feststellen. Darf ich einen Blick in Ihren Schuhschrank werfen?«

»Derbe Treter besitze ich nicht«, sagte Katharina verächtlich, ohne sich von der Stelle zu rühren. »Ich bin eine Frau und zeige das gerne. Schauen Sie mich an. Solche Schuhe würden nicht zu mir passen. Für meine Körpergröße habe ich zwar große Füße, trage aber keine breiten Schuhe.«

Birthe glaubte ihr. Katharina Jütting war ein klassisch-sportlicher Typ von schlichter, hanseatischer Eleganz. Viele Osnabrücker Frauen waren in ihrem Stil gekleidet. »Vielleicht zeigen Sie mir trotzdem mal Ihre Schuhsammlung, hm?«, schlug Birthe höflich vor.

»Gerne, ich habe nichts zu verbergen.«

Birthe folgte ihr in den Flur. Die Schuhe der gesamten Familie waren in weißen Einbauschränken untergebracht. Katharina Jütting besaß viele Sneakers in verschiedenen Farben und Ausführungen, außerdem Stiefel, Stiefeletten, alle schmal geschnitten und damenhaft. Doc Martens oder

Schuhe dieses Typs waren nicht darunter, auch nicht im Schuhschrank ihres Mannes oder ihrer Tochter.

»Bewahren Sie Ihre Schuhe noch woanders auf?«, wollte Birthe wissen. »Vielleicht im Schlafzimmer?«

»Bestimmt nicht. Schuhe haben im Schlafzimmer nichts verloren. Und die Schuhe, die Sie suchen, schon gar nicht. So etwas würde ich nicht einmal zur Gartenarbeit tragen. Dafür benutze ich Clogs oder Gummistiefel, je nach Witterung.«

»Wo sind die? Ich habe sie nicht gesehen.«

»Im Keller, kommen Sie, ich zeig sie Ihnen.«

Auch dort wurden sie nicht fündig. In den Kellerräumen befanden sich Waschmaschine und Trockner, Gartengeräte, Gerümpel sowie die besagten Gartenschuhe.

Zurück im Wohnzimmer kam Daniel auf Müller zu sprechen.

»Was fällt Ihnen zum Namen Alwin Müller ein?«

Katharina Jütting wurde rot.

»Sie werden gestalkt, nicht wahr?«, half Birthe nach.

»Das ist vorbei«, sagte Katharina Jütting schnell. »Ist absolut kein Thema mehr!«

»Sind Sie sicher?«

»Na klar. Sonst würde ich das sagen.«

»Warum ist er bei Facebook als Markus Müller unterwegs?«

»Puh, keine Ahnung, ist seine Sache. Er will wohl keine Freundschaftsanfragen erhalten.«

Birthe zog ein steril verpacktes Stäbchenset aus ihrer Tasche. »Ich hoffe, Sie haben nichts dagegen?«, fragte sie. »Es gibt einen richterlichen Beschluss für einen DNA-Test. Andererseits müsste ich Sie auf die Dienststelle einbestellen.«

»Kein Problem. Ich mache das.«

Birthe riss die Folie ein, entnahm der Packung ein Stäbchen und reichte es Jütting. »Bitte mindestens 20 Sekunden an der Wangeninnenseite entlangstreichen«, wies sie an.

Katharina Jütting kam der Aufforderung ohne Widerspruch nach.

»Eine Frage noch«, sagte Birthe, nahm das Stäbchen entgegen und tütete es sorgsam ein. »War Jessicas Allergie eigentlich Thema in der Band?«

Die Sängerin schaute entgeistert. »Allergie? Welche Allergie?«

In dem Moment klingelte es an der Tür.

»Entschuldigen Sie mich bitte für einen Moment«, murmelte sie zerstreut und sprang auf.

Birthe und Daniel hörten sie im Flur leise sprechen. »Das passt jetzt nicht, die Polizei ist hier, am besten, du gehst wieder.«

»Kann ich irgendwas für dich tun?«

»Max, bitte geh! Wir telefonieren nachher, okay?«

Birthe stand auf und trat in den Flur hinaus. Sie erkannte den Schlagzeuger der Band und begrüßte ihn freundlich mit Handschlag. »Kommen Sie doch herein«, bat sie. »An Sie habe ich auch ein paar Fragen.«

*

Die Tagesschau war schon vorbei, als Daniel endlich die Tür zu seiner Wohnung aufschloss. Der leere Kühlschrank erinnerte ihn daran, dass er schon länger nicht eingekauft hatte. Außer einem Rest harter Käse, drei Flaschen Bier und ein paar schrumpeligen Oliven im Glas fand sich nichts Brauchbares darin. Zum ersten Mal an diesem Tag dachte er wieder an seine Oma. Er schämte sich, denn Auslöser war tatsächlich der leere Kühlschrank gewesen, der ihn an ihre warme Küche, ihren handgefilterten Kaffee und ihre leckeren selbstgebackenen Kuchen erinnert hatte. Er legte sich aufs Sofa und wählte ihre Nummer. Sie ging nicht dran. Er ließ es lange klingeln, weil er wusste, wie langsam Hilde geworden war und wie viel Zeit sie plötzlich für die normalen, alltäglichen Verrichtungen benötigte. Nach ein paar Minuten stand er auf, um sich ein Bier zu holen. Er schaltete den Fernseher ein, ließ sich berieseln und trank das kalte Pils aus der Flasche. Das war genau das, was er jetzt brauchte. Viele neue Erkenntnisse hatte der Tag nicht gebracht. Mit Katharina Jütting waren sie kaum weitergekommen, und ihr Freund Max hatte völlig dichtgemacht. Den müssten sie noch einmal gesondert einbestellen.

In einer Werbepause versuchte er erneut seine Oma zu erreichen. Diesmal ließ er es noch länger klingeln. Es war ungewöhnlich, dass sie nicht abnahm. Das passte nicht zu ihr. Hilde war um diese Zeit immer zu erreichen, wo sollte sie auch hingehen? Ihre Einkäufe erledigte sie gleich nach dem Frühstück oder sie ging zu ihrem Hausarzt. Danach putzte sie ihre Wohnung, kochte etwas Gesundes, hielt ein langes Mittagsschläfchen, um sich anschließend mit einem Kreuzworträtsel vor den Fernseher zu setzen. Nachmittags ging sie oft zu ihrer Nachbarin Frau Niemann oder Frau Niemann kam zu ihr. Um 18 Uhr aß sie zu Abend, dann schaltete sie erneut den Fernseher ein und ging kurz nach 21 Uhr zu Bett. Von einer plötzlichen Unruhe erfasst, beschloss Daniel, nach Eversburg zu fahren.

Etwa 20 Minuten später erreichte er das graue Mehrfamilienhaus, in dem die alte Frau seit Jahrzehnten allein lebte.

Er klingelte – erst normal, dann Sturm. Keine Reaktion. Kurzentschlossen läutete er bei Hildes Nachbarin Frau Niemann.

Helga Niemanns ältliche Stimme krächzte durch die Sprechanlage. »Ja, bitte?«

»Ich bin's, Daniel, der Enkel von Hilde Brunner. Ich mache mir Sorgen um meine Oma, weil ich sie nicht erreiche.«

»Kommen Sie rauf, zweiter Stock rechts.« Der Summer ertönte und Daniel stieß die Haustür auf.

Hildes Nachbarin erwartete ihn schon auf dem Treppenabsatz. »Ihre Großmutter ist heute Morgen mit dem Rettungswagen ins Krankenhaus eingeliefert worden«, rief sie, noch ehe er bei ihr angekommen war. »Ich hatte leider keine Telefonnummer von Ihnen.«

Abrupt blieb er stehen, völlig außer Atem. »Wo ist sie?«

»Im Klinikum am Finkenhügel.«

»Wissen Sie, was sie hat?«

»Ich habe schon versucht da anzurufen, aber mir sagen sie natürlich nichts.«

Daniel stieß einen tiefen Seufzer aus, murmelte einen Dank und machte sich auf den Weg zum Klinikum.

*

Gerade als Birthe zu Bett gehen wollte, kam doch noch eine WhatsApp von Henning.

Ich bin den ganzen Tag nicht zum Schreiben gekommen, so viel zu tun heute, wollte dir wenigstens Gute Nacht sagen. Sie war hin- und hergerissen. Einerseits freute sie sich, dass er überhaupt etwas von sich hören ließ, andererseits überraschte sie die Distanziertheit der Nachricht.

Kein Vergleich zu den Nachrichten der ersten Zeit, als er sich überschlagen hatte vor Liebesschwüren, als er ihr kaum Luft zum Atmen ließ. Das schien lange her zu sein, wie in einer anderen Zeit. Sie überlegte, wie sie reagieren sollte, und ging erst einmal in die Küche, um sich ein Glas Wasser zu holen. Während sie in kleinen Schlucken trank, durchdachte sie mögliche Antworten und tippte schließlich in ihr Smartphone: *Gute Nacht, Henning, seltsam, anfangs warst du genauso ausgelastet und hast trotzdem immer Zeit für ein paar liebe Worte gefunden.*

Noch während sie die Zeilen losschickte, wurden ihre Augen feucht.

Die Antwort kam zwei Minuten später. *Glaub mir, das hat mit dir nichts zu tun.*

Diesmal musste sie nicht lange überlegen. *Aha, mit wem denn dann?*

Er war online, benötigte aber qualvolle zwei Minuten für die Antwort. *Ich brauche ein bisschen Zeit für mich zum Nachdenken.*

Über unsere Beziehung?

Ja, unter anderem.

Sie wusste nicht, was er damit meinte. Am liebsten hätte sie ihn angerufen, doch sie traute sich nicht. Sie hatte Angst vor der Kühle zwischen ihnen, vor der Distanz, vor Sprechpausen, vor seiner Zurückweisung. Sie hatte Angst davor, nicht die richtigen Worte zu finden. Da lag etwas zwischen ihnen, was sie sich nicht erklären konnte. Plötzlich war es da. Immer brüchiger wurde das, was sich vor Kurzem noch so richtig angefühlt hatte. Oder hatte sie sich etwas vorgemacht? Hatte sie sich die Gefühle vielleicht nur eingebildet? Endlich traute sie sich, ihm jene Frage zu stellen, die sie seit Tagen quälte. *Gibt es eine andere?*

Er antwortete umgehend. *Nein, das hätte ich dir schon gesagt.*

Konnte sie ihm glauben? Es hatte sowieso keinen Sinn, weiterzubohren. Wenn sie ihre Zweifel äußerte, würde er alles abstreiten. Mit ihrer Eifersucht würde sie ihn endgültig vertreiben.

Sie ging ins Bad, um sich die Zähne zu putzen. Was sollte sie antworten? Sollte sie überhaupt noch einmal antworten? Zurück in ihrem Zimmer tippte sie: *Okay, dann melde dich, wenn dir wieder danach ist.* Ihr war schlecht.

Schlaf gut, Birthe.

Du auch. Ratlos stand sie da, mit dem Handy in der Hand. Sie wusste, dass sie in dieser Nacht keine Ruhe finden würde.

KAPITEL 21

Mittwoch, 10. Mai

Katharina hatte Max zum Frühstück ins Bistro »Herr von Butterkeks« im Katharinenviertel eingeladen. Von ihrer Wohnung aus waren es nur wenige Schritte bis zum Szenelokal in der Augustenburger Straße. Die Einrichtung bestand aus Möbeln vom Trödel oder aus Haushaltsauflösungen und sorgte für eine heimelige Atmosphäre. Zusammengewürfelte Sitzgruppen und antike Stehlampen verliehen dem Café einen altmodischen Charme. Dabei war die Einrichtung alles andere als altbacken oder gar spießig. Sie war Kult. Die Bilder und Veranstaltungsplakate an den Wänden zeigten, dass hier hauptsächlich Studenten und Junggebliebene verkehrten.

Katharina liebte den interessanten Stilmix. Als Studentin hatte sie jahrelang selbst so gewohnt. Sie hatte in den 80er-Jahren Lehramt studiert, ihr Studium jedoch abgebrochen, weil es einen Einstellungsstopp für Lehrer gegeben hatte. Zufällig hatte damals gerade ihr Zahnarzt eine Auszubildende gesucht. Sie hatte sich nach dem Job erkundigt und sich quasi über Nacht für den Abbruch ihres Studiums entschieden – sehr zum Leidwesen ihrer Eltern. Sie selbst hatte diesen Schritt nie bereut. Nach dem Tod ihres damaligen Chefs war sie in der Zahnarztpraxis von Volker Holighaus gelandet. Sie hatte ihn als Person gewöhnungsbedürftig empfunden, als Chef war er aber ganz okay. Die

Konditionen stimmten und mit ihren Kollegen verstand sie sich auf Anhieb. Volkers Hang zum Angeben ignorierte sie. Sie mochte an ihm, dass er aus einfachen Verhältnissen stammte und es aus eigenem Antrieb zu etwas gebracht hatte. Ihm war nichts in den Schoß gefallen; er hatte sich seinen Wohlstand hart erarbeitet. Das flößte ihr Respekt ein.

Als Katharina nun das Bistro betrat, war Max schon da. Er saß auf einem rosafarbenen Sofa, das früher sicher mal in einem biederen Wohnzimmer gestanden hatte, und blätterte in der Neuen Osnabrücker Zeitung. Sie begrüßte ihn wie einen alten Freund, nicht wie einen Geliebten. Da war sie nach wie vor sehr vorsichtig. Sie hatte eine Familie und wollte nicht in Verruf kommen.

Nachdem sie das Frühstück bestellt hatten, musste Max aufgefallen sein, dass sie für ihre Verhältnisse ausgesprochen schweigsam war, denn er fragte sie nach dem Grund.

»In der letzten Zeit dachte ich schon, es wäre vorbei«, begann sie zögerlich. »Hab mich kaum noch um ihn gekümmert. Armer Spinner, habe ich gedacht, doof, aber harmlos. Ein bisschen verrückt sicher, aber wer ist das nicht? Deswegen gehört man nicht gleich in die Psychiatrie. Doch seit Montagabend hat das Ganze eine neue Dimension angenommen. Ich bin mir sicher, dass er nachts auf unserem Grundstück herumschleicht, mich beobachtet und uns belauscht.«

Max' Gesichtsausdruck veränderte sich. Er wurde sehr ernst. »Wie kommst du darauf? Hast du ihn gesehen?«

Sie schüttelte den Kopf. »Das nicht. Ich habe ihn gehört. Ich habe den Kies knirschen hören, den wir vor dem Fenster liegen haben wegen des Unkrauts. Erst dachte ich an eine Katze, Dieter meinte das Gleiche, doch eine Katze ist viel leichter und dementsprechend leiser. Das waren eindeutig die Schritte eines Menschen.«

»Was hast du gemacht? Bist du rausgegangen und hast ihn zur Rede gestellt?«

Entsetzt starrte sie ihn an. »Meinst du das ernst? Ich gehe doch nicht mitten in der Nacht nach draußen und lass mich zusammenschlagen.«

»Woher willst du dann wissen, dass er es war?«

»Ich habe ihn vorher schon gesehen. Er hat mich verfolgt, fast bis nach Hause. Und meine Nachbarin aus dem ersten Stock hat ihn mehrmals dabei beobachtet, wie er in unserem Garten stand und uns belauscht hat. Auch wenn wir einfach nur schlafen, schleicht er vor dem Haus herum.« Sie schüttelte sich.

»Konnte sie ihn überhaupt erkennen? Es war doch dunkel, oder?«

»Okay, es gibt keine hundertprozentige Sicherheit, dass er es war. Stockdunkel ist es jedoch nie. Das Licht der Straßenlaterne scheint zu uns herein. Und wir haben Solarleuchten im Garten. Meine Nachbarin hat mir einen kleineren, etwas gedrungenen Mann beschrieben. Das passt auf ihn.«

»Warum zeigst du ihn nicht an?«

Sie öffnete ratlos ihre Hände. »Das hat sie mich auch gefragt. Weil ich Angst habe, verdammt. Bisher hat er mir nichts getan. Wenn ich ihn anzeige, wird er eine Mordswut auf mich bekommen und mich erst recht nicht in Ruhe lassen. Bestimmt wird er sich an mir rächen. Oder an meiner Familie, was noch schlimmer wäre. Er ist offensichtlich nicht normal. Er hat manchmal so einen irren, aggressiven Blick, mit dem er einen durchdringend anstarrt, ist dir das nie aufgefallen?«

»Er hat dir was getan, und ich finde, viel schlimmer kann's nicht werden. Stalking ist eine Straftat, vergiss das nicht. Es ist Psychofolter. Die Qualen sind vergleichbar mit körperlichen Schmerzen. Ich finde, da gibt es keinen Unterschied.«

»Und wenn ich's tu? Dann steht Aussage gegen Aussage. Was hätte ich davon? Verhaften werden sie ihn nicht, einlochen noch weniger, aber meine Angst wird umso größer. Selbst wenn er nicht hier auftauchen würde, hätte ich ständig das Gefühl, verfolgt und beobachtet zu werden.«

Max versuchte mit vielen Worten, Katharina zu beruhigen und davon zu überzeugen, Müller anzuzeigen, doch sie beharrte auf ihrem Standpunkt.

»Es wird irgendwann von allein aufhören, da bin ich mir sicher«, meinte sie. »Er nervt mich zu Tode, er macht mir Angst, aber ich habe mich dazu entschlossen, das auszuhalten. Wenn ich das nächste Mal aus dem Haus gehe, nehme ich was zu meiner Verteidigung mit, das muss reichen.«

Ein junger, tätowierter Kellner brachte das Frühstück. Katharina beobachtete Max' Reaktion und freute sich insgeheim über seinen überraschten Gesichtsausdruck. Es war ihm anzusehen, dass er ein so abwechslungsreiches Frühstück nicht erwartet hatte. Kaffee, Vollkornbrötchen, Ei, Orangensaft, Melone, Litschi, Tomaten, Käse, Weintrauben, Gurkenscheiben – alles war sehr appetitlich angerichtet.

»Klasse«, sagte er und steckte Katharina eine Weintraube in den Mund.

Kurz waren sie durch das Essen abgelenkt, dann kam Max wieder auf den Stalker zu sprechen.

»Wie hat denn dein Mann reagiert?«

»Dieter meint, ich spinne. Er glaubt mir nicht.«

»Er soll mal seinen Arsch hochkriegen und nachsehen, wenn er dir nicht glaubt. Er ist doch ein Mann. Der sollte eigentlich seine Frau beschützen.«

Katharina lächelte mit verkniffenem Mund. »Ich werde es ihm ausrichten.«

Eine Weile aßen sie schweigend. »Was gefällt dir eigentlich an Dieter?«, fragte Max, während er sein Ei pellte. »Ihr passt gar nicht zusammen.«

»Findest du? Okay, mein Seelenverwandter ist er vielleicht nicht gerade, aber er ist korrekt und gibt sich Mühe. Immer wieder, und das ist immerhin schon was.«

»Immerhin schon was, wie das klingt. Ich kann dir mehr bieten.«

Jetzt musste sie grinsen. »Ach! Du als Psychologiestudent? Du bist doch am Monatsende pleite. Besonders im Winter, wenn wir weniger Auftritte haben.«

»Ich meine nicht finanziell. Ich meine in jeder Hinsicht. Ich finde, du hast etwas Besseres verdient als Dieter. Einen Mann, der dich wirklich liebt und begehrt, der dich beschützt und gut auf dich aufpasst. Mit dem du dich austauschen kannst über Gott und die Welt und der, ja, der ein echter Seelenverwandter ist. Wie ich eben. Wir fühlen und ticken vollkommen gleich. Der Altersunterschied spielt überhaupt keine Rolle. Ich bemerke den nicht einmal, das tun nur andere. Wir könnten ein tolles, entspanntes Leben zusammen haben. Wenn du ja sagst, würde ich mich beeilen mit dem Studium und mich in diesem Jahr zur Prüfung melden. Die Chancen stehen ganz gut für Psychologen zurzeit. Ich würde meinen Schwerpunkt auf Kinder- und Jugendpsychologie legen, die werden dringend gebraucht.«

»Augenblick mal, hast du gerade gesagt, ich soll ja sagen? Ja … wozu?«

Er lehnte sich leicht vor und legte seine Unterarme auf den Tisch. »Katharina, ich will dich heiraten«, sagte er.

Sie lachte hell auf. »Max, lieber Max, ich bin schon verheiratet! Außerdem bin ich fast doppelt so alt wie du!«

»Das ist doch total egal. Wen kümmert das denn heutzutage? Die Zeiten sind vorbei, als der Mann älter sein sollte als die Frau. Es spielt keine Rolle mehr, ob ein Mann eine Frau liebt oder einen Mann oder ob eine Frau eine Frau liebt oder einen Mann, die Zeiten ändern sich. Hauptsache, man fühlt sich mit dem anderen wohl und liebt sich. Alles andere findet sich von selbst. An deiner Seite fühle ich mich vollständig, ich will mit dir alt werden.«

Sie legte ihren Kopf in ihre Hand und sah ihn schräg an. »Du bist echt romantisch, Schatz, so megasüß. Aber ich muss deine Träume leider etwas zurechtrücken. Wenn du in deinen besten Jahren sein wirst, werde ich alt und gebrechlich sein. Dann musst du dich um mich kümmern, entscheiden, wer mich pflegen soll.«

Sein Gesichtsausdruck veränderte sich. »Hör auf, alles mies zu reden. Du zerredest alles, zerstörst alles. Dabei weiß ich, dass du mich auch liebst.«

»Ja … ja«, sagte sie und rührte in ihrer Kaffeetasse, obwohl sie fast leer war.

»Also? Was heißt das?«

»Es heißt, dass ich dich liebe, ja. Aber nein, ich will nicht! Ich will mich nicht von meinem Mann trennen, um dich zu heiraten. Du bist mein Mann für schöne Stunden, für schöne Momente, wie dieser hier zum Beispiel, aber Dieter ist mein Mann fürs Leben. Und dabei soll es bleiben.«

Niedergeschlagen löffelte er sein Ei. »Ich werde um dich kämpfen, Katharina«, murmelte er. »Das werde ich tun, solange ich lebe.«

KAPITEL 22

Auf der Fahrt nach Gretesch fiel Birthe auf, dass Daniel ausgesprochen still war. Sie selbst war ebenfalls nicht zum Reden aufgelegt, denn erwartungsgemäß war sie erst gegen 3 Uhr am Morgen eingeschlafen. Sie hatte einfach keine Ruhe gefunden. Dennoch wollte sie sich unterhalten, um sich abzulenken. Also fragte sie ihn nach dem Grund von Daniels Schweigsamkeit.

»Oma«, sagte er und schickte einen tiefen Seufzer hinterher. »Sie liegt im Krankenhaus. Was sie genau hat, weiß ich nicht. Ich wollte sie gestern Abend besuchen, aber weil es schon spät war, durfte ich nicht zu ihr rein. Ich soll heute wiederkommen. Sie hat sich vor Tagen an einer bescheuerten Brotschneidemaschine geschnitten und wollte nicht zum Arzt gehen. Wahrscheinlich ist Dreck in die Wunde gekommen, ich weiß nicht, ob es das ist oder was anderes.«

»Und nun?«

»Ich kann nichts für sie tun. Sie schläft tief, wurde mir gesagt, und bekommt Infusionen. Man kann nur hoffen und beten.«

Dieser Ausdruck war ungewöhnlich für ihn. Daniel hatte Birthe mal erzählt, dass er von Kirche und Glauben nichts hielt. Er ärgerte sich über das Tanzverbot am Karfreitag, obwohl er nie tanzte, und über die vom Kalender diktierte Traurigkeit am Volkstrauertag und Totensonntag, obwohl er die Tage mit Sky oder Netflix auf dem Sofa verbrachte. Die Konfirmation hatte er mitgenommen, weil er sich von dem Geld unbedingt ein Mountainbike hatte kaufen wollen – danach war Schluss gewesen. Er hatte seitdem keine Kirche mehr besucht und hatte nicht vor, bis zum Ende seiner Tage jemals wieder eine zu betreten – was er regelmäßig lautstark kundtat.

»Du wärst jetzt lieber bei ihr, stimmt's?«

Er nickte traurig. »Nach der Arbeit werde ich sie sofort besuchen. Hoffentlich packt sie's. Das Schlimme ist, meine Mutter weiß nichts davon. Ich bin absolut ratlos, was ich machen soll. Sie ist gerade auf einer Kreuzfahrt irgendwo im Mittelmeer. Das ist ihr absolutes Jahreshighlight, sie gönnt sich da den Spaß, den sie sonst nicht hat, und ich will sie nach Möglichkeit nicht stören. Ihre Erholung wäre dahin, sie würde sich in den nächsten Flieger setzen und zurückkommen. Und nachher stellt sich heraus, dass es gar nicht nötig gewesen wäre, sie um ihren Urlaub gebracht wurde und sich unnötig Sorgen gemacht hat. Was würdest du an meiner Stelle tun?«

»Puh … ich weiß nicht. Aber wenn es wirklich so ernst ist, musst du sie informieren. Sonst macht sie dir später Vorwürfe!«

Daniel sah zerknirscht aus. »Okay, ich warte den heutigen Tag ab und entscheide dann.«

Als sie auf die Mindener Straße abbog, lief gerade ein Lied im Radio, das die Blue Box am Sonntagabend am Nikolaiort gespielt hatte. »Dieser Max Grewe«, sagte sie, »ich habe mir ein paar Gedanken über ihn gemacht.

Ein Motiv hat er auf jeden Fall. Er liebt die Jütting und wollte verhindern, dass sie durch Jessica Wagner ersetzt wird. Oder wie siehst du das?«

»Ein Motiv ja, aber keine Gelegenheit. Er war Samstagnacht nach der Maiwoche noch auf einer WG-Party in der Jahnstraße. Die Partygäste haben bestätigt, dass er bis etwa 2.30 Uhr dort war. Er ist raus, Birthe. Seine großen Füße – er trägt mindestens Schuhgröße 45 – passen auch nicht zu den Abdrücken im Hausflur von Jessica Wagner.«

»Okay, machen wir zunächst einen Haken hinter Max Grewe und sind gespannt, was Alwin Müller uns zu sagen hat.«

»Laut Aussage seines Chefs kommt er heute erst um 15 Uhr in den Betrieb. Es ist also gut möglich, dass er im Augenblick zu Hause ist.«

»Weißt du, was ich mich frage? Keiner der Verdächtigen will etwas von Jessicas Allergie gewusst haben. Kann das sein? Man verbringt sehr viel Zeit zusammen und weiß so etwas Entscheidendes voneinander nicht?«

»Ich glaube schon, Jessica Wagner war schließlich nicht wirklich integriert.«

Sieben Minuten später erreichten sie das Gretescher Hallenbad. Von hier aus waren es nur noch etwa 100 Meter bis zu Müllers Wohnhaus.

Sie mussten lange warten und mehrmals klingeln, bis er die Tür öffnete. Müller steckte in einem Hausanzug und trug karierte Pantoletten. Seine grauen Haare standen struppig vom Kopf ab.

»Daniel?«, fragte er verblüfft. »Was machst du denn hier?« Er duzte ihn ungeniert, weil er ihn schon als Schüler gekannt hatte. Alwin Müller hatte Daniel nicht vergessen. Umgekehrt war es genauso. Erst im vergangenen Jahr hatten sie sich im Treppenhaus der Schule wiedergesehen, in der Daniel wegen eines Tötungsdeliktes ermittelte.

»Dürfen wir hereinkommen, Herr Müller? Ich hoffe, Sie haben Zeit für eine kurze Unterhaltung«, sagte Daniel betont förmlich.

»Worum geht's?«

»Wir haben ein paar Fragen an Sie.«

»Was soll das? Immer noch meine Mutter? Mann, die war uralt und ist eines natürlichen Todes gestorben, wie oft habe ich euch das schon gesagt. Mehr als 83 Jahre waren einfach nicht drin bei ihrem Lebenswandel. Zigaretten, Alkohol, eine Unmenge von Tabletten, die sie permanent in sich reingestopft hat, als wären es Bonbons. Was wollen Sie da groß erwarten?«

»Es geht nicht um Ihre Mutter, Herr Müller, diesmal nicht. Lassen Sie uns bitte herein? Sonst müssen wir Sie zur Vernehmung auf die Wache bitten. Ihr Arbeitgeber wird Ihnen dann zusätzlich Fragen stellen. Ich weiß nicht, ob Ihnen das recht ist.«

Müller verengte seine blassblauen Augen zu Schlitzen. Misstrauisch blickte er von einem zum anderen und kratzte sich am grauen Vollbart. »Geradeaus ins Wohnzimmer«, sagte er demonstrativ gelangweilt und trat seufzend zur Seite.

»Oh, hier ist schon länger kein Fenster mehr geöffnet worden«, stellte Birthe beim Betreten des dunklen Raumes fest. Kein Sonnenstrahl drang durch die blinden Fenster, vor denen eine mannshohe Hecke wuchs.

Alwin Müller schien sich nicht angesprochen zu fühlen, denn er rührte sich nicht.

Birthe zwang sich, flach zu atmen. »Sie arbeiten im Bestattungsunternehmen Meierhofe & Söhne, ist das richtig?« Sie schirmte ihre Nase mit der flachen Hand ab.

Müller nickte. »Was dagegen?«

»Seit wann sind Sie nicht mehr Hausmeister an der Schule?«, erkundigte sich Daniel.

Birthe warf ihm einen dankbaren Blick zu. Sie hatte sich

noch nicht an den Geruch gewöhnt und war froh, nicht die Gesprächsführung übernehmen zu müssen.

»Man darf sich doch umorientieren, oder nicht? Wer ist denn noch 45 Jahre lang an ein und demselben Arbeitsplatz? Kurz vor der Rente wollte ich es noch mal wissen. Ich bin ja nicht Hausmeister von Beruf, das ist auch gar kein Lehrberuf. Früher hat man halt etwas Handwerkliches gelernt, bei mir war es das Schreinerhandwerk. Ich habe immer gern mit Holz gearbeitet. Als Hausmeister durfte ich nur Stühle reparieren, das wurde mir irgendwann zu langweilig. Jetzt fertige ich Särge, teilweise nach Kundenwunsch. Das macht mir viel mehr Spaß. Sie glauben gar nicht, wie kreativ manche Leute sind. Sie haben genaue Vorstellungen von den Särgen und Urnen. Ich versuche, sie so individuell wie möglich zu gestalten. Wenn jemand Motorradfan war, kommt ein Motorrad drauf. War jemand romantisch, sind es halt Blumen und Schmetterlinge. Du kannst deinen Porsche auf die Urne bekommen, Daniel, ist mir ein Vergnügen. Und für Sie, Frau Schöndorf, fertige ich auf Wunsch einen Sarg in der Form eines Lippenstiftes. Mach ich alles, kann ich alles. Kein Problem.«

Birthes Gesicht zeigte keine Regung, während Daniel nickte. »Na super. Geschmackvolle Särge und Urnen, okay«, sagte er. »Jedem das Seine. Andere Frage: Wie kommen Sie auf den Namen Markus Müller?«

Müller lehnte sich zurück und schlug lässig ein Bein über das andere. »Markus ist mein zweiter Vorname. Gefällt mir einfach besser als Alwin. Ich habe mir die Freiheit genommen, mich nach dem Tode meiner Mutter Markus zu nennen. Zu sehr habe ich noch ihre schrille Stimme im Ohr: ›Alwin … ALWIN!‹« Er machte sie nach und zog eine Grimasse. Dann schüttelte er sich wie ein nasser

Hund. »Zumindest bei Facebook. Dort bin ich als Markus unterwegs.«

»Wenn Sie das brauchen … meinetwegen. Weswegen wir hier sind, Herr Müller, Ihr Name ist in der letzten Zeit öfter gefallen. Man beschuldigt Sie des Stalkings. Was verbinden Sie mit dem Namen Katharina Jütting?«

Alwin Müller zuckte mit den Schultern. »Nichts.«

»Ich glaube aber doch. Sie belästigen die Dame. Damit ist jetzt Schluss, hören Sie? Sonst bekommen Sie ernsthafte Probleme. Die Dame ist bereit, gegen Sie auszusagen, wenn Sie mit dem Stalking nicht augenblicklich aufhören.«

Müller sah mit verkniffenem Mund zur Seite.

»Und nun zu Ihrem Alibi, Herr Müller. Sagen Sie uns, was Sie in der Nacht vom 5. auf den 6. Mai gemacht haben, ab 22.30 Uhr. Möglichst detailliert und auf die Minute genau.«

»Oha, so förmlich? Früher warst du vorlaut und frech, ein richtiger Flegel, und wenn ich dich zusammengefaltet habe, warst du so klein mit Hut. Schon vergessen?«

Daniel zeigte sich unbeeindruckt. »Bleiben Sie bei der Sache. Und immer noch Herr Brunner, bitte schön, und Sie. Also? Ich höre.«

»Sie meinen den Abend, als die Blue Box am Jürgensort aufgetreten ist?«

Daniel nickte. »Genau. Die Nacht, in der Jessica Wagner ermordet worden ist.«

Müllers Gesicht war ausdruckslos. »Ich war beim Konzert. Bis zum Ende, obwohl ich die an dem Abend nicht wirklich gut fand.«

»Wer ist *die*? Die Sängerin«?

»Die Blue Box.«

»Aha. Darf ich den Grund erfahren? Weil Katharina Jütting nicht da war?«

Alwin Müller brauchte zwei, drei Sekunden, um sich zu fangen. »Kann sein, ja. Ich stehe halt mehr auf sie, warum soll ich lügen. Jessica Wagner konnte ihr nicht das Wasser reichen. Die war keine gute Sängerin und für meinen Geschmack viel zu jung. Ich mag Frauen mit Erfahrung.«

»Was haben Sie danach gemacht? Nach dem Auftritt?«

»Ich bin nach Hause gefahren«, sagte Müller, lehnte sich im samtigen Ohrensessel zurück und verschränkte seine Hände hinter dem Kopf.

»Auf direktem Wege? Mit dem Auto?«

»Nein, mit dem Bus.«

Daniels Blick fiel auf Müllers breite Pantoffeln. »Für einen Mann haben Sie recht kleine Füße«, stellte er fest. »Welche Schuhgröße haben Sie?«

Irritiert blickte Müller hinab. »Finden Sie die klein? Das hat mir noch niemand gesagt, 41, ist doch ganz normal.«

Birthe machte sich Notizen. Sie hatte sich mittlerweile an den Geruch gewöhnt.

»Wann sind Sie in Gretesch angekommen?«, setzte Daniel die Befragung fort.

»Keine Ahnung, ich habe nicht auf die Uhr geschaut, aber es muss kurz vor Mitternacht gewesen sein. Der Bus kam nicht gleich, ich musste eine Weile warten.« Müllers Hände kneteten nervös die Oberschenkel, die in einer fleckigen hellgrauen Jogginghose steckten.

»Warum sind Sie bis zum Ende des Auftritts geblieben, wenn Ihr Star nicht mit dabei war?«

Müller presste kurz den Mund zusammen. »Hat sie … mich irgendwie reingeritten?«

»Wen meinen Sie?«

»Was hat Katharina speziell über mich gesagt?« Seine Stimme klang leicht gehetzt.

Daniel rieb sich das bärtige Kinn. »Sehr begeistert ist sie nicht gerade von Ihnen, aber das dürfte nichts Neues für Sie sein.«

»Ich bin nicht ihr Typ, ich weiß. Sie ist auch verheiratet, was Ernstes wollte ich nie mit ihr anfangen. Aber sie gefällt mir, das darf ich ja wohl sagen.« Er kratzte sich hinterm Ohr. »Eine hübsche Frau ist sie, finden Sie nicht? Ich mag ihre Figur und ihre schimmernden Haare, ganz glatt. Die Farbe erinnert mich an eine glänzende Kastanie. Eine tolle Stimme hat sie außerdem. Eine Wahnsinnsröhre für eine zierliche Frau wie sie. Das gefällt mir. Ein bisschen Bewunderung hat noch keinem geschadet. Katharina mag Komplimente, auch wenn sie tut, als wäre sie dagegen immun. Ich bin nie zudringlich geworden oder so was«, wehrte er mit seinen kräftigen Händen ab. »Ich habe sie nie angefasst!«

»Das vielleicht nicht, aber Sie belästigen sie. Noch einmal, und ich meine das in vollem Ernst, Herr Müller: Sie hören auf, der Frau nachzustellen. Sie unterlassen das oder ich bestärke Frau Jütting in ihrem Vorhaben, gegen Sie zu klagen. Dann müssen Sie in Zukunft eine Distanz von mindestens 100 Metern zu ihr einhalten. Wenn Sie Pech haben, werden Sie auch noch zu einer saftigen Gefängnisstrafe verurteilt.«

»Ich habe nichts getan.«

»Stalking fängt da an, wo der andere kein Interesse zeigt und deutlich signalisiert, dass er in Ruhe gelassen werden will. Den Punkt muss man erkennen. Und ich denke, Sie haben ihn deutlich überschritten. Alles, was darüber hinausgeht, ist Stalking. Und das ist eine Straftat, Herr Müller.«

Alwin Müller kaute an seinen kaum vorhandenen Fingernägeln.

Daniel hatte sich in Rage geredet. »Wie weit würden Sie gehen, um Frau Jütting zu imponieren? Um ihr zu gefallen? Es war nicht schwer, die Konkurrentin auszuschalten. Damit haben Sie Ihr Ziel erreicht: dass Katharina Jütting wieder Teil der Band ist, ist es nicht so?« Er ließ ein paar Sekunden verstreichen, ehe er weitersprach. »Aufgrund Ihres beherzten Eingreifens ist Frau Jütting zurück auf der Bühne! Ihre Strategie ist aufgegangen, nicht wahr? Sie waren da, an jenem Abend, haben Jessica Wagner beobachtet, sind ihr hinterhergefahren und haben sie getötet. Niemand hat Sie gesehen. Sie hatten alle Zeit der Welt, um anschließend in Ihr Haus zurückzukehren. Busse fuhren noch lange in der Nacht. Sie haben nur eins übersehen: Ihre Fußspuren im Hausflur und in der Wohnung von Jessica Wagner! Und Ihre grauen Haare, die Ihnen im Gerangel mit Frau Wagner ausgefallen sind!«

Alwin Müller schloss seinen Mund, der die ganze Zeit über offen gestanden hatte, und schluckte. »Um Gottes willen, nein! Wofür halten Sie mich?« Er fasste sich an den Hals und rieb über seinen Adamsapfel.

»Gibt es Zeugen, die für Sie aussagen würden? Kann jemand bezeugen, wann Sie den Auftrittsort verlassen haben und in welche Richtung? Gibt es Bekannte, denen Sie nachts im Bus begegnet sind?«

Alwin Müllers Augen färbten sich vor Anstrengung rot. »Ja, meine Kollegin«, sagte er nach einer Weile. »Angelina Zimmermann.« Er blickte unter sich, als krame er in seiner Erinnerung.

»Und die hat beobachtet, wie Sie den Jürgensort verlassen haben? Hat sie auch gesehen, wie Sie zur Bushaltestelle gegangen sind?«

Müller nickte. »Sie war auch dort, hat aber einen anderen Bus genommen. Am Neumarkt fahren ja viele Busse ab, in verschiedene Richtungen. Wir haben uns kurz zugenickt.

Gesprochen haben wir nicht miteinander. Aber sie müsste mitbekommen haben, dass ich mit dem Bus in Richtung Gretesch gefahren bin. Meiner kam eher als ihrer.«

»War Jessica Wagner auch dort?«

Müller zögerte einen Moment. »Ja, war sie. Die stand am Neumarkt, aber in einer anderen Haltebucht.«

»War Jessica alleine? Hat sie mit jemandem gesprochen?«

Müllers Blick wanderte zum Fenster hinaus. Außer der dunklen Hecke war dort nichts zu sehen. »Ich habe nicht besonders auf sie geachtet. Sie saß auf einer Bank, zusammen mit anderen Fahrgästen. Es war viel los, aber ich habe nicht mitbekommen, dass sie sich mit jemandem unterhalten hätte.«

»Auch nicht mit ihrer Freundin?«

»Wen meinen Sie?«

»Angelina Zimmermann. Die war doch Jessica Wagners beste Freundin.«

Erstaunt sah Alwin Müller auf. »Das höre ich zum ersten Mal. Die war doch nicht ihre Freundin!«

»Nicht? Was dann?«

Müller starrte Daniel unverwandt an. »Finden Sie das selbst heraus. Kann ja nicht so schwer sein.«

»Wie bitte? Warum wollen Sie uns das nicht sagen?«

»Weil ich zu wenig darüber weiß und nichts Falsches angeben will.«

Birthe, die sich bisher sehr zurückgenommen hatte, konnte nicht länger an sich halten. »Hören Sie mal, Herr Müller, es geht um eine schwere Straftat, genauer gesagt um Mord, und nicht darum, ein Geheimnis zu hüten. Wir sind hier nicht im Kindergarten. Wenn Sie etwas zur Aufklärung des Falles beitragen können, dann sagen Sie es uns jetzt. Im Moment sieht es nicht gut aus für Sie. Sie sind einer der Verdächtigen, das will ich Ihnen ganz klar sagen. Im Moment sind Sie sogar der Hauptverdächtige. Soll ich Ihnen ein Motiv nennen? Ich fasse mal eben zusammen, was mein Kollege schon angeführt hat. Sie lieben Katharina Jütting und würden alles für sie tun. Sie wollten nicht zulassen, dass sie durch eine jüngere Sängerin ersetzt wird. Sie hatten die Gelegenheit, Jessica Wagner zu töten, denn Sie haben den Trubel auf der Maiwoche genutzt, um das Opfer unbehelligt bis in seine Wohnung zu verfolgen. Seit Jahren betreiben Sie Kampfsport, es war also ein Leichtes für sie, die viel kleinere und schwächere Jessica Wagner zu überwältigen und zu töten. Mit dem Nachtbus sind Sie anschließend nach Hause gefahren. So konnten Sie sicher sein, dass niemand Ihr Auto gesehen und das Kennzeichen notiert hat. Ihre Schuhgröße stimmt mit den Abdrücken im Hausflur und in der Wohnung der Getöteten überein. Und Sie haben kein Alibi. Sie sehen also, dass wir Sie so schnell nicht in Ruhe lassen werden. Sagen Sie uns, was Sie wissen. Umso besser steht es für Ihre Prognose vor Gericht!«

»Vielleicht habe ich kein Alibi«, sagte Alwin Müller und atmete tief durch, bevor er weitersprach: »Doch eins habe ich auf jeden Fall: ein reines Gewissen. Und deswegen machen Sie mir keine Angst und bringen mich nicht aus der Ruhe.«

Birthe nahm ihn ins Visier. »Ihr Gesicht verrät mir aber etwas anderes, Herr Müller.«

»Dann fehlt es Ihnen an Menschenkenntnis«, sagte er, ohne mit der Wimper zu zucken. »Mehr habe ich dazu nicht zu sagen.«

KAPITEL 23

Birthe war nach dem Gespräch so aufgewühlt, dass sie ein paar Minuten hinter dem Steuer saß und nicht losfahren konnte. »Ich würde mich sehr irren, wenn er es nicht war«, sagte sie. »Da passt doch alles zusammen, die Indizien sprechen gegen ihn. Ich werde eine Durchsuchung bei der Staatsanwaltschaft beantragen. Und selbstverständlich auch für ihn einen DNA-Test.«

In dem Moment, als sie den Schlüssel ins Zündschloss steckte, klingelte ihr Diensthandy. Carlos Nummer leuchtete auf. »Wo seid ihr?«, erkundigte er sich.

»Immer noch in Gretesch. Wir haben gerade Alwin Müller vernommen.«

»Und?«

»Sieht nicht gut für ihn aus. Er hat sich um Kopf und Kragen geredet.«

»Eben hat die Nachbarin von Jessica Wagner angerufen, die ältere Dame, die mit im Haus wohnt. Sie will uns unbedingt sprechen, wollte aber nicht am Telefon damit rausrücken. Könnt ihr mal eben hinfahren? Sie ist zu Hause, in ihrer Wohnung am Lieneschweg. Ihr Name ist … warte … Else Leinweber.«

»Okay«, sagte Birthe mit Blick auf die Uhr. »Die kenne ich, mit der habe ich mich schon unterhalten.«

Wegen des dichten Verkehrs am Wall erreichten sie den Lieneschweg eine halbe Stunde später. Else Leinweber erwartete sie am oberen Treppenabsatz, nachdem Birthe und Daniel geklingelt hatten. Anscheinend war sie zuvor beim Friseur gewesen, denn ihre Haare hatten eine frische blaue Farbe und waren steif toupiert.

Die alte Dame ging langsam voran ins Wohnzimmer, sich die rechte Hüfte haltend. Birthe und Daniel folgten ihr. Die Luft war hier ebenfalls stickig, dennoch angenehmer als bei Alwin Müller. Es roch nach Staub, wie in alten Bibliotheken, nach Haarspray, Kölnisch Wasser und Filterkaffee. Die Einrichtung erinnerte Birthe an ihr Elternhaus, auch wenn es dort nicht ganz so vollgestellt war: Gelsenkirchener Barock, dunkle Teppiche, Samtkissen, Stickbilder mit Katzenmotiven, sogenannte Künstlerpuppen mit Babygesichtern, Birthe kannte sie aus Prospekten, Häkeldeckchen. Eine schwarz-weiße Katze blinzelte müde, als sie die fremden Menschen erblickte.

»Sie wollten uns sprechen«, begann Birthe das Gespräch. »Ist Ihnen noch etwas eingefallen, Frau Leinweber?«

»Ich komme gerade vom Friseur«, sagte die alte Dame und ließ sich auf einem beigefarbenen Sofa nieder. Mit einer Handbewegung bedeutete sie den beiden Kommissaren, Platz zu nehmen. »Ich gehe seit Jahrzehnten zum gleichen Friseur, da mache ich keine Experimente«, sagte sie. »Früher war das der Herr Kühn, der hat mir ganz toll die Haare frisiert, ein sehr feiner, humorvoller Mensch, leider lebt er nicht mehr. Das Geschäft ist nun in anderen Händen, aber die machen das auch gut. Während mir die Haare gefärbt wurden, hat sich die Kundin neben mir mit einer Friseurin unterhalten. Ich belausche keine Gespräche, aber man bekommt ja mit, was gesagt wird, ob man nun will oder nicht. Die Kundin hat gesagt, sie würde den Chef der Band gut kennen, in der Jessica gesungen hat. Und der hätte gesagt, Jessica sei mit einem Fleischmesser erstochen worden. Im ersten Moment war ich einfach nur geschockt, weil ich die Situation wieder so deutlich vor Augen sah. Sie wissen schon, die tote Jessica, das viele Blut. Es war einfach entsetzlich. Dann ist mir plötzlich eingefallen, dass es mein Messer sein könnte. Ich habe ihr nämlich mal eins ausgeliehen und nicht zurückbekommen. Seitdem habe ich Herzrasen und bekomme nicht richtig Luft. Vor Aufregung habe ich eben eine zweite Blutdrucktablette nehmen müssen. Ich kann es nicht fassen, dass jemand mein Messer genommen hat, um Jessica damit zu erstechen! Aber mittlerweile bin ich überzeugt davon, dass es so war. Sie selbst hatte ja kein Fleischmesser und ich glaube nicht, dass der Täter extra eins mitgebracht hatte.« Sie spielte mit ihrer Lesebrille, die an einer langen, goldenen Kette hing.

Birthe wechselte einen kurzen Blick mit Daniel. »Wen meinte denn die Kundin mit dem ›Chef der Band‹? Hat sie einen Namen genannt?«

Else Leinweber schüttelte den steif toupierten Kopf. »Ich glaube, sie meint den Mann mit dem Hut. Wie er heißt, weiß ich nicht. Aber wir sind uns öfter im Treppenhaus begegnet. Er war stets freundlich, hat seine Scherze mit mir gemacht. Ein humorvoller Mensch, ich kann ihn gut leiden. Mit Jessica ist er liebevoll umgegangen, hat oft einen Arm um sie gelegt und ihr die Tür aufgehalten. Wer hat heute noch so gute Manieren?«

»Und er weiß, dass Frau Wagner mit einem Fleischmesser getötet worden ist?«

»Ja, ich habe mich auch gewundert, denn in der Zeitung stand nichts von einem Fleischmesser. Da war nur zu lesen, die Sängerin wäre unter ungewöhnlichen Umständen tot in ihrer Wohnung aufgefunden worden. Ich habe die Stichwunden zwar gesehen, aber ich dachte an ein Klappmesser. So etwas haben die jungen Männer ja oft bei sich, man muss nur die Zeitungen aufschlagen. Dauernd ist die Rede von Messerstechereien. Furchtbar. Wir leben in einer schrecklichen Zeit.«

»Nein, ganz so ist es nicht. Das wird nur gerade von den Medien oft thematisiert, deshalb entsteht der Eindruck. Könnte es sein, dass Sie das mit dem Fleischmesser selbst in Umlauf gebracht haben?«

Else Leinweber tippte sich an die Brust. »Ich? Nein! Niemals! Ich wäre nie auf ein Fleischmesser gekommen. Das ist mir vollkommen neu, glauben Sie mir! Mein erster Gedanke war, als ich Jessica gesehen habe, dass das Raubmord war und dass der Mörder sie mit einem Klappmesser erstochen hat.«

Die Katze miaute, streckte sich, gähnte ausgiebig und zeigte dabei ihre nicht zu unterschätzenden Reißzähnchen. Dann verließ sie ihr Körbchen, das an einem stark zerfransten Kratzbaum hing, kletterte hinunter und ging gemächlich auf Birthe zu, um sich streicheln zu lassen. Birthe kraulte sie hinter den Ohren. Die Katze ließ sich das schnurrend gefallen und strich um ihre Beine.

»Ich danke Ihnen für den Tipp«, sagte Birthe, während sie die Katze streichelte. »Wir werden dem nachgehen. Wo finden wir denn den Friseursalon?«

»Nicht weit von hier. Wenn Sie aus dem Haus kommen, gehen Sie nach links. Folgen Sie der Straße bis zum Kreisel. Direkt da befindet sich der Salon, am Lieneschweg, Ecke Mozartstraße. Daneben ist ein Kiosk.«

»Haben Sie vielen Dank, Frau Leinweber, dass Sie uns gleich informiert haben. Eine Frage habe ich noch: Kennen Sie eine Angelina Zimmermann?«

Else Leinweber musterte Birthe stirnrunzelnd. »Wer soll das sein?«

»Die beste Freundin von Jessica Wagner.«

»Die beste Freundin? Das glaube ich nicht. Dann hätte ich sie ja öfter sehen müssen. Es war immer nur der Mann mit dem Hut hier oder die ganze Musikgruppe. Manchmal haben sie in Jessicas Wohnung geübt, aber nie laut. Die waren alle nett und rücksichtsvoll. Ich kann mich nicht beschweren. Wenn Sie mich fragen: Es war keiner aus der Band. Aber der Gedanke, dass Jessica mit meinem Messer ermordet wurde, wird mir heute Nacht den Schlaf rauben. Ich werde zwei Schlaftabletten nehmen müssen. Vielleicht auch drei. Zusammen mit Rotwein müsste es gehen.«

Birthe startete einen weiteren Versuch, beschrieb das Aussehen von Angelina Zimmermann, erntete jedoch nur ratloses Kopfschütteln.

*

Im Friseursalon Songül & Seyfi am Lieneschweg wurde gerade eine Dauerwelle gedreht. »Sie wünschen?«, fragte der Inhaber, als er die fremde Kundin im Laden bemerkte.

Birthe zeigte ihren Dienstausweis. »Wäre es möglich, kurz Ihre Mitarbeiterin zu sprechen?«, erkundigte sie sich höflich mit Blick auf die Friseurin im hinteren Teil des Ladens, die einer Kundin gerade einen orangefarbenen Wickler ins kurze, graue Haar drehte. »Oder haben Sie noch mehr Angestellte?«

»Ja, habe ich. Aber heute ist nur die Ramona da.« Der Inhaber musterte erst misstrauisch den Ausweis, dann Birthe. Schließlich ging er auf seine Mitarbeiterin zu. »Ich mache hier weiter«, sagte er energisch und griff sich einen hellblauen Wickler. »Gehen Sie bitte zur Theke. Sie werden dort gebraucht.«

Birthe nahm mit ihr auf einem roten Sofa Platz und befragte sie leise nach der Kundin, die vor etwa zwei Stunden im Laden gewesen war und ihr Details vom Tathergang des Mords berichtet hatte.

»Das ist eine Stammkundin«, sagte Ramona. »Sie kommt jeden Mittwoch.«

»Es ging um Carsten Tobecke, ist das richtig? Hat sie seinen Namen erwähnt? Und wie heißt die Kundin?«

Die Angesprochene senkte den Blick und betrachtete ihre sorgfältig manikürten Fingernägel. »Ich will meine Kundin nicht reinreiten.«

»Sie brauchen nichts zu sagen, nur zu nicken, okay? Carsten Tobecke ist der Bandleader von Blue Box. Und er wusste von einem Fleischmesser. Ist das richtig?«

Die Friseurin nickte.

»Ist die Kundin mit Herrn Tobecke gut befreundet?«

Wieder ein Nicken.

»Ist es Katharina Jütting?«

Die Friseurin antwortete mit einem Kopfschütteln.

»Handelt es sich um Clarissa Will?«

Ramona schüttelte nun entschieden den Kopf.

»Angelina Zimmermann?«

Erneutes Kopfschütteln.

»Kann ich davon ausgehen, dass die Dame ein Verhältnis mit Herrn Tobecke hat?«

Ein zögerlicher Blick, ein kaum wahrnehmbares Nicken.

»Ein sexuelles Verhältnis?«

Die Friseurin verzog den Mund zu einem schmalen Strich.

»Ist es jemand aus der Band?«

»Es handelt sich um eine Stammkundin, verstehen Sie bitte«, sagte Ramona leise. »Ich kann nichts weiter sagen.«

Birthe ließ ihr ein bisschen Zeit, doch als nichts mehr von ihr kam, verabschiedete sie sich. »Für den Fall, dass Ihnen noch etwas einfallen sollte«, sagte sie und gab ihr ihre Karte. Die Angestellte steckte die Karte unbesehen in ihre Kittelschürze und ging mit hochrotem Kopf zu ihrer Kundin zurück.

*

»Oha, wie siehst du denn aus?«, fragte Birthe, als sie im Büro auf einen unrasierten Carlo traf, der gerade seinen Spätdienst angetreten hatte. Schon länger hatte er einen Kinn- und Oberlippenbart, daran hatte sie sich gewöhnt, nicht jedoch an den ungehemmten Bartwuchs an den Wangen, am Hals und an der Kehle. Dunkle Schatten unter den Augen zeugten von einer viel zu kurzen Nacht.

»Nicht so genau hingucken, ich hatte heute Morgen keine Zeit zum Rasieren«, sagte er und fuhr sich mit dem Handrücken über die stoppeligen Wangenpartien.

»Ist was?«, fragte Birthe besorgt. Sie war froh darüber, Carlo allein anzutreffen. Daniel hatte seine lange Schicht beendet und war übermüdet nach Hause gefahren.

Carlo lächelte mit einer ungewohnten Schüchternheit. »Ich habe vorübergehend das Quartier gewechselt.«

Sie sah ihn durchdringend an. »Das Quartier gewechselt? Wie soll ich das verstehen? Kannst du dich mal deutlicher ausdrücken?«

»Meine Schwiegermutter«, seufzte er. »Gudrun solidarisiert sich mit ihr. Als Mann hast du da nichts zu melden.

Dabei ist das auch mein Haus, das vergisst sie nur manchmal. Ich habe es nicht länger ausgehalten mit den beiden, musste raus.«

Birthe runzelte die Stirn. »Ich glaube, du brauchst erst einmal einen starken Kaffee, hm? Ich wollte sowieso gerade einen machen.« Sie stand auf.

»Ich wünschte, meine Frau wäre auch so gut im Gedankenlesen«, meinte er und lächelte traurig.

Birthe ging zum Waschbecken und füllte eine Kanne mit Wasser. »Wo schläfst du denn jetzt, im Hotel?«

Er schüttelte den Kopf. »Im Womo am Attersee. Wurde ohnehin Zeit, mal wieder zu campen. Den ganzen Winter über hat es nur in der Scheune gestanden. Habe zum Glück einen schönen Stellplatz mit Blick aufs Wasser bekommen. Schön da, man wird sofort ruhiger und bekommt den Kopf frei.«

»Stimmt, hast lange nicht von deinem Wohnmobil gesprochen. Das war doch eigentlich ein großes Hobby von dir.«

»Hm«, machte er. »Es will keiner mehr mit von meiner Familie. Die wollen alle ins Hotel und sich am Frühstücksbuffet bedienen. Aber warum soll man sich immer nach anderen richten? In meinem Alter zählt jeder Tag.«

Birthe setzte sich zurück an ihren Platz, während die Kaffeemaschine vor sich hin gluckerte und ein aromatischer Duft durch den Raum zog. »Klingt ein bisschen nach Midlife-Crisis«, sagte sie und musterte ihn besorgt. »Ich kenne mich da zwar nicht sonderlich aus, aber mein Vater wurde auch ein bisschen komisch, als er in deinem Alter war. Meine Mutter hätte sich in der Zeit am liebsten von ihm getrennt. Jetzt ist sie froh, dass sie es nicht getan hat.«

»Mag sein, ich kann es nicht ändern. Im Moment stelle ich einfach fest, dass mir das Alleinsein guttut. Abends mit einem kühlen Pils und einem ordentlich belegten Baguette im Vorzelt sitzen, den Sternenhimmel betrachten, aufs schwarze Wasser schauen, das leise vor sich hin plätschert, die Gedanken schweifen lassen, sich frei fühlen, das ist es, Birthe. Dann stelle ich fest, dass ich nicht viel brauche, keinen Schnickschnack, keine teuren Autos, keinen Luxus. Das ist alles nur Schein, der dich auf Dauer einschränkt und belastet. Ich genieße das einfache Leben, die Ruhe und Beschaulichkeit. Mehr brauche ich nicht.«

Sie sah ihn stirnrunzelnd an. »Du denkst aber nicht an Trennung, oder?«

Gedankenverloren zuckte er mit den Schultern. »Ich weiß es nicht, Birthe. Ich hoffe nicht, dass es dazu kommt. Ich liebe meine Frau. Gemeinsam sind wir durch dick und dünn gegangen, haben schwere Zeiten miteinander durchgestanden. Unendlich viele Erinnerungen verbinden uns, Gutes, richtig Schönes und auch Schweres. Ich wünsche mir nur ein wenig von dem Glanz früherer Tage zurück. Damit meine ich nicht das rauschhafte Verliebtsein, das ist flüchtig, aber mehr Verständnis, Rücksichtnahme, gute Gespräche, wirkliches Interesse, das würde mir schon reichen. Doch Gudrun zeigt mir nicht mehr, dass sie Interesse an mir hat. Und seit Tagen bin ich völlig abgeschrieben. Als wäre ich gar nicht da. Und das mache ich nicht länger mit. Sie soll merken, dass es mir etwas ausmacht. Und vielleicht auch, dass ich ihr fehle.«

»Wer ist schon glücklich, Carlo? So richtig glücklich, meine ich. Jeder schlägt sich doch mit Sorgen und Problemen herum. Jeden Tag neue Herausforderungen. Hast du das eine bewältigt, stehst du vor einem neuen Berg. Und das geht immer so weiter. Oh Mann, jetzt klinge ich schon wie meine Mutter.«

»Das ist leider wahr«, meinte Carlo seufzend. »Ich kann mit Herausforderungen nur gerade nicht besonders gut umgehen. Das Leben ist zu kurz, und ich will versuchen, jeden Augenblick auszukosten, was mir nicht oft gelingt. Weißt du, wovon ich manchmal träume, gerade erst letzte Nacht?«

»Von einer anderen Frau?« Sie hätte es sogar verstanden.

Er schmunzelte. »Das seltsamerweise gar nicht. Von einem Karussell«, meinte er und schüttelte über die vermeintliche Lächerlichkeit den Kopf. »Verstehe, wer will. Immer wieder erscheint im Traum ein kleines, kreisrundes Kinderkarussell mit einem großen Lenkrad. So eins gab es auf dem Spielplatz in Lüneburg. Jana hat oft gebettelt, mit ihr da hinzugehen, wenn ich vom Frühdienst kam. Oft habe ich nachgegeben, obwohl ich eigentlich viel zu müde war. Sie ist jedes Mal direkt auf das Karussell zugesteuert. Sie lachte und drehte sich so wild, dass mir schon vom Zusehen schwindlig wurde. Ich stand etwas hilflos daneben und wollte sie auffangen falls sie fiel, aber das wäre mir sowieso nicht geglückt. Davon abgesehen, müssen Kinder auch ihre eigenen Erfahrungen machen, man kann sie nicht vor allen Gefahren schützen. Das wäre nicht gut. Aber es waren glückliche Tage, im Nachhinein betrachtet. Ich glaube, dafür steht das Karussell; es ist ein Sinnbild für unbeschwerte Zeiten. Ich durfte noch einmal mit Jana zusammen Kind sein, alles neu entdecken, intensiv leben. Eine wunderschöne Erfahrung, die ich nicht missen möchte. Gestern musste ich wieder daran denken, als ich das Kettenkarussell auf der Maiwoche gesehen habe. Noch vor wenigen Jahren wollte Jana unbedingt, dass ich mit ihr fahre. Aber ich habe mich dagegen gesperrt, weil ich leider nicht schwindelfrei bin. Und dieses Ding dreht sich ja nicht nur schnell in atemberaubender Höhe, es ist außerdem ein Wellenreiter, geht hoch und runter – furchtbar. Heute bedaure ich es, dass ich mich nicht überwunden habe. Ich bedaure es sehr. Jetzt würde Jana nicht mehr mit mir fahren wollen. Man denkt, man hätte alle Zeit der Welt, könne alles nachholen, irgendwann einmal, und wundert sich dann, wenn es nicht geht, wenn sich ein Zeitfenster für immer geschlossen hat. Mehr und mehr Zeitfenster schließen sich – bis zum Schluss. Das wird nicht mehr aufhören.« Nachdenklich nahm er einen Schluck Kaffee.

»Aber es ist doch auch gut«, sagte Birthe. »So können wir neue Erfahrungen machen, den Blick in die Zukunft richten. Und immer wieder gibt es auch schöne Dinge, auf die wir uns freuen können.« Sie wollte noch etwas sagen, aber sie wusste, dass sie ihn mit ihren Worten nicht erreichen würde. Da fehlten wohl einfach 20 Jahre Lebenserfahrung, um nachzuempfinden, wie es Carlo ging.

»Du siehst selbst nicht gerade glücklich aus im Moment, Birthe.«

»Im Moment nicht, das ist richtig.«

Er sah sie herausfordernd an, doch sie hatte keine Lust, darauf einzugehen. Stattdessen nutzte sie die Gesprächspause, um ihm von ihrem Besuch bei der Zeugin Else Leinweber und im Friseursalon zu erzählen. »Sie meint, es wäre ihr Fleischmesser gewesen«, schloss sie. »Es wurde aber in der Wohnung des Opfers nicht gefunden.«

Carlo stützte sein Kinn auf. »Klar, das würde die Tiefe, die Breite und die Wucht der Stiche erklären«, meinte er. »Nur, warum wusste Tobecke davon? Hast du ihn schon erreicht?«

Sie schüttelte den Kopf. »Steht für morgen früh auf meiner Agenda. Ich will mir Zeit nehmen für die Vernehmung, ihm in die Augen schauen dabei, möchte das nicht am Telefon erledigen.«

Er nickte, dann drehte er sich von ihr weg und beschäftigte sich mit einer E-Mail, die gerade reingekommen war.

KAPITEL 24

Daniel schluckte hart, als er seine Großmutter erblickte. Er hatte gerade die Tür des Patientenzimmers geöffnet und blieb an der Schwelle stehen. Sie atmete schwer mit offenem Mund, schien tief zu schlafen und ihn nicht zu bemerken. Eine ganze Weile stand er da, bis er sich endlich näher traute. Im Nachbarbett, an dem er vorbeiging, lag eine Frau im Alter seiner Oma, die mit Kopfhörern fernsah. Ein Vorhang trennte die Patientinnen, sodass sie sich nicht sehen konnten. Daniel setzte sich zu Hilde und nahm ihre Hand. Auch da zeigte sie keine Reaktion, was ihn stark verunsicherte. Ihr tiefer Schlaf glich einem Koma und ängstigte ihn zutiefst. Stets hatte ihr runzliges Gesicht Freude gezeigt, wenn er sie besucht hatte. Nun war es vollkommen entspannt, die Kinnlade heruntergeklappt, die Augen nicht richtig geschlossen.

Einige Minuten später erschien eine Krankenschwester, um nach der Infusion zu sehen, die Daniels Großmutter verabreicht wurde.

»Was hat sie? Kann ich einen Arzt sprechen?«, fragte Daniel, der froh war, endlich einen Ansprechpartner zu haben.

»Sind Sie ein Angehöriger?«

»Ich bin ihr Enkel.« Dem Namensschildchen der Schwester entnahm er, dass sie Annika Bergmann hieß.

»Nähere Angehörige gibt es nicht?«

»Reicht das nicht? Ihre Tochter ist gerade nicht zu erreichen. Sie ist im Ausland.« Daniel bekam augenblicklich ein schlechtes Gewissen. Noch immer hatte er seine Mutter nicht informiert. Er nahm sich fest vor, es heute zu tun. »Jetzt sagen Sie mir, was Sie wissen. Was ist mit meiner Oma? Wird sie sterben?«

»Ich darf Ihnen keine Auskunft geben«, sagte Annika, während sie vorsichtig am Infusionsrädchen drehte. »Aber ich werde einen Arzt informieren. Er wird gleich bei Ihnen sein.« Ihre Stimme klang hell und freundlich.

»Okay«, sagte Daniel matt.

Wenig später betrat eine Ärztin das Zimmer und bat ihn, mitzukommen. Sie suchte nach einem freien Behandlungsraum. Dort klärte sie ihn darüber auf, dass seine Großmutter eine Blutvergiftung hatte und im Koma lag. Ihre Überlebenschancen lagen bei etwa 50 Prozent. »Sie bekommt eine Antibiose über den Venenkatheter. Wenn sie diese Nacht übersteht, hat sie es geschafft. Bleiben Sie eine Weile bei ihr. Sprechen Sie ihr Mut zu. Sie wird es wahrscheinlich hören, auch wenn sie nicht reagiert. Das ist alles, was Sie im Augenblick für sie tun können.«

Ihm wurde kalt. 50 Prozent waren nicht viel. Ihre Chance auf Leben war genauso groß wie die Gefahr zu sterben. Darüber wollte er nicht einmal nachdenken. »Meine Mutter macht gerade eine Kreuzfahrt«, sagte er mit rauer Stimme. »Ich weiß nicht, was ich tun soll. Soll ich sie sofort benachrichtigen? Oder erst morgen? Sie würde sich sicher in den nächsten Flieger setzen und zurückkommen. Vielleicht wäre das unnötig und meiner Oma geht es morgen wieder gut. Aber falls sie stirbt, würde meine Mutter mir nie verzeihen, wenn ich sie nicht informiert habe.« Er spürte einen Kloß im Hals und musste sich beherrschen, um nicht vor der Ärztin zu weinen.

»Das müssen Sie wissen. Es ist nur so: Ihre Mutter würde heute voraussichtlich nicht mehr in Osnabrück ankommen.

Sie würde sich sehr ängstigen und könnte sowieso nicht mit Ihrer Großmutter sprechen. Also reicht es, wenn Sie sie morgen früh verständigen. Morgen wissen wir auf jeden Fall mehr. Es ist möglich, dass es Ihrer Großmutter dann schon wesentlich besser geht. Aber das ist nur meine Meinung, so würde ich vermutlich handeln, letztlich müssen Sie entscheiden.«

Wieder am Bett seiner Oma streichelte er ihre kalten Hände und ihr schneeweißes Haar. Er war verzweifelt, weil sie kaum reagierte. Ab und zu stieß sie einen tiefen Seufzer aus.

Er erinnerte sich daran, was die Ärztin gesagt hatte. Reden sollte er mit seiner Großmutter, bei ihr sein, ihr Mut zusprechen. »Weißt du noch, Oma, wie es früher war?«, begann er, gegen die Tränen ankämpfend. »Als ich ganz oft bei dir war? Als du mich beschützt hast? Ich habe dir nie gedankt dafür, dir nie gesagt, wie geborgen ich mich bei dir gefühlt habe und dass ich es zu schätzen weiß, was du alles für mich getan hast.« Er begann zu erzählen, tief in die Vergangenheit versunken, und hatte den Eindruck, dass seine Oma ihm zuhörte.

Er war etwa elf Jahre alt gewesen, als ihn ein Mitschüler namens Jens-Florian auf dem Nachhauseweg verprügelt hatte und er sich am nächsten Tag nicht mehr in die Schule getraut hatte. Schließlich hatte er sich seiner Oma anvertraut. »Heute bleibst du zu Hause«, sagte sie. »Ich schreibe dir eine Entschuldigung und wir machen uns einen schönen Tag.« Sie fuhren gemeinsam in die Stadt. Beim Italiener in der Großen Straße spendierte sie ihm ein Eis für 10 Pfennig die Kugel. Damit setzten sie sich auf eine Bank in die Sonne und beobachteten Passanten. Er hatte Mühe, sein großes Eis zu halten und es schnell genug zu essen, bevor es schmolz. Vier Kugeln kaufte seine Mutter ihm nie. Hinterher ging Hilde mit ihm zu Schäffer, wo er sich für 10 Mark ein Spielzeug aussuchen durfte. Geduldig wartete sie an der Kasse, bis er sich endlich entschieden hatte. Er stand lange vor einem teuren ferngesteuerten Auto und blickte sie sehnsüchtig an. Sie runzelte zwar die Stirn, kaufte es ihm jedoch trotzdem. Die 10 Mark bekam er obendrein als Taschengeld.

Am nächsten Tag knöpfte sich seine Oma Jens-Florian vor. Daniel wusste selbst am besten, wie energisch Hilde sein konnte, und freute sich diebisch, dass sie es geschafft hatte, diesen Lümmel nach allen Regeln der Kunst zusammenzufalten. Danach hatte Jens-Florian ihn lange ignoriert, und Daniel war froh gewesen, ihm aus dem Weg gehen zu können.

Beruhigend sprach er auf nun auf seine Oma ein und summte ein Lied, das sie immer gesungen hatte, wenn sie ihn abends zu Bett gebracht hatte. Er deckte sie zu, wie sie ihn früher zugedeckt hatte. Und dann tat er etwas, was er nie für möglich gehalten hätte: Er faltete seine Hände und murmelte ein Gebet für sie, ein Kindergebet zur Nacht, denn ein anderes fiel ihm nicht ein.

Donnerstag, 11. Mai

»Sie können von Glück sagen, dass ein Patient heute ausgefallen ist«, sagte Maren Kleinschmidt. »Ich nehme mir gerne Zeit für Sie.«

Erleichtertes Aufatmen. »Ich danke Ihnen, ich habe es gebraucht.«

»Keine Ursache. Ich sehe Ihnen an, dass es Ihnen nicht besonders gut geht.«

»Geht es auch nicht, sonst hätte ich Sie nicht angerufen.«

»Was ist passiert?« Die Psychologin nahm sich eine Teetasse und setzte sich in einen Ledersessel, der neben der Couch stand. Ihre Lesebrille hatte sie sich ins Haar gesteckt.

»Die Sache mit meinem niedrigen Selbstwertgefühl habe ich Ihnen ja schon erzählt. Inzwischen glaube ich, dass es mit meiner Mutter zusammenhängt. Es wäre nicht passiert, wenn sie mich nicht weggegeben hätte.«

Maren Kleinschmidt trank ein paar Schlucke Tee. »Sie trauern darum, dass Ihre leibliche Mutter Sie als Kleinkind nicht annehmen konnte.«

Bestätigendes Kopfnicken. »Sie hat mich abgeschoben, als ich am verletzlichsten war. Als ich sie am nötigsten gebraucht hätte.«

»Ich verstehe Sie. Das muss sich für Sie kalt und grausam angefühlt haben. Sie waren noch sehr klein. Vollkommen abhängig und hilflos. Erinnern Sie sich an die Gefühle von damals, als Ihre Mutter Sie im Heim zurückgelassen hat?«

Der Patient schloss die Augen, fühlte, wie die Psychologin eine weiche Wolldecke über ihn legte und ihn sanft damit zudeckte. Ein wenig trug diese liebevolle Geste dazu bei, dass er ruhiger wurde.

»Ich war drei Jahre alt, als meine Eltern sich getrennt haben. Sie waren nicht verheiratet. Meine Mutter war noch sehr jung, im jugendlichen Alter, und völlig überfordert mit zwei kleinen Kindern. Sie schaffte es einfach nicht, hatte wohl auch keine Hilfe oder wollte keine. Kurz nach der Trennung hat sie meine Schwester und mich weggegeben.«

»Ich verstehe. Reden Sie weiter, ich höre Ihnen zu.«

»Wir lebten damals in Malachowa, einem kleinen Ort in Russland, etwa 300 Kilometer nordöstlich von Moskau. Die Erzieherinnen trugen eine steife graue Tracht und sahen streng aus. Das Heim bestand aus mehreren Flachbauten aus Holz, die kärglich eingerichtet waren. Spielzeug gab es kaum. Das Frühstück bestand aus dünner Milchsuppe. Mittags wurden uns gestampfte Kartoffeln mit Karotten vorgesetzt, das vergesse ich nie. Ich würde kotzen, wenn ich das heute noch einmal vorgesetzt bekäme. Nur sonntags gab es zusätzlich etwas Fleisch und Brot dazu. An Feiertagen, wie Weihnachten oder Ostern, bekamen wir zum Nachtisch russischen Zupfkuchen oder Kartoschka, das sind russische Törtchen, die waren lecker. Das war aber eine Ausnahme. Sonst war das Essen einfach. Zum Abendessen gab es eine Gemüsesuppe, oft auch Milchsuppe wie zum Frühstück. Der Tagesablauf war fest strukturiert. Nach dem Frühstück ging es nach draußen an die frische Luft – bei jedem Wetter. Nach dem Mittagessen mussten wir schlafen, auch wenn wir nicht müde waren. Danach durften wir für eine Stunde auf den Spielplatz hinter dem Kinderheim. Dort befanden sich verschiedene Schaukeln, Klettergerüste und Rutschen. Ich erinnere mich an einen bunten Kletterbogen aus Metall und eine Holztrommel, die sich drehte, wenn man sich am Gestänge festhielt und mit den Beinen darauf herumtrampelte. Es war gar nicht einfach, die Balance zu halten.«

»Schön, dass Sie auch positive Erinnerungen an diese Zeit haben.«

»Zum Teil ja. Ich war nie allein, es waren immer Kinder in meinem Alter zum Spielen da. Doch die Nächte in dem riesigen, ungeheizten Schlafsaal waren schlimm. Ich hatte von Anfang an Heimweh und habe viel geweint. Ich habe mich nach meiner Mutter gesehnt, nach ihrem weichen Körper, ihren warmen Händen und ihrer sanften Stimme. Manchmal hatte sie uns was vorgelesen. Das kam im Heim nie vor. Die Erzieherinnen hatten gar keine Zeit dazu.«

»Ich verstehe«, sagte die Therapeutin.

»Eines Tages kam ein Paar aus Deutschland, schaute sich alle Kinder an und nahm ausgerechnet meine Schwester mit. Eine der Erzieherinnen fragte, ob sie bereit wären, ein Geschwisterpaar zu adoptieren, auch das Geschwisterkind, also mich, aber sie lehnten ab, sie wollten nur ein Kind. Sie stiegen mit meiner Schwester in ein Auto und fuhren davon. Weihnachten stand vor der Tür. Ich blieb allein zurück und verbrachte mein drittes Weihnachtsfest im Heim – ohne Eltern und ohne meine geliebte Schwester. Ich habe sie unendlich vermisst und sehr um sie getrauert.«

»Das glaube ich Ihnen. Es muss schwer gewesen sein.«

»War es auch. Manchmal kamen fremde Leute zu Besuch und schlenderten neugierig herum. Sie redeten in fremden Sprachen, die wir nicht verstanden, und hatten Geschenke dabei, Puppen oder Stofftiere, auch Süßigkeiten. Kleine rote Lollis wurden großzügig an alle Kinder verteilt. Die meisten Erwachsenen interessierten sich allerdings nur für Babys oder Kleinkinder und machten sich nicht einmal die Mühe, die größeren Kinder anzuschauen. Sie gingen gleich weiter ins Säuglingsheim, das direkt neben unserem Haus lag. Als wieder Krokusse und Primeln blühten, blieb endlich ein Paar vor mir stehen. Ich bekam einen Teddybären geschenkt, wurde an die Hand genommen und mitgezogen. Ich verstand kein Wort, denn auch dieses Paar sprach eine fremde Sprache. Mit dem Auto ging es zu einem Hotel und am nächsten Tag zum Flughafen.

Zum ersten Mal in meinem Leben habe ich ein Flugzeug bestiegen und bin geflogen. Das war aufregend. Als wir in Deutschland ankamen, war es schon dunkel. Ich bekam ein neues Zuhause bei Doris und Ralf, die in einer großen Stadt mit vielen Häusern und Autos lebten. Am Anfang waren sie sehr nett zu mir, haben viel mit mir geredet und mir etwas vorgesungen.«

»Wann wurde es anders?«, wollte Maren Kleinschmidt wissen.

»Schon bald, als ich in die Schule kam. Ich brachte Schulfreunde mit nach Hause. Sie wunderten sich, dass es bei uns keinen Fernseher und keine Süßigkeiten gab. Und sie erschreckten die strengen Regeln, die sie von zu Hause nicht kannten. Meine Eltern waren unfreundlich zu ihnen, haben sie schnell wieder weggeschickt. Sie wurden auch immer unfreundlicher zu mir.« Der Patient seufzte tief und machte eine Sprechpause. »Ich hasse meine Mutter«, sagte er leise.

»Sie sprechen von Ihrer leiblichen Mutter?«

»Ich hasse sie so sehr. Ich wünschte, sie wäre tot.«

Die Therapeutin wusste immer noch nicht, um welche Mutter es sich handelte, der ihr Patient den Tod wünschte. Das war auch nicht so wichtig zu unterscheiden. Wichtiger war, an die Gefühle heranzukommen, den Finger in die Wunde zu legen. »Haben Sie Kontakt zu Ihrer Schwester? Wissen Sie, wie es ihr geht, wo sie lebt?«

»Nein.« Die Antwort kam schnell.

»Würde es Ihnen helfen, sie zu suchen?«

Der Patient schloss die Augen und schwieg.

»Es ist sicher nicht einfach für Sie, doch ich fände es für Ihre Heilung bedeutsam, wenn Sie Kontakt zu ihr herstellen würden. Haben Sie schon einmal versucht, sie zu finden?«

»Ich möchte nicht über meine Schwester sprechen.«

»Warum nicht?«

»Weil es mir nicht guttut.«

»Okay. Vielleicht ist es dafür noch zu früh. Was würde Ihnen guttun? Was brauchen Sie jetzt?«

»Ruhe. Ich möchte ein paar Minuten nicht reden, nur nachdenken.«

*

Carlo Oltmann hatte sich vom Kiosk am Attersee ein Mettbrötchen mit einer ordentlichen Portion Zwiebeln, einen Milchkaffee und die aktuelle Ausgabe der Bildzeitung geholt. Nun saß er auf seinem Campingstuhl, der unter seinem Gewicht bedrohlich knackte, an einem wackeligen Campingtisch und frühstückte. Es versprach, ein sonniger Tag zu werden, die Luft war jedoch noch recht kühl. Im Radio kam ein Lied von den Toten Hosen, das seine unerklärliche Sehnsucht weiter verstärkte. Er summte mit, wurde dadurch jedoch immer melancholischer. Das Hochgefühl der vergangenen Tage war vorbei. Er hatte den Eindruck, dass ihn Gudrun nicht einmal vermisste. Sie hielten losen Kontakt per WhatsApp, unterhielten sich über Belanglosigkeiten, tauschten ein paar Fotos aus. Er hatte die Erfahrung gemacht, dass manche Frauen sich nur unter Frauen richtig wohlfühlten, die überhaupt keine Männer für ihr Wohlbefinden brauchten. Er wusste das von seiner Großmutter, die ihm in einer schwachen Stunde gebeichtet hatte, froh zu sein, dass ihr Mann im Krieg geblieben war. Sie lebte seither mit ihrer Cousine zusammen, ebenfalls früh verwitwet, und genoss ihr Leben in vollen Zügen. War Gudrun auch so? Brauchte sie ihn gar nicht für ihr

Glück? Manchmal hatte er den Eindruck. Ein Mehrgenerationenhaushalt zusammen mit Minna kam für ihn jedenfalls nicht infrage. Wenn sie unbedingt nach Osnabrück wollte, sollte sie sich eine eigene Wohnung suchen. Gut, einfach würde das bei der angespannten Immobilienlage nicht werden. Minna bezog nur eine kleine Rente, sodass sie keine große Auswahl hatte. Ratlos nippte er an dem brühend heißen Kaffee. Er riss den Deckel des Pappbechers ab, damit das Getränk schneller auskühlte.

Wieso musste sich das Leben mit zunehmendem Alter immer komplizierter gestalten? Warum war es nicht mehr leicht und unbeschwert wie früher? Es hatte sich doch mal perfekt angefühlt!

Oder lag das an seiner Wahrnehmung? Weil er älter geworden war und weniger belastbar?

Sein Blick ruhte auf dem stillen See, auf dem am Wochenende und in den Sommerferien bunte Ruder- und Tretboote dümpelten. Der Sandstrand war dann bevölkert mit sonnenhungrigen Gästen und spielenden Kindern – fast wie am Meer. Jetzt im Mai war nicht viel Betrieb, zumindest nicht unter der Woche. Die wenigen Urlauber waren Dauercamper, hauptsächlich Rentner, die aus ihren kleinen Wohnungen flohen, um Ruhe zu finden und sich ein Stück Natur zu erobern.

Ein älteres Paar schlenderte Hand in Hand an ihm vorbei und grüßte freundlich. Wie viele alte Ehepaare waren sie im Partnerlook gekleidet: Kurze, karierte Hemden, beige Hosen, die bis zu den Waden reichten, Tennissocken, Wandersandaletten. Carlo schätzte sie auf Mitte bis Ende 70. Sie wirkten sehr zufrieden, in sich ruhend. Bald würden sie nicht mehr da sein, dachte Carlo plötzlich bekümmert. Ein paar gemeinsame Jahre hatten sie vielleicht noch, dann würde einer von beiden krank werden und sterben. Der Zurückbleibende würde sich zurückziehen, die Freude am Leben verlieren, verbittert und einsam werden, sich mit Alterswehwehchen und Krankheiten herumschlagen und schließlich von Fremden gepflegt werden müssen. Carlo dachte daran, dass es auch ihm und Gudrun eines Tages so gehen würde. Wie viele Jahre blieben ihnen noch? Er war jetzt 55. In 30, spätestens 35 Jahren würde nichts mehr von ihm übrig sein. Gudrun würde mit dem Rollator zum Heger Friedhof zockeln, die Stiefmütterchen auf seinem Grab gießen und die verwelkten Blätter abzupfen, vielleicht ein, zwei Worte mit der Witwe vom Nachbargrab wechseln, bis sie selbst verschwunden wäre. Das Leben würde weitergehen, als hätte es sie nie gegeben. Jana würde eine Zeitlang trauern und sich dann wieder ihrem eigenen Leben zuwenden. So war es eben. Das war der Lauf der Zeit. Wenn er mal nicht mehr da wäre, würden weiterhin Kinder am Strand spielen, sich um Schaufeln und Eimerchen kloppen und nach einem Eis verlangen. Die Vögel würden singen, als gäbe es kein Morgen, Paare würden Liebe machen und die Müllmänner würden morgens mit ihren orangefarbenen Müllautos ausrücken, um der menschlichen Verschwendungssucht Herr zu werden. Nachbarn würden weiter am Gartenzaun über nicht geschnittene Hecken und überhängende Zweige streiten und sich irgendwann beim Straßenfest bei Bier und Bratwurst versöhnen. Die Welt würde sich weiterdrehen, auch ohne sie. Warum sich also ständig aufregen über Kleinigkeiten, über Bedeutungsloses? Das Leben war viel zu kurz dafür und zu kostbar.

Die meisten Streitthemen waren ohnehin völlig sinn- und belanglos. Was uns heute aufregt, stört uns in einem Jahr oder schon in der nächsten Woche nicht mehr. Wir alle kommen aus dem Nichts und gehen ins Nichts, dachte er. Mitnehmen kann keiner etwas – die Armen nicht und die Reichen ebenfalls nicht.

Carlo steckte sich den letzten Bissen Mettbrötchen in den Mund, klopfte sich die Hose ab und trank den Kaffee aus. Zeit, aufzubrechen. Heute war Tobecke dran. Anfangs hatte Carlo ihn nicht zum Kreis der Verdächtigen gezählt, weil er eigentlich nicht von Jessicas Tod profitierte, aber der Bandleader hatte kein Alibi und die vielen enttäuschten Frauen setzten ihm zu. Möglich, dass Jessica ihn provoziert, vielleicht sogar erpresst hatte. Und dann war da die ungeklärte Sache mit dem Fleischmesser. Sollte der Kerl mal versuchen, seine Unschuld zu beweisen. Der steckte tief mit drin und wusste mehr, als er zugab.

Auf der Fahrt in die Innenstadt hörte Carlo klassische Musik im Radio. Das tat er sonst nie, aber ihm war plötzlich danach. Der Himmel war blau und wolkenlos, das Licht sommerlich hell, die leise Musik wärmte sein Herz und sein Gemüt, da kam ihm ein Gedanke. Er war nie besonders gläubig gewesen, dennoch glaubte er nicht daran, dass er eines Tages ganz verschwinden würde, sondern dass etwas von ihm bliebe. Die Liebe, dachte er. Sie ist viel stärker als der Hass. Auch wenn wir jemanden nur kurz mit unserer Liebe berührt haben, auch wenn die Liebe aussichtslos war, sie würde bleiben. Das war das Einzige, das wir hinterlassen würden: Spuren der Liebe. Und das war ein sehr tröstlicher Gedanke.

*

Carsten Tobecke erschien gegen 10.30 Uhr, eine halbe Stunde früher als erwartet. In den Büros der Polizeiwache am Kollegienwall war es um diese Zeit schon drückend schwül. Mangels Klimaanlage waren die meisten Fenster geschlossen und die Metalljalousien zur Hälfte heruntergelassen, um die Hitze zurückzuhalten. Birthe war gerade dabei, ihr Birchermüsli zu löffeln, als jemand von der Zentrale anrief, ein Zeuge warte unten im Eingangsbereich.

Carlo erbot sich, ihn abzuholen. Zehn Minuten später betrat er wieder das Büro, zusammen mit dem Bandleader der Blue Box. »Der Fahrstuhl kam nicht, da haben wir die Treppe genommen«, erklärte er und wischte sich den Schweiß von der Stirn.

Carsten Tobecke machte einen aufgeräumten Eindruck. Er trug ein blau kariertes kurzärmliges Hemd, eine dunkle Jeans, glänzende schwarze Schuhe, und er war glattrasiert. Den Hut nahm er ab, als er das Zimmer betrat. Seine schütteren Haare hatte er zu einem kleinen Zopf gebunden. Da seine Personalien bereits aufgenommen worden waren, konnte Carlo gleich mit der eigentlichen Vernehmung beginnen. Wichtigster Punkt war Tobeckes Wissen um das Mordwerkzeug. »Woher wissen Sie das mit dem Fleischmesser? Woher haben Sie diese Information, Herr Tobecke?«

Tobecke wirkte überrascht. »Welches Fleischmesser?«

Birthe sah ihn lange an. »Sie wissen, dass Sie die Wahrheit sagen müssen. Darauf brauche ich Sie nicht extra hinzuweisen, nicht wahr? Sie können strafrechtlich belangt werden, wenn Sie wissentlich die Unwahrheit sagen.«

Sichtlich nervös riss er die Augen auf. »Ist Jessica damit getötet worden?«

Birthe nickte. »Woher wissen Sie das?«

Er öffnete entwaffnend die Hände. »Keine Ahnung, ich habe nur gefragt, ob sie damit getötet wurde, mehr nicht.«

»Ich bin mir nicht sicher, ob ich Ihnen das glauben kann, Herr Tobecke«, warf Birthe ein. »Es gibt Zeugen, dass Sie das Fleischmesser erwähnt haben. Und so ein entscheidendes Detail saugt sich niemand aus den Fingern. Für mich klingt das nach Täterwissen, zumal die Obduktion diesbezüglich passende Ergebnisse geliefert hat. Die Einstiche stammen in der Tat von einem relativ breiten Fleischmesser.«

»Blödsinn, Täterwissen. Wenn, dann weiß der Täter was, aber ich bin ja nicht der Täter, also habe ich auch kein Täterwissen.«

Birthe seufzte. »Was war das für eine Dame, mit der Sie über die Tat gesprochen haben?«

»Wer hat das behauptet?«

»Eine Kundin beim Friseur am Lieneschweg. Sie hat vor Zeugen die Tatwaffe erwähnt und sie behauptet, sie hätte das Wissen von Ihnen.«

»Wer soll das gewesen sein?«

Birthe sah ihn fragend an. »Genau das möchte ich von Ihnen erfahren.«

Genervt rollte er mit den Augen. »Ich kenne viele Damen. Kann ich ahnen, was die von sich geben, wenn sie beim Friseur unter der Haube sitzen und sich langweilen? Ich liebe Frauen, aber nur für kurze Zeit, manchmal für eine einzige Nacht. Man kann mir das vorwerfen, aber ich stehe dazu. Ich bin kein Mann für eine Beziehung. Leider verstehen viele Frauen das falsch, bilden sich ein, wir hätten eine gemeinsame Zukunft.«

»Können Sie sich vorstellen, dass Sie jemand aus der Band verraten hat?«

»Hallo! Ich habe gerade eben gesagt, dass ich nichts weiß. Und weil ich nichts weiß, hat mich auch niemand verraten.«

»Wer wusste von Ihrer Beziehung zu Jessica und wer hatte Ihrer Meinung nach Grund zur Eifersucht?«, fragte Carlo.

Tobecke hielt kurz inne. »Grund zur Eifersucht ... schwierige Frage. Ich habe nie darüber nachgedacht. Wenn für mich Schluss war, war die Sache erledigt. Gut, wer könnte eifersüchtig gewesen sein? Wenn überhaupt, dann Katharina Jütting oder Angelina Zimmermann.«

»Katharina Jütting, weil Sie sie gefeuert haben?«

»Ja, und weil sie mir nie verziehen hat, dass ich mich nach einem One-Night-Stand nicht mehr bei ihr gemeldet habe, jedenfalls nicht in ihrem Sinne. Gemeldet schon, aber nur, wenn es um die Mucke ging. Privat habe ich mich total zurückgehalten. Okay, ich gebe zu: Schlussmachen war noch nie meine Stärke. Ich lasse die Geschichte einfach auslaufen. Mag sein, dass ich feige bin, ja. Das kann man mir vorwerfen. Ich muss es aushalten, wenn die Frauen anschließend hart mit mir ins Gericht gehen. Das ist okay, ich habe es nicht besser verdient. Aber anders geht es nicht. Ich bringe es nicht übers Herz, einer Dame ins Gesicht zu sagen, dass sie mir nichts bedeutet. Ich will sie ja nicht verletzen. Wenn es um private Dinge geht, um Gefühle, kann ich nicht direkt sein. Damit ist Katharina nicht klargekommen. Ihre Sache, nicht zu ändern. Ich bin halt, wie ich bin und kann nicht aus meiner Haut. Eigentlich hätte sie es wissen müssen, sie kennt mich schließlich schon eine Weile.« Er grinste verlegen.

»Warum Angelina?«

Tobecke holte Luft. »Weil ich ihr klargemacht habe, dass sie nicht in die Band passt. Sie versteht nichts von Musik, trifft kaum einen richtigen Ton – so jemanden brauche ich nicht. Anfangs dachte ich noch: Mann, die hat ja die gleiche

Stimme wie Jessica, die sind fast austauschbar. Echt, wenn du nicht hinguckst, könntest du meinen, Jessica spricht mit dir, dabei ist das Angelina – und umgekehrt. Aber dann habe ich gemerkt, dass es eben doch große Unterschiede gibt. Jessicas Stimme war recht gut ausgebildet. Hochmusikalisch würde ich es nicht gerade nennen, aber es hat gereicht. Ihre Eltern haben ihr jahrelang Klavier- und Gesangsunterricht ermöglicht, während Angelina total unmusikalisch ist. Die kann Dur nicht von Moll unterscheiden, versteht nichts von Tonarten und könnte dir nicht einmal ein C geben. Viele Töne trifft sie nicht, und sie weiß es nicht einmal. Sie hat auch kein gutes Rhythmusgefühl. Eifersüchtig vielleicht auch deshalb, weil ich ihre Gefühle nicht erwidert habe. Angelina stand auf mich – ich nicht auf sie. Mit ihr habe ich nie etwas angefangen, nichts Richtiges jedenfalls, sie war einfach nicht mein Typ. Wenn ich darüber nachdenke, machen Frauen eigentlich nur Probleme. Ich sollte in Zukunft besser die Finger von ihnen lassen. Aber ob mir das gelingt? So auf Dauer? Länger als zwei Wochen?« Er zog seine Stirn in Falten. »Ich glaube, mit Angelina habe ich über die Sache gesprochen, ja. Sie war am Sonntag nach dem Auftritt kurz bei mir, als wir gerade zusammenpackten. Sie weinte und fragte völlig aufgelöst, wie jemand so brutal sein könne, mit einem Steakmesser auf ihre Freundin einzustechen. Steakmesser hat sie gesagt, nicht Fleischmesser.«

KAPITEL 25

Der erste Weg des Tages führte Daniel ins Klinikum. Er konnte sich nicht erinnern, wann er zuletzt ein derart mulmiges Gefühl gehabt hatte. Schwindel erfasste ihn, als er die langen Flure bis zur Inneren Station durchquerte. Vom Krankenhausgeruch wurde ihm regelrecht übel. Kurz vor dem Zimmer seiner Oma lehnte er sich gegen eine der Haltestangen, an denen frischoperierte Patienten ihre ersten Schritte übten. Bislang hatte Daniel privat keine Erfahrungen mit Todesfällen gemacht. Sein Opa, Hildes Mann, war schon mit Mitte 50 bei einem Motorradunfall tödlich verunglückt. Daniel hatte ihn nicht bewusst kennengelernt. Alle anderen Personen in seinem Umfeld lebten noch. Nicht einmal den Tod eines Haustiers hatte er betrauern müssen, weil er nie eins besessen hatte. Vor Jahren war mal ein Kollege von ihm in einen Schusswechsel geraten und am nächsten Tag seinen Verletzungen erlegen. Das war die einzige Beerdigung, bei der er bisher gewesen war. Mit dem Kollegen hatte er allerdings nur flüchtig zu tun gehabt, sodass ihn das Erlebnis zwar berührt, jedoch nicht erschüttert hatte. Anders jetzt bei Oma Hilde. Völlig anders.

Er warf einen schrägen Blick in Richtung ihres Zimmers. Keine fünf Meter trennten ihn von ihr. Sie lag nun allein, obwohl sie Kassenpatientin war. Daniel hatte mal gehört, dass Patienten kurz vor ihrem Tod ein Einzelzimmer bekommen. Niemand, der nicht Teil der Familie ist oder zum Krankenhauspersonal gehört, soll ihnen beim

Sterben zusehen. Außerdem besteht so die Möglichkeit, dass ein Angehöriger mit im Zimmer übernachten kann. Tränen traten in seine Augen, als er sich ausmalte, dass Oma Hilde ihre letzte Nacht ganz allein verbracht hatte. Er war gestern nicht auf den Gedanken gekommen, zu fragen, ob er bei ihr bleiben durfte. Man hatte es ihm allerdings auch nicht angeboten. Schwester Annika hätte ihn zumindest fragen können. Gegenüber ging eine Tür auf und wie es der Zufall wollte, trat Schwester Annika heraus. Sie stockte kurz, als sie ihn erblickte, und kam dann auf ihn zu. »Guten Morgen«, rief sie fröhlich. »Was ist los? Sie sind richtig grün im Gesicht!«

Daniel lächelte gequält. »Nee, nee, ist schon okay.« Er hatte das Gefühl, dass sein Gehirn eine leere Hülle war.

»Wollen Sie zu Ihrer Großmutter?«

Er nickte matt. »Wie geht es ihr?« Sein Herz begann gewaltig zu klopfen.

»Prima! Sie hat sich im Schlaf erholt und ist stabil. Kaum aufgewacht, hat sie nach Kaffee verlangt, stark sollte er sein, mit Milch und viel Zucker. Gefrühstückt hat sie auch schon.«

»Was?« Er glaubte sich verhört zu haben. »Sie hat gefrühstückt? Sie lebt noch?«

Annika lächelte vergnügt. »Aber hallo, natürlich lebt sie! Gehen Sie ruhig hin zu ihr! Sie freut sich!«

»Puh!« Daniels Gesicht bekam wieder etwas mehr Farbe. Langsam kehrten seine Lebensgeister zurück. »Danke!«, sagte er und wollte schon losrennen. Auf dem Absatz machte er kehrt, um Annika zu umarmen. Sie fühlte sich ein bisschen steif an, war derartige Gefühlsausbrüche wohl nicht gewohnt. Kopfschüttelnd, aber lächelnd, ging sie weiter ins nächste Zimmer.

Anklopfen und Eintreten war eins. Daniel konnte es nicht erwarten, seine Oma in die Arme zu schließen. Sie saß in ihrem blaugepunkteten Klinikkittel aufrecht im Bett und blinzelte ihn freundlich an. »Junge, Junge, was hast du's eilig! Warum bist du nicht auf der Arbeit?«

Er gab ihr einen Kuss auf die Wange, umarmte sie vorsichtig und drückte ihre kühlen, fleischigen Hände. »Musst du mir solche Sorgen machen?«, fragte er, versenkte seinen Kopf in ihrer Halsbeuge und lachte und weinte gleichzeitig.

Sie schob ihn von sich weg. »Hör auf mit dem Blödsinn, Burschi. Was soll das, ich hab dir doch gesagt, ich will Urgroßmutter werden. Hab Lust, mal wieder für ein Baby zu stricken. Mir geht es blendend, kannst ruhig arbeiten gehen. Unkraut vergeht nicht. Und hör auf zu heulen, sonst komme ich noch auf den Gedanken, du meinst es ernst.«

»Oma, ich liebe dich!«, sagte er. »Ich liebe dich wirklich sehr, so, so sehr!« Es war einfach aus ihm herausgebrochen und kam aus vollem Herzen. Nie zuvor hatte er diesen Satz zu einer Frau gesagt. Auch wenn viele versucht hatten, Daniel dieses Geständnis zu entlocken.

Jetzt begannen auch ihre Augen zu schwimmen. »Verdammter Bengel«, schluchzte sie, »bringst eine alte Frau wie mich tatsächlich zum Flennen. Gib mir mal ein Taschentuch!«

»Hab keins«, sagte er achselzuckend.

Missbilligend sah sie ihn an. »Wie oft habe ich dir gesagt, du sollst dir eins einstecken, du Lümmel.«

»Deine gestärkten Stofftaschentücher waren mir immer schon suspekt!«, meinte er grinsend, während er sich mit den Händen die Tränen aus dem Gesicht wischte.

»Das ist das Beste, was es gibt. Die fusseln nicht, sind

billiger als diese ollen Papiertaschentücher und belasten nicht die Umwelt.«

Daniel ging in die Nasszelle und rupfte einen guten Meter Toilettenpapier ab.

»Verschwender!«, krakeelte sie und putzte sich geräuschvoll die Nase. »Wie läuft's im Job? Hast du mal wieder einen Gauner dingfest gemacht? Die Gerda ist kürzlich auf einen reingefallen. Ein Polizist hätte bei ihr angerufen, mit einer 110-Nummer, sie solle all ihr Erspartes abheben und zusammen mit ihrem Goldschmuck in eine Tasche stecken und vor die Haustür stellen. Er würde es abholen und für sie sicher in einem Safe verwahren.«

»Das hat sie doch nicht getan?«

Hilde nickte langsam. »Doch, hat sie. Die Gerda ist so gutgläubig. Jetzt hat sie nichts mehr zum Vererben. Nur Ohrringe und ihr Ehering sind ihr geblieben, die sie an dem Tag trug. Junge, versprich mir eins: Sperr mir jeden Tag einen Verbrecher hinter Schloss und Riegel! Wir Alten wollen uns noch lange auf die Straße trauen.«

Er salutierte. »Klar, Oma, jeden Tag einen Verbrecher!«

»Wo du schon hier bist, kannst du mir beim Kreuzworträtsel helfen. Als Polizist weißt du bestimmt mehr als ich.« Sie nestelte umständlich an ihrer Lesebrille herum und nahm eine Zeitschrift zur Hand, die ihr ihre Nachbarin Frau Niemann vorbeigebracht hatte. Auf dem Titelbild war eine Königsfamilie abgebildet. Vielleicht die spanische oder schwedische, Daniel kannte sich da nicht aus.

»Sag mal … ›Germanische Göttin der Jugend mit fünf Buchstaben‹ … Jetzt enttäusch mich bloß nicht!«

»Hast du einen Anfangsbuchstaben?«, fragte Daniel, der keinen Schimmer hatte.

»Näh«, sagte Hilde und schüttelte bedauernd ihr Doppelkinn.

Daniel packte sein Smartphone aus. »Mal Onkel Google befragen«, meinte er seufzend.

»Wer ist das denn? Eine Art Telefonjoker?«

»Iduna.«

»Iduna? Wie die Versicherung? Haut hin. Junge, bist du schlau!« Mit krakeligen Buchstaben füllte sie die Lücken. Dann flog ihr Blick über die vielen leeren Kästchen. »Englisches Possessivpronomen. Du kannst doch Englisch, oder?«

Daniel fühlte sich ertappt. In der Schule hatte er in Englisch seine schlechteste Note gehabt. »Wie viele Buchstaben?«

»Drei.«

Er überlegte lange, denn er wollte die Frage ohne Internet beantworten. Und seine Oma hatte ja Zeit. Dann hatte er einen Geistesblitz und freute sich mächtig darüber. »›Her‹ oder ›his‹, hm? Was passt besser?«

»›His‹. Junge, mein Respekt vor dir wächst gerade gewaltig!«

*

»Ich habe erst viel später gemerkt, dass mit meinen neuen Eltern etwas nicht stimmt«, sagte der Patient leise. »Anfangs war für mich alles in Ordnung. Ich war froh, aus dem Heim raus zu sein, endlich ein eigenes Zimmer und eine eigene Mutter und einen eigenen Vater zu haben – nur für mich. Sie waren lieb zu mir, sehr fürsorglich, es war schön, ja, die erste Zeit in Deutschland, die war schön.« Er stockte, schloss die Augen, schien weit weg zu sein.

»Sie wollten von Ihrer Schwester erzählen.«

»Meine Schwester ...« Der Patient öffnete die Augen und starrte an die Decke. »Ich habe Fotos von ihr gefunden, auf ihrer Facebookseite. Sie schien sehr glücklich zu sein. Man sah sie mit ihren Eltern zusammen auf einem Kreuzfahrtschiff, beim Essen in einem tollen Restaurant in einem Yachthafen von Mallorca, es gab Fotos von ihr in Dubai, in New York, auf Sylt, in Paris, in St. Moritz beim Skilaufen, überall in der Welt scheinen sie gewesen zu sein. Immer zu dritt, immer glücklich, alle drei wunderschön, schick und teuer gekleidet, fröhlich in die Kamera strahlend. Man merkte ihnen an, dass sie unglaublich viel Geld hatten, ihr Leben in vollen Zügen genossen und sich alles leisten konnten. Sie wirkten wie ein Dreamteam, liebevoll miteinander und super harmonisch.«

»Wo lebt Ihre Schwester heute?«

»Es ist genug. Ich will nicht mehr über sie reden.«

»Also gut. Dann erzählen Sie von Ihren Adoptiveltern. Wie ging es nach der ersten Zeit weiter?«

»Meine Eltern haben sich gut um mich gekümmert, aber nur solange ich gehorchte. Ich musste tun, was sie wollten. Jeden Tag musste ich mein Zimmer aufräumen und mein Bett machen, schon im Alter von sieben Jahren. Oh, wie ich das gehasst habe! Wenn ich es nicht richtig erledigt hatte, hat meine Mutter das Bettzeug auf den Boden geworfen. Dann musste ich von vorne anfangen. Meinem Vater musste ich im Garten helfen, Laub zusammenrechen oder Unkraut zupfen, später Rasen mähen oder Hecken schneiden. Nur die Hecke vor dem Haus durfte ungehindert wachsen. Ich musste funktionieren. Wie eine Maschine. Funktionieren, Tag für Tag, immer wieder. Erst wenn ich meine Aufgaben tipptopp erledigt hatte, durfte ich essen. Sehr oft musste ich ohne Abendbrot ins Bett gehen. Ich glaube, meine Seele ist schon früh zerbrochen, nicht erst jetzt. Das muss schon im Grundschulalter passiert sein. Meine Eltern haben nicht dafür gesorgt, dass ich spielen und Kind sein durfte. Spaß in meinem Leben war nicht vorgesehen. Ich wurde nicht geliebt. Das ist das Schlimmste, was man einem Kind antun kann, dass man es nicht lieb hat. Verstehen Sie, was ich meine?«

Die Psychologin nickte langsam. »Sie hatten eine schwere Last zu tragen. Sie dachten, Sie wären angekommen im Leben, aber das war nicht so, stimmt's? Sie haben sich oft gefragt, was schlimmer war: die Zeit im Kinderheim oder die Zeit danach. Und Sie sind zu keinem Schluss gekommen.«

»Doch. Es war schlimmer als in Russland. Das kann ich jetzt beurteilen. Als Kind nimmst du die Dinge hin, weil du es nicht besser weißt, weil du es nicht anders kennst, weil dir die Vergleichsmöglichkeiten fehlen. Für ein Kind ist zunächst alles in Ordnung, auch wenn nichts, überhaupt nichts in Ordnung ist. Heute frage ich mich: Was wäre aus mir geworden, wenn ich im Heim geblieben wäre, wenn ich in Russland geblieben wäre und vielleicht dort eine neue Familie gefunden hätte? Wäre es mir besser ergangen oder schlechter? Wie würde ich heute dastehen? Wäre ich glücklicher? Ich weiß es nicht. Ich bin ja nun frei, seit Jahren lebe ich nicht mehr bei meinen Adoptiveltern, aber ich werde sie nie los. Sie sind immer bei mir, erkämpfen sich einen Platz in meinen Gedanken und Träumen, obwohl ich das gar nicht will. Nach wie vor machen sie mir das Leben zur Hölle, immer noch, obwohl ich schon lange keinen Kontakt mehr zu ihnen habe. Aber sie sind in mir drin, sie sind meine innere Stimme, mein Gewissen, sie reden dauernd auf mich ein, beleidigen mich, drohen mir, korrigieren mich, ängstigen mich, machen mich klein. Ob ich diese Dämonen jemals los werde? Was glauben Sie? Können Sie mir helfen? Ich denke nicht. Bis vor Kurzem habe ich noch gedacht, ich könnte irgendwann ein normales Leben führen, wie alle anderen auch. Lachen, weggehen, Spaß haben, das Leben spüren, verstehen Sie? Es genießen, einfach leben, lieben und lachen. Verlieben würde ich mich gerne mal wieder. Das ist mir nur einmal passiert, meine Liebe wurde nicht erwidert. Viel Geld brauche ich nicht, nur ein bisschen Glück und einen Menschen, der mich liebt. Aber ich habe die Hoffnung darauf aufgegeben. Den Glauben an ein gutes Leben habe ich verloren. Eigentlich will ich lieber sterben.«

»Ich will Sie nicht korrigieren, doch vielleicht sollten Sie Ihre Auffassung von Glück einmal hinterfragen. Denn so wie Sie das im Moment sehen, hilft es Ihnen nicht, sondern macht Sie im Vergleich zu anderen noch unglücklicher. Das Leben ist nie vollkommen glücklich und unbeschwert. Es ist nie einfach und das war es auch nie, zu keiner Zeit. Es gibt keinen Menschen, der dauerhaft glücklich ist. Glück empfinden wir nur durch den Gegensatz – dadurch, dass es Unglück gibt, eine Pechsträhne, Unbehagen, Krankheit, Schmerz und Mangel. Das Leben an sich ist schon mangelhaft – von Geburt an. Der Säugling schreit, weil er Hunger oder Bauchweh hat oder weil die Windel voll ist. Vor allem schreit er seine Sehnsucht heraus, nach Liebe, Wärme und Geborgenheit, die ihn sein Leben lang nicht mehr loslassen wird. Machen Sie sich das einmal klar, das hilft Ihnen vielleicht. Das Leben ist nie vollkommen, erst recht gibt es kein vollkommenes Glück. Selbst wenn wir alles hätten, wenn wir uns mit unserem Geld jeden Wunsch erfüllen könnten, gäbe es auch dann Tage, an denen wir uns über jemanden ärgern, wir mit jemandem Streit haben, uns bedroht fühlen, uns unsichtbar und klein fühlen, wir uns Sorgen um einen Menschen machen, um uns selbst oder um die Zukunft, unter Kopfschmerzen leiden, unter Schlaflosigkeit, uns mit einer Erkältung oder Zahnschmerzen herumplagen oder uns den Magen verdorben haben. Und selbst wenn wir völlig gesund und schmerzfrei wären, ohne Sorgen und Probleme, was völlig utopisch ist, würde uns etwas fehlen. Schnell verspürten wir Überdruss und Langeweile. Auch das ist ein Mangel. Wir brauchen den Mangel als Gegensatz zu den glücklichen, stimmigen Augenblicken in unserem Leben. Nur dann können wir sie überhaupt als solche wahrnehmen, genießen und glücklich sein. Ihre Schwester ist sicher auch nicht immer glücklich, obwohl sie auf den Bildern diesen Eindruck macht. Fotos sind nur eine Momentaufnahme und oft Show. Sie zeigen uns so, wie wir wahrgenommen werden wollen. Niemand weiß, wie es im Inneren tatsächlich aussieht. Niemand sieht uns weinen, niemand sieht unseren Ärger und Verdruss. Was ist mit den kleinen Momenten in Ihrem Leben? Wie fühlen Sie sich, wenn nach einer langen Kälte- und Regenperiode endlich wieder die Sonne scheint, es warm wird, die Vögel zwitschern und die ersten Blumen aus der frischen Erde sprießen? Wenn sich die Straßencafés füllen, irgendwo Musik ertönt, der Wochenmarkt voller Menschen ist und es nach frischen Rosen duftet? Wenn Sie zum ersten Mal wieder draußen essen können, mit Freunden grillen und die Seele baumeln lassen?«

Die Antwort kam nach drei Sekunden. »Nichts – ich fühle nichts«, sagte der Patient. »Nur Kälte und Leere.«

*

Vor der Tür stieß Daniel fast mit Annika zusammen. Sie hatte ein Blutdruckmessgerät in der Hand und wollte offensichtlich gerade nach Hilde Brunner sehen.

»Hoppla!«, sagte sie.

Da sie dicht voreinander standen, sah Daniel ihr direkt in die Augen. Sie waren haselnussbraun mit kleinen gelben Sprenkeln. Ihr Gesicht war puppenmäßig hübsch, obwohl sie völlig ungeschminkt war. Eigentlich entsprach sie so gar nicht seinem Beuteschema, war weder groß noch blond noch gut gebaut, eher durchschnittlich, aber sie hatte etwas an sich, was sein Interesse weckte. »Sie machen das sehr gut«, sagte er und nickte anerkennend. »Ich glaube, meine Oma hat das gespürt. Ihre Gesundheit hing immer schon davon ab, ob sie Lust am Leben hatte oder nicht. In Gesellschaft lieber Menschen fühlt sie sich einfach wohl. Das weckt ihre Lebensgeister. Dann blüht sie auf.«

Als sie lächelte, fiel Daniel auf, dass sie Grübchen hatte.

»Ich bin froh, dass Sie wieder Farbe im Gesicht haben«, meinte Annika, »ich dachte schon, ich müsste mich um Sie kümmern! Das brauche ich jetzt zum Glück nicht mehr.«

»Finden Sie?« Er lachte sie an. »Ehrlich gesagt, hätte ich nichts dagegen.«

»Oje! Ist das eine billige Anmache. Auf so was reagiere ich grundsätzlich nicht.«

»So leicht lasse ich mich nicht abwimmeln. Wenn Sie mir Ihre Handynummer geben, verspreche ich Ihnen, Sie nicht zu nerven. Ein einziges Mal nur würde ich Sie anrufen. Nur einmal, versprochen. Wenn Sie mir dann sagen, dass ich keine Chance habe, lasse ich Sie in Ruhe. Geknickt zwar, mit hängenden Ohren, triefenden Augen, eingekniffenem Schwanz und weinendem Herzchen, aber ich werde es überleben.« Gespannt wartete er auf ihre Reaktion. Als gutaussehender Mann standen Daniel viele Türen offen, es war ihm nie schwergefallen, Frauen zu erobern. Doch nicht bei allen hatte er Erfolg. An Birthe zum Beispiel biss er sich die Zähne aus. Auch sie entsprach eigentlich nicht seinem Beuteschema – sie war ein wenig zu groß, zu drahtig gebaut, zu kühl manchmal –, doch er fand sie trotzdem anziehend, sehr sogar. Allerdings hatte sie ihm deutlich zu verstehen gegeben, dass mehr als Freundschaft für sie nicht infrage kam. Vielleicht war es besser so. Paare bei der Polizei hatten immer das Nachsehen. Oft lief es darauf hinaus, dass sich einer von beiden versetzen lassen musste, besonders, wenn es kriselte oder die Beziehung in die Brüche ging.

»Ich habe gleich Pause«, sagte Annika. »Wollen wir einen Kaffee trinken gehen?«

Daniel strahlte. »Können Sie Gedanken lesen? Ich habe mir gewünscht, dass Sie genau das sagen. Der Tag kann nur noch gut werden.«

Beim Cappuccino kamen sie schnell ins Gespräch und stellten fest, dass sie unbefangen miteinander klönen konnten.

»Ist es unmännlich, wenn ich zugebe, dass ich fürchterliche Angst um meine Oma hatte?«

»Überhaupt nicht, ich finde das sogar sehr sympathisch. Das spricht doch für Sie. Wenn es Ihnen egal gewesen wäre, hätte ich mir Gedanken gemacht.«

»Meine Oma ist mir sehr wichtig. Sie hat mich mit aufgezogen«, erklärte er. »Neben meiner Mutter ist sie meine wichtigste Bezugsperson. Sie hat vieles aufgefangen, weil meine Mutter ohne Unterbrechung Vollzeit gearbeitet hat. In der Pubertät war ich richtig schlimm, eine echte Herausforderung für jeden, der mit mir zu tun hatte. Manche

Lehrer haben mich gehasst. Besonders gehasst hat mich der Hausmeister unserer Schule.« Er stieß ein kurzes, heiseres Lachen aus. »Aber Oma Hilde hat es mit mir aufgenommen, mit viel Humor und Geduld – meine Mutter war längst nicht so geduldig. Mit ihr verstehe ich mich erst besser, seit ich erwachsen bin.«

»Glück für die Kinder, wenn sie verständnisvolle Großeltern haben«, meinte Annika. »Das hätte ich mir als Kind auch gewünscht.«

Er nickte. »Ich bin ohne Vater aufgewachsen, ohne Geschwister, aber es war okay für mich, ich fühlte mich geborgen und habe nichts vermisst. Haben Sie Geschwister?«

»Zwei Schwestern, eine älter und eine jünger als ich. Als sogenanntes Sandwichkind hat man es nicht immer leicht. Die Größere bevormundet einen ständig und die Kleinere piesackt und nimmt einem alles weg.«

Er hatte nur halb zugehört, denn ihm ging eine Frage nicht aus dem Kopf. »Ich habe nie so viel über den Tod nachgedacht wie in den vergangenen 24 Stunden. Wie ist das eigentlich, wenn jemand im Krankenhaus stirbt? Ich meine, wie gehen Sie damit um? Können Sie nachts überhaupt schlafen? Ich bin Polizist und einiges gewohnt, aber ich stelle mir das schrecklich vor, einen Patienten plötzlich tot in seinem Bett zu finden. Ist Ihnen das mal passiert?«

»Schon öfter. Ich bin froh, wenn ich dem Menschen vorher noch etwas Gutes tun konnte. Durch ein nettes Gespräch zum Beispiel. Einer wollte noch mal an einer Zigarette ziehen, da habe ich ihm eine angesteckt, obwohl es natürlich verboten ist, im Patientenzimmer zu rauchen. Ein anderer verlangte nach einer Flasche Bier, auch das habe ich möglich gemacht. Frauen freuen sich oft über ein Gläschen Sekt oder Prosecco. Wir haben in unserem Kühlschrank im Pausenraum immer Piccolos vorrätig. Der erste Tote war für mich schlimm, da habe ich sehr geweint, aber ich habe mich daran gewöhnt. Das bedeutet allerdings nicht, dass ich abstumpfe, ich gehe nur etwas gelassener damit um, und das ist auch gut so. Sonst könnte ich den Job auf Dauer nicht machen. Ich habe den ganzen Kreislauf des Lebens im Blick, von der Geburt bis zum Tod, und sehe ihn als normal an. Der Tod gehört zum Leben dazu, wie auch die Geburt. Beides hängt zusammen. In früheren Zeiten waren die Menschen viel häufiger mit Abschieden konfrontiert, weil sie mehr Kinder hatten und viele von denen nur wenige Jahre alt wurden. Auch Erwachsene sind oft an einfachen Krankheiten gestorben, die man heute gut behandeln kann. Das wurde akzeptiert. Die Menschen konnten besser damit umgehen. Es hat sie nicht so aus der Bahn geworfen wie viele heute. Heute wird der Tod tabuisiert. Die meisten verdrängen, dass sie eines Tages sterben müssen, und sind völlig geschockt, wenn der Tod in ihr Leben tritt. Der Tod wird als Versagen begriffen, nicht als Bestandteil des Lebens. Sie sehen das an dem Spruch, der oft über Todesanzeigen steht: ›Gehofft, gekämpft und doch verloren‹. Wir alle verlieren, wenn Sie so wollen, die einen früher, die anderen später, aber das wird oft weggeschoben. Seit ich hier arbeite und mich ständig damit auseinandersetze, lebe ich bewusster, intensiver, bin dankbarer für das, was ich habe. Ich genieße das Leben mehr als früher. Deswegen verstehe ich immer weniger, warum sich manche Leute über Kleinigkeiten aufregen oder warum so viel Hass und Zorn in der Welt ist.«

»Ein Kollege von mir denkt wie Sie. Man sollte dankbarer sein, sich nicht aus dem Tritt bringen lassen, dann macht das ganze Leben mehr Spaß.« Ihm fiel noch etwas ein. »Und was ist, wenn ein naher Angehöriger stirbt oder ein guter Freund?«

»Dann trauere ich natürlich. Aber ich hadere nicht mit dem Schicksal, mit Menschen oder mit Gott.«

»Man muss doch eigentlich panische Angst haben, wenn man über 80 ist und das Ende immer näher kommt. Aber meine Oma nimmt das ganz easy. Ich habe nicht den Eindruck, dass sie unter ihrem Alter leidet oder sich vor dem Tod fürchtet. Sie löst fröhlich ihre Kreuzworträtsel und interessiert sich für das Wohl ihres einzigen Enkels und für die europäischen Königshäuser.«

Annika schmunzelte. »Ihre Oma ist kein Einzelfall. Es ist im Gegenteil so, dass das Wohlbefinden mit dem Alter steigt. Ältere Menschen empfinden oft mehr Lebensqualität als jüngere, das ist wissenschaftlich erwiesen. Am wohlsten fühlen sich Menschen in ihren 60ern, oft auch noch in ihren 70ern, sofern sie noch einigermaßen fit sind. Sie haben nicht mehr so hochgesteckte Ziele und freuen sich auch an kleinen Dingen, nehmen alles, wie es kommt.«

»Hast du Angst vor dem Tod, Annika?«

Die Antwort kam ohne zu zögern. »Im Moment nicht. Meine Patienten haben mich gelehrt, im Hier und Jetzt zu leben, jeden Moment auszukosten. Carpe diem – mein Lebensmotto! Und gelassen zu bleiben. Was kommt, weiß kein Mensch. Warum soll ich mir mein Leben mit Ängsten und Sorgen verderben?«

Er suchte ihren Blick, versank in ihren haselnussbraunen Augen. »Was machst du, wenn ein Mensch gestorben ist? Rufst du sofort seine Angehörigen an?«

»Zunächst einmal öffne ich das Fenster weit, damit die Seele austreten kann. Dann setze ich mich einen Moment ans Bett, um mich zu verabschieden. Ich finde einen toten Menschen nicht unheimlich. Bis eben hat er noch gelebt, geatmet, etwas empfunden. Er ist noch da, auch wenn das Blut nicht mehr durch seinen Körper fließt. Man kann immer noch zu ihm sprechen. Man kann sich auch noch entschuldigen, wenn man es versäumt hat, oder sich bedanken. Das sage ich dann auch den Angehörigen.«

Liebevoll betrachtete er sie. »Weißt du was? Ich habe noch nie eine Beziehung zu einer Frau begonnen, indem ich mit ihr über den Tod philosophiert habe. Normalerweise bevorzuge ich andere Themen für den Beginn.«

Sie lachte. »Da gebe ich dir recht. Bei mir ist das auch so.« Sie verzog ihr Gesicht. »Was hast du gerade gesagt? Hast du von Beziehung gesprochen? Von Beginn?«

Er legte den Kopf schief. »Warum nicht? Ich könnte es mir gut vorstellen. Du nicht?«

Lachend hob sie abwehrend die Hände. »So einer wie du ist mir noch nie begegnet. Bevor du mir hier in der Cafeteria einen Heiratsantrag machst, trinke ich schnell meinen Kaffee aus und verschwinde wieder auf Station!«

KAPITEL 26

Als Alwin Müller vor Katharinas Schlafzimmerfenster stand und durch die Ritzen ihrer Jalousie spähte, schämte er sich ein bisschen. Er hatte kürzlich eine Fernsehreportage über Zwangshandlungen gesehen und fragte sich, ob er auch so ein Gestörter war. Vielleicht war etwas dran. Zwar musste er nicht hunderttausendmal kontrollieren, ob der Herd aus war, bevor er die Wohnung verließ, oder ob er wirklich die Kaffeemaschine ausgeschaltet und den Stecker des Bügeleisens aus der Steckdose gezogen hatte, er verspürte auch nicht den Zwang, Gehwegsteine zu zählen und seine Hände zwanzigmal gründlich zu waschen und zu desinfizieren, bevor er sich eine Mahlzeit zubereitete, aber wenn er verliebt war in eine Frau, so richtig verliebt, dann hatte er den unbändigen Drang, sich in ihrer Nähe aufzuhalten. Er wusste, dass das nicht normal war, aber er schaffte es nicht, dagegen anzukommen. Sie konnte ihm immer wieder sagen, dass er null Chancen bei ihr hatte, ihn barsch zurückweisen, ihn beleidigen und ihm drohen, auf ihn einschlagen oder einen Gegenstand nach ihm werfen, all das störte ihn nicht. Im Gegenteil, es reizte ihn umso mehr. Er musste zugeben, es erregte ihn sexuell. Er wurde besonders scharf auf die Frau, wollte ihr ganz nahe sein, sie besitzen und verbotene Sachen mit ihr machen. Besonders erregte es ihn, sie durch die Ritzen einer Jalousie zu beobachten, wie gerade in diesem Moment. Deshalb hatte er eine Vorliebe für Frauen, die in Erdgeschosswohnungen lebten. Sie wirkten so hilflos und verletzlich, oft auch ängstlich und unsicher, und es dauerte nie lange, bis er sich in sie verliebte. Mit Katharina ging das nun schon einige Wochen. Es war spannend, ihr zuzusehen, wie sie sich auszog, sich im Raum bewegte, sich für die Nacht zurechtmachte. Besonders faszinierend war es natürlich, sie mit ihrem Mann zusammen zu erleben. Dieses Glück hatte er leider nicht jeden Tag, aber zumindest ab und zu.

Mit Katharina hatte er quasi das große Los gezogen, denn sie hatte die Angewohnheit, vor dem Schlafengehen gymnastische Übungen zu machen. Dazu reckte und streckte sie sich – spärlich bekleidet, selbst im Winter – vor dem Fenster. Sie hatte auf dem Fußboden eine Matte ausgebreitet, auf der sie turnte, sich rekelte und sich überhaupt sehr elegant und geschmeidig bewegte – wie eine Katze. Alwin wartete jedes Mal gespannt auf den Moment, wenn sie sich herunterbeugte und ihm ihren Po entgegenstreckte. Er sah dann nicht nur ihr gut gebautes Hinterteil, sondern auch ihren Busen, der seitlich aus dem Hemdchen hervorquoll. Sein Herz schlug in diesem Augenblick besonders heftig, der Schweiß brach ihm aus und sein Mund wurde trocken. Er musste sich richtig zusammenreißen, um nicht das Fenster aufzuhebeln und sich auf die Frau zu stürzen.

Mittlerweile wusste er den Ablauf ihrer Turnübungen auswendig. Bestimmt hörte sie auch jetzt wieder diese seltsam eintönige Musik, die sie immer begleitete, wenn sie turnte. Alwin hätte einschlafen können bei diesen monotonen Klängen. Wieso ertrug sie das freiwillig? Heute blieb er zum Glück davon verschont, denn Katharina hatte das Fenster geschlossen. Noch stand sie auf einem Bein, das andere angewinkelt und auf die Höhe des Knies gezogen, die Arme nach oben, die Hände über dem Kopf zusammengelegt. Den Kopf hielt sie vollkommen gerade; wie eine Kerze sah Katharina aus. Himmel, was für eine Ruhe sie ausstrahlte, sie schien weit weg zu sein. Die Übungen wirkten auf sie wahrscheinlich meditativ. Alwin fragte sich, wie sie es überhaupt schaffte, so lange auf einem Bein zu stehen, ohne umzufallen. Er hatte es einmal versucht und nach zwei Sekunden das Gleichgewicht verloren. Egal, er brauchte das nicht. Seine Rolle war die des Beobachters, des Beschützers, er war der dominante Mann und sie die devote Frau, die nach seiner Pfeife tanzen musste, mit der er machen konnte, was er wollte. Ihm fiel da einiges ein. Allein bei dem Gedanken bekam er eine Erektion.

Gleich würde sie sich zu Boden gleiten lassen und auf der Matte weiterturnen. Und dann kam auch schon als übernächstes die Übung mit dem nach hinten gestreckten Po, die er besonders an ihr liebte. Er wurde zunehmend aufgeregter. Sein Atem ging stoßweise in der mittlerweile recht kühlen Abendluft. Die Vögel hatten aufgehört zu zwitschern. Ein Glück, Alwin mochte keine Vögel. Sie regten ihn auf, machten ihn ärgerlich und nervös, wie alles Lebendige – alles, außer Katharina. Für ihn war sie die schönste Frau der Welt, mit dem sinnlichsten Körper, den er je gesehen hatte, und den erotischsten Bewegungen, die ihn verrückt machten. Katharina war so sinnlich, sie war einfach Erotik pur.

Wenn sie ihren Kopf zur Seite neigte, glänzten ihre Haare im Schein der Nachttischlampe wie Kupfer – wie die untergehende Sonne am Abendhimmel. Ich werde poetisch, dachte Alwin, und lächelte. Er liebte die Farbe ihrer Haare, die ihn an unbeschwerte Herbsttage auf dem Land erinnerten, an fallendes Laub, schimmernde Kastanien, leuchtende Kürbisse, prasselnde Kaminfeuer und an unbändige Lust.

Alwin hatte auch Jessica geliebt. Auch bei ihr war er fast verrückt vor Liebe und unerfüllter Leidenschaft geworden, wenn er sie irgendwo gesehen, wenn er sie auf der Bühne beobachtet oder sie nach Hause verfolgt hatte. Am liebsten war ihm beides nacheinander gewesen. Er hatte sie angestarrt, wenn sie als Backgroundsängerin die Band unterstützte, sich leicht im Takt der Musik bewegend, und war ihr dann auf dem Heimweg gefolgt. Sie hatte in ihrer Erdgeschosswohnung ebenfalls Jalousien gehabt, durch die er sie beobachtet und sich vorgestellt hatte, was er gerne mit ihr machen würde. Jessica war hübscher als Katharina gewesen, vor allem war sie jünger, doch eigentlich war ihm das nicht wichtig. Das Alter spielte überhaupt keine Rolle. Alter, Größe, Gewicht, alles unwichtig. Wichtig war nur klein und zierlich, der Körper geschmeidig und gefügig.

Schnaufend stand er da, befummelte sich selbst ein bisschen und wartete auf den Moment, in dem Katharina sich herunterbeugte. Gleich.

Sie reckte und streckte sich wie eine Katze in der Morgensonne, jetzt neigte sie sich mit langsamen und eleganten Bewegungen nach vorn. Er sah ihren wohlgerundeten Po direkt vor sich. Der Slip zeichnete sich unter der eng anliegenden kurzen Leggins ab und die prallen Brüste quollen rechts und links aus dem Hemdchen. Alwin hatte das Gefühl, völlig verrückt zu werden. Der Anblick der brünetten Frau erregte ihn ungemein. Er schnaufte und fuhr sich mit dem Hemdsärmel über die schweißnasse Stirn. Er beugte sich ebenfalls leicht herunter, um Katharina besser sehen zu können. Er musste sie haben. Jetzt auf der Stelle. Er schluckte hart. Er musste sie besitzen, diese perfekte Frau musste ihm gehören. Sie sollte ihm gehorchen und tun, was er von ihr verlangte. Und er würde viel von ihr verlangen, oh ja.

In dem Moment spürte er einen harten Schlag gegen den Hinterkopf. Verwundert drehte er sich um und nahm ganz kurz jemanden wahr, den er kannte. Er taumelte, verlor das Gleichgewicht und fiel mit dem Gesicht auf die Steine. Ein scharfer, bohrender, nie gefühlter Schmerz durchschnitt seinen Schädel, und sein Gesicht brannte wie Feuer. Blut quoll über den schneeweißen Kies und versickerte in den Ritzen zwischen den Steinen. Weitere Schläge prasselten auf ihn ein. Sie trafen seinen Rücken, seine Hüften, sein Gesäß und wieder seinen Hinterkopf. Schläge, die höllisch schmerzten und ihm die Sinne raubten. Er hörte noch, wie der Angreifer »Verfickter Drecksack« zischte und sich dessen Schritte rasch entfernten. Dann wurde es still und dunkel um ihn herum.

*

Daniel machte es sich mit einer eisgekühlten Flasche Pils und einer Tiefkühlpizza auf dem Sofa bequem, checkte seine Mails, surfte ein bisschen bei Facebook und rief bei seiner Oma an, um ihr Gute Nacht zu sagen.

»Du störst mich beim Essen«, sagte sie kauend.

Daniel sah auf seine Taucheruhr, die er beeindruckend fand. Er hatte sie erst letzte Woche bei Ebay erstanden. »Was, jetzt noch? Abendessen gibt's doch nachmittags im Krankenhaus.«

»Gab es ja auch, aber weil mir das labberige Brot und der olle Käse um fünf am Nachmittag nicht reichte, habe ich eben noch den Pizzaservice angerufen und mir ne leckere, saftige Pizza mit ordentlich Kochschinken, Champignons und Artischocken ans Bett liefern lassen. Dazu ein eisgekühltes Bier, damit ich gleich schön schlafen kann. Herrlich, sag ich dir!«

Er lachte. »Ei, Oma, und ich muss mich hier mit Tiefkühlpizza begnügen. Lass es dir schmecken!«

Als er aufgelegt hatte, schickte er eine Kurznachricht aufs Kreuzfahrtschiff, das gerade irgendwo zwischen Gran Canaria und Fuerteventura schipperte. *Hi, Mum,* schrieb er, *ich hoffe, du genießt deine Zeit! Wie heißt dein neuer Lover?* – Trotz ihres fortgeschrittenen Alters liebte seine Mutter nach wie vor kurzweilige, amouröse, unverbindliche Abenteuer, die sie nach ihrer Reise sofort beendete. Um sicherzugehen, dass sie sich keinen Stalker einhandelte, nannte sie nie ihren wirklichen Namen und gab keine Handynummern oder andere persönliche Dinge von sich preis. Lover ja, Beziehung nein, lautete ihr Credo. Irgendwann wurde ihr jeder Mann lästig, und da war es gut, wenn man sie loswerden konnte, bevor das Desaster anfing.

Er wollte die Nachricht eben abschicken, als ihm noch etwas einfiel. *Uns geht es gut. Oma hat sich gerade eine Pizza bestellt und ein Bier. Ach ja, und ich habe eine Frau namens Annika kennengelernt und bin im siebten Himmel.* Lächelnd drückte er auf »Senden«.

Die Antwort kam eine halbe Stunde später: *Er heißt Michael und nervt mich bereits zu Tode. Vier Tage noch, dann bin ich ihn los. Nicht mal im Bett taugt er was. Aber sonst ist es schön. Ich habe bereits drei Kilo zugenommen. Kuss, auch für Oma, Mama. PS: Grüße unbekannterweise an Annika.*

Und dann rief er sie an, seine Annika. Das Gespräch dauerte so lange, bis seine Stimme rau wurde und er das dringende Bedürfnis nach einem zweiten Bier verspürte.

»Sie sehen entspannter aus als vorhin. Ich hoffe, ich habe Ihnen weiterhelfen können.«

»Das täuscht«, sagte der Patient. »Trotzdem nett von Ihnen, dass Sie mich eingeschoben und extra wegen mir heute um 7 Uhr angefangen haben.«

Die Therapeutin nickte aufmunternd. »Kein Problem. Im Sommer fange ich gerne früher an.«

»Vielleicht sollte ich es doch mal mit Antidepressiva probieren«, meinte der Patient. »Ich habe darüber nachgedacht. Vielleicht hilft es mir, mit meinen Mitmenschen besser klarzukommen.«

»Wenn Sie sich das reiflich überlegt haben, stelle ich Ihnen gerne ein Rezept aus. Sie können ja langsam beginnen und schauen, wie es bei Ihnen wirkt. Absetzen ist jederzeit möglich, nur nicht abrupt. Sie müssten es ausschleichen lassen, also immer etwas weniger einnehmen als am Vortag. Das besprechen wir dann gemeinsam. Die Gespräche mit mir helfen Ihnen nicht?«

»Ein wenig vielleicht. Aber ich mache mir ständig Gedanken. Es hat lange keinen Tag mehr gegeben, an dem ich mich gut gefühlt habe. Ich weiß nicht, wie ich meine Probleme lösen, vor allem meine Ängste vor der Zukunft überwinden soll.«

»Machen Sie sich nicht vielleicht zu viele Sorgen? William Somerset Maugham, ein britischer Erzähler, hat mal gesagt: ›Am meisten Energie vergeudet der Mensch mit der Lösung von Problemen, die niemals auftreten werden.‹«

»Ich bin nicht wie Sie. Sie haben Familie, Freunde, Menschen, die Ihnen nahestehen. Ich bin allein und voller Ängste. Ich denke einfach, wir steuern dem Abgrund entgegen. Ich sehe nicht mehr klar. Ich sehe eine Katastrophe auf uns zurollen.«

Maren Kleinschmidt runzelte die Stirn. »Eine Katastrophe? Wie kommen Sie darauf?«

»Vielleicht hatte mein Vater doch recht mit seinen düsteren Prophezeiungen. Er redete oft von früher, als unser Land noch sicher und schön war.«

»Glauben Sie das wirklich – dass unser Land mal sicher und schön war? Was löst Ihre Ängste aus?«

»Ich weiß es nicht. Sie sind jede Nacht einfach da. Ich muss nur die Augen schließen, dann kommen sie.«

»Es gibt keine Sicherheit, so ungern ich das sage. Die gab es nie, zu keiner Zeit. Wir sind es selbst, die das Durcheinander in unserem Kopf schaffen. Es kommt nicht von außen. Die Ängste sind in uns drin. Wir sind oft nicht gelassen genug und schaffen es nicht, die Informationsflut, die täglich auf uns einströmt, zu filtern und zu verarbeiten. Das kann uns manchmal fertigmachen, wenn wir uns davon nicht abgrenzen. Nicht alles betrifft uns, was wir jeden Tag mitbekommen und uns kurzzeitig in Beschlag nimmt. Längst nicht alles ist wichtig. Früher hieß es, mit der Zeitung von heute wird morgen der Fisch eingewickelt. Heute könnte man sagen, das, was mich im Internet beschäftigt, ist morgen Schnee von gestern. Viele Probleme lösen sich von allein. Wir nehmen vieles zu ernst, reagieren oft über. Das liegt daran, dass in jedem von uns ein Stück Steinzeitmensch steckt. Wenn wir uns fürchten, werden unsere Überlebensinstinkte angesprochen. Manche wollen fortlaufen, sich irgendwo verkriechen. Andere werden aggressiv und möchten sich verteidigen oder am liebsten auf alles einschlagen, was sie stört. Wir leben jedoch nicht mehr in der Steinzeit. Wir sind mit mehr Verstand ausgerüstet als die Menschen früher, und den sollten wir gebrauchen. Wir sollten lernen, Wichtiges von Unwichtigem zu unterscheiden. Fragen Sie sich jedes Mal, wenn Sie sich ängstigen: Hat das unmittelbar mit mir zu tun, werde ich gerade konkret bedroht, befinde ich mich in Lebensgefahr oder spielt sich die Bedrohung nur in meinem Kopf ab?«

»Okay«, sagte der Patient matt. »Das ist aber auch keine Lösung für die Probleme dieser Welt.«

»Es gibt keine einfachen Lösungen. Wir sollten wieder lernen zu vertrauen und uns treiben zu lassen, einfach locker auf der Welle mitzuschwimmen. Dann überrollt sie uns nicht. Uns geht es damit viel besser. Wir können nicht für alles die Verantwortung übernehmen, können nicht alles regeln. Geben Sie hin und wieder Verantwortung ab, an die, die es gelernt haben, die damit umzugehen wissen. Einfach mal mit dem Strom schwimmen, statt immer nur dagegen an.«

»Ich weiß nicht. Ich glaube, es ist so, wie mein Vater sagt. Es war alles früher besser, sicherer.«

»Welche Sicherheit meint er denn? Die der 50er- und 60er-Jahre, als wir uns im Kalten Krieg befanden und mit einer permanenten Kriegsgefahr lebten? Von der Zeit davor will ich gar nicht erst reden. Meint er die 70er-Jahre, als die RAF-Terroristen den Staat im Griff hatten, als wir uns kaum noch in die Kaufhäuser oder auf Flughäfen trauten, aus Angst, eine Bombe könnte hochgehen? Als die baskische Terrororganisation ETA spanische Touristenziele bedrohte und in die Luft sprengte? Oder denkt er eher an die 80er-Jahre, als die Supermächte extrem aufrüsteten? Wir dachten, wir würden unser Abitur nicht mehr erleben, weil der 3. Weltkrieg schon vor der Tür stand. Das Lied ›Keine Angst‹ von Heinz Rudolf Kunze wurde damals zu unserer Hymne. Wir haben all das hinter uns und leben noch. Glauben Sie mir: Sicher und ausschließlich schön war das Leben zu keiner Zeit. So kennen wir es nur aus der Perspektive unserer Kindheit. Und die sollten Sie langsam hinter sich lassen!«

»Aha, welch kluge Worte. Meine Kindheit war ein einziges Desaster.«

»Machen Sie sich klar, dass sich unsere Erinnerungen ständig verändern. Sie haben wenig mit dem zu tun, wie es tatsächlich war. Wenn Sie unser Gehirn mit einer Festplatte vergleichen, dann ist es so, dass die Festplatte ständig neu beschrieben wird. Auch unsere Erinnerungen werden fortlaufend überschrieben. Je länger sie zurückliegen, desto verklärter sind sie. Schauen Sie sich Ihre Fotos an: Sie wurden in glücklichen Momenten aufgenommen. Die Tränen, die Trauer, die Ängste, die Wut, die Sorgen und die Misserfolge dazwischen sehen wir nicht. Wie bei Fotos bewahren wir in der Regel in unserem Gedächtnis nur das Schönste und Beste auf, alles andere brauchen wir nicht, wollen wir nicht aufbewahren, kann weg. Das erklärt auch, warum wir manche Liebesbeziehungen in so guter Erinnerung haben. In Wirklichkeit haben sie uns womöglich nur geschadet, aber das haben wir vergessen. Die negativen Seiten der Beziehung sind in unserer Erinnerung verschwunden, wir haben sie ausgeblendet, und nur das Schöne bleibt. Das Original-File ist irgendwann weg. Wir wissen gar nicht mehr, wie das Erlebte ursprünglich ausgesehen hat. Wir neigen dazu, Dinge schönzureden. Unser Gehirn ist ein lebendiges Organ, das in jeder Minute zigtausende Synapsen bildet. So wie sich unser Gehirn ständig verändert, verändern wir uns mit. Wir merken es nicht einmal, wenn wir uns falsch erinnern. Allein dadurch, dass wir eine Erinnerung abrufen, über sie nachdenken oder von ihr erzählen, verändert sie sich bereits. Darum ist es auch so schwer, Zeugenaussagen zu beurteilen. Zahlreiche wissenschaftliche Tests belegen, wie schwierig es ist, sich Dinge richtig zu merken und sie entsprechend wiederzugeben. Es ist fast unmöglich. Darum glauben wir, dass früher alles schöner, besser und sicherer war. Doch das stimmt definitiv nicht.«

»Mag sein. Vielleicht war es wirklich früher nicht besser. Trotzdem bleibt meine Angst vor der Zukunft, ganz besonders meine Angst vor der Nacht.«

»Auch damit sind Sie nicht allein. Die Nacht kann in uns die Ängste unserer Kindheit wieder aufleben lassen. Wenn Sie die überwunden haben, sind Sie gestärkt für den Tag. Bewegen Sie sich tagsüber viel an der frischen Luft, treiben Sie Sport, betätigen Sie sich ehrenamtlich, schließen Sie sich Gruppen an. Interessengemeinschaften sind letztlich wichtiger als Freundschaften, weil sie mehr Verbindung schaffen. Das tut gut, baut Stress ab und macht Sie durch die Gemeinschaft mit anderen Menschen mental stärker und widerstandsfähiger.«

»Ich möchte vor allem meine Aggressivität in den Griff bekommen. Die Lust, einen Menschen zu töten.«

»Wie bitte?« Maren Kleinschmidt horchte auf. Ihr Herz setzte für den Bruchteil einer Sekunde aus.

»Die Lust, meinen Vater zu töten.«

»Das meinen Sie nicht ernst. Das können Sie gar nicht ernst meinen. Ich glaube nicht, was Sie da sagen. Und Sie selbst glauben es auch nicht.«

»Woher wollen Sie das wissen?«

»Weil ich es weiß. Ich kenne Sie nun schon eine Weile. Sie brauchen Hilfe, aber Sie brauchen auch Geduld mit sich selbst. Versuchen Sie, mit sich besser umzugehen. Seien Sie achtsam mit sich wie eine liebende Mutter, die ihr Kind umsorgt. Versuchen Sie, sich die Nacht zum Freund zu machen. Gehen Sie raus, betrachten Sie die Sterne, atmen Sie die kühle und frische Nachtluft ein und freuen Sie sich, dass Sie am Leben sind. Das Leben hat sehr viel Schönes zu bieten und es hält gewiss sehr viel Schönes für Sie bereit, wenn Sie versuchen, Ihre harte Schale aufzubrechen und Ihre Wut hinter sich zu lassen. Gehen Sie auf Menschen zu, auch und gerade auf die, vor denen Sie Angst haben. Vielleicht gelingt es Ihnen so, Ihre Ängste aufzulösen und sich nicht von ihnen beherrschen zu lassen.«

»Vielleicht … vielleicht. Vielleicht auch nicht.«

Angestrengt blickte Maren Kleinschmidt auf die Uhr. »Also gut, die Zeit ist leider um. Wir sehen uns Montagmorgen wieder, um 8 Uhr. Ich wünsche Ihnen ein schönes Wochenende!«

*

»Ist dir gestern etwas aufgefallen?«, fragte Birthe und bezog sich damit auf die Vernehmung von Carsten Tobecke. »Wir hatten bisher leider keine Gelegenheit darüber zu sprechen, irgendwie herrschte gestern das totale Chaos im Büro. Ich habe mir eben das Vernehmungsprotokoll noch mal durchgelesen.«

Carlo hatte eine nachdenkliche Pose eingenommen: die Arme verschränkt, die Beine entspannt, den Kopf gesenkt. Er nickte. »Er hat ausgesagt, dass sich ihre Stimmen sehr ähneln«, sagte er. »Angelina und Jessica. Meinst du das? Mir ging das gestern Abend durch den Kopf.«

»Genau. Und das erklärt auch, warum die Nachbarin

Else Leinweber glaubt, in der Nacht von Freitag auf Samstag nur eine einzige Stimme gehört zu haben, eine sehr aufgeregte Stimme. In Wirklichkeit könnten es zwei Stimmen gewesen sein.«

»Und du meinst, dass Angelina …?«

Birthe nickte. »Möglich ist das. Auf, lass uns zu Meierhofe & Söhne fahren. Mein Gefühl sagt mir, dass da etwas nicht stimmt.«

KAPITEL 27

Um 9.30 Uhr betraten Birthe und Daniel das Bestattungsunternehmen Meierhofe & Söhne. Eine attraktive Mittsechzigerin begrüßte sie am Empfang und fragte freundlich nach ihren Wünschen. Edith Meierhofe stand auf ihrem Namensschild. Birthe stellte sich und ihren Kollegen vor und bat um ein Gespräch mit Angelina Zimmermann und Alwin Müller.

Nach einem kurzen Ausdruck der Verwunderung führte Frau Meierhofe sie in einen Präsentationsraum, offensichtlich das Durchgangszimmer zu den Büroräumen. »Herr Müller hat sich krankgemeldet«, erklärte sie. »Ein Unfall, ich habe nicht so richtig herausbekommen, was passiert ist. Er hatte Mühe zu reden, ich habe ihn kaum verstanden, ganz verwaschen hat er gesprochen, er schien Schmerzen zu haben. Aber Frau Zimmermann ist da.« Sie bot ihnen etwas zu trinken an. Birthe und Daniel entschieden sich für ein Mineralwasser.

Es roch nach Holz und Politur wie in einem Möbelhaus. Mit einem mulmigen Gefühl streifte Birthe über die Ausstellungsstücke. Schnörkellose Kiefern- und Fichtenholztruhen mit einfachen Beschlägen fanden sich ebenso wie Eichensärge mit aufwendigen Schnitzereien oder hochglanzpolierte Musterstücke aus glänzendem Mahagoni. Birthes Blick blieb ein wenig länger an einem schwarzlackierten Modell mit vielen funkelnden Swarovski-Steinen hängen.

»Im Tod wie im Leben«, sagte Edith Meierhofe schmunzelnd. »Das letzte Zuhause sollte zu dem Verstorbenen passen. Wir bedienen jeden Kundengeschmack.«

Geschmacksvariationen gab es auch bei den Urnen. Neben Motiven mit Sonnenuntergängen, Blumenwiesen und Sonnenblumen, den Dürer-Händen und Kreuzen in allen Variationen sowie schlichten Modellen in gedeckten Farben fanden sich zudem Modelle mit Autos oder Motorrädern darauf für die etwas sportlicheren Verstorbenen.

In einem weiteren Raum trafen sie auf Angelina Zimmermann, die gerade damit beschäftigt war, einen Karton mit Bestattungswäsche auszupacken.

Edith Meierhofe trat ohne Umschweife auf sie zu. »Angelina?«

»Ja, Frau Meierhofe?« Angelinas Gesicht war gerötet, trotz der Kühle, die im Raum herrschte.

»Hier sind Kriminalbeamte, die dich sprechen wollen.«

Angelina Zimmermann zuckte kaum merklich zusammen. »Okay, worum geht es? Noch mal um meine Freundin?«

»Können wir irgendwo ungestört reden?«, fragte Birthe.

»Gehen Sie ruhig in den Besprechungsraum«, schlug Edith Meierhofe vor. »Der ist gerade frei.«

Zu dritt nahmen sie an einem ovalen Tisch Platz. In der Mitte lagen Prospekte und Flyer über Dienstleistungen von Meierhofe & Söhne sowie von einer Baumbestattungsmöglichkeit in einem Friedwald in Bramsche. Eine englische Standuhr schlug gerade zur Viertelstunde. In einer Ecke befand sich ein Aquarium mit winzigen neonfarbenen Zierfischen, die hektisch das Becken durchquerten.

»Frau Zimmermann, Ihr Kollege Alwin Müller hat ausgesagt, er habe Sie am späten Abend des 5. Mai an einer Bushaltestelle am Neumarkt gesehen. Darf ich fragen, wohin Sie wollten?«

»Alwin?«

»Genau der.«

»Also? Wohin wollten Sie am Abend des 5. Mai?«, wiederholte sie.

»Nach Hause?«

»Das fragen Sie mich? Sind Sie nicht sicher, wohin Sie wollten?«

»Doch natürlich, ich wollte nach Hause.«

»Sie wohnen in der Schlagvorderstraße, nicht wahr? Das ist in der Nähe unserer Dienststelle. Da können Sie doch bequem zu Fuß hingehen.«

»Klar könnte ich das. Aber ich wollte lieber Bus fahren.«

»In dieselbe Richtung wie Ihre Freundin?«

»Nein, natürlich nicht. In die entgegengesetzte Richtung.«

»Warum standen Sie dann mit ihr an der gleichen Haltestelle?«

Angelina strich sich eine dunkle Haarsträhne aus dem Gesicht. »Wie kommen Sie darauf?«

»Ihr Kollege hat das ausgesagt.«

»Müller? Der spinnt. Ich habe mich nur kurz mit Jessica unterhalten, bevor ich die Straßenseite gewechselt habe.«

»Haben Sie Ihren Kollegen gesehen?«

»Nein.«

Birthe sah ihr fest in die Augen. »Er behauptet, er habe den Bus in Richtung Gretesch genommen.«

Angelina zuckte mit den Schultern. »Schon möglich, wie gesagt, ich weiß es nicht.«

»Er behauptet, Sie wären nicht Jessicas Freundin gewesen.«

Unwillkürlich zuckte Angelina zusammen. »Er ist ein Depp. Er weiß nicht, was er redet.«

»Wie bitte?«

»Alwin ist total irre. Er wittert überall nur das Schlechte, hat Verfolgungswahn. Der glaubt, die ganze Welt habe sich gegen ihn verschworen. Seine Verschwörungstheorien werden ihm noch mal das Genick brechen. Aber das soll nicht mein Problem sein. Ich habe keine Lust, mir über diesen gestörten Menschen den Kopf zu zerbrechen.«

»Wie kommen Sie darauf, so etwas zu behaupten?«

»Er versucht ständig, bei Frauen zu landen, bei mir, bei Katharina, bei Jessica. Und wenn ihn eine abblitzen lässt, denkt er, sie will ihm was Böses. Er versteht nicht, dass jede Frau ihn einfach nur bescheuert findet und nichts von ihm wissen will. Der ist krank, der Mann.«

»Wie kommen Sie auf der Arbeit miteinander klar?«

»Irgendwie halt. Ich spreche nur das Nötigste mit ihm, nur das, was der Job erfordert. Ansonsten gehe ich ihm aus dem Weg.«

»Können Sie sich vorstellen, dass er Ihre Freundin getötet hat?«

Angelina ließ ihren Blick zum Aquarium schweifen und beobachtete die hyperaktiven Zierfische. »Klar, das denke ich die ganze Zeit schon. Müller ist verrückt. Er oder Carsten. Einer von den beiden war's. Beide haben sich Hoffnungen auf Jessica gemacht.«

»Was haben Sie gegen Carsten Tobecke?«, hakte Daniel nach.

Irritiert blickte Angelina zu ihm hin. »Carsten ist ein Frauenheld, total berechnend. Völlig oberflächlich. Er verliebt sich schnell, macht Hoffnungen, bricht Herzen und kümmert sich einen Scheiß um die Scherben, die er zurücklässt. Ich will ihn nie wiedersehen.«

»Hat er auch Ihr Herz gebrochen?«

Sie sah an ihm vorbei. »Das auf keinen Fall. Aber ich wäre gerne Sängerin geworden. Er hat mich in die Band geholt und mir Hoffnungen gemacht, sich dann jedoch für Jessica entschieden.«

»Sie müssen wütend gewesen sein«, sagte Birthe. »Schließlich haben Sie ja ziemlich ähnliche Stimmen gehabt, Sie und Jessica, habe ich recht? Da dachten Sie, was Jessica kann, kann ich schon lange, nicht wahr?«

Angelina funkelte sie wütend an. »Mit einem Unterschied: Ich habe keinen reichen Dad, der mir teuren Musikunterricht sponsert und mich pampert, damit mir alle Türen offen stehen.«

»War das der Grund, weshalb Sie das mit dem Messer in Umlauf gebracht haben? Um Tobecke eins auszuwischen? Haben Sie deshalb dafür gesorgt, dass der Verdacht auf ihn fällt?«

Angelina kniff die Augen zusammen. »Hä?«

Birthe seufzte. »Woher wussten Sie von dem Fleischmesser?«

»Ich weiß nicht, was Sie meinen.«

»Sie haben Tobecke gegenüber erwähnt, mit welcher Waffe Jessica Wagner ermordet wurde.«

»Was für ein Quatsch! Den Kerl hol ich mir! Wie kann der so einen Bullshit von sich geben? Was will er von mir? Was habe ich ihm getan?«

»Was zwischen Ihnen gelaufen ist, weiß ich nicht. Ich weiß nur, was Tobecke gesagt hat. Noch einmal, Frau Zimmermann: Woher wussten Sie von dem Fleischmesser?

Haben Sie Ihre Freundin getötet? Aus Eifersucht, weil sie es vermeintlich besser hatte als Sie? Haben Sie gehofft, durch Jessicas Tod zu profitieren? Der Weg wäre frei geworden für eine neue Frontsängerin, schließlich hatte sich Tobecke von Katharina Jütting getrennt.«

Angelina wurde rot. »Ist mir egal, was er wollte. Ich weiß nur, dass ich mit der Sache nichts zu tun habe. Ich werde nicht straffällig, nur weil ich auf die Bühne will. Das wäre ja noch schöner! Wenn Sie mich entschuldigen würden …« Ihr Blick wanderte demonstrativ zur nostalgischen Standuhr in der Ecke. »Ich muss weitermachen. Nachher kommen Angehörige, um einen Sarg und Bestattungswäsche auszuwählen. Ich bin noch nicht dazu gekommen, die Lieferung von gestern einzuräumen. Soll ich Sie hinausbegleiten oder finden Sie allein den Weg?«

Birthe und Daniel zogen es vor, den Rückzug anzutreten, und verabschiedeten sich mit kühlen Blicken.

*

In der David Lounge Bar hatte Jürgen Teepe für sich und seine Frau einen Eckplatz neben dem Kamin reserviert. Die Bar befand sich in einem Nebengebäude des Romantik Hotels Walhalla in der Osnabrücker Altstadt.

»Nächstes Jahr müssen wir größer feiern«, meinte Maren und faltete ihre Serviette auseinander. »Dann sind wir 30 Jahre verheiratet. Die Silberhochzeit haben wir schon verstreichen lassen.«

»Wir haben jeden Hochzeitstag gefeiert«, widersprach er. »Und wenn wir es an genau dem Tag aus irgendeinem Grund nicht geschafft haben, dann ein paar Tage später.«

»Ich meine eine richtige Feier. Mit Festsaal, Mehrgangmenü, Musik und vielen Gästen. Das hätte ich gerne mal wieder. Es ist so lange her.«

»Du weißt, ich bin dafür nicht wirklich der Typ«, sagte er und nippte an dem Chardonnay, den der Kellner ihm soeben eingeschenkt hatte.

»Das weiß ich, aber du könntest eine Ausnahme machen. Mir zuliebe.«

»Ich zeige dir auch so, dass du mir wichtig bist. Mitten in der Maiwoche habe ich mir freigenommen und uns einen Tisch in diesem Lokal reserviert. Du weißt, dass das die stressigste Zeit im Jahr für mich ist und ich es mir eigentlich nicht erlauben kann, mich für einen ganzen Abend auszuklinken. Carsten war sauer, dass ich heute Nachmittag nicht zur Probe erschienen bin. Ich habe ihm deutlich zu verstehen gegeben, dass ich meine Prioritäten selber setze. Wenn er damit nicht einverstanden ist, soll er sich einen anderen Gitarristen suchen. Außerdem habe ich noch eine Überraschung für dich.«

»Ich mag keine Überraschungen.«

Er zuckte zusammen. »Okay, du bist nicht gut drauf heute. Das habe ich schon gemerkt. Was ist los?«

»Ich bin in Gedanken bei einem Patienten. Genau genommen ist es eine Patientin.«

Er verzog das Gesicht. »Oh Mann, Maren, du kannst schlecht abschalten in der letzten Zeit. Dann hätten wir uns das hier sparen können.«

»Sei doch nicht gleich gekränkt. Ich habe einfach ein ganz schlechtes Gefühl und das lässt sich nicht einfach abschütteln.«

»Als Profi müsstest du das längst gelernt haben, hast doch jahrzehntelange Erfahrung als Therapeutin.« Mit einem missbilligenden Blick schenkte er Wein nach.

»Ich weiß, das sollte ich. Der Fall beschäftigt mich deshalb sehr, weil ich zum ersten Mal in meinem Berufsleben nicht weiß, wie ich mich verhalten soll. Erinnerst du dich an die Frau, die du mir vor einigen Monaten geschickt hast?«

Fragend sah er sie an. Schließlich verneinte er.

»Die junge Sängerin. In jungem Alter wurde sie von ihrer Zwillingsschwester getrennt. Sie kommt nicht damit klar, dass es ihre Schwester anscheinend besser hatte als sie. Beide sind in grundverschiedenen Welten aufgewachsen, die eine wohlbehütet und in materiellem Wohlstand, die andere spartanisch bei strengen Eltern und offensichtlich in einer Sekte, wobei ich nicht herausgefunden habe, um welche Sekte es sich handelt. Die Patientin wollte es mir nicht sagen, vielleicht spielt es auch keine Rolle. Es geht darum, dass sie mit ihrem Leben nicht klarkommt. Bisher habe ich sie wegen ihrer Depressionen und Ängste behandelt, aber nun habe ich die Befürchtung, sie könnte gefährlich werden, für sich und andere.«

»Ach, du meinst Angelina Zimmermann. Ich habe gleich gemerkt, dass mit ihr etwas nicht stimmt. Ich bin froh, dass sie meinen Rat angenommen hat.«

»Siehst du, ich wollte eigentlich nicht mit dir darüber sprechen. Ich bin an die ärztliche Schweigepflicht gebunden, das weißt du ja. Und nun hast du ihren Namen erwähnt. Du weißt, wie du mit dieser vertraulichen Information umgehst.«

»Natürlich. Du hast mich gefragt, ob ich mich an sie erinnere.«

»Das hätte ich nicht tun sollen. Ich wollte nur, dass du weißt, dass meine Schweigsamkeit und Nachdenklichkeit nichts mit dir zu tun hat. Die Frau beschäftigt mich, ich mache mir viele Gedanken über sie und frage mich tatsächlich, ob ich nicht die Polizei einschalten sollte. Bei Eigen- und Fremdgefährdung wird im Einzelfall die Schweigepflicht aufgehoben. Dazu gibt es einen extra Paragrafen im Strafgesetzbuch, den Paragraf 34 StGB. Er besagt, dass die Schweigepflicht nur dann aufgehoben werden kann, wenn ein rechtfertigender Notstand vorliegt, wenn ich also mit meiner Aussage dazu beitrage, eine Straftat zu vereiteln. Ich denke, das ist so ein Fall. Aber ich bin mir eben nicht hundertprozentig sicher. Deshalb meine Schweigsamkeit, verstehst du?«

»Und wenn du sie einweisen lässt? In eine Klinik? Du bist ihre Ärztin, das müsste doch möglich sein!«

»Nicht ohne ihre Einwilligung. Gut, wenn sie ausrasten und randalieren würde, würde mir nichts anderes übrig bleiben. In diesem Fall müsste ich sogar die Polizei rufen. Aber das tut sie ja nicht.«

»Wie kommst du darauf, dass sie womöglich eine Straftat plant?«

»Die Patientin hat mir gegenüber Andeutungen gemacht. Sie hat mit ihrem Leben abgeschlossen. Ihr Leben ist ihr nichts mehr wert. Sie verachtet sich selbst. Ihr Selbsthass und ihr Hass auf andere sind mittlerweile so groß geworden, dass ich einen erweiterten Suizid bei ihr für möglich halte. Wenn ich ehrlich bin, würde ich ihr sogar den Mord an Jessica Wagner zutrauen. Aber das sage ich niemandem außer dir. Es ist nur eine vage Vermutung. Bitte behalte es für dich!«

Er sah sie mit großen Augen an. »Angelina? Bist du sicher? Ich habe jemand anders in Verdacht.«

»Nämlich?«

»Diesen bescheuerten Fan von Katharina. Alwin Müller heißt er. Arbeitet beim Bestatter, ich glaube sogar, beim selben Bestatter wie Angelina. Aber mir fehlen die Beweise. Da geht es mir so wie dir. Wenn man nicht sicher ist, ist es besser, man hält den Mund. Und Katharina will nicht darüber reden. Wie überzeugt bist du davon, dass Angelina die Mörderin sein könnte?«

Maren Kleinschmidt wiegte den Kopf. »Ich weiß es wirklich nicht, Jürgen. Meine Güte, ich stecke in einem Dilemma. Sollte ich mich irren, droht mir beim Brechen der Schweigepflicht mindestens ein Jahr Freiheitsentzug. Davon abgesehen, würde ich meine Approbation verlieren. Sollte ich jedoch eine schwere Straftat vereiteln können und handle nicht, droht mir eine Freiheitsstrafe von fünf Jahren. Ganz zu schweigen von meiner moralischen Verpflichtung.« Sie trank einen Schluck Wein.

Schweigend führte er einen Bissen zum Mund, ohne sie anzusehen. »Das ist schwierig, da stimme ich dir zu. Wie dringend schätzt du die Sache ein?«

Sie zuckte mit den Schultern. »Wenn ich das wüsste. Nicht unmittelbar dringend, glaube ich. Aber vielleicht irre ich mich auch.«

»Okay, wenn es so unsicher ist, dann lass uns doch einfach den Abend genießen und du bemühst dich abzuschalten. Eine Nacht drüber schlafen. Wie wäre das?«

Sie lächelte schief. »Ich versuche es, ja.«

»Tu es mir zuliebe. Ich habe mich sehr auf den Abend gefreut und mich deswegen mit Carsten gestritten. Der Streit soll nicht umsonst gewesen sein. Vielleicht löst sich dein Dilemma in Luft auf, ohne dass du irgendeine weitreichende Entscheidung fällen musst.« Er trank ein paar Schlucke Wein und behielt das Glas in der Hand. »Ich habe vorhin von einer Überraschung gesprochen«, sagte er und sah ihr tief in die Augen.

Sie nickte. »Und?«, fragte sie, wenig begeistert.

Er zog einen schweren Hotelschlüssel aus der Jackentasche und legte ihn sanft lächelnd vor ihr ab.

»Was ist das?«, fragte sie überflüssigerweise.

»Eine Nacht drüber schlafen, habe ich doch gesagt. Wir bleiben hier. Ich habe ein schönes Zimmer für uns gebucht. Im historischen Trakt. Ein besonders romantisches Zimmer, von dem ich genau weiß, dass es dir gefallen wird.« Er zwinkerte ihr zu.

Sie öffnete ihre Hände. »Ich habe nichts dabei, keinen Schlafanzug, kein Waschzeug, nichts.«

»Duschgel befindet sich im Bad. Und unsere Zahnbürsten habe ich eingepackt. Auch Zahnpasta und deine Creme. Mehr brauchst du nicht, Schatz. Mehr hast du früher auch nicht gebraucht. Freust du dich?«

Sie zuckte lächelnd mit den Schultern. »Ich weiß nicht, Jürgen. Ja, okay, meinetwegen, ich freue mich.«

KAPITEL 28

Ungern erinnerte sich Angelina Zimmermann an ihre Zeit als Krankenschwester. Der Beruf war stressig, fordernd, schlecht bezahlt und hatte sie obendrein an ihre körperlichen Grenzen gebracht. Zudem fühlte sie sich von ihren Kollegen gemobbt und bei wichtigen Entscheidungen übergangen. Schon damals litt Angelina unter Ängsten, die ihr das Leben schwer machten. Zum Beispiel hatte sie es unheimlich gefunden, wenn sie zum Nachtdienst eingeteilt war. Der begann um 21 Uhr und dauerte bis zum nächsten Morgen um 6. Im Sommer ging es noch, aber im Winter musste sie den langen, einsamen Weg von der Bushaltestelle bis zur Klinik im Dunklen bewältigen. In dieser Zeit hatte sie es sich angewöhnt, ein Pfefferspray bei sich zu führen, manchmal sogar ein Klappmesser. Wirklich bedrohliche Situationen hatte es nie gegeben, doch sie fühlte sich sicherer, wenn sie sich im Ernstfall verteidigen könnte.

Lange war das alles her, fast vier Jahre. Sie hatte gekündigt, als die Stationsschwester sie verdächtigt hatte, unheilbar kranke und hochbetagte Patienten durch Insulininjektionen ums Leben zu bringen. Das hatte sie schwer getroffen. Angelina wusste, dass sie keine gute Schauspielerin war. Vielleicht hatte sie zu oft und zu lange vor den Medikamentenschränken gestanden und war in der Zeit, als die Gerüchte aufkamen, zu still, zu introvertiert und möglicherweise auch übertrieben hilfsbereit gewesen. Sie war häufig die Erste und die Letzte ihrer Schicht gewesen und war vielleicht einmal zu oft für ihre Kollegen eingesprungen. Auf Urlaub hatte sie keinen großen Wert gelegt. Das tat sie bis heute nicht. Sie war lieber beschäftigt als zu Hause herumzusitzen und zu grübeln. Und zum Wegfahren hatte sie keine Lust. Sie würde dann nur all die glücklichen Pärchen und Familien beneiden und käme sich noch ausgeschlossener vor, als sie es ohnehin schon war. Im Krankenhaus hatte man ihr nichts nachweisen können, doch sie hatte schließlich selbst die Kündigung eingereicht. Dort weiter zu arbeiten war für sie nicht vorstellbar. Zufällig lernte sie wenig später in einer Altstadtkneipe Nico Meierhofe kennen, den Sohn des Unternehmers Meierhofe. Er erzählte ihr begeistert von seinem abwechslungsreichen Job als Bestatter, und da gerade die Empfangsdame gekündigt hatte, war eine Stelle im Familienbetrieb frei.

Schon in der folgenden Woche fing Angelina an, am Empfang bei Meierhofe & Söhne zu arbeiten, zunächst mit übersichtlichen Aufgaben. Sie sollte das Telefon bedienen, Termine koordinieren, Kunden betreuen, Kaffee kochen und Kopien machen.

Im Laufe der Zeit eignete sie sich immer mehr Wissen an und arbeitete sich in den Beruf des Bestatters ein. Sie begleitete den Juniorchef zu Auswärtsterminen, wie Trauerfeiern, Einäscherungen, Verkaufsmessen und Behördengängen. Abmeldungen der Verstorbenen beim Standesamt und bei anderen Ämtern sowie die Erledigung sämtlicher Formalitäten gehörten für sie schon bald zur Routine. Nach Ablauf eines Jahres war sie in der Lage, selbstständig Beerdigungen und Trauerfeiern zu organisieren. Dabei stellte sie sich sehr geschickt an, sodass sie längst nicht mehr ausschließlich am Empfang arbeitete.

Sie verliebte sich in Nico und führte mit ihm eine kurze, intensive Beziehung, die nach wenigen Monaten im Streit endete. Ihre rasende Eifersucht hatte ihr wieder einmal im Weg gestanden. Anfangs war sie überzeugt gewesen, sie im Griff zu haben, aber mit der Zeit wurde es zunehmend problematischer. Irgendwann ertrug sie es nicht mehr, wenn er Kundinnen beriet, die jünger waren als 50 und einigermaßen attraktiv aussahen. Er ließ sich ihre Eifersuchtsausbrüche nicht gefallen und beendete die Beziehung.

Nach einer langen Phase des Liebeskummers glaubte Angelina, darüber hinweg zu sein und mit Nico eine freundschaftliche Beziehung führen zu können. Sie stürzte sich in Arbeit und entwickelte großen Ehrgeiz. Nach wenigen Wochen waren ihre Gefühle zu Nico abgekühlt. Er löste nichts mehr in ihr aus, wenn er an ihr vorbeiging, sie ansprach oder etwas von ihr wissen wollte. Ihr Herz klopfte nicht mehr schneller, wenn sie an ihn dachte, sie hatte keine schlaflosen Nächte mehr und die vielbeschworenen Schmetterlinge in ihrem Bauch waren ausgeflattert. Von einem auf den anderen Tag war es vorbei gewesen.

Fast hatte sie geglaubt, sie wäre mit sich im Reinen und könnte mit ihrer Vergangenheit abschließen. Sie hatte schon länger keinen Kontakt mehr zu ihren Adoptiveltern gehabt und war so weit, ihnen zu vergeben und einen Schlussstrich zu ziehen.

Bis sie eines Tages nach Feierabend von Jessica Wagner eine Freundschaftsanfrage bei Facebook erhielt. Angelina kannte sie nicht, aber etwas an ihr erregte ihr Interesse. Sie bestätigte umgehend. Mitten in der Nacht erhielt sie eine Privatnachricht von Jessica.

*

»Mein Mann weiß nicht, dass ich hier bin. Kann das vielleicht unter uns bleiben? Er möchte nicht, dass es Gerede gibt. Ich bin froh, dass er heute endlich wieder das Haus verlassen hat. Er hat etwas im Büro zu erledigen. Seine Fürsorglichkeit erstickt mich. Endlich kann ich wieder durchatmen.«

Elke Wagner sah fertig aus. Sie war sehr blass und hatte Schatten unter den Augen. Zum ersten Mal schien sie so etwas wie Trauerkleidung zu tragen, eine schwarze Hose, schwarze Pumps, ein grauer Pulli mit einer weißen Bluse darunter. Birthe stellte ihr, ohne sich nach ihren Getränkewünschen zu erkundigen, einen Becher Kaffee und ein Glas Mineralwasser hin. »Milch und Zucker?«, wollte sie lediglich wissen.

Wagner schüttelte den Kopf. »Sie haben mich nach Angelina gefragt. Entschuldigen Sie, dass ich Ihnen noch immer eine Antwort schuldig bin. Ich konnte an dem Tag nicht. Mit der Frage haben Sie mich auf dem falschen Fuß erwischt. Die ganze Nacht danach habe ich wach gelegen und über die beiden nachgedacht. Es ist eine furchtbare Geschichte, die mich sehr belastet.«

»Erzählen Sie«, munterte Birthe sie auf und schaute zu Daniel, der gerade das Büro betrat. Birthe verständigte sich mit ihm über Blicke, dass er sich zurückhalten solle. Er nickte und machte sich bereit, mitzuschreiben. Carlo war zu einem Auswärtstermin nach Belm gefahren.

»Also gut, ich versuche es. Jessica und Angelina waren keine Freundinnen. Angelina ist Jessicas Zwillingsschwester, sie sind sogar eineiig, haben die gleiche Allergie. Beide trugen früher den Nachnamen Smirnow. Die leibliche Mutter, die noch minderjährig war, hatte eine Vorliebe für internationale Namen, sie wollte den Mädchen keine russischen Vornamen geben. Als wir damals nach Russland reisten, um ein kleines Mädchen zu adoptieren, wurde uns plötzlich auch noch ihre Schwester zur Adoption angeboten. Das war eine neue Situation für uns, mit der wir völlig überfordert waren. Wir wollten nur ein Kind und hatten uns darauf eingestellt. Für ein Kind war zu Hause alles vorbereitet. Zwei Kinder hätten etwas völlig anderes bedeutet und uns vermutlich an unsere Grenzen gebracht. Wir haben also abgelehnt, mit einem sehr, sehr schlechten Gewissen, das können Sie mir glauben. Die kleine Angelina zurückzulassen, hat besonders mir das Herz gebrochen. Mein Mann ist etwas unbefangener mit der Situation umgegangen. Er konnte sich besser abgrenzen. Die Trennung der beiden Kleinen mitzuerleben, war für mich furchtbar. Sie haben sich aneinandergeklammert, wollten sich nicht loslassen und haben geschrien, als eine Erzieherin kam, um sie zu trennen. Es tat mir so leid. Auf dem Rückflug hielt ich Jessica im Arm und habe nur geweint.« Sie stockte. Tränen sammelten sich in ihren Augen.

Birthe starrte sie entsetzt an. Ein, zwei Minuten konnte sie nichts sagen, musste das eben Gehörte erst einmal sacken lassen. Sie fragte sich, ob die Eheleute Wagner nicht einfach ein anderes Kind hätten mitnehmen können. Dann hätten die Zwillinge noch die Chance gehabt, zusammenzubleiben.

Sie räusperte sich. »Was wäre gewesen, wenn Sie sich nicht für Jessica entschieden hätten, sondern für ein anderes Kind?«, hakte Birthe vorsichtig nach.

»Die Frage hat sich mir damals nicht gestellt. Es war Liebe auf den ersten Blick. Ich wollte Jessica mit nach Hause nehmen. Aber das andere Kind … Es ging nicht, verstehen Sie?« Sie zog ein Papiertaschentuch aus ihrer eleganten Handtasche und schnäuzte sich.

»Haben Sie Angelina inzwischen kennengelernt?«

Elke Wagner nickte unter Tränen. »Ja. Wissen Sie, all die Jahre war es schwer, mit Jessica über ihre Herkunft zu sprechen. Sie hat komplett dichtgemacht. Angeblich konnte sie sich an nichts erinnern. Ein Kinderarzt hat eine posttraumatische Belastungsstörung diagnostiziert und uns einen Kinderpsychologen empfohlen. Zwei-, dreimal waren wir mit ihr da, aber Jessica mochte den Mann nicht und hat auch da nicht gesprochen, sich nur an mich geklammert, darum haben wir beschlossen, sie einfach in Ruhe zu lassen. Erst vor ungefähr zwei Jahren haben wir wieder davon angefangen. Ich glaube, es war der richtige Zeitpunkt. Jessica war plötzlich sehr an ihrer Lebensgeschichte interessiert. Sie hat viel erzählt, konnte sich an Einzelheiten erinnern, auch dass sie eine Zwillingsschwester hat und sie lange vermisst hat. Sie wollte wissen, wie sie heute heißt. Ich habe ein bisschen recherchiert und es herausgefunden. Der Zufall wollte es, dass Angelina mit ihrer Familie all die Jahre ganz in der Nähe gelebt hatte. Ich habe mich gefragt, wie das sein konnte. Vielleicht hat das Heim ein bisschen nachgeholfen und Schicksal gespielt, sodass die Mädchen die Möglichkeit hatten, irgendwann wieder zueinanderzufinden.«

»Wie haben die beiden sich wiedergefunden?«

Elke Wagner wischte sich über die Augen und schluckte. »Über Facebook. Jessica hat Angelina angeschrieben.«

»Und Angelina ist zu Ihnen nach Hause gekommen?«

Elke Wagner nickte traurig. »Nicht nur einmal. Mehrmals, immer wieder, bis es mir zu viel wurde. Angelina hat furchtbare Dinge aus ihrer Kindheit erzählt, die mich sehr bedrückt haben. Anfangs habe ich ihr zugehört und für sie gekocht, weil sie immer so hungrig wirkte. Wenn sie ihren Besuch vorher angekündigt hatte, habe ich extra für sie eingekauft, die leckersten Dinge, die ich finden konnte. Natürlich habe ich darauf geachtet, dass auch sie gewisse Dinge nicht essen durfte – vor allem keine Erdnüsse. Ich habe versucht, Versäumtes nachzuholen, obwohl das natürlich nicht möglich ist. Ein, zwei Stunden Verwöhnprogramm sind nichts gegen jahrelange körperliche und seelische Misshandlungen. Ich habe mich schlecht gefühlt, jedes Mal schlechter, wenn sie wieder ging. Wenn ich sie damals auch mitgenommen hätte, wäre ihr das alles erspart geblieben. Heute hätte ich vielleicht anders entschieden. Aber verstehen Sie, allein konnte ich so eine weitreichende Entscheidung nicht treffen. Mein Mann wollte vor 19 Jahren ebenfalls nur ein Kind. Egal, es ist passiert und nicht mehr zu ändern. Dinge in der Vergangenheit muss man ruhen lassen.«

»War Jessica bei Ihren Treffen mit dabei?«

»Nein, meistens nicht. Unsere Tochter lebte zu der Zeit nicht mehr bei uns. Ich konnte mit Angelina nicht viel anfangen, sie tat mir auf der einen Seite leid, aber ich fand sie auch lästig. Und irgendwie unheimlich. Ihre Haare waren dunkel gefärbt, sie trug Stecker und Ringe in Nase und Ohren und dunkle Kontaktlinsen, das konnte ich deutlich erkennen, wenn das Licht von der Seite in ihre Augen fiel. Dadurch sah sie ganz anders aus als Jessica. Ich mochte auch ihre Tattoos nicht. Angelinas Erscheinung war überhaupt nicht nach meinem Geschmack. Es fiel mir schwer, in ihr Jessicas Zwillingsschwester zu sehen. Irgendwann waren ihre Geschichten erzählt und ich wollte nichts mehr hören. Als sie anfing, mich um Geld anzubetteln, war es vorbei. Ich habe ihr 500 Euro gegeben, sie weggeschickt und gebeten, nie mehr wiederzukommen.

Ich habe ihr gesagt, dass es besser für sie sei. Sie sei jetzt erwachsen und müsse sehen, wie sie fertigwerde im Leben. Sie allein trage die Verantwortung für ihre Zukunft und müsse das Beste daraus machen. Ich habe ihr viel Glück gewünscht.«

»Wie hat Angelina reagiert?«

»Sie war wütend, wohl auch sehr enttäuscht. Aber sie hat sich dran gehalten. Sie besuchte mich nie wieder.«

»Wie stand Ihr Mann dazu? Was hat er dazu gesagt?«

»Mein Mann? Ach, ihn hat das alles nicht sonderlich interessiert. Er hatte seine Arbeit, da auch ein Haufen Probleme, um die er sich kümmern musste. Er hatte kein schlechtes Gewissen wie ich. Da war er viel robuster. Ich musste allein damit zurechtkommen. Als ich hörte, dass Jessica sie mit in die Band gebracht hat, die sie selbst gerade erst aufgenommen hatte, wurde mir ganz anders. Ich wollte nicht, dass sie so viel Zeit mit Angelina verbringt.«

»Jessica und Angelina haben nie jemandem erzählt, dass sie Geschwister sind.«

»Nein. Jessica hat sie in der Öffentlichkeit als ihre Freundin vorgestellt. Die beiden wollten das so. Ich vermute, Jessica war die treibende Kraft. Sie hat sich ein bisschen wegen ihrer Schwester geschämt, könnte ich mir vorstellen. Und sie wollte anderen gegenüber ihre Herkunft geheim halten. Hätte sie Angelina als ihre Zwillingsschwester vorgestellt, hätte sie zugeben müssen, dass sie adoptiert ist, und man hätte ihr viele Fragen gestellt. Und das wollte sie nicht.«

»Hatte Angelina zu der Zeit schon ihr Aussehen geändert?«

»Ja, das muss passiert sein, kurz nachdem sie sich in einem Osnabrücker Café wiedergefunden und ausgesprochen hatten. Fragen Sie mich nicht nach dem Grund, ich weiß es nicht.«

»Könnten Sie sich vorstellen, dass Angelina die Täterin ist?«

Elke Wagner riss die Augen auf. Dann nickte sie. »Ich will nichts Falsches behaupten, aber je länger ich darüber nachdenke, ja. Ich fürchte fast, ja.«

*

Auf dem Weg zur Klinik dachte Angelina an ihren ersten Kontakt mit Jessica zurück. Jessica wirkte sehr aufgedreht, begeistert darüber, ihre Zwillingsschwester gefunden zu haben. Sie fragte Angelina nach ihrem Geburtstag. Tatsächlich gab es einen Treffer: Beide waren am 2. August 1991 geboren. Eine ganze Stunde chatteten sie bei Facebook. Voll Neugierde sah sich Angelina Jessicas Fotos an und hatte das Gefühl, ihr Spiegelbild zu betrachten. Auf dem Profilbild war das nicht so offensichtlich, da Jessica sich darauf von hinten zeigte, irgendwo am Meer stehend. Aber auf den anderen Fotos, zu denen Angelina erst Zugang hatte, nachdem sie Jessicas Freundschaftsanfrage bestätigt hatte, fiel ihr die verblüffende Ähnlichkeit sofort ins Auge.

Sie verabredeten sich für den nächsten Tag bei Starbucks in Osnabrück auf einen Caramel macchiato. Für beide war es ein aufwühlendes Erlebnis. Minutenlang starrten sie sich nur an, ohne etwas zu sagen. Zwei junge Frauen, blond, klein und zierlich. Der einzige Unterschied war, dass Angelina tätowiert und gepierct war und ein Muttermal auf der Wange sowie eine Narbe am Kinn hatte. Ansonsten sahen sie sich erstaunlich ähnlich.

»Du hießt ursprünglich auch Smirnow mit Nachnamen?«, fragte Angelina leise. Jessica nickte.

»Du hast megageile Fotos bei Facebook«, brach Angelina das Eis zwischen ihnen. »Viele Urlaubsfotos.«

»Ja, wir sind oft verreist, meine Eltern und ich.«

»Tolle Reisen, schöne Hotels, super Locations, deine Eltern müssen reich sein.«

»Geht so«, wand sich Jessica. »Und was ist mit dir?«

Angelina erzählte. Zögernd zunächst, zurückhaltend, dann immer ausführlicher, schonungsloser teilte sie ihre Erinnerungen an eine düstere Kindheit und Jugend mit ihrer Schwester. Jessica hörte mit offenem Mund zu. Je mehr Entsetzen sich auf ihrem Gesicht spiegelte, desto mutiger und zugleich rücksichtsloser wurde Angelina. Warum sollte Jessica nicht wissen, wie erbärmlich es ihre Zwillingsschwester getroffen hatte? Sollte sie ruhig erfahren, was für ein unverschämtes, unverdientes Glück sie hingegen genießen durfte.

Aus Jessica Smirnow war Jessica Wagner geworden, die ein tolles Leben hatte. Einfach nur, weil sie an jenem schicksalhaften Sommertag in Russland entschieden hatte, ein schönes Kleid anzuziehen, vermutete Angelina. Wäre es umgekehrt gewesen und sie selbst hätte das Kleid getragen, Jessica hingegen einen fleckigen Hausanzug, wäre ihr wahrscheinlich viel Kummer und Leid erspart geblieben. Denn es war der Tag, an dem die Eheleute Wagner aufkreuzten, um sich ein Kind auszusuchen. Das hübsch gekleidete Mädchen nahmen sie mit, das andere Mädchen ließen sie stehen. Angelina selbst hatte mal ein Foto von ihnen von jenem Tag gesehen, ihre Adoptivmutter hatte es ihr gezeigt. Es war der Tag des Abschieds von der geliebten Zwillingsschwester gewesen, die knapp zwei

Jahrzehnte später zu ihrem größten Hassobjekt werden sollte.

Der Zufall hatte damals über Glück und Unglück entschieden. Das falsche Kleidungsstück hatte Angelinas Schicksal besiegelt. Jessica war ausgewählt worden und hatte fortan ein unbeschwertes Leben in Reichtum geführt, geliebt und behütet, während sie selbst kämpfen musste – gegen Ungerechtigkeit, Hartherzigkeit, Kälte, Geiz und Lieblosigkeit.

Gut, dass Angelina noch den Schlüssel vom OP des Krankenhauses hatte. Eigentlich hätte sie ihn nach ihrer Kündigung abgeben müssen, aber sie hatte ihn als verloren gemeldet. Das Ganze war damals polizeilich aufgenommen worden und sie hatte an Eides Statt versichern müssen, dass sie ihn tatsächlich verlegt hatte und sich sofort melden würde, sollte der Schlüssel wiederauftauchen. Wenig später hatte sie ihn tatsächlich wiedergefunden, aber keine Lust gehabt, deswegen noch einmal die Klinik aufzusuchen. Unter ihrer Fleecejacke trug sie bereits OP-Kleidung. Auch die hatte sie nicht zurückgegeben, weil sie es damals so eilig gehabt hatte, von dort wegzukommen. Sie dachte an den wenig glamourösen Abschied, denn alle Kollegen hatten am Ende der Stationsschwester Glauben geschenkt und in ihr das gesehen, was sie damals noch gar nicht gewesen war: eine Mörderin.

Den Eingang des Krankenhauses hatte sie unbemerkt passiert. Die Angestellte an der Rezeption hatte sie nicht einmal angeschaut. Sie war sicherlich davon ausgegangen, dass Angelina eine Beschäftigte der Klinik war. Bei so vielen Angestellten war es nicht leicht, den Überblick zu behalten.

Die Operationssäle lagen im Untergeschoss. Angelina

nahm den Aufzug und drückte auf »U1«. Es war kurz vor 23 Uhr, als sich die Fahrstuhltür hinter ihr schloss. Normalerweise fanden um diese Zeit keine Operationen statt, es sei denn, es wurde eine Not-OP anberaumt.

Schon war sie in der Schleuse. Ihr Kalkül war aufgegangen; niemand war ihr begegnet. Für alle Fälle zog sie trotzdem ihre Jacke aus und stopfte sie in einen leeren Spind. Sie zog ordnungsgemäß Überschuhe, Haube und Einmalhandschuhe an und nahm den Schlüssel für den kleineren Operationsraum aus ihrer Kitteltasche. Ihre Hand zitterte, als sie den Schlüssel ins Schloss steckte. Eine Tür quietschte. Angelina zuckte zusammen und horchte in die Stille hinein. Sie fühlte ihr Herz überdeutlich schlagen und versuchte, die Angst wegzuatmen, die ihr die Kehle zuschnürte.

Sie wusste, wo sie das Propofol finden würde, das in der Anästhesie für einen narkoseähnlichen Schlaf sorgte. Eine 500-Milligramm-Infusionsflasche musste reichen, dazu mehrere Infusionsnadeln und Spritzen. Ihr Rucksack war groß genug, um die Gegenstände unauffällig verschwinden zu lassen. Nicht einmal fünf Minuten hatte sie gebraucht, um ihr Vorhaben in die Tat umzusetzen und den OP-Raum in dem Zustand zurückzulassen, in dem sie ihn vorgefunden hatte.

Sie schloss ab und ging zügig zurück in Richtung Ausgang. Die Angestellte an der Rezeption saß an ihrem PC und schaute nicht einmal auf. Sie würde sich später nicht an sie erinnern.

*

Alwin Müller lag mit rasenden Kopfschmerzen im Bett und dachte darüber nach, ob es sinnvoll war, einen Rettungswagen zu rufen. Vielleicht hatte er eine Gehirnerschütterung oder sogar einen Schlaganfall erlitten. Sein Körper fühlte sich an wie eine einzige klaffende Wunde. Die Schmerzen stachen, klopften, rissen, zogen und pochten. Unerträglich war das. Die Symptome machten ihm Angst. Übelkeit und Erbrechen gesellten sich dazu. Er hatte Gleichgewichts- und Sensibilitätsstörungen an Armen, Beinen und im Gesicht. Es war kaum zu glauben, dass dieser Schluffi Max Grewe ihn schachmatt gesetzt hatte, wo er selbst doch ein trainierter Kampfsportler war. Doch er war einfach vollkommen unvorbereitet gewesen. Er hatte einfach nicht damit gerechnet, dass ihm jemand in dem dunklen Garten auflauern und ihn zusammenschlagen würde. Er hatte sich halbtot prügeln lassen und schämte sich gewaltig. Also nichts mit Krankenhaus. Da musste er allein durch. Zwei, drei Aspirin, eine Packung Tiefkühlerbsen auf den Kopf – das war das Einzige, was er finden konnte – und still im Bett liegen bleiben. Das hätte auch seine Mutter ihm geraten, wenn sie denn noch leben würde. Was nicht der Fall war. Er hatte es letztlich doch geschafft, sie mit einem Kissen zu ersticken, doch das würde wohl nie jemand herausfinden. Dieses Geheimnis würde er mit ins Grab nehmen, und Birthe Schöndorf und ihr Schatten Brunner waren einfach zu doof, um ihm etwas nachzuweisen. Eine Zeitlang waren sie ihm auf der Spur gewesen und hatten ihn vernommen, aber dann das Interesse an ihm verloren. Und genau zu der Zeit hatte er seiner Mutter auf die Sprünge geholfen, indem er ihr beim Sterben half. Mehr war es ja nicht gewesen, nur Sterbehilfe. Seine Mutter wäre ihm sicher dankbar dafür gewesen. Sie hatte ja kein schönes Leben mehr gehabt, das hatte sie immer wieder versichert.

Sie konnte nicht mehr über sich selbst bestimmen, nichts mehr unternehmen, nicht mehr selbstständig sein. Und nicht nur sie hatte gelitten. Für ihn war das Dauergenöle unerträglich gewesen, er hatte obendrein befürchtet, sie würde sich ein Taxi bestellen und nach Hause zurückkehren, um ihm wieder auf die Nerven zu fallen. Das hatte sie ihm oft angedroht. Nicht nur das: Ihre Ersparnisse waren aufgebraucht und ihre Rente reichte nicht für das Heim. Sie hatte Alwin aufgefordert, monatlich 300 Euro beizusteuern. Darum hatte er einfach handeln müssen. Das hätte doch jeder so gemacht, also brauchte er kein schlechtes Gewissen zu haben. Oder?

Seine Gedanken wanderten zu seiner großen Liebe. Er stellte sich vor, was Katharina gerade machte. Vielleicht lag sie im Bett mit ihrem Mann und dachte sich spannende Sachen mit ihm aus. Er verstand gar nicht, warum sie einen Liebhaber hatte, wo sie doch im Bett mit Dieter so kreativ war. Aber vielleicht brauchte sie den Impuls und die Bestätigung von außen, um Spaß an der Liebe zu haben.

Alwin Müller wendete die Erbsenpackung und drückte sie fester auf die Stirn, weil sie inzwischen wärmer geworden war. Ach ja, Katharina. Er seufzte. Sie war einfach seine süße Traumfrau und würde es für immer bleiben. Wann endlich begriff sie, dass dieser Trottel von Max zu jung für sie war? Irgendwann würde sie einsehen, dass sie mit ihm, Alwin, mehr Spaß hätte. Schließlich war er in ihrem Alter und hatte viel mehr zu bieten. Durch seinen regelmäßigen Pornokonsum hatte er viel Ahnung. Ja, er kannte sich aus, wusste, was man alles mit Frauen anstellen konnte. Schade, dass Katharina davon keinen Schimmer hatte! Ein Ruck ging durch ihn und er seufzte auf.

Ein scharfer Schmerz durchschnitt wie ein Messer sein Gehirn. Ein wahnsinniger Schmerz, der schlimmste, den er je gespürt hatte. Er begann zu schreien. Die Tiefkühlerbsen glitten herunter. Er riss die Augen auf und merkte, dass er plötzlich nicht mehr durchatmen konnte.

KAPITEL 29

Samstag, 13. Mai

Hinter Carlo lag eine unruhige Nacht. Eine Jugendgruppe war am späten Abend angereist und hatte für viel Lärm gesorgt. Er war sauer, dass die jungen Leute trotz seiner wiederholten Ansage keine Ruhe gegeben hatten. Gegen Mitternacht hatte er den Platzwart um Vermittlung gebeten, doch auch der hatte nur bewirkt, dass die Musik abgedreht wurde. Das laute Lachen, Geschnatter und Gekreische der Mädels, die wohl alle ein wenig zu viel Alkohol erwischt hatten, war bis in die frühen Morgenstunden durch die dünnen Wände von Carlos Wohnmobil zu hören gewesen.

Das war jedoch nur die halbe Wahrheit. Eigentlich hatte Carlo einen sehr gesunden Schlaf, um den ihn Gudrun beneidete. Sie verstand nicht, wie er bereits nach wenigen Minuten die ersten Schnarchgeräusche von sich geben konnte. Manchmal stupste oder boxte sie ihn in die Seite, sodass er sich ärgerlich grunzend umdrehte, manchmal war sie so genervt von ihm, dass sie ihr Bettzeug zusammenraffte, um ins Gästezimmer auszuweichen. Selbst das vermisste er nun. Der vorübergehende Genuss der Freiheit und Selbstbestimmtheit, des In-den-Tag-hinein-Lebens war erst einer gähnenden Langeweile und schließlich dem deprimierenden Gefühl von Leere und Einsamkeit gewichen.

Trübsinnig starrte Carlo vor sich hin, während seine Hände den wärmenden Kaffeebecher umschlossen. Sein Blick wanderte auf einen Fleck auf seiner ausgebeulten Jogginghose. In der Socke war ein Loch. Obendrein begann sein uraltes Sweatshirt zu müffeln. Er hatte nicht genug Wechselwäsche. Sicher, er könnte die Waschmaschine auf dem Campingplatz benutzen, doch dazu hatte er keine Lust. Dafür war bisher Gudrun zuständig gewesen. Er war froh, dass er einen profanen äußeren Grund für seine wachsende Sehnsucht nach seiner Frau gefunden hatte. Carlo vermisste Gudrun unendlich. Er liebte sie und sehnte sich nach ihrer Wärme und Geborgenheit. Zeit, heimzukehren. Sein Nachtdienst begann um 19.30 Uhr. Ein paar Stunden Schlaf könnte er noch in seinen eigenen vier Wänden nachholen und ein paar Zärtlichkeiten mit seiner Frau.

*

Angelina hätte den Wecker nicht gebraucht; schon vor dem Klingeln war sie aufgestanden. Sie hatte eine selbst auferlegte Mission zu erfüllen, die sie zu ihrem Elternhaus in der Veilchenstraße in der Nähe des Bürgerparks führte.

Mit einer Bäckertüte in der Hand stand sie etwa eine Stunde später vor dem beige-grauen Einfamilienhaus aus den 60er-Jahren mit dem spießigen Zaun, hinter dem hochgeschossene Scheinzypressen für Sichtschutz sorgten. Schon von außen war dem Haus anzusehen, was sich im Inneren abspielte: Abschottung von der Welt, Kälte und Verbohrtheit. Das Messingschild mit dem Familiennamen Zimmermann war von Grünspan überzogen. Früher hatten Angelinas Eltern noch auf Äußerlichkeiten dieser

Art geachtet. Bestimmt war schon lange kein Besuch mehr gekommen. Erwartungsgemäß öffnete ihr Vater die Tür.

»Angelina – du?«, fragte er, und sein Gesichtsausdruck entgleiste. Angelina sah vieles darin, nur keine Freude.

»Ich dachte, es wäre mal wieder an der Zeit, euch zu besuchen«, sagte sie mit einem harmlosen Lächeln. »Ich habe Brötchen mitgebracht, dann musst du nicht extra zum Bäcker laufen.«

Ralf Zimmermann machte ein verblüfftes Gesicht. »Damit hätte ich wirklich nicht gerechnet«, sagte er, während er sich verlegen den Oberarm rieb. »Dass du auf einmal hier aufkreuzt, nach allem, was geschehen ist.«

»Ich kann auch wieder gehen«, meinte Angelina und tat so, als wäre sie von seiner Reaktion enttäuscht.

»Ach wo, komm rein«, sagte er. »Doris!«, rief er ins Treppenhaus. »Rate mal, wer gekommen ist!«

Doris Zimmermann lief die Treppe hinunter. Ihre polternden Schritte brachten die ausgetretenen Holzstiegen zum Knarren. Angelina würde dieses Geräusch ihr Leben lang nicht vergessen. Polter … polter … polter … Schimpfen, Geschrei … Strafe, Hausarrest, Putzdienst im Keller, oft Ohrfeigen. So lief es jahrelang, bis Angelina endlich alt genug war, um auf eigenen Füßen zu stehen. Das Geräusch schnürte ihr die Kehle zu. Beim Anblick ihrer Mutter spürte sie einen kalten Stein in der Magengrube.

»Angelina!« Auf der drittletzten Stufe war Doris Zimmermann stehen geblieben. Verhärmt sah sie aus, viel älter, als Angelina sie in Erinnerung hatte. Wie lange hatten sie sich nicht gesehen? War es letztes oder vorletztes Jahr gewesen? Angelina wusste es nicht. Doch offensichtlich war es möglich, innerhalb weniger Monate um Jahre zu altern.

»Hey, ich dachte, ich schau einfach mal vorbei und frühstücke mit euch. Das haben wir schon ewig nicht mehr getan.« Angelina fasste sich ein Herz, ging an ihr vorbei in die Küche und legte ihre Brötchentüte auf dem runden Tisch ab.

Langsam kam Doris ihr nach. »Ich wollte sowieso gerade Kaffee kochen«, murmelte sie und schaltete den Wasserkocher an. »Dann bleib halt zum Frühstück, wenn du schon da bist.«

Angelina nickte. »Dafür habe ich auch Brötchen geholt.«

Ihre Mutter holte Tassen und Teller aus dem Küchenschrank und deckte den Tisch. In der Küche lief das Radio. Wie üblich der Klassiksender, irgendeine Oper.

»Habt ihr eigentlich mal Kontakt aufgenommen zu den Wagners?«, fragte Angelina wie beiläufig.

Ihre Mutter verharrte in der Bewegung. »Nein, warum sollten wir?«

»Wir kennen diese Leute doch gar nicht«, ergänzte ihr Vater. »Sie sind Wildfremde für uns. Schlimm genug, dass du dich denen aufgedrängt hast. Hier ist dein Zuhause, nicht bei denen.«

»Ihr hättet ja wenigstens kondolieren können zum Tod ihrer Tochter.«

»Hätten wir, aber wir haben es eben nicht getan.«

»Ihr wisst genau, dass sie es besser hatte als ich, viel besser. Ich wäre gerne an ihrer Stelle gewesen.«

»Dann wärst du jetzt tot. Wir finden es nicht richtig, wie Jessica aufgewachsen ist, in einem Leben aus Luxus und Verschwendung. Das macht man nicht. So zieht man kein Kind auf. Verwöhnt wurde sie, verweichlicht und verhätschelt. Aus so einem Kind kann nichts werden, man sieht es ja, wohin das geführt hat. Kaum erwachsen, hatte sie

Kontakt mit Verbrechern und wurde ermordet. Durch ihren Reichtum hat sie die Falschen angezogen. Wir hingegen haben alles richtig gemacht.«

»Stimmt«, sagte Angelina dumpf. »Ihr habt alles richtig gemacht.« Sie nahm das Brotmesser zur Hand. Es schien neu zu sein, sie hatte es noch nie gesehen. Es war aus schwerem Edelstahl und glänzte. Sie sah wieder das viele Blut vor sich, es war grauenhaft. Wenn sie geahnt hätte, wie schlimm es war, einen Menschen zu erstechen, hätte sie es nicht getan. Die Erinnerung an jenen Abend auf der Maiwoche lief wie ein Film vor ihrem inneren Auge ab. Sie hatte Jessicas Auftritt miterlebt, ganz vorn am Bühnenrand. Carsten hatte sie voll Abscheu angesehen; er hatte eine Handbewegung in ihre Richtung gemacht, als wolle er sie wie ein lästiges Insekt verscheuchen. Er machte keinen Hehl daraus, dass er nichts von ihr hielt, weder als Backgroundsängerin noch als Frau. Das machte sie umso wütender. Jessica war der Star des Abends, sie strahlte und lachte und bekam viel Applaus – sie selbst hingegen hatte in jeder Hinsicht versagt.

Sie wollte Jessica nur ein wenig quälen. Einmal wenigstens sollte sie so leiden wie sie selbst all die Jahre. Eigentlich hatte sie Jessi nur aufgesucht, um ihr die präparierte Currywurst zu bringen, die sie zuvor mit einem Hauch Erdnussbutter bestrichen hatte. Sie hatte die gleiche Allergie wie Jessica und wusste, wie schrecklich sich so ein Anfall anfühlte. Gleich bei ihrem ersten Wiedersehen bei Starbucks hatten sie darüber gesprochen. Jessica hatte sie danach gefragt. Eine weitere Gemeinsamkeit, die sie verband. Beide kannten diese Todesängste. Wer das Gefühl, fast zu ersticken, einmal erlebt hatte, würde es nie vergessen. Allein die Angst, das noch mal erleben zu müssen, war die denkbar schlimmste Qual für schwere Allergiker wie Jessica und Angelina. Sie besaß deshalb ein Notfallset, das sie stets mit sich führte. Damit hätte sie ihre Schwester im letzten Moment retten können. Doch das Ganze war dann ein wenig aus dem Ruder gelaufen. Nur ein Hauch von Erdnussbutter auf der Currywurst hatte genügt, um Jessicas Anfall zu provozieren.

»Miststück!«, brachte Jessica mühsam hervor, nachdem sie die Wurst etwa zur Hälfte aufgegessen hatte. »Da ist was mit der Wurst. Und dir habe ich vertraut. Meine Eltern haben recht, du bist ein Nichts, ein Niemand, ein Loser, ein verdammtes Unterschichtenkind. Kein Charakter, kein Stil, keine Erziehung, kein …« Dann bekam sie keine Luft mehr und rannte unter Keuchen und Röcheln wie eine Irre aus der Küche. Sie hetzte wie ein sterbendes Tier durch die Wohnung, in den Flur, durchwühlte fiepend und nach Luft ringend ihre Tasche, fand das Notfallset nicht schnell genug, lief ins Wohnzimmer, ging vor dem Esstisch in die Knie, hielt sich den Hals, würgte, gurgelte und röchelte immer verzweifelter. Mit weit aufgerissenen Augen starrte sie Angelina an, panisch, angsterfüllt, wissend …

Angelina hatte plötzlich das große Messer in der Hand, das sie in einer Küchenschublade gefunden hatte, und folgte ihr. Ein Nichts, ein Niemand, ein Unterschichtenkind. Eine ohnmächtige Wut erfasste sie. Sie sah ihre Eltern vor sich, Ralf und Doris, wie sie schimpften und zeterten. Ein Nichts, ein Niemand. Wir brauchen dich nicht. Wie von Sinnen stach sie zu, ohne nachzudenken, was sie tat, ohne etwas anderes zu fühlen als blinden Hass. Dreimal traf sie ihre Schwester in den Rücken. Jessica versuchte zu entkommen, robbte ein Stück vorwärts, nach Luft schnappend. Angelina stand hinter ihr, mit blutverschmierten

Händen, und sah zum ersten Mal wieder klarer, erkannte, was sie angerichtet hatte. Das viele Blut, der Teppich, der Holzboden, Blutspritzer in den Fugen, auf der weißen Bluse von Jessica – überall. Jessica hatte sich nicht einmal mehr umgedreht. Sie hatte nicht geschrien, konnte nicht schreien, nicht einmal stöhnen. Nach weniger als drei Minuten hörte das Röcheln auf. Still war es geworden im Raum, in der ganzen Wohnung, beängstigend still. Um von der unerträglichen Stille nicht erdrückt zu werden, war Angelina in die Küche gelaufen und hatte das Radio eingeschaltet. In Panik hatte sie die Wohnung verlassen und das Messer mitgenommen. Unter ihrer Fleecejacke hatte sie es verborgen gehalten, es die ganze Zeit an sich gedrückt.

»Was willst du mit dem Messer?«, riss Doris Zimmermann sie aus ihren Gedanken.

»Nichts«, antwortete Angelina und legte es auf den Tisch neben den Brotkorb.

»Setz dich«, sagte ihr Vater barsch und nahm gewohnheitsgemäß am Kopfende Platz. »Rauchst du etwa?«, fragte er und schnupperte.

Sie hatte es sich längst abgewöhnt, ihm zu antworten, es war ohnehin zwecklos. Es interessierte ihn nicht, was sie zu sagen hatte, welche Gedanken sie sich machte, welche Meinungen sie zu den Dingen hatte. Sein Weltbild duldete keine andere Denkweise als seine eigene. Wenn sie früher dagegenhielt, sagte er, der Staat sei schuld, der ließe ja keine Meinungsfreiheit mehr zu.

Er räusperte sich – das Zeichen, dass er zu einem längeren Monolog ansetzen wollte. »Eine besonders heimtückische Gefahr geht vom Laster des Tabakrauchens aus«, dozierte er. »Das Rauchen ist in seiner schädlichen und gewohnheitsformenden Eigenschaft als Sünde anzusehen. Tabak ist ein trügerisches, bösartiges Gift, das den Körper langsam zersetzt. Krebs ist nur eine mögliche Folge, für die dann die Solidargemeinschaft zur Kasse gebeten wird. Der Tabakgebrauch erweckt einen Durst nach starken Getränken und legt in vielen Fällen den Grund für Alkoholmissbrauch.«

»Ja, da gebe ich dir recht«, fiel Angelina ihm ironisch ins Wort. »Ich habe heute schon eine Packung geraucht und deswegen auch eine ganze Flasche Wodka getrunken, um den schlechten Geschmack wegzuspülen.« Doch Ironie war noch nie seine Stärke gewesen. Alles, was er sagte, meinte er auch so. Alles war ernst.

»Alkohol ist das Schlimmste aller Übel. ›Siehe den Wein nicht an, denn in seinem Gefolge befinden sich alle anderen Sünden‹«, zitierte er eine Textzeile, die er irgendwo mal aufgeschnappt hatte. »Darum haben wir dich immer von Gaststätten ferngehalten. Kinder finden sonst nämlich Gefallen an dem Aufenthalt an solchen Stätten und werden später ohne Eltern dort hingehen. Und damit nimmt das Unheil seinen Lauf. Alkohol hat schon so manchen gebildeten und feinsinnigen Menschen ins Verderben gestürzt. Er führt zu Leichtsinn und Abhängigkeit. Er hat Unfälle verursacht und ist dafür verantwortlich, dass es so viele kranke Kinder gibt.«

»Ja, das sehe ich auch so«, sagte Angelina zynisch grinsend.

»Möchtest du Kaffee, Angelina?«, fragte ihre Mutter und schenkte ein geschmackarmes Gemisch ein.

»Immer her mit dem Muckefuck«, sagte Angelina provokant. »Kaffee soll ja außerordentlich gesundheitsfördernd sein.« Sie wusste, das war der Part ihrer Mutter.

Denn zu den nach Ansicht ihrer Eltern hochgradig gesundheitsgefährdenden Suchtmitteln, für die die Menschen ihr Geld verschwendeten, gehörten auch schwarzer Tee und Bohnenkaffee. Das stellte ein Dilemma für Doris Zimmermann dar, die in ihrer Jugend gern Kaffee getrunken hatte, was Angelina von ihrer Großmutter wusste. Heute trank ihre Mutter nur noch diesen schrecklich schmeckenden dünnen Getreidekaffee.

»Kaffee und Tee sind giftig«, begann da schon Doris mit ihrem langweiligen Vortrag, den Angelina in ihrem Leben mindestens hundertmal gehört hatte. Sie sprach sehr laut, da sie schwerhörig war. Hörgeräte lehnte sie ab, weil sie nicht der Solidargemeinschaft zur Last fallen und erst recht nicht der Verschwendungssucht frönen wollte. »Kaffee enthält das Herzgift Koffein, während schwarzer Tee das Nervengift Teein aufweist. Der Gebrauch von Kaffee und Tee ist ein gefährliches Laster, dem Millionen Menschen bis zur Sucht verfallen sind. Sie ruinieren wissentlich ihre Gesundheit und werden zur Last für die Solidargemeinschaft. Der Gebrauch von Reizmitteln verlangt nach immer stärkeren Mitteln, um die Sucht zu befriedigen. Der Mensch wird schwächer und schwächer und ist schließlich nur noch ein Abbild seiner selbst.«

Angelina war es leid zu diskutieren. Das hatte ihr stets nur Strafen eingebracht: Hausarrest, Essensentzug, Demütigungen, Schläge. »Ich muss mal kurz austreten«, entschuldigte sie sich und ging zur Toilette, um die Spritzen aufzuziehen. Für jeden die vielfache Menge Propofol, die für das jeweilige Körpergewicht zugelassen war, das sie großzügig schätzte. Ihre Mutter brachte ungefähr 70 Kilo auf die Waage, ihr Vater gewiss 95 Kilo. Also zog sie in der einen Spritze sicherheitshalber vier Gramm auf und in der anderen Spritze fünf Gramm. Da zu einer einfachen Sedierung höchstens zwei Milligramm pro Kilo Körpergewicht zugelassen waren, war das eine absolut tödliche Überdosierung.

Mit den aufgezogenen Spritzen im Rucksack wartete sie auf den passenden Moment. Der würde eintreten, sobald sich ihr Vater zum Lesen der Tageszeitung ins Wohnzimmer zurückziehen würde. Er las sie nur, um sich täglich neu zu beweisen, wie recht er hatte. Die Welt war schlecht, weil die Menschen zu schwach waren, um gegen Verlockungen, Gier und Süchte zu bestehen. Die tägliche Zeitungslektüre war für ihren Vater eine einzige Selbstbeweihräucherung, und wenn eines sicher war, dann dies: Ihr Vater hatte immer recht, und wenn jeder Mensch auf der Welt so gestrickt wäre wie er, wäre alles Böse längst ausgerottet, dann würden die Menschen wie im Paradies leben.

Nach einem halben Brötchen, mit selbstgemachter Rhabarbermarmelade dünn bestrichen, war es schließlich so weit. Ralf Zimmermann stand auf und ging mit der zusammengerollten Neuen Osnabrücker Zeitung ins Wohnzimmer.

»Herr Grau von nebenan liegt im Krankenhaus, frisch operiert. Man vermutet Krebs. Kein Wunder, hat schließlich sein Leben lang geraucht wie ein Schlot und Alkohol getrunken«, sinnierte Doris Zimmermann laut vor sich hin, während sie das benutzte Geschirr neben die Spüle stellte. Eine Geschirrspülmaschine besaßen die Zimmermanns nicht – das war Luxus und Geldverschwendung.

»Klar«, sagte Angelina und stellte mit verkniffenem Mund ihre Tasse weg. Den Rest der Plörre würde sie gleich in den Ausguss gießen.

»Erinnerst du dich an die Frau Hubschmidt? Die mit den vielen Katzen? Die ist neulich tot in ihrer Küche umgefallen. Hat ja auch keine Feier ausgelassen, kräftig dem Alkohol zugesprochen und mindestens sechs Tassen Kaffee am Tag konsumiert.«

»Schlimm, ja«, erwiderte Angelina, ohne eine Miene zu verziehen. »Diese Menschen haben kein anderes Schicksal verdient, nicht wahr? Zu viele Laster, zu viele Sünden. Da ist der Tod eine Erlösung.«

»Gibt's eigentlich was Neues über Jessica? In der Zeitung stand, dass sie unter rätselhaften Umständen tot in ihrer Wohnung aufgefunden worden ist. Weiß man schon, woran sie gestorben ist?«

»Sicher am Alkohol, am Kaffee und an Zigaretten«, sagte Angelina trocken. »Vielleicht hat sie auch Schwarztee getrunken oder andere Drogen genommen.«

Doris nickte gedankenverloren »Bestimmt«, sagte sie.

»Ich schau mal nach Papa.« Angelina stand auf.

»Mach das, Kind«, sagte ihre Mutter, ließ heißes Wasser in die Spüle laufen und drehte das Radio lauter.

»Die derzeitige Regierung packt es einfach nicht«, lamentierte Ralf Zimmermann und raschelte ärgerlich mit dem Zeitungspapier. »Nichts als Strohköpfe, die Rechten wie die Linken, die verarschen uns nach Strich und Faden, denken nur an ihre satte Pension und an ihr langes Wochenende, das Donnerstag schon beginnt und bis Montag dauert. Das Schicksal der Bürger ist ihnen doch schnurzpiepegal, warum hat man die Pappnasen nur gewählt. Und eigentlich kann man dieser Lügenpresse eh keinen Glauben schenken. Die veräppeln einen doch. Ich habe aufgehört, einem Menschen zu vertrauen. Ich vertraue nur noch mir selbst. Damit fahre ich am besten.«

Angelina war von hinten an ihn herangetreten und stand jetzt seitwärts neben ihm. Sie betrachtete sein schütteres graues Haar, die leicht abstehenden Ohren, die schlecht rasierte Wangenpartie, auf der sich Inseln von dunkelgrauen Stoppeln gebildet hatten. Sein Hals erinnerte an ein gerupftes Huhn, die Haut war faltig, grobkörnig, leicht pickelig, rötlich, eingefallen. Die Einwegspritze hielt sie in der rechten Tasche ihrer Fleecejacke versteckt. »Warum habt ihr mich eigentlich immer so lieblos behandelt, du und Mama?«, fragte sie seelenruhig.

»Haben wir doch gar nicht«, murmelte er, ohne von seiner Zeitung aufzusehen.

»Ach nein?«

»Ein- oder zweimal haben wir vielleicht zugeschlagen. Aber nur, wenn du es wirklich verdient hattest!«

»Ein- oder zweimal? Unzählige Male, Papa. Wer hat denn so was verdient? Wer verdient es, geschlagen zu werden?« Immer noch war ihre Stimme sehr ruhig, nur ein bisschen brüchig.

Ihr Vater gab keine Antwort, starrte demonstrativ in seine Zeitung.

»Mehrmals in der Woche bekam ich Schläge, hast du das wirklich vergessen? Es gab kaum einen Tag ohne Strafe. Und verdient hatte ich es nie! Ich war einfach nur ein Kind, das es nicht besser wusste, ein unschuldiges kleines Mädchen, das viele Sachen ausprobieren wollte, vielleicht auch mal eine Grenze überschreiten. Ein neugieriges Kind eben, das viele Fragen gestellt hat, die euch wahrscheinlich unbequem waren, ja, ich war ein lebhaftes Kind, aber immer gutmütig, immer harmlos. Jeder Mensch macht Fehler, niemand ist unfehlbar, aber ihr wart erwachsen und hättet es besser wissen müssen. Ich war nur ein Kind, das keinen anderen Wunsch hatte, als angenommen und geliebt zu werden!« Ihre Stimme brach. Sie musste aufpassen, hart zu bleiben, um ihren Plan durchzuziehen.

Leicht neigte er seinen Kopf in ihre Richtung. »Reg dich ab, Angelina, so schlimm war es nicht, du hast immer schon ein Talent zum Dramatisieren gehabt. Hättest zum Theater gehen sollen! Da wärst du besser aufgehoben gewesen als beim Totengräber. Jetzt daherkommen und sich beschweren, was alles schiefgelaufen ist in deinem Leben, ist mehr als billig! Das ist nicht fair uns gegenüber. Wir haben uns Mühe gegeben, dich zu einem rechtschaffenen, den Verlockungen widerstehenden, gewissenhaften Menschen zu erziehen. Du solltest auf einen guten Weg gebracht werden. Wir haben alles für dich getan, damit du es gut hattest. Du warst nicht gerade eine Traumtochter. Wäre es uns vergönnt gewesen, selbst Kinder zu bekommen, wären die nach uns geraten, dann wäre es für uns einfacher gewesen und wir hätten ein schöneres Leben gehabt, vergiss das nicht.«

»Ich vergesse das nicht, Papa. Nein, nichts davon werde ich je vergessen, besonders deine letzten Worte nicht. Ich hasse dich!«

»Das weiß ich, damit muss ich leben.«

Oder auch nicht, dachte sie bitter.

»Weißt du eigentlich, wie viel Kraft du uns gekostet hast? Wie viel Energie wir in dich reinstecken mussten, um dich einigermaßen auf Kurs zu bringen? Du warst ein extrem anstrengendes, widerborstiges Kind, wolltest immer mit dem Kopf durch die Wand, hast dich nie an Regeln gehalten, immer dein eigenes Ding gemacht. Hast dich uns widersetzt und unentwegt unseren Lebensstil infrage gestellt.«

Sie ließ ihn reden. Da er schon wieder mit der Zeitung raschelte, würde sein Redefluss ohnehin bald verebben. Sie wartete ab, bis er sich an einem politischen Aufreger festgebissen hatte, was daran zu sehen war, dass sich seine Augen verengten und sein Mund sich zu einem dünnen Strich verzog – dann nahm sie die Spritze aus der Jackentasche, zögerte keinen Moment und stach mit voller Wucht zu.

Sofort fuhr er herum, schlug nach ihr, versuchte, ihr die Spritze aus der Hand zu schlagen. »Was zum Teufel treibst du mit mir? Was war das? Was hast du da?«, schrie er und versuchte, sich aufzurappeln. Das hochwirksame Medikament entwickelte allerdings binnen Sekunden seine sedierende Wirkung. Er schaffte es nicht mehr, auf die Beine zu kommen, torkelte und schlug im Fallen mit dem Kopf gegen die Tischkante. Wie ein Maikäfer lag er auf dem Rücken und gab einen tiefen Seufzer von sich. Seine Augen standen halb offen, flackerten ein wenig, und Speichel lief aus seinem offenen Mund. Die Halsschlagader zuckte. Noch atmete er. In dem Moment klingelte es an der Haustür.

KAPITEL 30

Katharina hatte einen freien Tag. Sie suchte gerade im Internet nach einer Adresse für Stalkingopfer, als ihr Handy klingelte.

»Wie geht es dir?«, fragte Max.

Seine Stimme löste nicht mehr das gewohnte Kribbeln in ihr aus. »Warst du das im Garten? Ich habe einen Schrei und deine Stimme gehört und am nächsten Morgen eine Blutspur im Gras gesehen. Was hast du mit Müller gemacht?«

Seine Antwort kam leicht verzögert. »Er wird dich jetzt in Ruhe lassen, Katha.«

»Was hast du mit ihm gemacht?«, fragte sie erneut.

»Ihm eine Abreibung verpasst. Die hat er verdient.«

»Lebt er?«

»Natürlich lebt er, was denkst denn du. Ich habe ihn im Garten erwischt, wie er dich beobachtet hat, dieser Drecksack. Ich habe ihn gepackt, ihm einen Kinnhaken verpasst und auf ihn eingedroschen. Ein bisschen mitgenommen wird er sein, ich habe ihn mehrmals mit der Schnalle meines Gürtels getroffen, mit voller Wucht, weil ich dermaßen in Rage war, das gebe ich zu. Ich habe ihn wohl am Kopf verletzt, daher das Blut, aber sonst hat er nichts abbekommen.«

»Bist du sicher?«

»Ja. Ich habe mich bei Meierhofe nach ihm erkundigt. Er ist ein paar Tage krankgeschrieben, aber zu Hause. Wenn er was Ernstes hätte, wäre er im Krankenhaus. Ich habe ihm eine Lektion erteilt, nichts weiter.«

»Er wird dich wegen Körperverletzung anzeigen.«

»Pfff, das wird er nicht tun. Er weiß, was wir dann machen. Dann geht es ihm richtig an den Kragen und er ist seinen Job los. Er wird dich in Ruhe lassen, alles gut.«

»Max, das war nicht richtig.«

»He, hör auf, mich anzugehen. Er hat verdient, was er bekommen hat. Ich konnte nicht länger mit ansehen, wie er dich mit lüsternen Blicken verschlingt. Und zur Polizei gehen wolltest du ja nicht. Es hätte nicht viel gefehlt, und er hätte dich vergewaltigt.«

»Das weißt du doch nicht.«

»Nein. Aber manchmal ist Angriff die beste Verteidigung.«

»Ach, Max«, seufzte sie.

»Katharina?«

»Ja?«

Sie hatte das Gefühl, dass er noch etwas loswerden wollte. Als sie ansetzte, selbst etwas zu sagen, schob er schnell nach: »Ich liebe dich, aber ich werde dich jetzt in Ruhe lassen.«

»Wie meinst du das?«

»Wie ich es sage. Lass uns Montag noch einmal im Butterkeks frühstücken und ich erkläre dir alles in Ruhe. Die machen erst später auf, aber ist ja egal.«

»Willst du Schluss machen?«

Wieder diese qualvolle Pause. »Bis Montag, Katharina, um 12, ja?«

»Ja.« Beklommen legte sie auf.

*

Angelina verharrte in ihrer Bewegung. Verzweifelt versuchte sie, den aufkommenden Fluchtinstinkt zu unterdrücken. Ihr Blick wanderte nervös im Zimmer umher, auf der Suche nach einem geeigneten Versteck. Gleichzeitig war ihr bewusst, dass es kein Entkommen gab. Sie saß in der Falle. War das die Polizei? War sie verfolgt worden, ohne es zu merken? Sicher war der Psychotante mittlerweile aufgegangen, mit wem sie es zu tun hatte. Wahrscheinlich hatte sie die Polizei informiert. Ganz dumm war sie ja nicht.

Sie lauschte und hielt instinktiv den Atem an. Ihre Mutter hatte die Tür geöffnet und unterhielt sich mit jemandem in einem unnatürlich freundlichen Tonfall. So sprach sie nur mit Fremden. Wenn sie mit Angelina redete, war ihre Stimme kalt und hart. Lange dauerte die Unterhaltung jedoch nicht. Die Haustür fiel ins Schloss, draußen wurde eine Wagentür zugeschlagen und wenig später ein Motor angelassen. Dann rauschte das Fahrzeug davon.

Mit stark klopfendem Herzen trat Angelina ihrer Mutter im Flur entgegen. »Wer war das?«, fragte sie, darum bemüht, ihre Atemlosigkeit in den Griff zu bekommen.

»Der Paketbote«, lautete die knappe Antwort. »Ein kleines Päckchen von Tante Ruth für Papas Geburtstag. Komm und hilf mir in der Küche! Ich muss Gemüse putzen für den Eintopf nachher.«

Angelina folgte ihr mit gesenktem Kopf. Es half nichts, sie musste die Sache zu Ende bringen, auch wenn sie zwischenzeitlich der Mut verlassen hatte. Sie konnte ihre Mutter nicht verschonen, jetzt, wo ihr Vater im Wohnzimmer gerade sein Leben aushauchte. Ihre Mutter würde auf der Stelle Hilfe holen. Und die Polizei würde Angelina festnehmen. Nein, das konnte sie nicht riskieren. Sie hatte andere Pläne.

Sie dachte an ihre Großmutter Irina in Russland. Sie lebte mit im Haus ihrer Tochter, aber im Gegensatz zu ihr war sie eine warmherzige, fröhliche Frau, mit ihren 70 Jahren noch rüstig genug, um es mit ihrer schwierigen Enkelin aus Deutschland aufzunehmen. Sie hatte geweint, als Angelina bei ihrem letzten Besuch kurz vor Weihnachten auf dem Sofa saß, in ihrem winzigen überheizten Wohnzimmer mit den vielen Kissen, Deckchen, bunten Teppichen, und Nippes aus Porzellan. Das Zimmer war übertrieben weihnachtlich geschmückt, mit einem Plastiktannenbaum, einer bunten Lichterkette und einer goldenen Girlande. Kitschige Engel in allen Variationen fanden sich ebenso wie ein beleuchtetes Weihnachtsdorf aus Plastilin, durch das eine batteriebetriebene Mini-Eisenbahn surrte. Auf dem Tisch lag eine Häkelarbeit aus vielen hässlichen Lurexgarnen. Angeblich hatte Irina Smirnow vom Schicksal der Zwillinge erst erfahren, als es zu spät gewesen war. Und damals hatte sie mit unermüdlichem Einsatz in der Kolchose gearbeitet, Vollzeit, denn das Gehalt ihres Mannes als Schrankenwärter hätte nicht zum Lebensunterhalt der Familie gereicht. »Wenn du willst, darfst du gerne bleiben, meine Liebe«, hatte sie in ihrem gebrochenen Deutsch gesagt. Als Russlanddeutsche hatte sie immer noch einen Bezug zu der Sprache und konnte einfache Sätze formulieren. »Für immer. Es wäre mir eine Freude. Ich wäre weniger allein und du hättest endlich ein Zuhause.« Zum ersten Mal in ihrem Leben hatte Angelina Wärme und Zuneigung gespürt. Ja, da wollte sie hin, wenn all das hier vorbei war, zu ihrer Oma Irina nach Malachowa, denn sie war neben der anderen Oma, die vor langer Zeit gestorben war, die Einzige, die jemals Angelinas Herz berührt hatte. Ihr zuliebe hatte Angelina sogar ein paar Brocken Russisch gelernt.

In ihrer Jackentasche befand sich noch die zweite bereits aufgezogene Einwegspritze. Sie war nun auch zu diesem Schritt bereit und wartete auf den nächsten günstigen Moment. Der war gekommen, als sich Doris Zimmermann über die Spüle beugte, um Flecken aus der Kaffeekanne zu entfernen. Ein präzise angesetzter Stich in die Halsschlagader, dann wäre es für immer vorbei. Doch noch zögerte die Hand, die schon die Spritze hielt.

*

»Ich muss mit euch reden«, sagte Carlo mit ernster Miene und drängte sich an Gudrun vorbei. Es roch nach Gebratenem, mit vielen Kräutern und Knoblauch. Das Wasser lief ihm im Mund zusammen.

»Mit euch? Wen meinst du damit? Hugo und mich?«, fragte Gudrun belustigt.

»Das weißt du ganz genau«, fuhr er sie an. »Mit dir und Minna! So geht es nicht weiter. Mehr brauche ich dazu nicht zu sagen.« In seinen Augen brannte es wie Feuer. Er hatte plötzlich Angst, vor ihr in Tränen auszubrechen, so groß war seine Verzweiflung.

»Meine Mutter ist heute Morgen abgereist«, sagte Gudrun ruhig. »Mit ihr kannst du also nicht sprechen, es sei denn, du willst sie anrufen. Ach, und ich denke, eine Dusche wäre mal fällig, hm?« Sie schnupperte und rümpfte die Nase.

Perplex starrte er sie an. Er brauchte ein paar Sekunden, um zu begreifen, was sie gesagt hatte. Doch dann durchströmte ihn ein Glücksgefühl. Er fühlte regelrecht, wie sich der kalte Klumpen in seiner Magengegend auflöste, sich stattdessen Wärme ausbreitete und er freier durchatmen konnte. »Boah, etwas Schöneres hättest du mir nicht sagen können«, sagte er und fuhr sich in einer Übersprunghandlung über die kurzgeschorenen grauen Haare. »Das klingt ja fast wie eine Liebeserklärung in meinen Ohren.« Verlegen grinste er.

»So schlimm war das für dich mit meiner Mutter? Nur weil sie deine Jeans weggeworfen hat? Deine schöne alte Nietenhose?« Sie zwinkerte.

»Noch viel schlimmer.« Er zupfte sich an der Nase und sah sie fast schüchtern an. »Komm mal her, du!« Er drückte er sie fest an sich. »Hab dich vermisst, du blöde Kuh!« Er tätschelte ihren Hintern, der trotz Dauerdiäten und Sport nicht schmaler werden wollte. Doch er liebte ihn, wie er war. Er liebte ihn, wie er die ganze Gudrun liebte. Eigentlich wusste sie das auch.

»Wenn es dich beruhigt, meine Mutter kommt so schnell nicht wieder. Sie hat sich endlich nach langem Hin und Her entschlossen, zu ihrer Freundin nach Winsen zu ziehen, das ist ja nicht weit weg von Lüneburg. Die fühlt sich seit dem Tode ihres Mannes in ihrem großen Haus mit Garten nicht mehr wohl. Ich habe meiner Mutter zu dem Umzug geraten, und sie hat sogar auf mich gehört. Sie gründen also eine Frauen-WG.«

»Wusste ich doch, dass sie sich unter Frauen wohlfühlt. In der nächsten Zeit wird sie also sehr beschäftigt sein«, fasste Carlo die frohe Botschaft zusammen. »Du siehst, ich kann meine Freude darüber kaum verhehlen. Und ich wüsste auch eine Beschäftigung für uns beide. Nachdem wir gut gegessen haben. Es riecht sehr verführerisch, da kann ich nur hoffen, dass das Essen bald fertig ist.«

»Nachdem du geduscht und dich umgezogen hast«, sagte sie augenzwinkernd. »In der Zwischenzeit wird der Braten so weit sein. Dazu gibt es Knödel und Rotkohl. Gut?«

Er nickte anerkennend. »Und danach beschäftigst du dich wieder ein bisschen mit mir?« Er rückte näher an sie heran und fasste sie an den Hüften.

Gudrun schüttelte grinsend den Kopf.

Er nahm ihre Hände, sah ihr in die Augen und nickte langsam. »Gott, wie hast du mir gefehlt!«

»Wirklich?«

»Wirklich«, sagte er und bemerkte glücklich, wie es in seinem Bauch angenehm zog.

KAPITEL 31

Sonntag, 14. Mai

Am letzten Tag der Maiwoche schien sich die halbe Stadt verabredet zu haben, um Abschied vom beliebten Stadtfest zu nehmen. Im überdachten Maidorf gegenüber der Marienkirche herrschte schon am Vormittag dichtes Gedränge, denn zahlreiche Besucher hatten sich zum Frühschoppen eingefunden. Auf der Bühne rockte eine Band von älteren Musikern, die beim Publikum gut ankamen. Die Stimmung war ausgelassen und das Bier floss in Strömen. Dazu gab es Brezeln, Weißwurst und viele andere deftige Köstlichkeiten.

Angelina hatte sich in den Trubel gestürzt, obwohl sie überhaupt nicht in Feierlaune war. Der Grund war eher ganz profan: Sie wollte nicht zu Hause sein. Denn dort lag eine Leiche.

Im Haus ihrer Mutter hatte sie eine Entscheidung getroffen, nicht aus Gründen des Mitleids oder plötzlicher Gewissensbisse, sondern aus Vorsicht. Man würde ihre Eltern finden, wenn nicht sofort, dann in ein paar Tagen. Die überengagierte Psychofrau würde sie bei der Therapie morgen vermissen und aus lauter falsch verstandenem Verantwortungsgefühl die Polizei alarmieren, falls sie es nicht längst getan hatte. Und sie selbst sah keine Möglichkeit, zwei Tote beiseitezuschaffen, das war nicht möglich. Zwar war sie kräftig, sportlich und zäh, aber durch ihre berufliche Tätigkeit wusste sie, wie schwer es war, Körper zu bewegen, die kein bisschen mitarbeiteten. Ihr war noch in der Küche ihrer Mutter eine andere Idee gekommen. Sie hatte Doris zunächst mit wenig Propofol nur betäubt, mit einer so geringen Dosis, dass sie müde und willenlos geworden war, wie ein Patient, der sediert in den Operationssaal gebracht wurde. Danach war Doris Zimmermann ihr ohne Probleme zu ihrem Auto gefolgt, sehr langsam und torkelnd, aber immerhin war sie mitgefahren zu Angelinas Wohnung in der Schlagvorder Straße. Angelina hatte sie zu ihrem Bett in ihrem Schlafzimmer geführt. Dankbar hatte sich ihre Mutter auf die weiche Matratze und das große Kissen fallen gelassen und sofort die Augen geschlossen. Erst dort hatte Angelina ihr den Rest aus der Spritze verabreicht – die tödliche Menge. Ihre Mutter hatte nicht einmal gezuckt. Sie war friedlich eingeschlafen, wie man so sagt. Ein schöner Tod. Weniger schön war, dass nun in Angelinas Bett eine Leiche lag. Die musste weg.

Angelina wusste, dass ihr Arbeitgeber manchmal mit Fremdunternehmen zusammenarbeitete, wenn es im Betrieb hoch herging, es mehrere Trauerfeiern an einem Tag gab und sie die Aufgaben zu fünft nicht bewältigen konnten. Per Telefon orderte sie im Auftrag des Bestattungsunternehmens Meierhofe & Söhne die Abholung und Überführung zweier Verstorbener ins Krematorium. Eine Trauerfeier sei seitens der Angehörigen nicht erwünscht. Es sollte eine anonyme Bestattung werden. Die Papiere lägen schon vollständig bereit: Todesbescheinigungen der Ärzte, Abzüge der Familienstammbücher, Sterbeurkunden, Willenserklärungen der Verstorbenen zur Einäscherung. Sie kündigte an, dass die Hinterbliebenen jeweils die Haustürschlüssel mit den angehängten Adressen bei

Meierhofe vorbeibringen würden und sie selbst würde sie ans Fremdunternehmen weiterleiten.

Sie ließ vorsichtshalber eine Dreiviertelstunde verstreichen und brachte dann die Schlüssel ihrer Eltern und die ihrer eigenen Wohnung direkt zum Fremdunternehmen. Der Inhaber sicherte zu, sich umgehend um den Auftrag zu kümmern und die Verstorbenen unverzüglich ins Krematorium zu überführen. Nun wartete sie also nur noch auf die Bestätigung per Mail, dass alles geklappt hatte.

»Na, mal wieder ins Smartphone vertieft?«, fragte eine bekannte Stimme. Sie zuckte zusammen und starrte auf ein Paar dunkle Hosenbeine. Vor ihr stand Carsten Tobecke in seinem üblichen Look: weit geschnittenes schwarzes T-Shirt, schwarze Jeans, schwarze Sneakers, natürlich schwarzer Hut.

»Was machst du denn hier?«, war alles, was ihr einfiel. Ihr Herz begann vor Aufregung zu poltern.

Er beugte sich zu ihr herunter, damit sie ihn besser verstand. »Vielleicht das Gleiche wie du? Hast du schon was zu trinken?« Er roch nach Zigaretten und Bier und ziemlich stark nach Aftershave.

Sie schüttelte den Kopf und legte ihr Handy auf den Tisch.

»Soll ich dir was holen? Was möchtest du?«, schrie er gegen den Lärm an.

»Ein Bier«, sagte sie leise.

»Bin gleich wieder da.« Offensichtlich hatte er ihr den Wunsch von den Lippen abgelesen, denn er verschwand im Gedränge.

Sie überlegte, ob sie die Gelegenheit nutzen sollte, um sich aus dem Staub zu machen. Bei der Schlange vor dem Tresen würde es vermutlich eine Viertelstunde dauern, bis er zurück war. Ihr Fluchtinstinkt ließ sie ununterbrochen in die Richtung starren, in der Türsteher die Eingänge kontrollierten. Nervös zupfte sie an ihrer Kreuzkette, doch sie blieb standhaft. Es war auf jeden Fall besser zu bleiben, denn sie könnte Carsten Tobecke als Alibi nutzen. Sie würde sich verdächtig machen, wenn sie jetzt den Kopf verlieren und türmen würde.

Nach unerträglich langen 20 Minuten kam er wieder, mit zwei Biergläsern und zwei Salzbrezeln in der Hand. »Noch sauer?«, fragte er, nachdem er dicht neben ihr auf der Bank Platz genommen hatte. Sein ausdrucksvolles Gesicht flehte um Entschuldigung.

Sie nahm ihm ein Glas ab und schüttelte den Kopf. »Alles gut«, sagte sie und dachte das Gegenteil. Mit seinem Hundeblick beeindruckte er sie nicht mehr.

»Sag mal, Angelina«, sagte er und kniff seine Augen zusammen. »Seit wann trägst du Kontaktlinsen?«

»Wieso?«

»Deine Augen sind doch eigentlich braun, aber jetzt sind sie blau. Du hast … Verdammt, nimm es mir nicht übel, wenn ich das so sage, aber du hast eine verdammt große Ähnlichkeit mit Jessica. Die gleiche Augenfarbe, die gleiche Gesichtsform …« Sein Blick wanderte höher zu ihrem Haaransatz.

»Quatsch.« Instinktiv griff sie sich an den Scheitel. Zu spät. Der Ansatz war seit zwei Tagen sichtbar, das wusste sie. Und das Allerschlimmste war: Sie hatte vergessen, ihre farbigen Kontaktlinsen einzusetzen.

»Das liegt an der Schminke«, sagte sie unsicher. »Ich benutze seit Kurzem eine andere Kosmetik.«

»Deine Haare sind gefärbt«, stellte er fest. »Direkt am Ansatz sind sie blond. Hellblond. So blond wie Jessica war. Ey, du siehst aus wie sie, wenn man sich die Piercings wegdenkt und das kleine Muttermal, dann bist du Jessica! Das gibt es doch nicht!« Mit seinem Blick durchbohrte er sie.

»Das bildest du dir ein. Ich bin nicht Jessica. Du willst etwas sehen, was nicht da ist.«

Besorgt legte er seine breite Hand auf ihren Oberarm. »Wahrscheinlich.« Sein Blick wurde weicher. »Ich will dir nicht zu nahe treten, wirklich nicht. Mir wird das im Moment alles ein bisschen zu viel. Komm zurück zu mir. Vielleicht nimmst du ein paar Gesangsstunden? Ich könnte dich unterrichten, will auch kein Geld dafür. Tut mir leid, dass ich nicht immer nett zu dir war. Weißt du, mein Kopf ist oft voll und dann werde ich schon mal ungerecht. Aber ich meine das nicht so. Komm ruhig zurück in unsere Band, Angelina. Einmal nein heißt nicht immer nein. Ich bin anpassungsfähig, weißt du? Ich unterrichte dich umsonst. Musst mir nichts zahlen.«

»Erstaunlich, wie schnell ein Mensch ersetzbar ist. Du scheinst ja keine Spur zu trauern.«

»Jessica kannst du nicht ersetzen, aber ich könnte es noch einmal mit dir als Backing Vocal versuchen. So schlecht warst du gar nicht.«

»Ich weiß nicht, vielleicht bin ich wirklich nicht geeignet.«

»Ach wo, mach dich nicht klein. Fürs Backing würde es reichen.«

»Damals hast du mich rausgeschmissen, als ich einmal verkackt habe.«

Er kratzte sich im Nacken. »Ich hatte einen schlechten Tag.« Seine triefenden Augen blickten sie mitleidheischend an.

Schweigend prosteten sie sich zu. Angelina war von einer starken Unruhe befallen, denn sie wartete dringend auf die Bestätigung des Fremdunternehmens, dass die Leichen abgeholt worden waren, damit sie in ihre Wohnung zurückkehren konnte. Sie hatte mit dem Unternehmen vereinbart, dass die Träger die Schlüssel anschließend unter die Fußmatten legen sollten. Am liebsten würde sie sofort nachschauen, ob alles geklappt hatte. Sie empfand es als Zeitverschwendung, mit Carsten Tobecke im Maidorf zusammensitzen zu müssen, und es war ihr unbegreiflich, was sie jemals an dem Typen gefunden hatte. Sie fand ihn nur noch widerlich und abstoßend. Richtig verlebt sah er aus. Zu viele Frauen, zu lange Nächte, zu viel Alkohol, vermutlich waren Drogen im Spiel. Bestimmt auch zu viel Kaffee. Sie grinste, als ihr die Worte ihres Vaters einfielen. Was hätte er wohl von Tobecke gehalten? Schade, dass sie das nicht mehr herausfinden würde. Ihr Vater befand sich vermutlich bereits in der Kühlhalle des Krematoriums.

»Wieso bist du eigentlich alleine hier?«, fragte er und wischte sich den Schaum vom Mund. »Hast du keine Freunde?«

»Geht dich das was an?«

»Warum so patzig? Ich hab dir gerade was ausgegeben!«

»Stimmt, aber du hast mir das Bier aufgedrängt, ich habe dich nicht darum gebeten.«

Belustigt sah er sie an. »Ich mag Kratzbürsten. Gefällt mir, wie du dich gerade aufführst, Lady. Hast du Lust, mich ins Hotel zu begleiten? Ich lade dich auf ein paar Tapas ein. Gute Weine haben die im Remarque. Wir können aber auch gerne direkt in mein Zimmer gehen und die Minibar plündern. Man sagt mir nach, ich hätte was drauf im Bett. Bisher hat sich jedenfalls keine Frau beschwert.

Heute ist die letzte Gelegenheit dazu. Morgen früh reise ich ab.« Er rückte noch näher an sie heran und legte eine Hand zwischen ihre Schulterblätter.

Sie schüttelte ihn ab. »Ich mag keinen Wein.«

»Dann trinkst du eben Bier.«

Sie griff ausgerechnet in dem Moment nach ihrem Handy, als es zu vibrieren begann. Ihr Herz machte einen Satz. Sie fragte sich, ob das Intuition oder Zufall war. Nun galt es, so schnell wie möglich den Rücktritt anzutreten. »Ist hier irgendwo eine Toilette?«, fragte sie und sah sich suchend um.

»Wenn du unbedingt Schlange stehen willst … Oder wir brechen sofort auf und gehen ins Hotel. Ist nicht weit von hier. Das Steigenberger Remarque kennst du doch bestimmt, hm?«

Sie stand auf, stellte sich in die Schlange und wusste in dem Moment, dass sie ihn nicht wiedersehen würde.

*

Zurück in ihrer Wohnung, stellte Angelina erleichtert fest, dass der Körper ihrer Adoptivmutter inzwischen abgeholt worden war. Der Schlüssel lag wie vereinbart unter der Fußmatte. Auf das Fremdunternehmen war Verlass. Das Problem war nur, dass ihr Arbeitgeber von dem Auftrag erfahren würde. Das bedeutete, sie müsste morgen früh die erste Maschine nach Russland erwischen. Sie suchte auf ihrem Handy nach Flugverbindungen, am besten über mehrere Flughäfen, um Spuren zu verwischen. Sie fand einen Flug ab Münster/Osnabrück um 6 Uhr, mit Zwischenstopp in München und Ankunft in Frankfurt am Main um 9.40 Uhr. Von dort aus würde sie einen

Anschlussflug nach Moskau nehmen und dann ging es mit einer kleinen Maschine und einem Überlandbus weiter nach Malachowa. Allein das Austüfteln der Verbindungen und das Buchen der Reise hatte sie über eine Stunde Zeit gekostet.

Sie kochte einen Ingwer-Holundertee, setzte sich an den Küchentisch und machte sich einen weiteren Plan. Der Tag hatte nur noch wenige Stunden, und die Nacht würde kurz ausfallen.

Bis zum Morgengrauen müsste sie alles, was auf ihrer Liste stand, erledigt haben. Ihre Kontaktlinsen durfte sie nicht wieder vergessen. Für alle Fälle bewahrte sie eine Vorratspackung in der Farbe Braun in ihrem Spind bei Meierhofe auf.

*

Birthe war noch kurz im Büro gewesen und hatte gerade beschlossen, Feierabend zu machen, als das Telefon klingelte. Eine unbekannte Frauenstimme stellte sich als Psychotherapeutin Maren Kleinschmidt vor. »Spreche ich mit der Mordkommission?«, fragte sie vorsichtig.

Birthe bejahte und wurde sofort wieder wacher.

»Es ist eine heikle Angelegenheit. Ich weiß, dass ich als Psychotherapeutin unter Schweigepflicht stehe. Aber wenn ich unter Umständen eine Straftat verhindern kann, muss ich mich selbst von der Schweigepflicht entbinden. Ich habe lange nachgedacht und mich mit Kollegen besprochen. Sie alle raten mir, die Schweigepflicht zu brechen. Und auch mein Gefühl sagt mir, dass ich das Richtige tue.«

Birthe ermutigte sie, weiterzusprechen.

»Eine Patientin kommt einmal wöchentlich zu mir in

die Behandlung. Ich behandle sie wegen des Borderline-Syndroms. Sie hat eine dissoziale und multiple Persönlichkeitsstörung und eine emotionale Blockade. Es fällt ihr schwer, Empathie zu empfinden. Ihre Gefühle schwanken zwischen Hass und Liebe, wobei der Hass leider dominiert. Grauabstufungen kennt sie nicht, sie fällt von einem Extrem ins andere. Für sie gibt es nur Schwarz oder Weiß. Als Kleinkind wurde sie von ihrer überforderten Mutter in ein Heim gebracht und später in eine Adoptivfamilie vermittelt, die dem Kind nicht viel Liebe entgegengebracht hat. Die Familie ist anscheinend Mitglied einer Sekte, was dem Jugendamt verborgen geblieben ist, sonst wäre sie sicher tätig geworden und hätte das Kind da herausgeholt. Hier könnte der Schlüssel für ihre Erkrankung liegen, allerdings ist das Krankheitsbild der Patientin zu 45 Prozent genetisch bedingt.«

»Um wen handelt es sich?«, fragte Birthe, die kurze Sprechpause ihrer Gesprächspartnerin nutzend.

»Ihr Name ist Angelina Zimmermann. Sie ist 25 Jahre alt und alleinstehend. Ihre affektive Instabilität ist derzeit so ausgeprägt, dass ich befürchte, Angelina könnte eine Straftat begehen, möglicherweise sogar ein Tötungsdelikt. Ich halte sie zudem für stark suizidgefährdet. Auch einen erweiterten Suizid, bei dem sie andere Menschen mit in den Tod nimmt, halte ich für möglich.«

Birthe erschrak, als sie die Details hörte. Angelina Zimmermann hatte schon beim Erstkontakt auf der Wache einen merkwürdigen Eindruck auf sie gemacht, verhuscht, gleichzeitig wichtigtuerisch, dann wieder verstört, als es ums Unterzeichnen des Vernehmungsprotokolls ging. Sie schien auch nicht besonders um ihre Freundin zu trauern oder sie konnte das gut verbergen. Dennoch hatte Birthe sie zunächst als wenig verdächtig eingestuft. Zu sehr hatte sie Tobecke und Jütting in Verdacht gehabt. Dann war da aber die Sache mit dem Steakmesser, das schwache Alibi … Ihr wurde gleichzeitig heiß und kalt, als sie ahnte, dass sie bald alle Puzzleteile zusammenhaben würde und Angelina der Schlüssel zum Mord an Jessica Wagner war. Nur über das Motiv war sie sich noch nicht im Klaren.

»Hat sie etwas in der Art angedeutet oder wie kommen Sie darauf?«. Sie räusperte sich, weil ihr Mund plötzlich ganz trocken war.

»In der letzten Sitzung sagte sie, sie wisse nicht wohin mit ihrer Aggression. Mit den Mitteln, die ich ihr aufgezeigt habe, kam sie in der letzten Zeit nicht mehr aus. Die kognitive Verhaltenstherapie hat nichts gebracht. Gruppentherapien gegenüber hat sie sich stets verweigert, sie bestand auf Einzelsitzungen. Medikamente wollte sie nicht nehmen.«

»Seit wann kommt Frau Zimmermann zu Ihnen? Ich kenne sie übrigens auch, sie hat sich als Zeugin bei uns gemeldet.«

»Seit etwa einem halben Jahr. Mein Mann hat sie zu mir geschickt. Ihm war ihre psychische Labilität aufgefallen. Er kennt sie von seiner Band. Der Vollständigkeit halber muss ich erwähnen, dass ich mit Jürgen Teepe verheiratet bin, dem Gitarristen der Band Blue Box, zu der auch Jessica Wagner gehört hat. Ich habe meinen Nachnamen behalten, als ich geheiratet habe. Die Praxis war schon unter dem Namen Kleinschmidt etabliert. Mein Vater war auch Psychotherapeut. Mein Mann hat aber nichts mit der Sache zu tun, dafür lege ich meine Hand ins Feuer. Er mag Angelina nicht besonders, hat nie Emotionen für sie entwickelt, weder in die eine noch in die andere Richtung.«

»Hat Frau Zimmermann in der Therapie von ihrer Zwillingsschwester gesprochen?«

»Oh ja, sie haben sich spät gefunden, das war der eigentliche Grund, weshalb Angelina die Therapie begonnen hat. Es war die Konfrontation mit ihrer Vergangenheit. Sie konnte sie nicht verarbeiten, ist damit nicht klargekommen.«

»Okay«, sagte Birthe, deren Herz jetzt schnell und hart schlug. »Was genau wissen Sie? Was schlagen Sie vor?«

»Ich habe ein seltsames Gefühl, will jedoch auch nichts Falsches sagen. Ich habe den Verdacht, dass Angelina dabei ist, eine Straftat zu begehen. Möglicherweise hat sie sie sogar schon begangen. Sie wollte zu ihrem Vater fahren, um ein letztes Mal mit ihm zu reden. Ich habe eben dort angerufen, aber da hebt niemand ab. Meine Befürchtung ist, dass sie das mit dem letzten Mal wörtlich gemeint haben könnte.«

»Wo wohnen die Eltern?«

Die Psychologin gab die Adresse von Doris und Ralf Zimmermann durch.

»Danke«, murmelte Birthe. »Ich schicke gleich einen Wagen in die Veilchenstraße. Ich selbst werde zur Bestattungsfirma fahren und Angelina Zimmermann befragen. Nennen Sie mir bitte noch einmal Ihren vollständigen Namen und die Rufnummer, unter der Sie zu erreichen sind.«

Maren Kleinschmidt kam der Bitte nach. »Halten Sie mich bitte auf dem Laufenden«, bat sie. »Ich bin wirklich in großer Sorge. Sicherheitshalber hätte ich gern Ihre Handynummer. Wäre das möglich?«

Birthe gab die Nummer ihres Diensthandys heraus und verabschiedete die Psychologin, um sogleich beim Bestattungsunternehmen Meierhofe & Söhne anzurufen. Zuvor unterdrückte sie schnell ihre Nummer. Angelina Zimmermann ging sofort ran. Birthe gab vor, falsch verbunden zu sein, und legte auf. Angelina würde den Anruf nicht zurückverfolgen können.

»Ich muss mal eben weg«, sagte sie zu Carlo und packte ihren Rucksack. Carlo war gerade am Telefon und bedeutete ihr mit einem Kopfnicken, dass er verstanden hatte. Per Funk orderte Birthe einen Wagen zum Bürgerpark, mit der Vorgabe, nach den Eheleuten Zimmermann zu sehen.

Wegen des dichten Verkehrs auf dem Wall entschied sie sich, das Fahrrad zu nehmen. So erreichte sie das Bestattungsunternehmen wenige Minuten später.

Angelina trat mit einem erstaunten Gesichtsausdruck hinter dem Tresen hervor. Sie trug einen schwarzen Blazer mit aufgesticktem Firmenlogo, darunter ein weißes Oberteil, eine schwarze Hose und schwarze Schuhe. »Frau Schöndorf? Das ist ja eine Überraschung, Sie hier zu sehen. Mit Ihnen hätte ich am wenigsten gerechnet. Wie kann ich Ihnen helfen?«

Birthe bat um ein Vier-Augen-Gespräch in ruhiger Umgebung.

Angelina blickte sich nervös um. »Hier? Jetzt? Muss das sein? Ich bin auf der Arbeit.«

»Das sehe ich, aber es scheint nicht viel los zu sein. Andersherum hätte es mich gewundert am Sonntagabend. Sind Sie alleine hier?«

»Im Moment ja, das kann sich allerdings schnell ändern. Wir sind rund um die Uhr erreichbar. Wenn es brennt, sind wir da. Das ist unsere Firmenphilosophie. Unser Büro ist fast dauernd besetzt, auch am Wochenende.«

»Also, Frau Zimmermann, ich möchte ungern im Flur stehen bleiben.«

Angelina führte sie in den Besprechungsraum, den Birthe bereits kannte. »Möchten Sie etwas trinken?«

»Danke nein.« Birthe zog sich einen Stuhl heran.

Angelina setzte sich ans Kopfende des langen, ovalen Tisches. Sie wusste offensichtlich nicht, wohin mit ihren Händen. Erst faltete sie sie nervös, dann kratzte sie sich mit einer Hand am Hals, spielte mit ihrer Kette, an der ein schwarzes Holzkreuz hing, schließlich rieb sie sich die Oberarme, als fröstelte sie. Als sie die Stille nicht länger aushielt, räusperte sie sich. »Also, warum sind Sie hier?«

Birthe sah sie durchdringend an. »Ich glaube, das wissen Sie, oder? Haben Sie mir etwas zu sagen?«

Angelinas braune Augen weiteten sich.

Birthe ließ sie zappeln. Sie blieb bei Vernehmungen stets ruhig und gelassen. Das brachte die jahrelange Erfahrung mit sich. Gesprächspausen sagten manchmal mehr aus als viele Worte, hatte sie gelernt. Vor allem halfen sie dabei, die Körpersprache des Gegenübers zu deuten.

»Sie haben mich angelogen«, sagte Birthe ungerührt. Ihr Blick blieb ernst und klar.

»Was meinen Sie?«, fragte Angelina mit dünner und spröder Stimme.

»Sie sagten, Sie seien Jessicas beste Freundin gewesen.«

»Ja, und?« Angelina räusperte sich. An ihrem Halsansatz bildeten sich rote Flecken.

Birthe leuchtete ihr mit ihrer Taschenlampen-App ihres Handys in die Augen. »Sie wissen, dass das nicht den Tatsachen entspricht. Wie lange hätten Sie dieses Spielchen noch mit uns gespielt? Ist es nicht umständlich und vor allem unangenehm, sich jeden Morgen farbige Kontaktlinsen einzusetzen? Und Ihren hellen Haaransatz können Sie auch nicht länger verbergen, dafür hätten Sie sich alle zehn bis vierzehn Tage die Mühe machen müssen, Ihre Haare zu färben. Auf Dauer ziemlich kostspielig und nicht gerade gesund für die Haare, oder?«

Angelina schnappte nach Luft. »Glauben Sie nicht, dass es meine Sache ist, was ich mit meinem Aussehen mache? Sie sind doch selbst geschminkt, wenn auch minimalistisch. Und Sie tragen sogar zwei Stecker in den Ohren, wow!«

»Warum haben Sie überhaupt Ihr Aussehen verändert und wann haben Sie beschlossen, das zu tun?« Birthe machte eine kurze Pause und fragte dann mit etwas weicherer Stimme: »Warum wollten Sie unbedingt vermeiden, auszusehen wie Ihre Schwester?«

Kurz schlug Angelina die Augen nieder. »Ich wollte immer einzigartig sein«, sagte sie leise. »Dass ich mal eine Schwester hatte, habe ich verdrängt. Ich habe nie wieder an sie gedacht. Vielleicht war das besser so. Ich wollte keine Doppelgängerin haben, darum.«

»Trotzdem verstehe ich nicht, warum Sie behauptet haben, Jessica sei Ihre Freundin gewesen. Sie haben uns sogar extra aufgesucht, um sich als ihre Freundin vorzustellen. Warum?«

»Okay, darauf wollen Sie hinaus. Gut, vielleicht habe ich nicht die ganze Wahrheit gesagt, aber ein Teil davon stimmt. Wir waren Schwestern, sogar Zwillingsschwestern, und gleichzeitig auch beste Freundinnen. Glauben Sie, dass das nicht geht?«

»Vielleicht, aber bei Ihnen war es wohl eher eine Art Hassliebe, habe ich recht? Sie waren neidisch auf Ihre Schwester. Sie glaubten, dass es Ihre Schwester besser hatte als Sie. In Ihren Augen hatte sie das große Los gezogen. Jessica lebte in materiellem Wohlstand, erlebte großartige Reisen, hatte liebevolle Eltern, ein tolles Zuhause, dazu eine eigene, sehr schöne, geschmackvoll eingerichtete Wohnung und immer reichlich Geld zur Verfügung. In Ihren Augen hatte sie das perfekte Leben, während Sie selbst eher Pech hatten und nicht sonderlich gut dran waren. Oder sehe ich das falsch?«

Angelina begann zu schwitzen. Sie zog ihre Jacke aus und hängte sie über die Rückenlehne. Die weiße Bluse darunter war ebenfalls mit dem Firmenlogo bestickt. »Oh, das haben Sie gut recherchiert, alle Achtung! Von wem auch immer Sie das wissen, es stimmt leider. Jessica hatte es besser, aber was soll's, ich habe das akzeptiert. Kein Leben gleicht dem anderen. Und wo Licht ist, ist auch Schatten. Ich bin mir gar nicht sicher, ob Jessica wirklich so glücklich war. Ich weiß nur, dass sie zum Beispiel unglücklich verliebt war. Glück in der Liebe kann man sich eben nicht kaufen. Na ja, ich bin trotzdem froh, sie wiedergefunden zu haben. Sie ist ein Teil von mir, selbst jetzt noch, wo sie nicht mehr lebt. Sie hatte die gleichen Gene wie ich, und ich freue mich für sie, dass sie es gut hatte! Sie denken doch hoffentlich nicht, dass ich neidisch auf sie war, oder? Ich habe sie geliebt. Ich habe ihr alles gegönnt. Niemals hätte ich es übers Herz gebracht, sie umzubringen, nur weil sie ein schöneres Leben hatte als ich.«

Birthe sah ihr fest ins Gesicht. »Wer spricht denn von umbringen?«

»Sie! Oder warum sind Sie sonst hier?« Angelina wurde knallrot. Sie stieß sich mit dem Stuhl vom Tisch ab und überkreuzte ihre Beine.

»Ihr schlechtes Gewissen ist Ihnen deutlich anzusehen.«

»Ach, echt? Sie sind ja klüger als meine Therapeutin!«

»Warum haben Sie sich bei uns als Zeugin gemeldet? Was wollten Sie damit bewirken? Uns schneller auf Ihre Fährte bringen? Es hätte sonst viel länger gedauert, bis wir auf Sie aufmerksam geworden wären.«

»Im Gegenteil, ich wollte den Verdacht auf das Arschloch Tobecke lenken. Er hat es verdient, wenigstens mal unruhige Zeiten durchstehen zu müssen und Daumenschrauben angelegt zu bekommen.«

Birthe sah sie durchdringend an. »Finden Sie nicht, es ist langsam an der Zeit, die Wahrheit zu sagen? Sie würden sich damit entlasten und hätten vor Gericht bessere Chancen auf ein milderes Urteil.«

»Wahrheit? Welche Wahrheit?«

»Jene Wahrheit, die Sie bisher alleine kennen, der wir aber auf der Spur sind. Wir sind dicht dran, Frau Zimmermann, Ihnen die Schuld am Tod Ihrer Zwillingsschwester nachzuweisen.«

»Ich weiß nicht, was Sie meinen.«

»Oh doch, das wissen Sie genau! Exakt in dieser Minute sind meine Kollegen auf dem Weg zu Ihren Eltern. Sie hoffen, sie gesund vorzufinden.«

Angelina fuhr zusammen. Mit weit aufgerissenen Augen starrte sie die Kommissarin an. Ihre Hände krallten sich in die lederbezogenen Stuhllehnen. »Warum?«

Mit einem Blick auf die Uhr sagte Birthe: »Ich rechne jederzeit mit einem Anruf. Ich hoffe doch, Ihren Eltern geht es gut?« Sie legte ihr Handy vor sich auf den Tisch.

»Natürlich, warum denn nicht?«, krächzte Angelina.

Birthe brauchte keinen Lügendetektor, um zu erkennen, was mit Angelina los war. Sie erkannte es an ihrer angespannten Körperhaltung, an ihren hochgezogenen

Schultern, den verkrampften Händen, dem rotfleckigen Dekolleté, dem steten Griff an den Hals und an die Kette, der rauen Stimme, der beschleunigten Atmung.

»Sie lieben also auch Doc Martens?«, stellte Birthe mit einem Kopfnicken in Richtung von Angelinas schwarzen Boots fest. »Darf ich raten, welche Schuhgröße Sie haben? 41? An Ihrem Gesichtsausdruck lese ich ab, dass ich richtigliege. Abdrücke von diesen Schuhen wurden vor und in der Wohnung Ihrer Schwester gefunden.«

»Na und? Was sagt das schon? Ich darf doch wohl meine Schwester besuchen.«

»Die Abdrücke waren sehr frisch. Nur wenige Stunden alt, das lässt sich anhand der Konsistenz des Staubs nachweisen. Sie haben Ihre Schwester also in der Nacht vor ihrem Tod noch besucht.«

»Darf ich das nicht? Natürlich war ich bei meiner Schwester, wir sind zusammen auf die Maiwoche gefahren.«

»Dazu liegen keine Zeugenaussagen vor. Nach dem derzeitigen Stand der Ermittlungen war Jessica alleine dorthin unterwegs. Sie kam auch allein zurück, gegen 23 Uhr, während Sie mindestens eine halbe Stunde später eintrafen.«

»Quatsch. Sie bluffen. Das können Sie gar nicht wissen.«

»Geben Sie auf, Frau Zimmermann, es hat doch keinen Zweck. Sie sind die Täterin. Sie haben die gleiche Allergie wie Jessica und haben sich diese Tatsache zunutze gemacht, um den tödlichen Allergieschock herbeizuführen. Obendrein haben Sie aus großem Hass heraus auf Ihre Schwester eingestochen. Sie sind kräftiger als Jessica, Sie betreiben Kampfsport, Sie wussten, wie leicht es für Sie sein würde, Jessica zu töten. Die Mittel dafür hatten Sie: Kraft, Ausdauer und Kampftechnik aus dem Sport. Die Gelegenheit war günstig, denn Ihre Schwester war allein zu Hause und Sie haben den Schutz der Dunkelheit gesucht, um nicht erkannt zu werden. Und nun kommen wir zu dem Motiv: Sie haben Ihre Zwillingsschwester so sehr gehasst, dass Sie das Bedürfnis verspürten, sie zu quälen und zu töten! Damit wollten Sie sich für all die Ungerechtigkeit rächen, die Ihnen widerfahren ist.«

»Nein … Nein … Was für ein Bullshit!«

»Und das Leben Ihrer Eltern, Ihrer Adoptiveltern«, fügte Birthe hinzu. »Auch das wollten Sie auslöschen.«

»Warum?«

Birthe verschränkte die Arme und blickte ihr ruhig in die Augen: »Sagen Sie es mir.«

»Ich brauche einen Schluck Wasser«, sagte Angelina und erhob sich abrupt. »Sie auch?«

»Immer noch nicht, nein«, sagte Birthe, die ihr nicht die kleinste Chance bieten wollte, ihr irgendetwas ins Glas zu tun.

Angelina nahm ihre Jacke vom Stuhl, drängte sich an ihr vorbei und verschwand im Flur. Birthe wollte ihr sofort hinterhergehen, unterdrückte jedoch den Impuls. Stattdessen startete sie die Tonaufnahme ihres Handys. Gleich hatte sie Angelina so weit und könnte den Sack zubinden.

Als Angelina kurz darauf zurückkam, balancierte sie ein randvolles Glas Wasser in der Hand, das sie in der Mitte des Tisches mit Schwung abstellte. Es schwappte über und benetzte Birthes Handy.

»Ich wieder«, lachte Angelina. »Ich bin einfach zu ungeschickt, das hat mir meine Mutter immer vorgehalten. Warten Sie, ich hole einen Lappen.« Sekunden später war sie zurück. »Es gibt Tage, da bin ich sehr konfus, furchtbar. Kennen Sie das auch? Zum Beispiel habe ich total vergessen, den Anrufbeantworter abzuhören«, sagte sie, warf einen Spüllappen auf den Tisch und verschwand.

»Ein erwachsener Fall von ADHS«, murmelte Birthe und wischte die Pfütze auf. Kaum hatte sie das ausgesprochen, spürte sie einen tiefen, brennenden Schmerz an der rechten Halsseite. »Scheiße, was war das?«, entfuhr es ihr. Sie schlug mit der flachen Hand auf die Stelle und starrte Angelina fassungslos an. Schlagartig wurde ihr klar, dass das Wasserglas und der Lappen nur eine Finte waren. Sie sah, wie Angelina einen Gegenstand in ihrer Jackentasche verschwinden ließ. Wut stieg in ihr auf, Wut über sich selbst, über ihre eigene Dummheit, über ihre Nachlässigkeit, bevor sie das Bewusstsein verlor.

KAPITEL 32

»Ist Birthe nicht hier?« Daniel warf eine Akte auf den Tisch, nahm sich einen Kaffee und setzte sich an seinen Platz.

»Die musste eben noch weg«, erwiderte Carlo.

»Hat sie gesagt, wohin?«

Carlo runzelte die Stirn. »Hat sie, aber ich war gerade am Telefon … Du, beim besten Willen, ich erinnere mich nicht.«

»Ich will nämlich Feierabend machen, muss nach meiner Oma sehen. Du kommst allein zurecht?«

»Sehr lange will ich auch nicht mehr bleiben. Gudrun hat sich beschwert, dass sie momentan nichts von mir hat. Ich habe ihr versprochen, den Sonntagabend für uns freizuhalten.«

»Ich klingle mal eben bei Birthe durch und frage, ob es okay ist, dass wir beide fahren. Einer von uns sollte die Stellung halten. Ich hoffe, dass sie wenigstens nichts mehr vorhat. Sonntagabend – ist sie da nicht immer mit ihrem Ostfriesen unterwegs?« Er überlegte kurz. »Nee, ich glaube, an diesem Wochenende ist er nicht da.« Er wählte ihre Nummer. Schon wollte er anfangen zu reden, als er merkte, dass sich ihre Mailbox eingeschaltet hatte. »Hi, Birthe«, sagte er. »Schade, ich hatte gehofft, dich persönlich zu erreichen. Carlo hat vergessen, wo du hingegangen bist. Melde dich doch bitte baldmöglichst. Wir wollen nämlich gleich weg. Und dann wäre niemand mehr hier.«

*

Angelina musste damit rechnen, dass in jedem Augenblick die Polizei bei ihr auftauchte. Sie hatte die letzte Einwegspritze in ihrer Tasche dazu benutzt, die lästige Kommissarin loszuwerden. Sie fürchtete jedoch, dass das Propofol nicht mehr ausreichen würde. Wie viel wog die Kommissarin wohl? Es war schwer zu schätzen, da sie viel größer war als sie selbst. Mehr als 70 Kilo? Dann könnte es knapp werden. Angelina hatte keine Zeit gehabt, darüber nachzudenken, was nun mit ihr geschehen sollte.

Auf die Schnelle fiel ihr nur ein Ausweg ein. Sie könnte sie in einen Sarg legen und einfach ihrem Schicksal überlassen. Der Sauerstoff würde in dem engen Behälter schätzungsweise zwei bis vier Stunden reichen. Es wäre ein gnädiger Tod. Die Polizistin würde von der Bewusstlosigkeit sanft hinüberscheiden. Der Vorteil wäre, dass man sie nicht so schnell finden würde, denn im Ausstellungsraum gab es ungefähr 20 verschiedene Sargmodelle und niemand würde damit rechnen, dass sich in einem davon eine Leiche verbarg. Natürlich hatte die Sache einen Haken. Es würde sich schwierig gestalten, die Kommissarin, die vermutlich deutlich schwerer war als sie selbst, in eine Truhe von 200×60×70 Zentimeter zu befördern. Das machten sie sonst immer zu zweit. Angelina dachte angestrengt nach und kam zu dem Schluss, dass es einen Versuch wert war. Sie hatte ohnehin keine andere Wahl.

Sie packte die Kommissarin an den Beinen und schleifte sie in den Ausstellungsraum. Dort entschied sie sich für einen Sarg, der in den letzten zwei Jahren nur ein einziges Mal von einem Kunden verlangt worden war. Es handelte sich um ein Modell aus schwarzem Schleiflack, mit zahlreichen funkelnden Swarovski-Steinen besetzt, für mehr als 4.000 Euro. Das ausgefallene Stück passte definitiv nicht zu Birthe Schöndorf, doch dort hätte sie auf jeden Fall fürs Erste ihre Ruhe.

*

»Sie geht nicht ans Handy«, meinte Daniel achselzuckend.

»Sie geht nicht ans Handy? Warum das denn nicht?« Carlo hatte bereits seinen Schreibtisch aufgeräumt, den Computer ausgeschaltet und packte nun seine Frühstücksdosen und die Wasserflasche in die Aktentasche.

»Woher soll ich das wissen?«, fragte Daniel. »Was hat sie denn gesagt, wo sie hinwollte? Versuch dich doch mal zu erinnern!«

Carlo hielt inne und starrte vor sich hin. »Tobecke? Kann das sein?«

Daniel weitete die Augen. »Eigentlich nicht, mit dem waren wir doch schon durch.« Er suchte trotzdem Tobeckes Nummer heraus und wählte sie an. »Ich mach mich hier gerade zum Affen«, sagte er, während er darauf wartete, dass Carsten Tobecke abhob.

Daniel verzichtete auf einen weiteren Versuch und ließ es bei Birthe klingeln, bis sich die Mailbox einschaltete. Er sprach jedoch nicht noch mal darauf. »Seltsam, sehr seltsam«, murmelte er vor sich hin. »Warum hält sie sich nicht an die Vereinbarung, bei Außenterminen immer das Handy eingeschaltet zu lassen? Was ist nur los?«

Carlos Miene verriet, dass er sich Sorgen machte. Abwechselnd rief er auf Birthes beiden Handys an. Fehlanzeige. »Es hilft nichts«, sagte er wenig später. »Mir ist nicht ganz wohl dabei, aber wir müssen ihr Diensthandy orten.«

»Sie steigt dir aufs Dach, wenn du das tust. Damit unterstellst du ihr Unprofessionalität. Lass uns noch ein paar Minuten warten, vielleicht kommt sie gleich, und alles klärt sich auf.«

Beim Klingeln des Telefons zuckten sie zusammen. Carlo riss den Hörer an sich und nahm das Gespräch entgegen. Als er hörte, wer in der Leitung war, warf er seinem Kollegen einen halb enttäuschten, halb genervten Blick zu.

Der Anrufer, der sich als Katharina Jüttings Ehemann vorstellte, sprach schnell und atemlos. »Ich muss was loswerden«, schnaufte er. »Ich hoffe, Sie haben meine Frau nicht in Verdacht, sie ist nämlich vollkommen unschuldig. Sie will nicht, dass ich mich einmische, aber ich muss es tun, denn sie hat einen üblen Stalker. Anfangs habe ich das nicht ernst genommen, aber er lässt sie nicht in Ruhe, betritt unser Grundstück, beobachtet sie und stellt ihr nach. So kann es nicht weitergehen. Hiermit erstatte ich offiziell Anzeige. Sein Name ist Alwin Müller. Er arbeitet im Bestattungsunternehmen Meierhofe & Söhne.« Er redete ohne Punkt und Komma, erzählte die Geschichte aus seiner Sicht.

»Ihre Frau muss selbst Anzeige erstatten«, unterbrach Carlo ihn. »Sie müssen sie davon überzeugen, schließlich ist sie die Geschädigte. Sie soll herkommen, dann wird die Anzeige schriftlich aufgenommen. Erst dann können wir der Sache nachgehen.«

Dieter Jütting wollte sich nicht damit zufriedengeben, sprach weiter und beharrte auf einer sofortigen Aufnahme per Telefon. Selbst Carlo, der stets höflich blieb, verlor allmählich die Geduld. »Bitte, tun Sie mir einen Gefallen und begleiten Sie Ihre Frau morgen früh auf die Dienststelle, Kollegienwall«, schloss er und schickte einen Abschiedsgruß hinterher.

»Sie ist zum Bestatter gefahren«, sagte Carlo, nachdem er aufgelegt hatte. Verzweifelt raufte er sich die Haare. »Verdammt, verdammt! Jetzt weiß ich es wieder.«

»Ach, Carlo, ich glaube, du solltest Urlaub nehmen, sobald wir den Fall abgeschlossen haben«, meinte Daniel, der gerade Birthes Diensthandy geortet hatte. Der Pfeil deutete auf das Bestattungsunternehmen Meierhofe & Söhne. Er zeigte es Carlo.

Der nickte nur.

Daniel bedachte ihn mit einem kühlen Seitenblick. »Ja, ja. Das nächste Mal nimm Zettel und Stift zur Hand, wenn dir jemand was sagt.«

»Komm du erst mal in mein Alter«, sagte Carlo trübsinnig.

In dem Moment wurde eine Nummer von der Zentrale durchgestellt.

Carlo zögerte einen Moment, bevor er dranging. Die Dame stellte sich als Psychotherapeutin Maren Kleinschmidt vor. »Ihre Kollegin Frau Schöndorf hat mir ihre Handynummer gegeben, aber ich erreiche sie nicht. Ich glaube, sie ist in Gefahr. Sie wollte zu Angelina Zimmermann, ins Bestattungshaus Meierhofe, geht jedoch nicht ans Handy. Ich halte Frau Zimmermann für fahrlässig gemeingefährdend. Sie ist eine Psychopathin.«

Carlo wurde es gleichzeitig heiß und kalt. Mit monotoner Stimme murmelte er einen Dank und versicherte der Psychologin, er sei mit seinen Kollegen schon unterwegs.

Fünf Minuten später befanden sie sich bereits am Neuen Graben, als sie über Funk eine Nachricht erreichte. Ein Kollege teilte mit, dass Alwin Müller gestorben sei. Eine Nachbarin habe ihn leblos vorgefunden. Sie habe bei ihm geklingelt, weil sie sich an der lauten Musik gestört habe, die aus seiner Wohnung drang. Als er nicht öffnete, habe sie durchs Wohnzimmerfenster geschaut und ihn auf dem Boden vor dem Sofa liegen gesehen. Sie habe immer wieder gegen die Scheibe geklopft und schließlich den Rettungsdienst alarmiert. Die hätten die Tür aufgebrochen und seinen Tod festgestellt. Den Grund kenne man noch nicht, wobei man davon ausgehen könne, dass es sich um einen unnatürlichen Todesfall handle. Müller habe Verletzungen am ganzen Körper und befinde sich in der Gerichtsmedizin.

»Das mit der Anzeige hat sich gerade erledigt«, murmelte Carlo und betätigte die Taste für das Blaulicht. »Komm, Junge, gib Gas.«

*

Angelina hätte es fast geschafft, Birthe in den Sarg zu zwängen, wenn sie nicht ein Geräusch an der Außentür gestört hätte. Gut möglich, dass einer der Firmeninhaber noch einmal nach dem Rechten sehen wollte. Also schleifte sie die Kommissarin weiter in den Andachtsraum, in dem Stühle im Halbkreis für eine kleine Trauerfeier am nächsten Vormittag aufgestellt worden waren. Vor dem Altar mit künstlichen Blumen darauf ließ sie die Bewusstlose liegen. Die Angehörigen hatten das Sparpaket gebucht und gaben sich mit einem 08/15-Arrangement, bestehend aus einem fünfflammigen Beistell-Leuchter und unechten Pflanzen, einem Ficus benjamini, einer Lorbeer-Pyramide und einer Zypressenkonifere, zufrieden. Auf Zehenspitzen schlich sie zurück, um zu hören, wer da gekommen war. Ein wenig beruhigte sie sich, als sie vor den Büroräumen Frank Meierhofe, den Seniorchef, erblickte.

»Ach, du bist da, Angelina?«, rief er mit seiner lauten Stimme. »Dann ist ja alles gut! Ich wollte einfach nur sehen, ob der Laden besetzt ist.«

»Na klar, ich halte die Stellung«, rief sie zurück.

»Wie lange bleibst du?«

»Puh, ich denke, vielleicht zwei Stunden. Ich habe noch etwas Buchhaltung und Ablage zu erledigen.«

Anerkennend nickte er ihr zu. »Fleißiges Mädchen! Kommst du alleine zurecht?«

»Ja, natürlich.«

»Wenn was ist, melde dich. Du weißt ja, du kannst uns jederzeit erreichen. Wir sind zu Hause. Und schreib die Überstunden auf!«

»Sicher, danke!«

»Mach dir ruhig einen Kaffee, der hält dich wach. Im Kühlschrank müsste Milch sein, und Cola ist auch noch da. Ich gehe dann wieder. Tschüss, Angelina, mach's gut, bis morgen!« Er klimperte mit dem Schlüsselbund, sah sich ein letztes Mal kurz um und ging hinaus.

»Okay, bis morgen«, rief sie ihm erleichtert hinterher. Sie wartete ab, bis die Tür ins Schloss gefallen war, und atmete dann tief durch. Zum Glück hatte er nicht in den Andachtsraum geschaut.

Von dort aus führte eine weitere Tür ins Lager. Hier war es dunkel und kühl. Angelina wollte kein Licht machen, um keine Aufmerksamkeit zu erregen. Sie konnte nicht sicher sein, ob sich Frank Meierhofe noch auf dem Gelände aufhielt. Deshalb aktivierte sie die Taschenlampen-App auf ihrem Handy. Der Lichtstrahl traf direkt auf die Leichenkühlzellen. Bei einer konstanten Temperatur von 4 Grad konnten Leichen damit bis zu 72 Stunden kühl gehalten werden. Es kam nicht selten vor, dass

Angehörige den Verstorbenen noch einmal sehen wollten. Für den Fall wurde die Leiche in einer der Kühlzellen aufbewahrt und zu einem festgelegten Termin für die Angehörigen zurechtgemacht, um dann im Abschiedsraum aufgebahrt zu werden.

Angelina öffnete probeweise zwei Türen und stellte fest, dass die Kühlzellen leer waren. Sie hatte die Störung zum Anlass genommen, um noch einmal nachzudenken, und hatte schließlich die Idee mit dem Sarg verworfen. Immerhin bestand die Möglichkeit, dass ein Kunde in mehrere Truhen sehen wollte, bevor er eine Kaufentscheidung traf, was selten vorkam, aber nicht auszuschließen war. Diesen Bereich hier bekam jedoch kein Kunde je zu sehen. Der Strahl der Taschenlampe zeigte ihr, wo der Hubwagen stand. Er war mit einer Hydraulik ausgestattet, sodass es ihr damit ohne Probleme gelingen würde, die Polizistin allein in eine der Kühlkammern zu befördern.

Sie rollte den Sargwagen in den Andachtsraum, bediente mit dem Fuß die Hydraulik, wodurch sich die Liegefläche senkte und fast Bodentiefe erreichte. Sie befühlte Hände und Stirn der Kommissarin und stellte fest, dass sie sich bereits ziemlich kühl anfühlten. Die Frau atmete nur noch flach durch den geöffneten Mund. Sie war so gut wie tot. Also hatte das Propofol doch ausgereicht. Angelina zerrte sie auf den Sargwagen und rollte ihn zügig in den Lagerraum. Dort angekommen, hebelte sie mit kräftigen Fußtritten die Auflagefläche auf Höhe der mittleren Kühlzelle. Die war für sie am leichtesten zu erreichen. Dann musste sie nur noch die Leiche hineinschieben. Sie war erstaunt, wie schnell sie das Problem ohne Hilfe gelöst hatte. Nur wenige Minuten hatte sie dafür gebraucht.

»Ruhe sanft, meine Liebe«, murmelte sie und schloss die schwere Metalltür hinter der Sterbenden. Sie hielt sich den Rücken, der durch die Belastung gewaltig zog. Weitere drei Minuten verharrte Angelina im Lager, um sich zu beruhigen, einen Schluck Cola zu trinken und wieder frei durchatmen zu können.

Ein Problem war gelöst, aber noch war Angelina nicht fertig. »Notiz an mich selbst: nichts wie weg«, raunte sie, war trotzdem fokussiert genug, alle Spuren zu beseitigen, bevor sie das Haus verließ. Dazu gehörte auch, Birthes Jacke und Rucksack in einen der Särge zu werfen. Es handelte sich um eine schlichte Kieferntruhe, gebürstet und geölt, mit Beschlägen aus Natursisal, für 1.600 Euro, die gut zu Birthe Schöndorfs natürlichem Stil passte. Zufrieden mit sich selbst schnappte sie sich den Schlüssel für den nagelneuen weißen Bestattungsmercedes. Bevor sie sich in die weichen, cremeweißen Ledersessel fallen ließ, fiel ihr Blick auf Birthes schwarzglänzendes Hollandrad, das an der Hofmauer lehnte. Sie griff es sich und warf es kurzerhand über eine Mauer. Es machte sich doch ab und zu bezahlt, dass sie so gut trainiert war.

Dann lenkte sie das Bestattungsfahrzeug zügig zum Heger Friedhof an der Rheiner Landstraße. Noch während sie unterwegs war, dachte sie, dass es keine gute Idee gewesen war, Birthes Sachen in den Sarg zu werfen. Aber es war nicht mehr zu ändern. Vielleicht ging es ja gut.

*

Auf der stark befahrenen Martinistraße wurde Daniel ungeduldig und schaltete zusätzlich zum Blaulicht das Martinshorn ein. »Damn«, zischte er, »schon wieder Dödels unterwegs, die von Rettungsgasse noch nie etwas gehört haben. Mit dem Handy, Navi oder sonst wie beschäftigt, nur nicht mit der Straßenverkehrsordnung. Wenn ich was zu sagen hätte, müsste jeder von denen in der Fahrschule nachsitzen und die Prüfung nachholen. Komplett. Theorie und Praxis. Mindestens zehn Stunden.«

»Ruhig Blut«, versuchte Carlo ihn zu besänftigen. Dabei hämmerte sein Herz gewaltig. »Wir sind gleich da!«

»Wir sind noch lange nicht da, Carlo. Schau dir mal an, was hier los ist. Mach Platz, du Heini!«, blökte er den Fahrer eines Pick-ups an, der ihn vermutlich sowieso nicht hörte. »Dein Kunde kann noch zwei Minuten länger auf deine Pizza warten, wenn er schon keinen Bock hat, selbst zu kochen. Oh Mann, ich könnte mich gerade sonst wohin beißen. Warum haben wir nicht gemerkt, dass mit Angelina Zimmermann was nicht stimmt? Wir waren viel zu sehr auf diesen Tobecke fokussiert. Und auf Müller. Nicht jedes Arschloch ist ein Mörder.«

»Birthe passt schon auf sich auf. Aus der Geschichte vom letzten Jahr hat sie gelernt. Das weiß ich.«

Vor etwa einem Jahr war Birthe dem Mörder eines Osnabrücker Schulleiters auf die Spur gekommen und hätte dabei beinahe selbst ihr Leben verloren.

»Sie wird oft kopflos, wenn sie dicht dran ist«, meinte Daniel. »Dann packt sie der Ehrgeiz und sie will den Fall sofort lösen. Sonst die perfekte Teamarbeiterin, aber wenn's drauf ankommt, macht sie einen auf Solo.«

»Ich würde dir raten, jetzt mal das Horn abzustellen. Damit schlägst du jeden Straftäter in die Flucht.« Carlos Stimme blieb wie gewöhnlich ruhig, aber innerlich brodelte es in ihm. Er war genauso aufgewühlt wie Daniel, ließ es sich jedoch nicht anmerken. Daniel hatte leider recht;

Birthe war in Gefahr, womöglich sogar in Lebensgefahr, das sagte ihm sein sechster Sinn.

Daniel hämmerte mit hochrotem Kopf auf das Lenkrad ein, stöhnte laut, befolgte dann doch Carlos Rat. 300 Meter vor dem Ziel stellte er Blaulicht und Martinshorn ab. Er lenkte den Streifenwagen auf den gepflasterten Vorplatz des Bestattungsunternehmens und stellte ihn neben einem anthrazitfarbenen Leichenwagen ab. »Weißt du, wie Birthe hierhergekommen ist? Mit dem Auto oder Fahrrad?«, fragte Daniel. Seine Gesichtsfarbe war grau, trotz der regelmäßigen Solariumbesuche.

Carlo sah sich suchend um. »Keine Ahnung. Ich hätte auf das Fahrrad getippt, aber ich sehe nichts.«

»Ich auch nicht. Zu Fuß wird sie kaum gekommen sein.«

»Aber laut Handyortung ist sie hier.«

Sie stiegen aus und gingen auf das Haus zu. Im Vorbeigehen nahmen sie die Urnen wahr, die im Schaufenster auf dunkelblauem Samtstoff ausgestellt waren.

Carlo betätigte die Türklingel und wurde ungeduldig, als sich nichts tat. Er klingelte Sturm. »Ich krieg die Krise«, zischte er und klingelte noch einmal.

»Und jetzt?« Daniel trat ein paar Schritte zurück und sah sich um. »Gibt es einen weiteren Eingang? Ich schaue mal nach.« Kurz darauf kam er zurück. »Es gibt keinen«, sagte er resigniert.

Carlo ließ die Schultern sinken. »Sonntagabend, na prima. Wir brauchen einen mündlichen Beschluss zum Betreten der Bude hier. Wenn ich da jetzt keinen erreiche, werfe ich eigenhändig die Schaufensterscheibe ein.« Er zückte sein Handy und suchte in seinen Kontakten nach der Nummer der Bereitschaft der Staatsanwaltschaft und dem Gericht. Mit dem Hörer am Ohr raunte er Daniel zu: »Die Geschäftseingangstür ist zu massiv, das Sicherheitsschloss kriegen wir alleine nicht auf. Das schaffen wir nicht ohne Hilfe.« Qualvolle fünf Minuten später erhielt er den richterlichen Beschluss und wählte sofort den Notruf der Feuerwehr.

*

Angelina parkte das Bestattungsfahrzeug direkt vor dem Eingang des Krematoriums. Mit dem Schlüssel verschaffte sie sich Zutritt. Sie inspizierte jeden Raum, um sich zu vergewissern, dass sie allein war. Im Aufenthaltsraum war die Kaffeemaschine ausgeschaltet, ein gutes Zeichen. Sie war jedoch noch warm und ein feiner Duft nach gerösteten Bohnen hing in der Luft, also musste kürzlich jemand hier gewesen sein. Neben der Maschine stand ein Becher mit den Resten lauwarmen Kaffees. Kein Zweifel, den hatte jemand vor höchstens einer Viertelstunde abgestellt. Angelina ging weiter zum Empfang. Er war dunkel und verwaist, aber ein Computer war noch warm. Sie musste unbedingt wissen, ob sich noch jemand im Gebäude aufhielt. Laut rufend ging sie durch die Räume.

In den Maschinenräumen war es ebenfalls ruhig. Alles stand still. Von der Hitze, die sonst tagsüber in diesen Räumen herrschte und den Mitarbeitern mit jedem Öffnen der Luke erneut den Schweiß auf die Stirn trieb – schließlich herrschten im Inneren des Ofens Temperaturen um die 1.000° Grad –, war nichts zu spüren. Es herrschte lediglich eine angenehme Wärme; die letzte Einäscherung musste also schon eine Weile her sein. Dennoch fröstelte Angelina. Sie fuhr zusammen, als sie ein schepperndes Geräusch in der Dunkelheit hörte. Ein paar Sekunden lauschte sie, höchst angespannt. Das Einzige, was sie jedoch wahrnahm, war ihr eigener Atem und das überdeutliche Pochen ihrer Halsschlagader. Dann endlich traute sie sich, die Taschenlampen-App auf ihrem Handy anzuschalten und lachte vor Erleichterung auf. Neben der Feuerluke lag ein Besen auf dem Boden. Er musste an der Wand gelehnt haben und umgefallen sein.

*

»Wo bleibt die verfluchte Feuerwehr?«, polterte Carlo. »Mir reicht's, ich hole den Feuerlöscher.«

»Willst du die Scheibe einschlagen? Das gibt Ärger, lass den Quatsch!«

»Birthe ist da drinnen«, brüllte Carlo mit sich überschlagender Stimme. »Willst du sie dieser Psychopathin überlassen?« Er rannte zum Dienstwagen zurück und zerrte den Feuerlöscher aus dem Kofferraum.

»Jetzt warte doch. Die werden jeden Moment da sein! Auf dem Schild steht die Bereitschaftsnummer der Firmeninhaber. Wollen wir da nicht lieber anrufen?«

»Keinen einzigen beschissenen Moment warte ich noch ab. Ich nehme die Sache selbst in die Hand. Cheffe kann mich mal, ich werde persönlich dafür geradestehen.«

Verblüfft starrte Daniel ihn an. So aufgelöst hatte er seinen Kollegen nie zuvor erlebt. Doch auch ihn ihm tobten Gefühle. Er sah die Bilder vor sich, als Birthe im vorigen Sommer von einem Feuerwehrmann aus einer brennenden Scheune gerettet worden war. Danach hatte sie lange mit einer lebensgefährlichen Rauchvergiftung und mit Brandverletzungen im Krankenhaus gelegen. Die Narben an ihrem Arm erinnerten sie alle immer wieder daran und würden so schnell nicht verblassen. Er wählte die Nummer von Meierhofe und hinterließ eine Nachricht auf dem Anrufbeantworter.

Carlo war nicht mehr zu bremsen. Er war voll Adrenalin und fest entschlossen, Birthe eigenhändig aus den Fängen der Verrückten zu befreien. In etwa zwei Metern Entfernung holte er weit aus und schleuderte den Feuerlöscher mit voller Wucht gegen die Schaufensterscheibe. Nach zwei Anläufen schaffte er es und schlug ein gewaltiges Loch in die Scheibe. Dabei gingen drinnen zwei Urnen zu Bruch.

Im selben Moment hörten sie das Folgetonhorn der Feuerwehr.

KAPITEL 33

Angelina verließ den Maschinenraum und ging in die Kühlhalle, in der die Leichen für die Kremation aufbewahrt wurden. Jeden Morgen kamen Rechtsmediziner zur zweiten Leichenschau. Da bei einer Feuerbestattung eine spätere Exhumierung ausgeschlossen war, musste von Amts wegen sichergestellt werden, dass eine natürliche Todesursache vorlag. Unmittelbar nach der zweiten Leichenschau füllten die Ärzte Dokumente aus, die sie auf die Särge klebten. Sie gaben damit grünes Licht für die Einäscherung. Wenn sie Zweifel am Totenschein des Arztes hatten und eine unnatürliche Todesursache vermuteten, nahmen sie die Leiche gleich mit zur weiteren Untersuchung in die Gerichtsmedizin. Auch das war auf den zurückgelassenen Särgen durch entsprechende Aufkleber vermerkt.

Dann gab es noch Leichen, die hochinfektiös waren. Und auf genau diese hatte es Angelina abgesehen. Niemand öffnete in diesem Fall freiwillig den Sargdeckel, wenn es nicht unbedingt sein musste, und wenn, nur sorgfältig desinfiziert und mit Ganzkörperschutzkleidung versehen.

Schnell fand Angelina die Särge mit den Körpern ihrer Eltern, die das Fremdunternehmen bereits im Krematorium abgeliefert hatte. Sie vermutete sie in den Särgen, auf denen sich noch kein aufgeklebtes Dokument befand. Für eine Untersuchung durch einen Rechtsmediziner war schließlich noch keine Zeit gewesen. Immer wieder blickte sie sich um, ob nicht doch jemand da war und sie beobachtete. Aber es blieb absolut ruhig in der Kühlhalle. Natürlich musste sie sich vergewissern, dass in den Särgen tatsächlich Doris und Ralf Zimmermann lagen, und öffnete dazu die Deckel. Als sich ihre Vermutung bestätigte, klappte sie sie wieder zu. Mithilfe eines Sargwagens tauschte sie die Särge aus und danach auch die Dokumente. Ihre verstorbenen Adoptiveltern wurden dadurch zu Walter Haferkamp und Anna-Maria Schneider. Und waren hochinfektiös.

*

Birthe träumte davon, auf einer Expedition zu sein. Sie hatte den Anschluss an ihre Gruppe verloren und fand sich einsam, frierend und durstig im Schnee vor. Mist noch mal, wo waren die anderen? Henning hatte sie im Stich gelassen. Sie zitterte am ganzen Körper, war bis auf die Knochen durchgefroren. Sämtliche Gliedmaßen fühlten sich taub an. Ihre Hände und Füße spürte sie überhaupt nicht mehr. Ein brennendes, trockenes Gefühl in ihrer Kehle erinnerte sie daran, dass sie seit Stunden nichts getrunken hatte. Aus purer Verzweiflung wollte sie sterben, wartete auf die Erlösung. Niemals hätte sie sich auf eine Expedition mit ihm einlassen sollen. Er hatte nicht auf sie gewartet, sondern sie allein in der eisigen Kälte zurückgelassen. Sie hatte doch gar nicht nach Grönland gewollt! Weder Grönland noch Norwegen noch Island, hatte sie gesagt. Lieber Spanien, Griechenland oder Italien, Hauptsache, Sonne und Wärme! Hätte sie sich doch durchgesetzt! Eine ohnmächtige Wut stieg in ihr auf. Sie hasste Henning so sehr!

Als sie zu sich kam, brauchte sie eine Weile, um zu realisieren, dass ihre eisige Lage kein Albtraum war. Sie öffnete die Augen, konnte jedoch nichts sehen. War sie blind geworden? Stocksteif lag sie da und bemühte sich um einen ruhigen Atem. Dabei bemerkte sie einen muffigen Geruch. Sie versuchte, sich in der Dunkelheit zu orientieren, irgendetwas zu erkennen, riss dabei die Augen auf, aber alles blieb schwarz. Sie zwang sich dazu, nicht den Verstand zu verlieren, und lauschte. Zunächst hörte sie gar nichts. Als sie sich auf ihren Hörsinn konzentrierte, vernahm sie ein seltsames Brummen – es klang wie ein Kühlschrank. Wo war sie nur? Panik erfasste sie. Hektisch versuchte sie, Arme und Beine zu bewegen, aber sie wollten ihr nicht gehorchen. Nicht einmal ausstrecken ließen sie sich, denn sie waren steifgefroren und taub. Unter ihrem Rücken und Gesäß fühlte sie einen harten Untergrund. Sie musste auf einem Steinboden in der Kälte liegen. War es Nacht? Wie spät mochte es sein? Sie hatte jegliches Zeitgefühl verloren. Wenn sie doch wenigstens schemenhaft etwas sehen könnte. Und immer wieder ertönte dieses Brummen. Ihr Kopf fühlte sich watteweich an, ihr Körper benommen und schwindlig. Ein Schwächegefühl benebelte sie. Was war passiert? Sie erinnerte sich an nichts. War sie gestürzt und ohnmächtig geworden? Sie strengte sich an, um sich Übungen aus dem Autogenen Training ins Gedächtnis zu rufen. Mit Konzentrationsübungen konnte man bewirken, dass sich bestimmte Körperteile wärmer und besser durchblutet anfühlten als andere. Das versuchte sie nun. Als sie ihre ganze Aufmerksamkeit auf ihre Arme richtete, gelang es ihr nach einer Weile tatsächlich, sie auszustrecken. Mit eiskalten, noch immer fast tauben Fingern ertastete sie einen engen Raum. Langsam dämmerte ihr, dass es tatsächlich eine Art Kühlschrank war, in dem man sie gefangen hielt. Wenn sie hier nicht bald herauskäme, würde sie erfrieren. Angelina Zimmermann, schoss es ihr plötzlich durch den Kopf, sie musste sie in eine Kühlzelle gesperrt haben! Birthe versuchte sich aufzurichten, was ihr jedoch nicht gelang. Ein weiterer Versuch schlug fehl, es fehlte einfach die Kraft. Mühsam rutschte sie ein Stück nach vorn, um mit den Füßen das Ende des Raumes zu ertasten. Mit großer Anstrengung trat sie dagegen. War das eine Tür? Nach einer kurzen Verschnaufpause versuchte sie es noch einmal. Wiederholt trat sie mit all ihrer Kraft gegen die Begrenzung zu ihren Füßen. Als sich die Klappe schließlich öffnete, verlor sie wieder das Bewusstsein.

*

Daniel hatte sich durch das Loch in der Fensterscheibe gezwängt und öffnete von innen die Eingangstür. Gleichzeitig mit ihm und Carlo trafen Voraushelfer der Feuerwehr ein.

»Ich sehe, Sie haben sich schon selbst geholfen«, sagte einer der Männer. Er war groß und kräftig gebaut und hatte eine tiefe Stimme. »Sind Sie verletzt?« Mit dem Kinn deutete er auf Daniels Unterarm.

Daniel hatte offensichtlich nicht bemerkt, dass er heftig blutete. Verwundert sah er an sich herunter. »Wohl beim Einstieg durchs Fenster passiert«, meinte er, »nicht weiter schlimm.«

»Sollen wir Sie verbinden?«, sagte der Voraushelfer. »Ob es genäht werden muss, kann ich auf die Schnelle nicht beurteilen, ich denke aber ja, damit sollten Sie zum Arzt gehen. Warten Sie, ich hole Verbandszeug.«

»Bleib hier und lass dich verarzten, ich suche in der Zeit nach Birthe«, sprach Carlo atemlos. »So groß ist das

Gebäude ja zum Glück nicht.« Während er durch die Räume lief, rief er immer wieder Birthes Namen. Als er keine Antwort erhielt, wählte er die Nummer ihres Diensthandys. Doch seine Hoffnung, es würde irgendwo klingeln, war vergebens. »Shit, sie muss es lautlos gestellt haben«, murmelte er, während er wie ein Tiger im Käfig von einem Raum in den anderen lief. Nun versuchte er es auch auf ihrem Privathandy, ebenfalls erfolglos. Lediglich die Mailbox sprang an.

»Carlo!«, rief Daniel in diesem Moment. »Hast du sie gefunden?«

»Sie ist hier nicht!«, brüllte Carlo. »Hier ist niemand!« Hektisch drückte er auf die Wahlwiederholung seines Handys. Inzwischen war er wieder im Ausstellungsraum angekommen und lief unruhig zwischen den Särgen, Urnen und der Bestattungswäsche hin und her. »Melde dich doch, Birthe, melde dich doch«, rief er verzweifelt. Plötzlich hörte er ein Brummen ganz in der Nähe. Zögernd ging er auf den Kiefernsarg zu, aus dem das Geräusch kam. »Scheiße«, flüsterte er. Dann rief er laut nach Daniel.

»Was gibt's?«, tönte es aus Richtung der Büroräume. »Ich bin gleich fertig! Der Verband muss nur noch fixiert werden!«

»Sie ist hier!« Carlos Stimme klang gebrochen.

»Wo?«

»Da! In einem der Särge!«

Jetzt kam Daniel aus dem Büro gerannt. Er hielt den Verband mit der freien Hand fest. »Da drin?«, fragte er überflüssigerweise, denn nun hörte er ebenfalls das Brummen. »Ihr Handy«, sagte er leise.

»Ja«, meinte Carlo, wischte sich den Schweiß von der Stirn und warf einen ratlosen Blick in Daniels Richtung. Schließlich atmete er tief durch und öffnete, auf alles gefasst, langsam und vorsichtig den Sargdeckel. Noch mehr erschrak er, als er sie nicht darin fand. »Verflucht! Was hat dieses verdammte Weibsbild mit ihr gemacht?«, sagte er beängstigend leise und starrte dabei auf Birthes olivgrünen Rucksack, aus dem das Handybrummen kam. »Wo um Himmels willen ist Birthe?«

»Wir brauchen Mantrailer«, meinte Daniel. »Ich hoffe, es ist einer zufällig in der Nähe.« Über Funk bat er um Verstärkung mit Diensthunden. Ihm wurde mitgeteilt, dass ein Hund extern angefordert werden müsse und dass das etwas dauern könne. »Gefahr in Verzug«, bellte er ins Funkgerät. »Es geht um eine Kollegin. KOK Birthe Schöndorf ist spurlos verschwunden. Wir haben lediglich ihre Sachen gefunden.« Gerade, als er das Gerät in die Jackentasche stecken wollte, knarzte es.

»OSNA zwei, siebzehn, Schabowsky, Absuche der Örtlichkeit Veilchenstraße Bürgerpark verlief negativ. Personen wurden nicht gefunden.«

»Verstanden, Brunner«, murmelte Daniel. Dann wandte er sich an Carlo. »Hoffen wir, dass sie noch leben. Noch stärker hoffen wir natürlich, dass Birthe noch lebt. Hast du in jeden Sarg geschaut?«

Stumm schüttelte Carlo den Kopf. »Ich nehme mir die Fensterreihe vor und du die anderen.«

In dem Moment hörten sie, wie die Eingangstür aufgeschlossen wurde. Ein junger Mann stürmte herein und stellte sich als Juniorchef Nico Meierhofe vor.

Er war sehr blass und fragte, was los sei. »Feuerwehr? Polizei? Ich habe gerade Ihre Nachricht abgehört. Was ist passiert?«

»Ihre Mitarbeiterin Angelina Zimmermann steht unter dringendem Tatverdacht, ein Gewaltverbrechen begangen zu haben. Möglicherweise hat sie eine Kollegin von uns als Geisel genommen. Wo könnte sie sich und die Geisel versteckt halten?«

Nico Meierhofe blieb wie angewurzelt stehen. Fassungslos starrte er den Kommissar an. Offensichtlich völlig überfordert zuckte er mit den Schultern.

»Helfen Sie uns, die Särge zu öffnen«, forderte Carlo ihn auf. »Einige Verschlüsse klemmen.«

Der junge Chef kam der Aufforderung ohne zu zögern nach. »Sie glauben, Ihre Kollegin da drin zu finden?«, fragte er mit hochrotem Kopf, als er drei Eichentruhen geöffnet hatte. »Sollte Angelina sie in einen der Särge gelegt haben, was ich mir beim besten Willen nicht vorstellen kann, denn normalerweise brauchen wir zwei Leute dafür, wird sie qualvoll ersticken. Der Sauerstoff reicht nicht lange, ich schätze mal, maximal ein bis zwei Stunden.«

»Dann beeilen wir uns. Wir haben ihren Rucksack in einem der Särge gefunden«, meinte Carlo trüb. »Gibt es weitere Räume?«

»Waren Sie schon im Lager?«

»Ich denke schon. Wenn Sie die Halle hinter dem Andachtsraum meinen, ja, da war nichts.«

»Sie haben überall nachgesehen? Auch in den Kühlzellen?«

KAPITEL 34

Montag, 15. Mai

Birthe glaubte, ein Déjà-vu zu haben, als sie die Augen aufschlug und erkannte, dass sie in einem Krankenhausbett lag. Wieder einmal. Auch ihr letzter Mordfall vor einem Jahr hatte im Krankenhaus geendet. »Ich bin nicht mehr belastbar«, flüsterte sie. »Ich schaffe das irgendwie nicht mehr.« Vor Enttäuschung traten Tränen in ihre Augen.

Eine Krankenschwester betrat den Raum, um ihren Blutdruck zu messen.

»Ich möchte einen Arzt sprechen«, sagte Birthe, »bitte!«

»Ich sage gleich Bescheid«, sagte die Schwester.

»Wo bin ich hier?«

»Im Marienhospital. Sie waren ohnmächtig, sind aber inzwischen wieder stabil.«

Birthe fühlte sich alles andere als stabil. Sie verspürte ein starkes Krankheitsgefühl, das sie in der Form seit Langem nicht gehabt hatte.

Kurz war sie weggedämmert, als sie von einer männlichen Stimme geweckt wurde.

»Frau Schöndorf? Ich bin Dr. Jensen, der Stationsarzt. Ich kann Sie beruhigen. Sie haben eine Unterkühlung erlitten, sind aber außer Lebensgefahr. Sie haben eine leichte Lungenentzündung, die wir im Griff haben. In 24 Stunden dürften Sie das Gröbste überstanden haben. Ihrem Baby geht es gut. Es hat keinen Schaden genommen.«

»Wem geht es gut?«, entfuhr es Birthe, die glaubte, sich verhört zu haben. Trotz der Unterkühlung wurde sie von einer Hitzewallung erfasst.

»Ja, Glückwunsch, Frau Schöndorf, Sie sind schwanger! Im vierten Monat, haben Sie das nicht gewusst?«

Birthe starrte ihn an. Träumte sie schon wieder? »Das meinen Sie nicht ernst!«

»Nun sehen Sie mich nicht so schockiert an! Ist das denn Ihr erstes Kind?«

Birthe nickte.

»Wäre das schlimm für Sie? Sie werden sich bald erholt haben, machen Sie sich keine Sorgen. Außerdem: Wenn man Sie nur ein paar Minuten später gefunden hätte, wäre jetzt auch das Baby in Gefahr.«

»Es war gar nicht geplant«, meinte Birthe mit spröder Stimme.

Er lachte. »Das ist es selten. Sie werden sehen, wenn Sie die Nachricht erst einmal verdaut haben, freuen Sie sich auf das Kind! Der Gynäkologe hat Ihnen einen Mutterpass ausgestellt, den bekommen Sie zusammen mit den Entlassungspapieren. Zwei Nächte werden wir Sie wohl noch hierbehalten, dann dürfen Sie nach Hause. Alles Gute für Sie und das Kleine!« Er ließ Birthe ratlos und aufgewühlt zurück.

Warum war ihr nicht aufgefallen, dass sie schon lange keine Regel mehr gehabt hatte? Sie hatte viel Stress gehabt in der letzten Zeit, beruflich und privat, und einfach nicht darauf geachtet. Aber manchmal war ihr übel gewesen. Sogar erbrochen hatte sie mehrmals. Warum war sie nicht darauf gekommen, dass sie schwanger sein könnte?

*

Als Carlo am späten Nachmittag nach ihr sah, weinte sie stumm.

»Hey, was ist denn los?«, fragte er zärtlich. »Es ist doch alles vorbei.« Er reichte ihr ein Taschentuch und zog sich einen Besucherstuhl heran, um sich neben ihr Bett zu setzen. »Himmel, was hast du uns für Angst eingejagt! Hab vor Sorge um dich völlig vergessen, zwischendurch was zu essen. Ich glaube, das sagt alles, hm?«

»Gar nichts ist vorbei«, schniefte sie und putzte sich die Nase. »Ich bin schwanger, Carlo.«

»Was?« Die Nachricht musste auch ihn vollkommen unerwartet treffen. Zunächst hatte er seinen Gesichtsausdruck nicht unter Kontrolle, doch dann grinste er breit. »Schwanger? Du? Nee, oder? Das geht gar nicht.«

»Ja, ich. Ich finde das völlig undenkbar.« Unter Tränen musste sie nun ebenfalls lächeln.

Er schüttelte den Kopf. »Du und ein Baby, nee, irgendwie fehlt mir da die Vorstellungskraft.« Er lachte sein sympathisches Lachen, tief aus dem Bauch kommend.

»Mir auch, Carlo. Aber was hilft's. Wie heißt es so schön, da muss ich wohl durch. Eine neue Aufgabe, die ich mir gar nicht gestellt habe.«

»Ist es von Henning?«

»Was denkst du denn! Glaubst du, ich hätte nebenbei noch andere Eisen im Feuer?«

»Willst du es behalten?«

»Was für eine Frage!«

»Ich meine ja nur, Selbstbestimmung der Frau und so, wenn du absolut nicht mit der Rolle klarkommst und lieber weiter bei uns bleiben willst, dann könnte ich es zumindest verstehen.«

»Hör mal, das eine schließt das andere nicht aus. Nach

einer kurzen Pause komme ich wieder. Das zumindest ist klar.«

»Na ja, vielleicht wird die Pause auch ein wenig länger!« Er wischte sich mit dem Hemdsärmel über die Stirn. »Was meinst du, wie so ein kleiner Windelmatz dich fordert! Nachts kaum noch Schlaf, alle drei bis vier Stunden andocken zum Trinken, dauernd ist die Bux voll, bald kommen Zähnchen, das bedeutet unter Umständen stundenlanges Geplärr, das ist nicht einfach, du!« Er lächelte gutmütig.

»Du machst mir Mut!«

»Weiß Henning es schon?«

Sie schüttelte den Kopf.

»Wann wirst du es ihm sagen?«

»Keine Ahnung«, sagte sie und holte tief Luft. »Vielleicht gar nicht.«

Er sah sie lange an. »Ach komm. Das mit euch beiden wird schon wieder.«

»Nicht alles wird wieder.«

Er seufzte. Dann klopfte er sachte auf die Bettdecke. »Nee, nicht alles. Da hast du wohl recht. Aber bei euch beiden habe ich ein gutes Gefühl. Ihr macht das schon.«

»Einfach wird das nicht.«

Nachdenklich ruhte sein Blick auf ihr. »Vielleicht ist es nicht einfach, vielleicht musst du für eine gewisse Zeit im Job kürzertreten, aber es wird dir nicht schaden. Du bist jung und hast noch genug Berufsleben vor dir. Was machen da schon ein paar Monate oder Jahre! Außerdem: Warum soll es immer einfach sein? Wir brauchen Herausforderungen, an denen wir wachsen können. Sonst treten wir irgendwann auf der Stelle und Stillstand ist nie gut. Sei froh, dass du jetzt eine neue Erfahrung machen darfst, dass du die Möglichkeit bekommst, alles neu zu erleben und die Welt noch einmal mit Kinderaugen zu sehen.«

Birthe sah an ihm vorbei aus dem Fenster. »Ich werde mich an den Gedanken gewöhnen«, sagte sie schließlich.

»Das wirst du«, sagte er und rieb sich das rechte Knie, das wohl mal wieder schmerzte. »Ich bin mir sicher, du wirst eine tolle Mama.« Dann grinste er. »Ein Baby, ich fasse es nicht. Birthe wird Mama! Bin ich der Erste, der es erfahren hat?«

Sie nickte. »Mir ist gerade ein Gedanke gekommen: Willst du Patenonkel werden?«

»Hey, aber ja!«, rief er aus und kratzte sich hinterm Ohr. »Auf meine alten Tage? Oha, ich werde mir dauernd was einfallen lassen müssen zu Geburtstagen und zu Weihnachten und, und, und. Stress pur.«

»Ist das so? Meine Paten haben öfter was mit mir unternommen. Das fand ich eigentlich viel schöner.«

»Wieder auf Spielplätze gehen«, sinnierte er und lachte. »Karussell fahren, Angst haben, dass der kleine Hosenscheißer runterfällt, Kär, Kär. In der Adventszeit ins Märchentheater gehen oder ins Figurentheater in der Alten Fuhrhalterei.« Seine Augen leuchteten. »Später ins Kino und auf die Kartbahn. Klar, warum nicht.« Er rieb sich die Arme, wirkte überglücklich. »Darf ich es Gudrun sagen?«

Birthe schmunzelte und nickte. Langsam, ganz langsam, regte sich auch in ihr ein Funken Vorfreude. »So, und nun erzähl mal, was aus unserem Fall geworden ist. Ich will doch beweisen, wie ich Job und Kind zusammenbringe!« Sie zwinkerte ihm zu. »Was ist mit Angelina? Habt ihr sie gefunden?«

»Ja, haben wir. Noch in der Nacht haben wir sie in ihrer Wohnung festgesetzt. Sie war gerade dabei, einen Koffer zu packen, wollte sich wohl nach Russland absetzen. In ihrer Handtasche haben wir ein Flugticket nach Moskau gefunden.«

»Und ihre Eltern?«

Er wiegte den Kopf. »Das ist eine komische Sache. Sie sind wie vom Erdboden verschluckt. Wir haben Nachbarn befragt, ob ihnen was aufgefallen ist, doch das war nicht der Fall. Die Zimmermanns lebten sehr für sich, zurückgezogen hinter einer etwa vier Meter hohen Hecke, da hat keiner was mitbekommen und wohl auch keiner drauf geachtet. Wenn sich jemand dermaßen abkapselt, verliert die Öffentlichkeit früher oder später das Interesse. Den Nachbarn waren sie egal geworden. Angelina Zimmermann wird fast pausenlos vernommen. Irgendwann wird sie mürbe und gestehen. Wir brauchen nur etwas Geduld. Es gibt allerdings schon einen Erfolg zu vermelden: Wir haben das mutmaßliche Tatwerkzeug gefunden, und zwar in der Küche des Bestattungsunternehmens. Der Griff der Klinge wurde zwar abgewischt, doch mithilfe des Schnelltests konnten kleinste Blutfasern nachgewiesen werden.«

»Ich hoffe, dass ich schnell wieder fit bin und Angelina Zimmermann vernehmen kann«, sagte Birthe. »Sie hat gelogen, die ganze Zeit, auch als ich sie nach ihren Eltern befragt habe. Sie ist der Typ, der rote Flecken bekommt, wenn er lügt. Und sie hätte besser keine Halskette tragen sollen. Das ständige Spiel damit hat sie ebenfalls verraten. Wenn du mich fragst, dann weiß sie genau, wo ihre Eltern sind, und ich werde das herausfinden. Und sie wird mich nicht noch einmal außer Gefecht setzen, das schwöre ich dir.«

Carlo nickte. »Also sieh zu, dass du schnell wieder auf dem Damm bist! Ach, und noch was: Alwin Müller ist tot. Eine Nachbarin hat ihn gefunden.«

»Wie bitte? Müller? Was ist passiert?«

Carlo zuckte mit den Schultern. »Hat sich wohl mit jemandem geprügelt. Mit wem, wissen wir noch nicht. Er ist in der Gerichtsmedizin, Verdacht auf Gehirnblutung, denn er hatte eine ordentliche Kopfverletzung. Das schnelle Ende eines abartigen Spinners. Glücklich war er sicher nicht, der Alwin Müller.«

»Glaub ich auch nicht. Stalker können nicht glücklich sein, sonst würden sie so einen Mist nicht machen. Sie leiden sicher sehr unter ihrer Abartigkeit. Noch einmal zurück zu Angelina. Was hat sie mir eigentlich ins Glas getan?« Sie fühlte, dass sie diesbezüglich ein Blackout hatte.

»Sie hat dir nichts ins Glas getan. Sie hat dir ein Narkosemittel verabreicht, Propofol. Du hast zum Glück nicht so viel davon erwischt, es hat nur für einen kurzen Tiefschlaf gereicht. Aber der war immerhin lang genug, dass sie dich in die Kühlzelle bringen konnte. Hast du keine Erinnerungen daran?«

Sie schüttelte den Kopf. »Im Augenblick nicht, Carlo, aber vielleicht kommt das noch. Wie hat sie mir das Zeug verabreicht?«

»Sie hat es dir injiziert. In den Hals.«

Sie griff sich automatisch an die Einstichstelle. In dem Moment fiel ihr ein, dass sie das Gefühl gehabt hatte, als habe sie etwas gestochen. Der stechende Schmerz an der rechten Halsseite fiel ihr ein. »Woher hatte sie das Mittel?«

»Sie hat früher als OP-Schwester in einer Klinik gearbeitet und hat das Propofol dort mitgehen lassen. Auch dafür wird sie sich verantworten müssen. Zum Glück hat sie dir keine tödliche Dosis gegeben. Vielleicht hatte sie einfach nicht mehr, hat sich wohl bei ihren Eltern schon verausgabt. Ein Milligramm mehr, und ich könnte jetzt nicht mehr mit dir plaudern.«

Das Klingeln von Birthes Handy riss sie aus der Unterhaltung. Ihr Gesicht verschloss sich, als sie aufs Display schaute. Fast gleichzeitig färbten sich ihre Wangen rot.

»Ich glaube, ich gehe besser«, sagte Carlo einfühlsam.

»Nein, bleib ruhig, das ist überhaupt nicht nötig«, versuchte Birthe ihn aufzuhalten.

Carlo ließ sich nicht beirren. Einen Abschiedsgruß murmelnd, trat er den Rückzug an.

Birthe schaffte es gerade noch, die freie Hand zum Gruß zu heben, schon war er weg.

»Hallo, Henning«, sagte sie leise und hielt ihr Handy dicht ans Ohr. Ihr Herz klopfte zum Zerspringen. Sie wusste nicht, wie sie es ihm sagen sollte, ob sie es ihm überhaupt sagen sollte.

»Daniel hat mich informiert. Ich habe mir solche Sorgen um dich gemacht!«

»Daniel?«, wunderte sie sich. Er war doch sonst immer so eifersüchtig.

»Soll ich kommen?«

»Du? Du hast doch nie Zeit.«

»Wenn es sein muss, dann schon.«

»Es muss nicht sein.«

Er zögerte. »Okay, wie du meinst. Wie geht es dir?«

»Ganz gut.« Sie merkte selbst, wie einsilbig sie klang, wollte jedoch nichts daran ändern.

»Wie lange bleibst du in der Klinik?«

»So kurz wie möglich. Mir reicht es schon wieder. Das ist der zweite Fall innerhalb eines Jahres, der für mich im Krankenhaus endet. Das ist doch nicht normal. Irgendwie ist das ein schlechtes Omen. Vielleicht brauche ich tatsächlich mal eine Auszeit. Aber bestimmt nicht hier. Ich denke, jemand anders hat das Bett nötiger als ich.«

»Geh nicht zu früh, du musst dich erholen.«

»Erholen? Wovon?«, fragte sie. »Von dir?«

Sie schwiegen für einen Moment.

»Birthe?«

»Ja?

»Es tut mir leid. Ich habe mich in den letzten Tagen blöd verhalten. Das ging nicht gegen dich, es hatte mit mir selbst zu tun. Ich war traurig, mutlos und ratlos. Ich wusste plötzlich nicht mehr, wie und ob es mit uns weitergehen kann.«

Sie war nicht in der Lage, darauf zu antworten. Er hatte ja recht, es gab keine richtige und vor allem keine schnelle Lösung.

»Ich werde mir das nächste Wochenende freischaufeln, komme, was wolle«, beteuerte Henning. »Ich will, nein, ich muss dich wiedersehen! Ich vermisse dich sehr und habe Sehnsucht nach dir. Und glaub mir bitte, liebe Birthe, es gibt keine andere Frau in meinem Leben. Das kann ich ganz klar sagen. Es gibt nur dich. Ich liebe dich über alles!«

In ihren Augen brannten Tränen. »Ich glaube, ich habe eine Überraschung für dich«, sagte sie leise.

»Eigentlich mag ich keine Überraschungen. Ist es wenigstens eine gute?«

»Wenn ich das wüsste.« Sie lächelte und biss sich auf die Unterlippe, was er zum Glück nicht sehen konnte.

»Du kommst nach Norddeich«, sagte er erfreut. »Für eine Woche, zum Erholen, stimmt's? Ich habe vorsichtshalber schon meine Eltern gefragt, ob die ausgebucht sind. Sind sie zum Glück nicht. Sie halten dir das schönste Zimmer frei, das mit der großen Badewanne, erinnerst du dich?

Oder willst du lieber bei mir wohnen?«

Sie zögerte. »Vielleicht wirklich erst einmal im Hotel«, meinte sie.

»Ist gut, kein Problem. Also liege ich richtig? War das die Überraschung? Dass du Urlaub machen willst bei uns in Norddeich?«

»Nicht ganz«, sagte sie.

»Nicht ganz? Oha, was kommt jetzt?«

Sie rang mit sich, suchte nach Worten. Noch einmal überlegte sie fieberhaft, wie viel sie in diesem Moment preisgeben wollte oder ob es nicht einfach besser war zu schweigen. Dann sagte sie betont langsam, während ihr die Röte ins Gesicht stieg: »Wir, Henning.« Sie schluckte. »Wir beide kommen zu dir nach Norddeich.«

ENDE

DANKSAGUNG

Für dieses Buch war viel Recherche nötig, und ohne die großzügige Hilfe und Zeit vieler Menschen hätte ich es nicht schreiben können.

Allen voran danke ich meiner wunderbaren Lektorin Katja Ernst vom Gmeiner-Verlag, die mich vom ersten Buch an begleitet und meine Figuren mittlerweile so gut kennt, dass sie sofort merkt, wenn sie nicht authentisch agieren. Danke für Ihre wertvollen Tipps bei der Überarbeitung, liebe Frau Ernst!

Ich bedanke mich bei Familie Kümmel – Maria, Sascha und Hans-Eberhard Kümmel. Mit ihrer aufgeschlossenen und warmherzigen Art haben sie dazu beigetragen, dass ich mich bei ihnen im Bestattungshaus sehr wohl gefühlt habe und einen guten Einblick in das interessante und abwechslungsreiche Aufgabenfeld eines Bestatters gewonnen habe. Unvergesslich bleibt die Fahrt im Bestattungswagen!

Herzlich möchte ich mich bei dem Leiter des Krematoriums, Heiko Hederich, bedanken, der mich durch das Gießener Krematorium geführt und mir alle Abläufe geduldig erklärt hat. So hochtechnisiert die Arbeit dort ist, so empathisch und ethisch agieren die Mitarbeiter. Durch seine feinfühlige Art habe ich Ängste diesbezüglich abbauen können. Danke für die wertvollen Gespräche! Eventuelle sachliche Fehler sind ausschließlich meine Schuld.

Ich bin Todor »Tosho« Todorovic sehr dankbar, dem Chef der Osnabrücker Blues Company, der mir bei einem leckeren Cappuccino in der Crêperie am Markt Einblick in die Arbeit der Musikgruppen auf der Osnabrücker Maiwoche gegeben hat.

Auch meinen beiden Chören danke ich. Ohne sie wüsste ich nicht, wie es sich anfühlt, auf einer Bühne zu stehen.

Meiner Schwester Katrin Janowski Niemann, die seit Jahrzehnten in Lüneburg als Krankenschwester arbeitet, danke ich für die Beantwortung meiner medizinischen Fragen und die Idee mit dem Schlüssel.

Natürlich hole ich mir bei jedem Buch auch Tipps von der Polizei. Hier danke ich insbesondere Frank Henseler von der Polizeistation Bohmte, der sich gerne Zeit nimmt, meine Fragen zu beantworten.

Ich danke meiner Familie für ihr Verständnis und natürlich auch meinen Lesern, dass sie meine Bücher gerne lesen, zu meinen Lesungen kommen und mir immer wieder neuen Ansporn geben weiterzuschreiben!

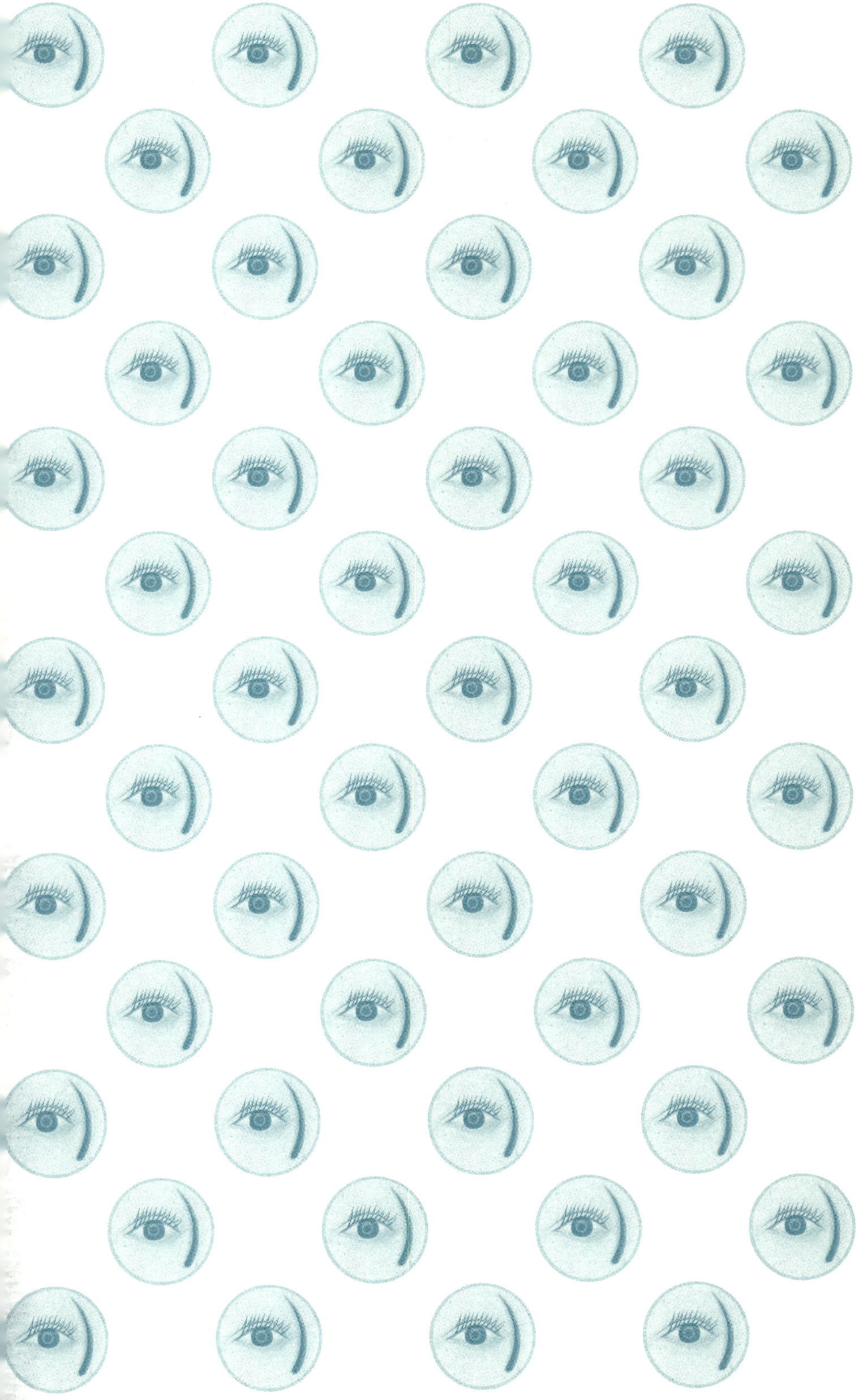